Mary Lavater-Sloman

Lucrezia Borgia und ihr Schatten

Die Originalausgabe erschien erstmals 1952
unter dem Titel »Lucrezia Borgia und ihr Schatten.
Eine Chronik«, Artemis Verlags-AG in Zürich.

Für die großzügige Unterstützung dieser
Publikation danken wir der Erbengemeinschaft
Mary Lavater-Sloman sowie dem Departement
für Kulturelles der Stadt Winterthur.

Erste Auflage Frühling 2009
Alle Rechte vorbehalten
Copyright © 2009 by Römerhof Verlag, Zürich
info@roemerhof-verlag.ch
www.roemerhof-verlag.ch

Druck: bod

Alle Abbildungen: ullstein bild, Deutschland

ISBN: 978-3-905894-00-4

Vorwort

Mary Lavater-Sloman

Lucrezia Borgia, diese seltsame Frau, ist im Laufe der Zeit aus einer geschichtlichen Persönlichkeit zu einem Begriff geworden, zum Abbild alles Bösen; denn als Giftmischerin, Verräterin, Zynikerin, als williges Opfer der lasterhaften Begierden ihres Vaters und ihres Bruders wandelt sie von Generation zu Generation durch die Phantasie der Menschen, und doch nahm die weltgeschichtliche Forschung ihr längst den blutigen Nimbus.

Zwar hat die Wissenschaft Lucrezia Borgia nicht zum Engel gemacht, sie weist ihr eher einen Platz im Zwielicht der unbedeutenden Komparsen im großen Theater: Weltgeschichte, an, oder gibt ihr höchstens die Rolle der schönen, leichtlebigen Frau, die als fromme Büßerin endet.

Auch diese Versionen werden Lucrezia Borgia nicht gerecht. Nach dem vielseitigen Quellenmaterial zu urteilen, muß sie ein großer, unabhängiger Charakter gewesen sein, der – jener kraftvollen Epoche entsprechend – sich nahm, was ihm gefiel, ohne durch Gewissensnöte in seiner liebenswerten Fröhlichkeit und Anmut gestört zu werden.

Welche Macht war es denn, die Lucrezia Borgias Namen durch alle Zeiten für Uneingeweihte mit den tiefsten menschlichen Lastern verkettete, nämlich mit der Beschuldigung eines dreifachen Inzests? Es war die Macht der Fama, nachweisbare

Verleumdung, die in Italien und jenseits der Grenzen willig geglaubt wurde; waren doch die Bluttaten Cäsar Borgias drastische Wahrheiten, und das anstößige Leben Alexanders VI. – des Vaters der Lucrezia – ein Schimpf für die ganze Christenheit.

Man zögerte nicht, der Borgiasippe jede der sieben Todsünden zuzuschreiben. So konnte es geschehen, daß Lucrezia Borgias Persönlichkeit zu dem Monstrum gestempelt wurde, das aus jeder menschlichen Gemeinschaft herausfällt, und bis zum heutigen Tag in der Vorstellung der Welt bestehen blieb.

Da erschien die Aufgabe verlockend und lohnend, das anziehende, aber schillernde Wesen der jungen Fürstin Lucrezia Borgia – sie starb schon mit neununddreißig Jahren – in seiner Anmut und leichtfertigen Prachtliebe, in seinem Frohsinn und seiner bedenkenlosen Lebenslust, in der Unbefangenheit moralischen Gesetzen gegenüber, ja in seiner ganzen unschuldigen Sündhaftigkeit darzustellen.

Und doch ist es ein schwieriges Unterfangen, Lucrezia Borgia zum Mittelpunkt einer Biographie zu machen, denn nur zu leicht wird aus ihrer Geschichte die Geschichte ihres Vaters und ihres Bruders, da diese beiden überragenden Gestalten sämtliche Ereignisse in Lucrezias Dasein verursachten oder überschatteten.

In dieser Schwierigkeit drängte sich eine Art der Darstellung geradezu auf, nämlich: Lucrezia Borgias eigenstes Leben mit den Augen eines bescheidenen Zeitgenossen, der in keiner Weise in die Ereignisse einzugreifen vermochte, zu sehen und in der Sprache des Zuschauers zu erzählen.

Lucrezia besaß in Wahrheit mehrere Vertraute, die an ihrem intimen Leben teilnahmen: Hofleute, Geheimsekretäre, Diener; vier von ihnen kennt man mit Namen: Giacomino, Tullio, Zilio und Zorzo da Lampugnano. Aus diesen Gestalten wurde die Person eines Geheimsekretärs, Jacobus Krafft, erdacht. Dieser schlichte, aber niemals dienerhafte Mann, schreibt die Lebensereignisse seiner Milchschwester und Herrin, Lucrezia Borgia, auf, wie sie sich in seinem klugen, durch kein böses Beispiel zu verderbenden Charakter widerspiegeln. Die angeblich durch seine Hand wiedergegebenen Briefe sind authentisch; sie entstammen den Werken: »Lucrezia Borgia. Nach Urkunden und Correspondenzen«, von Ferdinand Gregorovius, und Ludwig Pastor: »Die Geschichte der Päpste«.

Es möge die Leser dieses Werkes nicht verletzen, daß die mißlichen Zustände in der katholischen Kirche der damaligen Zeit nicht verschwiegen werden; es sind geschichtliche Tatsachen, die vom Leben der Heldin untrennbar sind. Der Historiker Ludwig Pastor sagt von den Auswüchsen jener unerfreulichen Zeit unter dem Pontifikat Alexanders VI.: »Die Reinheit der kirchlichen Lehre blieb unversehrt. Es war gleichsam, als hätte die Vorsehung zeigen wollen, daß die Menschen die Kirche wohl schädigen, aber nicht zerstören können ... Das Gold bleibt Gold, ob es aus reiner oder unreiner Hand gespendet wird ... Von diesem Gesichtspunkte aus urteilte bereits Papst Leo der Große: Die Würde des heiligen Petrus geht auch in einem unwürdigen Erben nicht verloren.«

Von Alexanders Tochter Lucrezia aber mag der Ausspruch ihres Biographen Ferdinand Gregorovius diesem Werke als Motto dienen: »Vielleicht würde Lucrezia Borgia demjenigen beistimmen, der nach den Akten ihrer Zeit auszusprechen wagt, daß sie ein leichtsinniges, liebenswürdiges und unglückliches Weib gewesen ist.«

Das siebente Heft

Augsburg, am Weinplatz,
den 10. November 1518, vor Morgengrauen

Vor einigen Stunden habe ich den Schlußstrich unter ein Buch der Erinnerungen gezogen, das ein Vorwort zu sechs alten, engbeschriebenen Heften bilden soll. Ich hatte gedacht, nie wieder ein Wort über Personen vermerken zu müssen, die einst meine unbedeutende Existenz beherrschten, aber es ist etwas geschehen, das mich, Jacobus Krafft, den ersten Schreiber des Herrn Anton Fugger, zwang, zu den sechs alten Heften ein Buch der Erinnerungen hinzuzufügen und überdies ein siebentes Heft zu beginnen, nämlich jenes, in das ich eben jetzt schreibe.

Zuerst ein Wort über meinen Herrn Anton Fugger: Dieser weltberühmte Mann, vor einigen Wochen aus Rom in seine Stadt Augsburg zurückgekehrt, ist nicht mehr jung, oft sehr müde und von einer seltsamen Schwermut bedrückt. Ist es Rom mit seiner Hast und seinen politischen Erregungen, das ihm so zugesetzt hat?

Es könnte sein, denn die Geldgeschäfte werden dort mit allzuviel Gier und Hinterlist betrieben. Das gefällt Herrn Fugger nicht, der doch gewohnt ist, in Würde und wie ein wahrer Fürst mit dem Golde zu schalten. Es mag aber auch der Geist der Ewigen Stadt sein, der ihm auf das Gemüt geschlagen hat, oder vielmehr der unselige Geist der Borgia, den noch kein apage satana aus den heiligen Mauern hat bannen können. Ihre Taten haften noch wie giftiger Dunst an den Palästen, am Pflaster der Gassen und schweben über den Wassern des Tiber. Noch ist nichts vergessen, obgleich die großen Taten eines Julius II. und das hochgeistige Wirken S. Heiligkeit Leos X. die Gedanken der Menschen vom Gewesenen ablenken sollten. Aber Rom trägt immer noch das Mal, das die Borgia dieser Stadt so tief eingebrannt haben.

Jeder Bürger kann dem neugierigen Fremden sagen, wo dieser und wo jener Mord geschah, wer in der Engelsburg schmachtete, in welchem Palast die Geliebte Alexander Borgias residierte, aus welchem Tore die Bedrohten vor dem Gift des Cesare flohen, von welchem Balkon der Heilige Vater seiner schönen Tochter Lucrezia mit den Blicken zu folgen pflegte, welche Fenster bei S. Maria in Porticu zu ihren Gemächern gehörten.

Mein Herr Fugger war zwar kein neugieriger Fremder in Rom gewesen, aber in der langen Zeit, da ihn dort die großen Geschäfte mit dem Vatikan festhielten, hat man ihm keines der Gerüchte und nicht eine der Geschichten erspart, vor denen jeder Christenmensch erschauert.

Aber jetzt lebt er wieder in dem fürstlichen Hause am Weinplatz, er hat meine Wenigkeit entdeckt, mich zu seinem Geheimsekretär ernannt und mir zwei schöne Zimmer in seinem Hause einräumen lassen. Ich wäre lieber im eigenen kleinen Quartier geblieben, denn ich bin keine fröhliche Gesellschaft für Menschen, aber Herr Fugger will mich zu jeder Stunde des Tages oder der Nacht rufen können, damit ich für ihn schreibe. Nicht, weil ich besser bin als ein anderer meines Berufes, es gibt ein ganzes Zimmer voll geschickter Skribenten und Kopisten, aber außer mir spricht keiner Italienisch, Spanisch und Französisch gleich geläufig; jedoch ist dieses Können nicht mein Verdienst.

Ich wollte nur erzählen, warum Herr Fugger meine Dienste häufiger braucht als die der andern Schreiber, warum ich am späten Nachmittag, wenn die Arbeitsstunden vorüber sind, mit ihm plaudern darf, warum ich nachts zu ihm gerufen werde, wenn erschreckende und abstoßende Bilder ihm den Schlaf vertreiben. Ja, warum?

Weil ich neunundzwanzig Jahre lang im Schatten der Borgia lebte, ich, Jacobus Krafft, Milchbruder Madonna Lucrezias, ihr Gespiele, ihr Vertrauter, ihr Schreiber, ihr Helfer, und doch so unbedeutend in allen diesen Zufallsämtern, daß niemand in der päpstlichen Familie sich die Mühe gab, auch nur die Stimme in meiner Nähe zu dämpfen. Zu geringfügig war meine Person, als daß Don Cäsar es für nötig befunden, sich meiner Mitwisserschaft durch Gift oder Dolch zu entledigen.

Ja, es war wohl kein Mann, der die Schwelle des Vatikans zu überschreiten pflegte, seines Lebens so sicher wie ich; denn so unbedeutend das Schicksal mich geschaffen, ich machte mich noch kleiner, so wenig Geist es mir verliehen, ich tat noch dümmer, und so unschön mein Äußeres, ich machte mich vollkommen unscheinbar.

Vor drei Wochen nun, als mein Herr Fugger mich durch zwei Klingelzeichen rief, weil er, wie so oft, schlaflos neben dem Kamine saß, und ich mit Schreibstift und Papier auf sein Diktat wartete, schaute er aus seinen klugen, grauen Augen zu mir auf, betrachtete mich wie in Neugierde, und dann vertrieb ein humorvoller Gedanke die Schwermut aus seinem Gesicht.

»Jakob, mein Guter«, sagte er mit seiner freundlichen Stimme, »Ihr habt borstige rote Haare, das Gesicht voller Sommersprossen, auch seid Ihr kein Adonis an Gestalt, und dennoch behauptet Ihr, der tägliche Gefährte der schönsten, wenn auch lasterhaftesten Frau unserer Zeit gewesen zu sein; schmeichelte das ihrer Eitelkeit?« Er lachte vor sich hin. »Das ist ein Bild zum Malen! Lucrezia Borgia und Jacobus Krafft! Oder habt Ihr mir Lügengeschichten über Euch erzählt?«

»Nein, Herr«, antwortete ich ihm, »zu viel habe ich gesehen, als daß es die Mühe verlohnte, noch obendrein zu lügen.«

»Jakob, Ihr vergeßt, daß Ihr mir viel Widersprechendes erzählt habt«, meinte er strenge. »Ich habe ein gutes Gedächtnis für Zahlen, daran hättet Ihr denken sollen!«

Herr Fugger hatte sich vorgebeugt, an seinen Fingern nachgezählt und mich von unten herauf prüfend angesehen: »Vom Jahre 1491 habt Ihr mir zwei Verlobungen der Donna Lucrezia gemeldet, vom Jahre 1497 den Ehemann Giovanni Sforza und außerdem den Eintritt in ein Nonnenkloster; gleichzeitig einen neuen Gatten, Alfonso d'Aragón! Einmal schildert Ihr sie mir als den Liebling des Papstes, dann wieder lebt sie als seine bitterste Feindin in der Verbannung. Und auch das macht mich stutzig: Ihr nanntet sie ihres Bruders Kreatur und erzählt zugleich, wie sie diesem mörderischen Teufel auf der Nase herumgetanzt ist. Wo ist die Wahrheit?«

Ich kam nicht zu Worte, denn Herr Fugger fragte weiter und weiter: »Und wie könnt Ihr behaupten, daß der Herzog von Ferrara sich standhaft weigerte, dieses Satanswweib zu heiraten – seid ruhig, Jacobus, laßt mich ausreden –, um nachher eine Schar Kinder mit ihm zu zeugen! So, nun sprecht.«

»Lucrezia Borgia ist kein Satansweib!«

Herr Fugger lachte mir ins Gesicht. »Vergeßt nicht, mein Lieber, daß ich in Rom noch manchen der Gesandten gekannt habe, die am Hofe der Borgia aus- und eingingen«, er hob warnend den Zeigefinger, »der Beauftragte Venedigs war mein guter Freund; meine Zunge sträubt sich zu wiederholen, was er mir erzählt hat. Ihr könnt Eure hohe Milchschwester nicht zum Engel umdichten.«

»Nein, sie ist kein Engel«, das gab ich zu, »aber sie war von jeher ein ganzer Mensch bei all ihrem leichtfertigen Lebenswandel; von einer herrlichen Unbefangenheit unter den wissentlich Bösen, großmütig unter Rachegierigen, unverändert anmutig unter den von ihren Sünden Verwüsteten, heiter wie ein Sommertag unter den Verdüsterten aus Gewissensangst, strahlenden Auges, während ihr Bruder sein Antlitz tagsüber hinter einer Maske verbarg, weil er es der Welt nicht mehr zu zeigen wagte. Lucrezia war und ist, wenn ich so sagen darf, von einer unschuldigen Sündhaftigkeit.« Ich hatte mich in Hitze geredet.

»Setzt Euch nieder, Jacobus, und erzählt mir in Ruhe.«

Ich nahm auf einem Hocker Platz und suchte, womit ich beginnen sollte. Mein schwerer Atem bedrängte mich; es gab zu viel zu sagen. So begann ich in der Verwirrung mit dem Schluß meiner Erlebnisse, die mir jetzt, nach zehn Jahren, immer noch ganz unbegreiflich erscheinen, aber mein Herr unterbrach mich, wohl um mich zu schonen; da griff ich Szenen aus unserer größten Zeit heraus, aber auch das war nicht richtig.

»Jacobus, mein Freund, Ihr bringt alles durcheinander! Ihr müßt Euch einen Plan machen.« Und nun setzte Herr Fugger mir auseinander, wie ich vorgehen müsse: zuerst eine kurze Erklärung über meine Herkunft, und wieso und warum, die Borgiabrut einer Natter gleich meiner Mutter am Busen geruht, so drückte er sich aus. Danach müsse ich ein Wort über meine Jugendzeit sagen und schließlich zu meiner Stellung im Hause Borgia übergehen und damit, den Lasterweg dieser Teufelssippe beschreiben, »aber bitte in anständigen Worten!«

Ich konnte nur nicken und die Hände falten. Herr Anton würde sich wundern! Eine Weile betrachtete ich gedankenvoll die langen, weißen Finger des alten Mannes vor mir, die zärtlich den Besatz aus Blaufuchs streichelten, der seinen samtnen Hausmantel zierte, aber gerade als ich den Mund auftat um anzufangen: ›meine Eltern waren‹, verbarg mein Herr höflich ein Gähnen hinter der Hand und sagte mir: »Es ist gleich drei Uhr, mein Freund, Ihr seid jünger als ich und braucht mehr Schlaf, gehen wir zur Ruhe. Morgen vormittag wartet das Geschäft mit Florenz auf uns. Ich will Euch etwas sagen, Jacobus: schreibt mir in Euren freien Stunden auf, was aus Eurem Leben neben den Borgiabastarden erzählenswert ist; habt Ihr es beieinander – es wird ja nicht viel sein, denn alle Laster sehen sich gleich –, dann lest mir die Blätter hier am Kamin vor. Beim Niederschreiben könnt Ihr auch leichter das Unwichtige vom Wichtigen scheiden.«

»Herr Fugger, ich besitze sechs Tagebuchhefte, die ich von meinem sechzehnten Lebensjahr an geführt habe«, sagte ich ernsthaft, als sei das von großer Wichtigkeit, »den Schlußstrich zu diesen Aufschreibungen habe ich vor zehn Jahren gezogen.«

Herr Fugger richtete sich erstaunt auf. »So könnt Ihr morgen mit dem Lesen beginnen?«

Ich besann mich einen Augenblick und bat dann meinen Herrn, mir noch einige Wochen Zeit zu lassen, denn ich wolle für ihn auch die ersten sechzehn Jahre meines Lebens, die ich an der Seite Madonna Lucrezias zugebracht habe, niederschreiben, »denn diese Jahre waren, weiß Gott, nicht ohne Ereignisse!«

»Tut das, mein lieber Jakob; laßt Euch alle Zeit, und somit gute Nacht.«

Ich verneigte mich tief, wie man sich von einem hohen Herrn verabschiedet, und nahm dann im Dunkeln, hinten neben der Türe, einen Leuchter vom Tische auf.

»Zündet das Licht nur hier bei mir an, mein Guter, sonst stolpert Ihr auf der Treppe.«

Hatte Herr Fugger Augen im Hinterkopf? Aber so war er; immer wußte er alles, dachte an alles und war durch und durch schlicht und praktisch. Ich dankte, nahm Feuer von einem der Leuchter, die neben ihm standen, und klinkte die schwere, geschnitzte Türe auf.

Diese Unterredung fand, wie ich schon bemerkte, vor etwa drei Wochen, am 15. Oktober unseres Jahres 1518 statt. Damals konnte ich trotz meiner Müdigkeit nicht schlafen, zu sehr bedrängten mich die Bilder der Vergangenheit, die Anton Fugger heraufbeschworen hatte.

Achtunddreißig Jahre habe ich hinter mich gebracht, aber mir scheint es oft, als seien es achtundsiebenzig. Also, da ich nicht schlafen konnte, begann ich das Buch der Erinnerungen zu schreiben, doch mußte ich hiezu auf den Grund meines Lebensbrunnens hinabtauchen. Am liebsten hätte ich über Eltern und Herkunft geschwiegen, denn mein geringes Ich ist ja nur der Schatten einer größeren Persönlichkeit, aber da der gleiche Mutterbusen uns nährte, meine Wenigkeit und das Engelsgeschöpf – die ›Natter‹, wie Herr Fugger sagt –, mußte ich mit meinen Eltern beginnen.

Drei Wochen genügten mir, um die ersten sechzehn Jahre meines Lebens neben Lucrezia Borgia zu beschreiben. Noch heute, am späten Nachmittage, werde ich das schmale Bändchen der Erinnerungen und die sechs vergilbten Tagebücher in Herrn Fuggers Hände legen.

Die Erinnerungen

Mein Vater war Sebaldus Krafft aus Fürth, der fünfte in gerader Linie, der aus Gold und Silber die herrlichsten Dinge schuf: Geräte für Kirchen und Klöster zum Ruhme unseres Herrn, oder Trinkgeschirr für die Kredenzen der Vornehmen und Schmuck für schöne Frauen und prachtliebende Fürsten. Jeder meiner Vorfahren war einmal über die Alpen gezogen, in früheren Zeiten im Gefolge der Kaiser, um in Italien die neuesten Formen der Goldschmiedekunst zu erlernen.

Desgleichen tat auch mein Vater Sebaldus. 1477 betrat er die heilige Stadt, 1479 hatte er Anna Magdalena, die Tochter eines deutschen Scholaren, der sich im Gefolge eines hohen Herrn aus Nürnberg in Rom niedergelassen hatte, geehelicht, und am 18. April des Jahres 1480 gebar sie mich, ihren unscheinbaren, rotbeschopften Knaben, der den Namen Jakob erhielt.

Schon der dritte Tag meines Daseins wurde mir zum Schicksalstag. Meine Mutter hat uns später erzählt, wie der Vater zur Abendstunde aufgeregt aus dem Palast der Vanozza de Catanei heimgekommen sei. Auch diese Frau war seit drei Tagen Wöchnerin, und mein Vater hatte ihr im Auftrag des Kardinals Rodrigo Borgia, ihres hohen Geliebten, Schmuckstücke zur Auswahl vorlegen sollen.

Aber die Vanozza hatte sich den Teufel um Armbänder und Ringe geschert. In Tränen des Zorns hatte sie auf ihrem Prunkbett gelegen, umgeben von den ratlosen Frauen ihrer Bekanntschaft. Alle Mittel waren versucht worden und wirkungslos geblieben; sie, Vanozza, die spielend leicht einen Sohn nach dem andern geboren und genährt hatte, konnte dieses Töchterchen mit dem goldblonden Flaum auf dem Kopf, das Rodrigo Borgia wie eine Himmelsgabe auf die Arme genommen hatte, nicht stillen. Vanozzas Busen war wie verdorrt.

Das junge Weib zitterte, daß der Kardinal es wegen seiner Unfähigkeit verachten und von nun an vielleicht eine kräftigere Frau zur Mutter seiner Kinder machen würde. Denn das muß man wissen, der Kardinal Borgia, der sich als das zukünftige Haupt der Christenheit ansah, hatte das schönste und kräftigste junge Weib Roms gesucht, damit es ihm Kinder schenke, seine Herkunft galt ihm nichts, wenn es ihm nur eine kraftstrotzende Nachkommenschaft gebar: viele Kinder, Söhne und Töchter, dieses kostbare Gut, mit dessen Hilfe die weltlichen Fürsten Bündnisse, Freundschaften, Blutbande, Länderzuwachs, Geld und Gut und Heere zu erwerben pflegten, er wollte und mußte es auch besitzen.

Die vornehmsten Damen Roms, die in ihren Prunkgewändern zur Gratulation gekommen waren, beschlossen endlich, man dürfe nicht länger zögern, nach einer Amme zu suchen, und als die Vanozza sich verzweifelt wehrte, beschwichtigte man sie mit dem Ausweg, die Amme könne ja heimlich im Palast wohnen, der Kardinal würde nichts davon erfahren. Aber wo war ein Weib, das nicht schwatzhaft war und gerade geboren hatte, so schnell zu finden?

Auf meinen Vater achtete niemand. Er stand immer noch, die Hände beladen mit Kassetten voller Gold und Edelsteinen, bescheiden an der Türe. Endlich habe er sich geräuspert und sei vorgetreten bis an die unterste Stufe des Podestes, auf dem das Paradebett errichtet war.

Was er wolle?

Eine Amme für das Kind anbieten.

Die Frauen, die über das Bett und die Wiege gebeugt standen, fuhren herum und umringten meinen Vater, so daß ihre starren Brokatgewänder rauschten wie eine herandrängende Woge. Sie fragten alle durcheinander, ob er wirklich eine Frau wisse, ehrbar, schweigsam, gesund, jung, zuverlässig, mit eben geborenem Kinde.

Mein Vater sagte ja und ja und ja.

Wer die Frau denn wäre?

Seine eigene Gattin, die ehrbare Dame, Anna Magdalena Krafft, die vor drei Tagen einem Knaben das Leben gegeben habe.

Die Nachbarinnen und Gevatterinnen starrten vor Überraschung; meinen Vater kannten sie alle als Ehrenmann. Madonna Vanozza richtete sich, entgegen jeder Etikette, die ihr doch vorschrieb, halbsterbend zu sein, munter in ihrem Bette auf und rief mit erregter Flüsterstimme meinem Vater zu: »Ist Madonna Maddalena blond wie Ihr?«

»Ja.«

»Und Euer Sohn?«

»Desgleichen.«

Da wurde ein großes Aufheben gemacht von einem Wunder des Himmels, das der schwarzhaarigen und dunkelhäutigen Mutter die Nahrung für das Kind vorenthielt, damit eine blonde Frau dem blonden Töchterchen ihre Milch gäbe.

Die Damen sprachen wieder alle zur gleichen Zeit, aber mein Vater verstand, daß der Kardinal Rodrigo sich von einer goldblonden Tochter auf dem fürstlichen Ehemarkt schon jetzt besondern Vorteil versprach. Vanozza de Catanei hatte bei dieser Vorfreude des hohen Vaters bereits ängstlich erwogen, ob das Kind denn nicht seine goldene Haarfarbe verlieren würde – die Farbe der Säuglingshaare, was wollte das heißen? Aber bei einer blonden Amme!?

»O Messer Sebaldus, überredet Eure Frau, laßt sie zu mir tragen, aber bei Nacht, und laßt sie schwören, mich nicht zu verraten!«

Noch am gleichen Tage wurde ich mit meiner Mutter in einem Tragsessel an die Piazza Pizzo di Merlo gebracht, wo Madonna Vanozza mit Giorgio de Croce, dem Gemahl, den der Kardinal ihr gegeben, und mit ihren Kindern lebte. Das waren Pedro Luis, Juan, Cesare und der Säugling Lucrezia.

Mit der Heimlichkeit der Ammenmilch war es nun aber nichts. Madonna Vanozza hielt ihr Kind zwar am Busen, wenn der Vater erschien, um die langersehnte Tochter zu betrachten, aber eines Tages trat er, mir nichts, dir nichts, in das Kinderzimmer, sah zu seiner Verblüffung die kleine Lucrezia an einem zweiten mütterlichen Busen, brach in ein homerisches Gelächter aus, und anstatt Vanozza aus seiner Gnade zu verstoßen, fand er kein Ende des Scherzens über ihre List, eine blonde Amme für das blonde Kind zu wählen.

In der Stunde, da der Kardinal sie überrascht hatte, sah meine Mutter den großen Borgia zum ersten und einzigsten Male in der Nähe; nie konnte sie sich später genug tun, von seiner Schönheit, seinem majestätischen Wuchs, seiner Liebenswürdigkeit und seinem herrlichen Lachen zu erzählen. Daß er, ein hoher Kirchenfürst, eine Frau und Kinder besaß, beanstandete ihr schlichter Sinn nicht: große Herren lebten unter ihrem eigenen Gesetz und standen auf anderm Fuße mit Gott als der gewöhnliche Sterbliche, so pflegte sie zu sagen, und da Madonna Vanozza ja keine Kurtisane war, sondern eine urgesunde, schlichte Römerin von strenger Schönheit und willensstarker Mütterlichkeit, sah sie keinen Arg darin, den kleinen Bastard eines großen Fürsten in aller Liebe an ihr Herz zu nehmen.

Es war ein Glück, daß Rodrigo Borgia meine Mutter als Amme entdeckt hatte, denn nun durfte sie, da die Geheimniskrämerei unnötig geworden war, nach vier Monaten mit den beiden Säuglingen heimkehren. Das war gut. Meinem Vater wurde nämlich die Zeit seiner Einsamkeit lang. Es war ihm zwar nicht verboten, meine Mutter zu besuchen, aber er sah sich oft wochenlang von der Piazza Pizzo di Merlo abgeschnitten, weil gerade damals die Orsini und die Colonna von Stadtviertel zu Stadtviertel mit besonderer Heftigkeit ihre Kämpfe führten.

Als mein Milchschwesterchen und ich fünf Jahre alt waren und wir eines Tages in der Werkstätte meines Vaters mit dem rundgeschliffenen Glase spielten, durch das die winzigsten Dinge so seltsam groß erschienen, trat eine stattliche Frau, die eine Hofdame sein konnte, gefolgt von Herren und Dienerinnen, über unsere Schwelle.

Mein Vater dachte, es sei eine Käuferin, aber die vornehme Besucherin verlangte die Anwesenheit meiner Mutter, und als diese, mein Brüderchen an ihrem Rockzipfel und das Jüngstgeborene auf den Armen, eintrat, wurde ihr und meinem Vater kurzerhand erklärt, Donna Lucrezia Borgia werde von nun an im Palazzo der Madonna Adriana Orsini erzogen werden. Befehl des Kardinals.

Und bevor meine Eltern sich von ihrer Verblüffung erholen konnten, kaum daß sie Zeit hatten, die Summe für die Unterbringungskosten mit Entrüstung auszuschlagen, denn sie liebten das fremde Kind wie ihr eigenes, da war das zappelnde und schreiende Mägdlein schon aufgehoben und fortgetragen. Meine Mutter sank weinend auf einen Schemel, und mein Gebrüll versuchte der Vater zu beschwichtigen.

Nach drei Tagen stand der Kämmerer des Hauses der Madonna Adriana wieder in der Werkstatt. Dieses Mal wurde lange und erregt verhandelt, denn es hatte sich gezeigt, daß das Kind Lucrezia sich wie rasend vor Heimweh gebärdete, und da es, mehr noch als nach der Mutter, nach seinem Brüderchen Jakob schrie, hatte der Kardinal, der, außer sich über die Verzweiflung des Kindes, nicht wußte, was tun, befohlen, den Milchbruder herbeizuschaffen, so rasch wie möglich, und koste es, was es wolle.

Zu dieser Zeit hatten meine Eltern schon beschlossen, in ihre deutsche Heimat zurückzukehren. Ob sie mich leichten Herzens fortgaben? Ich weiß es nicht, aber für schnödes Geld überließen sie mich nicht den fremden Menschen, wohl aber der Tränen der kleinen Lucrezia wegen.

Nun brachte man auch mich zu Madonna Adriana Ursina. Nie habe ich auf dem Gesicht des Kardinals Borgia, das ich so gut kennenlernen sollte, Tränen gesehen, als nur das eine Mal, da er sich zu uns herniederbeugte, nachdem wir, auf dem Boden kauernd, unsere Kinderköpfe mit dem letzten trocknen Schluchzen der Wiedersehensfreude aneinandergelehnt hatten und ich furchtsam zu dem fremden Manne aufsah.

Seit dieser Wiedervereinigung hat man uns nicht mehr zu trennen versucht: Donna Lucrezia Borgia und ihren namenlosen Schatten; denn wer ich war, das wurde bald vergessen; gab es doch in den Gemächern des Kindes Lucrezia allerlei Lebewesen: zwei Hündchen, einige Zwerge, einen zahmen Star, ein Äffchen und – den rotbeschopften Knaben.

*

Andere Kinder haben *eine* Mutter. Und das ist mehr als genug, wenn ich bedenke, wie die Mütter ihren Lebensinhalt aus den Kindern ziehen. Wir aber hatten drei Mütter. Das war zuviel, denn für jede war – nicht ich – aber Lucrezia der Mittelpunkt der Welt.

Meine Mutter, die uns genährt hatte, war uns zwar bald entrückt worden, die Trennung von ihrer sanften, guten Art kostete uns einige Wochen lang Tränen, aber dann entschwand sie unserer Erinnerung, und es galt, sich gegen zwei andere Mütter zu behaupten: gegen Vanozza de Catanei und Madonna Adriana Ursina; eine schwierige Aufgabe, denn jede war in ihrer Art fähig, uns in Grund und Boden zu erziehen!

Vanozza de Catanei, Lucrezias leibliche Mutter, war eine Löwin an Kraft, Gesundheit und – an Liebe zu ihren Kindern; sie erzog sie mit Prankenhieben, und zwar wurden wir für jede Geringfügigkeit hart angefaßt, haßte sie doch das Böse im Kleinen, während sie die Sündhaftigkeit im großen Stil so ruhig ansah wie Blitzschlag, Überschwemmung und Kriegsschäden. Sie konnte ihre Kinder vor Zorn über eine nichtige Lüge verprügeln und eine Dienerin wegen Naschhaftigkeit davonjagen, aber Brandschatzung und Vergewaltigung, oder das lasterhafte Leben von geistlichen und weltlichen Fürsten, Verrat und Mord unter den Großen der Stadt Rom, diese Dinge nahm sie mit einer Selbstverständlichkeit hin wie ein Tier in der Natur das Fressen und Gefressenwerden hinnimmt.

Wohl deshalb war es ihr unablässiges Bemühen, ihre Nachkommenschaft für den gewissenlosen Kampf um sie her mit hartnäckigem Ehrgeiz und eisernem Selbstbewußtsein auszurüsten. Einige liebenswürdige Tugenden als Öl für den Verkehr unter Menschen und im übrigen: nie die Vorteile ihrer hohen Abstammung aus den Augen lassen.

Vanozza selber, die praktische, lebenstüchtige Frau aus dem Volk, mit Häusern in allen Teilen der Stadt, Geld bei den Bankiers, Weinbergen und Osterien vor den Toren, die sie nach und nach mit dem Unterhalt, den der Kardinal Borgia ihr großzügig ausgesetzt hatte, zu erwerben gewußt, gab ihren Kindern das Beispiel eines tatkräftigen Egoismus.

Nun sah Vanozza de Catanei aber für ihre zahlreichen Kinder viel größeren Besitz voraus, als er ihr zu eigen war. Wenn der Kardinal erst Papst sein würde, dann winkten ihren Söhnen die höchsten Ehren und Ämter und Lucrezia, dem hochwichtigen Pfand in der Hand ihres Vaters, ein Fürstenthron, wenn nicht eine Königinnenkrone.

Vanozza war, als wir uns noch in den Goldschmiedewerkstatt meines Vaters tummelten, etwa vierzig Jahre alt. In denkbar kürzester Frist nach Lucrezias Geburt hatte sie einem Sohne Jofré das Leben gegeben. Es hätte eine zweite Tochter sein sollen, denn bei der großen Kindersterblichkeit war eine einzige Tochter ein unsicherer Besitz.

Der Kardinal Borgia war wütend über diesen überflüssigen kleinen Jofré und löste sich von Vanozza de Catanei. Ich vermute, zu ihrer geheimen Erleichterung, denn der Kardinal war ein anspruchsvoller und herrschsüchtiger Mann; sie hatte genügend mit der Erziehung ihrer Kinder zu tun, die sämtlich dem Vater nachschlugen, und überdies hatte sie mancherlei Mühe, die Ehemänner zu überwachen, die der Kardinal ihr nacheinander gab.

Wir kannten nur ihren letzten Gatten, Carlo Canale; er war ein Kämmerer des Kardinals gewesen. Vanozza pflegte sich gehörig über seine zur Schau getragene Bildung zu ärgern, denn im Grunde war er nichts als ein habgieriger, geschäftstüchtiger Mann. Wenn er den Mäzen der Dichter spielte, empörte sich ihre ehrliche, volkstümliche Seele, wollte er ihnen ja doch nur bei Wein und Gesang in den eigenen Osterien das Geld abnehmen.

›Was man haben will, das muß man offen erkämpfen‹, lautete einer ihrer Lehrsätze. Falschheit sei Schwäche. Vanozza de Catanei war eine großartige Frau.

Ganz anders unsere dritte Mutter: Madonna Adriana Ursina. Zwar war auch sie groß in ihrer Art, aber groß als Frau von Welt, in allen Ränken und weiblichen Künsten bewandert, die Männer mit ihren Tränen, ihrem Lachen, ihrer Schönheit und ihren Launen beherrschend, immer bereit, Eifersucht zu entfachen und Zwiespalt zu säen, dann wieder – ich vermute es – die höchste Gnade verschenkend.

Madonna Adriana, im Palast der Orsini auf Monte Giordano residierend, war eine Frau von vierunddreißig Jahren, als wir neunjährig waren. Mir fällt gerade dieses Lebensjahr ein, weil es uns den ersten Zusammenprall mit der äußeren Welt brachte, obgleich wir, seit ich denken kann, unter einem ständigen Sturmwetter lebten, das bald von dieser, bald von jener Wetterecke her blies und die sanften Nebel, die andern Kindern die Welt verschleiern, zerriß.

Adriana Ursina, die Tochter eines Vetters des Kardinals Borgia und Witwe eines der großen Orsini, hatte einen Sohn, Ursinus Orsini. Ich sehe ihn noch vor mir, diesen sanften, blassen Knaben, der gern in unser Kinderzimmer schlüpfte, um mit uns zu spielen. Auch er war, gerade wie die Brüder Lucrezias, von Kindheit an mit ehrgeizigen Plänen für eine glänzende Zukunft gefüttert worden, aber wenn Vanozzas Söhne, stark wie junge Stiere, ihrem Ziel entgegenrasten, niedertrampelnd, was ihnen im Wege war, flüchtete sich dieser junge römische Adlige, angekränkelt von seinem alten, zu wenig gemischten Blut, vor den Gewalttätigkeiten unserer bedenkenlosen Zeit in Kinderspiele und Träumereien.

Die frühe eheliche Verbindung mit einem andern adligen Geschlecht, von der viel die Rede war, bedeutete die Qual seiner Knabenzeit. Sein verstorbener Vater hatte ihn der Julia Farnese versprochen. Da erschien nun hin und wieder ein wunderschönes goldblondes Mädchen bei uns auf dem Monte Giordano. Ursinus brachte sie dann meistens zu uns in das Kinderzimmer, weil wir die komischsten Zwerge weit und breit besaßen und er nicht wußte, was er mit seiner kleinen Braut beginnen sollte.

Meine Milchschwester pflegte zwar ihren Lieblingsaffen heimlich aufzustacheln, damit er das fremde Mädchen plage, und ich hatte alle Mühe, diesen bösen Plan zu durchkreuzen, damit es keine Zornesausbrüche bei Madonna Adriana gab. Lucrezia war nämlich erbost, daß Julia Farnese auch goldblond war und sie von jetzt an die bewundernden Ausrufe ihrer Umgebung mit diesem fremden Mädchen zu teilen hatte. Das Äffchen sollte ihm die Haare ausreißen!

Julia war sechs Jahre älter als wir, gleich alt wie ihr Verlobter Ursinus. Wenn *er* sich nie gegen Lucrezia zu wehren wußte, die ihm einen Schabernack nach dem andern spielte, war Julia ihr durchaus gewachsen. Mit fünfzehn Jahren war sie schon ein fertiges Weiblein, bereit, mit allen Ränken und Künsten die höchste Stufe auf der Leiter des Erfolges zu erreichen.

Lucrezias kindliche Eifersucht wischte Julia mit einem hochmütigen Lachen beiseite. Daß mein temperamentvolles Schwesterchen ihr nun erst recht grollte, ist verständlich. So kam es, daß Lucrezia bei den Hochzeitsfeierlichkeiten die unbeschreiblich schöne Braut unablässig beobachtete und umlauerte.

Seit jenen Maitagen des Jahres 1489 ist Julia Farnese als eine der schönsten Frauen unserer Zeit, als ›la bella‹, in aller Welt berühmt geworden. Ich sehe sie noch, wie sie schlank und zart in ihrem weiß-silbernen Brokatkleid, Perlen in ihrem Goldhaar und Perlen um den Hals, in einem schwebend leichten Gang wie Aphrodite, die aus dem Schaum des Meeres an das Land tritt, im Palast Borgia das Gastgemach betrat.

Sie ging allein vor einer Schar hoher Herren einher, ihren Verwandten Gaetani und Orsini, es waren ein Kardinal und ein Erzbischof darunter. Die Männer in schwarzem Sammet oder violetter oder hochroter Seide waren ein prachtvoller Hintergrund zu ihrer helleuchtenden Gestalt. Aber auch das sahen meine Kinderaugen – nur dachte ich, es sei väterliche Liebe –, daß der Kardinal Borgia gegen jede Etikette dem schönen Geschöpf entgegeneilte und ihm den ganzen Tag nicht von der Seite wich.

Ursinus war blaß und verstört in seiner Rolle als Ehemann und vermutlich sehr erleichtert, denn er war noch ein unerwachter Knabe von fünfzehn Jahren, daß man schon am Hochzeitstag verkündete, er würde nun in fremde Dienste ziehen, um das Kriegshandwerk zu erlernen.

Und noch ein Bild von diesem feierlichen Tage: Lucrezias Brüder Juan und Cäsar. Juan, damals ebenfalls fünfzehnjährig, war spanischer Herzog im Königreich Valencia. Als solcher hatte er den Vortritt vor den viel älteren Gaetani, Orsini und Farnese. Dieser Vorrang, den ihm sein Vater, der Kardinal, in seiner maßlosen Liebe verschafft hatte, muß wie ein Dorn im Herzen des ehrgeizigen Knaben Don Cesare geeitert haben; deshalb flößte mir sein Antlitz, so schön und beherrscht es war, an diesem Tage eine Angst ein, die sich bis in meine Träume fortsetzte, denn solche Augen hatte ich noch nie an einem Menschen gesehen. Noch in der Erinnerung scheint es mir, als wären sie von nichts anderem beseelt gewesen als von einer mörderlichen Bosheit. Die Kälte des Blicks bei dem weichen, liebenswürdigen Lächeln um den sinnlichen Mund war von einer grauenerregenden Unnatur.

Außer mir schien durch Jahre und Jahre niemand ein Furchtgefühl vor diesem Knaben zu empfinden; alle waren unbefangen freundlich mit ihm; man übersah Cesare Borgia, aber gerade das muß wie ein giftiger Samen in sein Herz gesunken sein, wußte er doch, daß er seiner gesamten Umgebung weit überlegen war. Er scheute sich nicht, es auszusprechen.

Vieles verstand ich noch nicht an jenem Hochzeitstag der Julia Farnese, und auch nicht im nächsten und übernächsten Jahr. Erst viel später begriff ich, warum Ursinus nie mit seiner jungen Gemahlin zusammen lebte, die unter den Schutz des Kardinals Rodrigo Borgia in dessen Palast übergesiedelt war. Warum Madonna Adriana, Ursinus' Mutter, die mächtigste Frau am Hof des Kardinals wurde, sein ganzes Vertrauen besaß, die herrlichsten Geschmeide erhielt, und warum Julia Farnese die umworbenste Frau Roms wurde.

*

Zu meiner Erleichterung ging Don Cäsar gleich nach der Hochzeit mit seinem Hofmeister, Juan Vera, auf die Universität Perugia zurück.

Von dort trafen im Laufe der Zeit die erstaunlichsten Berichte ein. Die Erwachsenen mußten endlich begriffen haben, daß Cäsar seine Geschwister an Klugheit hoch überragte, denn immer wenn Lucrezia und ich in diesen Jahren wegen Faulheit, Torheit und kindischem Wesen gescholten wurden, hielt man uns Don Cäsar als leuchtendes Beispiel vor Augen, dem schon mit vierzehn Jahren von seinen begeisterten Professoren gelehrte Schriften gewidmet wurden, der in Lateinisch dichtete und Italienisch sprach, während wir noch an unsern Kindersprachen Deutsch und Spanisch haften blieben. Dem Kardinal zuliebe bestand nämlich Madonna Adrianas Hofstaat fast ausschließlich aus spanischen Damen und Herren.

Rodrigo Borgia sah in Cesare den zukünftigen hohen Geistlichen, aber dieser sehr weltlich gesinnte und lebenshungrige Jüngling wollte nichts von der geistlichen Laufbahn wissen. Doch ob er wollte oder nicht, mit sechzehn Jahren wurde er zum Protonator der Kirche ernannt. Ich erinnere mich genau daran, weil Lucrezia und ich mit staunender Hochachtung ein gleichzeitiges Ereignis in der hohen Familie miterlebten: die Ernennung unseres kleinen Bruders Jofré zum Domherrn.

Cäsars Ernennung konnte nicht gefeiert werden, weil er abwesend war, aber der sehr kleine, zurückgebliebene, neunjährige Jofré, fast erdrückt von seinem schweren Festmantel, ließ sich im Palast des Kardinals sein Händchen von vielen großen Herren küssen. Abends durften wir ihn zu Madonna Vanozza zurückbegleiten, in deren Hause er wohnte. Sie liebte ihren Kleinen sehr, das letzte ihrer Kinder, das der Kardinal ihr gelassen hatte. Don Pedro Luis war in Spanien gestorben, Juan hatte in jenes ferne Land übersiedeln müssen, um Amt und Würden eines Herzogs von Gandia auf sich zu nehmen, Cäsar war, wie gesagt, auf der Universität und Lucrezia in den Händen der Madonna Adriana Ursina.

Jofré saß an diesem Abend auf den Knien seiner Mutter, seine mageren Ärmchen um ihren Hals geschlungen, ein sehr verstörter kleiner Domherr und Archidiakonus von Valencia.

Vanozza schalt gehörig über die unvernünftige Liebe des Vaters; kochte ihrem Söhnchen einen Kamillenaufguß und steckte ihn ins Bett. Nachher beschäftigte sie sich mit Lucrezia. »Herausgeputzt wie eine galante Frau!« sagte sie empört, »aber natürlich, wenn man ein elfjähriges Kind verlobt, entlobt und neu vergibt, muß es die Großen nachahmen können wie ein Äffchen!«

Lucrezia war wirklich vor zwei Monaten dem Herrn von Val d'Ayora, Don Cherubin Juan de Centelles, versprochen worden, und wenige Wochen danach war ein zweites Eheversprechen vor hohen Zeugen mit Gasparo, Grafen von Aversa, Herrn von Prozida, unterschrieben worden.

Wir senkten bei Vanozzas Strafrede beschämt den Kopf, denn wir fühlten uns ganz unschuldig an diesen Verlobungen, hatten wir doch nicht einmal Bilder der Prätendenten zu sehen bekommen. Und was mochten diese spanischen Knaben von Lucrezia wissen? Der junge Oliva war die erste Figur in dem Spiel, das der Kardinal mit seiner Tochter auf dem fürstlichen Ehemarkt zu spielen begann, der Graf von Aversa die zweite.

Lucrezia, und somit auch ich, durften an diesem Abend bei Madonna Vanozza bleiben; das war eine Freude; denn trotz ihrer Rauheit war uns wohl bei dieser vorzüglichen Frau. Sie konnte in einem Atem schelten und lachen, sie hatte ein Herz für uns und verlangte nie, daß wir uns wie Erwachsene betrugen, während wir in Madonna Adrianas Augen nichts waren als Versuchstierchen für höfisches Benehmen, die unaufhörlich beobachtet und getadelt wurden. Entschwanden wir aber ihren Blicken, so waren wir vermutlich aus ihrem Denken ausgelöscht. Liebe, oder auch nur Wärme, haben wir nie von ihr erfahren.

Ich muß noch erzählen, daß wir an jenem Abend bei Vanozza bleiben durften, weil der nächste Tag der kunstvollen Goldstickerei gehörte, in der Vanozza als eine große Künstlerin galt. Goldstickerei und kirchliche Übungen waren ihr Gebiet in der Erziehung Lucrezias, und es griff ja auch beides sehr hübsch ineinander über, wurden doch die Altäre, die Baldachine für die Prozessionen und die Heiligen selber mit den kostbarsten Stoffen geschmückt.

Wenn Lucrezias zarte Kinderhände nach zwei Stunden der Arbeit von den harten Goldfäden Risse zeigten, durfte sie sie in Madonna del Popolo, Vanozzas liebster Kirche, mit Stolz vor der Heiligen Jungfrau erheben.

Wenn Lucrezia sich mit der Stickerei plagte, saß ich unserm guten, lieben Lehrer Lorenz Behaim im Palast des Kardinals gegenüber. Messer Lorenzo, wie er von uns allen genannt wurde, war die eigentliche Hausfrau im Palast; er war schon im Amt, als wir geboren wurden, und blieb bis zu seinem Tode der Majordomus, wo immer sein Herr auch residierte.

Lucrezia und ich hatten gern Stunden bei ihm; er war Humanist, aus Nürnberg gebürtig, und sprach deutsch mit uns, in der Sprache, die meine Mutter uns gelehrt; um ihn war noch ein wenig von der sanften Luft meines Elternhauses, auch war er verwandt mit meinen Vorfahren und nannte mich gern mit meinem ganzen Namen: Jacobus Krafft, denn ihm gefiel es gar nicht, daß ich als namenloser Schatten meiner hohen Milchschwester aufwachsen sollte.

Ich verdanke dem alten Mann mit dem weißen Lockenkranz um den kahlen Kopf drei Dinge: erstens, daß ich trotz meinem Schattendasein noch einiges Selbstbewußtsein zu retten vermochte, zweitens die Bewahrung meiner Muttersprache und drittens die Heranbildung zu einem gewiegten Sekretär mit allgemeinem Wissen und der Erkenntnis, daß Verschwiegenheit die erste Pflicht in diesem Berufe ist.

»Ich nenne nicht die Gefälligkeit zu jedem Dienst, mein lieber Jacobus«, sagte er dann wohl, »denn diese Tugend gehört den Kammerdienern.« Und wenn er dann sah, daß ich noch nicht alles verstehen konnte, hielt er mir nach seiner Art die langen, blassen Gelehrtenhände über den Tisch hin entgegen, als wolle er mich leiten und auf die rechte Bahn schieben. »Jacobus, hör zu: große Herren nehmen sich alles, wonach es sie gelüstet; je verbotener und unheiliger die Frucht, je lieber; dazu aber brauchen sie ergebene Helfer, die sie nicht verraten. Seinem Herrn loyal zu dienen ist gut, aber ihm in seinen bösen Lüsten willfährig zu sein ist unwürdig! Und wenn sie dir auch danken, ehren können sie dich nicht mehr. Gold werfen sie dir hin, aber treten über dich weg wie über einen Wurm.«

Einmal bei einer solchen Rede, die mir tief in das Gemüt drang, sah ich, wie die alten Wangen erröteten und die blassen Augen aufblitzten im Zorn, und ich begriff, daß man ihn in die Rolle des gefügigen Helfers hatte drängen wollen, er seine Stellung im Haushalt des Kardinals aber wohl seiner unerschütterlichen Rechtlichkeit verdankte.

Viel später lernte ich den Unterschied zwischen Messer Lorenzo Behaim und Madonna Adriana Ursina kennen, dieser hochgeborenen Dame, die ihrem Vetter Kardinal gegen Geld und Geschmeide zu jedem Dienst, aber auch zu jedem, willfährig war.

Wenn Lucrezia bei den Stunden im Studierzimmer Messer Lorenzos anwesend war – wir zählten damals zehn, elf und zwölf Jahre –, sprach der alte Mann von andern Dingen. Meine Schwester, gekleidet wie ein erwachsenes Fräulein, die langen Haare von einem Goldband zu einem dicken Zopf umwunden, saß dem alten Mann an der Breitseite des Tisches gegenüber; mein Platz war an der Schmalseite.

Er half uns durch die griechische Philosophie hindurchstolpern, erklärte uns die Verschmelzung der leiblichen und der seelischen Vollkommenheit zum idealen Menschen, des ›kalos k'agathos‹. Mir wollte dieser Ausdruck nie in den Kopf, aber mein Schwesterchen schrieb ihn in phonetischer Weise auf und lernte ihn fließend aussprechen wie auch andere philosophische Stichworte. Wenn wir ihrem hohen Vater in Madonna Adrianas Hause begegneten, hatte Lucrezia eine kindlich selbstverständliche Art, den ›kalos k'agathos‹ ins Gespräch zu werfen. Vor Verblüffung, Entzücken und Stolz vergaß der Kardinal dann ganz, sich danach zu erkundigen, ob Donna Lucrezia dieses Wort auch zu erklären wisse. Sie wurde als Leuchte der Wissenschaft, als frühgereifte Virago gepriesen, und ich stand mit großen Augen und gänzlich dumm daneben, denn nie hätte ich den Mut aufgebracht, Worte von mir zu schleudern, die mir nicht mehr waren als Kieselsteine, deren Art und Herkunft ich auch nicht erklären konnte.

Aber so sind die Frauen; sie fühlen sich vollkommen befriedigt, wenn sie eine Reihe von Stichworten kennen, die ihnen eine gelehrte Unterhaltung erlauben. Lucrezia wurde immer geschickter darin, das richtige Wort im richtigen Moment einzuwerfen und im übrigen mit einer schmeichelhaften Hingebung zuzuhören und zu schweigen. Auf diese Weise verbreitete sich das Gerücht von ihrem erstaunlichen Können und einem ungewöhnlichen Verständnis für alle Wissenschaften in weitem Umkreis.

Nur ich hörte später ihre Zornesausbrüche über die Langweiligkeit alter Gelehrter, und nur ich durfte beobachten, wie Donna Lucrezia sich im Vergnügen mit jungen nichtsnutzigen Hofleuten an den ›verpaßten Stunden‹ rächte.

Aber das war später, als wir dreizehnjährig waren und unsere Bildung als abgeschlossen galt. Bis zu diesem reifen Alter, das Donna Lucrezia ihre erste Ehe brachte, wurde viel in unsere Kinderköpfe hineingesteckt.

Eine Reihe von Magistern saß Donna Lucrezia in untertäniger Haltung gegenüber; der eine belehrte sie über klassische Literatur und ließ sie einzelne Verse auswendig lernen, der andere übte sie im Lateinischen. Ein junger Dichter lehrte sie Sonette schmieden; sie wurde im Französischen und Italienischen unterrichtet, ein Maler lehrte sie den Pinsel führen, und der griechische Sekretär ihres Vaters, Lodovico Podocatharo, plagte sich redlich, uns Griechisch beizubringen.

Wenn Lucrezia wie ein fröhliches Vögelchen hier und da einen süßen Kern aufpickte, der ihr gefiel, war ich wie der unscheinbare Schwamm, mit dem unsere schwarze Holztafel gereinigt wurde, und sog auf, was ich hörte, weil ein Schwamm nicht anders kann, als aufzusaugen; es ist seine Natur, so selbstverständlich und so unwichtig, daß niemand darauf achtet, aber der Schwamm freut sich in aller Stille, wenn er sich immer mehr füllen und ausdehnen darf.

Nein, jemand freute sich doch; das war Messer Lorenzo Behaim, aber diese Freude blieb unter uns.

Von einer besonderen Belehrung habe ich noch nicht geredet, von der Musik. Da diese Kunst Grund war, daß sich der erste harte Knoten in meinen Lebensfaden knüpfte, soll ihr ein eigener Abschnitt gewidmet sein.

*

Donna Lucrezia pflegte ihre hochgelehrten Lehrer mit allerlei spöttisch-liebevollen Übernamen anzureden, aber immer mit einem schalkhaft herzlichen Lächeln, so daß keiner der ehrbaren Herren beleidigt war, sie wurde von allen geliebt, und wer sie nicht liebte, der stand zum mindesten unter dem Reiz ihrer ungenierten Offenheit, mit dem sie ihren gänzlichen Mangel an Interesse kundtat; ja, sie machte Spaß mit den griesgrämigen Gelehrten und warf den jungen Magistern schöne Augen zu; die Schulstunden wurden zu einem wahren Zirkus, in dem sie die Kunstreiterin war, die auf den alten, breiten Gäulen der soliden Wissenschaft hin und her sprang oder auf dem schwankenden Seil ihrer zweifelhaften Bildung durch geschickte Kunststücke die Bewunderung der Zuschauer erregte.

So weit die Gelehrsamkeit. Mit der Musik war es ganz anders. Meine Schwester hatte eine Stimme, die in ihrer Beseeltheit dem Zuhörer das Herz umdrehen konnte. Jetzt weiß ich, daß der Zauber ihrer Stimme einer Bereitschaft zur Liebe entsprang, mit der sie geboren worden war. Im Kindesalter war sie sich dieser Bereitschaft nicht bewußt, aber sie mußte sie begreifen lernen, sobald ein äußerer Anstoß die Hülle der Kindlichkeit zerriß. Dieser Moment kam früh, schon als wir erst zwölfjährig waren.

Der Kardinal hatte befohlen, sein außergewöhnliches Töchterlein die Laute schlagen und geschult singen zu lehren. So wurde denn nach einem geeigneten Maestro gesucht; Madonna Adriana entdeckte einen sehr jungen verarmten Adligen, der sich mit Musikunterricht das Geld für seine Studien an der Universität verdiente.

Franceschetto nannten wir ihn, denn wir waren nach der ersten Stunde gute Freunde. Lucrezia war damals größer als ich und weit über ihr Alter hinaus geweckt, das heißt in allem, was ihr kleines Weibtum betraf. Sie war sich ihres hübschen Äußeren und ihrer Wichtigkeit einer Tochter des Kardinals Borgia und der Braut eines spanischen Granden vollauf bewußt. Ihre Macht auszuüben war ihr größtes Vergnügen.

Ich dagegen war meiner nordischen Abkunft entsprechend mit zwölf Jahren noch ein Kind, aber kein verträumtes Kind; ich sah und verstand auf meine Weise mancherlei, nur von Liebesdingen wußte ich so wenig wie ein Neugeborenes.

Deshalb begriff ich nicht, warum Donna Lucrezia mich nach den ersten Gesangstunden fortschickte und sagte, ich solle im Arbeitszimmer ihre Schulaufgaben schreiben, in ihrer Schrift wohlverstanden; ich hatte Übung darin, da es oft galt, einzuspringen, um sie vor Strafen zu bewahren.

Das Bild, das ich im Hinausgehen sah, war sehr anmutig: meine Schwester, schlank und zart, auf der Lehne eines Sessels schwebend, die Laute auf dem Knie, ihr süßes Gesicht unter der Masse der blonden Haare geneigt, die nur von einer Goldschnur gehalten wurden. Und ihr gegenüber, an den Mosaiktisch gelehnt, die Arme gekreuzt, die langen Beine in den gewobenen Strümpfen übereinandergesetzt, die Taille sehr eng, die Ärmel breit gebauscht und das glänzende Haar halblang geschnitten, Franceschetto, der Inbegriff der Jugend und Kraft.

Mich wundert noch jetzt, daß es meiner Schwester gelang, nicht nur ihre alte Wärterin Donna Anna, sondern auch die Hofmeisterin, Vittoria Gaetana, und die drei kleinen Ehrenfräulein so geschickt zu entfernen, aber ich vermute, daß diese gesamte Weiblichkeit froh war, hin und wieder dem recht langweiligen Beieinandersitzen entfliehen zu dürfen.

In unserm galanten Palast gab es mancherlei Möglichkeiten zur Zerstreuung, auch stand alle Welt zu dieser Zeit wegen der Krankheit des Heiligen Vaters in erregten Kämpfen um den Nachfolger. An unserm Hofe war ein unablässiges Schwatzen und Mutmaßen über die Aussichten für Lucrezias Vater sowie ein emsiges gesellschaftliches Hin und Her zwischen Madonna Adriana Ursina und den Familien della Porta, Sforza, Riario und della Rovere, die auch auf die Papstwürde für ihre Sippe hofften.

Unsere Pflegemutter hatte durchaus keine Zeit für uns; sie wird sich wie alle Damen und Fräulein damit beruhigt haben, daß dieser rotbeschopfte Jacobus ja untrennbar von seiner Milchschwester sei; die Hauptsache war, daß das anvertraute Borgiakind nie allein blieb.

Aber es blieb allein.

Eines Tages sagte Lucrezia, bevor Franceschetto erschien: »Höre, mein Lieber, mache heute keine Aufgaben für mich«, sie errötete und stockte, fuhr dann aber wie eine gestrenge Herrin fort: »du wirst vor der Türe auf dem Gang bleiben, und wenn du eine meiner Frauen kommen hörst, so klopfst du rasch bei mir an, wartest einen Augenblick und trittst dann bei mir ein; fragt dich aber jemand, ob du immer im Zimmer warst, sagst du ja ... Mache nicht so große kuglige Augen, Jago! Ist das so schwer zu begreifen?«

»Ja, denn ich weiß nicht, was Ihr im Sinne habt, Schwester«, sagte ich verwirrt, »aber ich stehe nicht auf dem Gang, und ich lüge auch nicht.«

Lucrezia stampfte mit dem Fuß auf und schüttelte mich am Arm. »Du tust, was ich dir befehle!«

»Nein.«

»Jacobus, du bist hier aus Gnade und Barmherzigkeit!«

Ich mußte nachdenken, denn das war ein Gespräch, wie wir es noch nie geführt hatten. »Ich weiß nicht, warum ich hier bin; ich dachte, weil ich ein wenig Euer Bruder bin.«

»Zu meiner Gesellschaft bist du bei mir, und um mir zu dienen. Franceschetto kann gleich erscheinen. Geh auf den Gang und paß auf!«

Ich schüttelte den Kopf. »Lucrezia, ich weiß nicht, was das alles bedeutet; mir ist angst um Euch; nein, nein, ich helfe Euch nicht.«

»Jago«, sagte sie flehend und ungeduldig zugleich; sie nannte mich mit dem spanischen Namen Jago, wenn sie mich um den Finger wickeln wollte, »sei kein dummes Kind und hilf mir, du hast mir doch immer geholfen.«

»Aber dieses ist etwas anderes; ich mag das nicht ... laßt einen Diener kommen, der soll Wache stehen.«

»Damit er mich bei Madonna Adriana anzeigt, wenn ich ihm nicht immer wieder Geld gebe? So machen sie es nämlich, Nina hat mir das erzählt. Jago ...«

Hier wurde Franceschetto von einem Pagen hereingeführt. Ein zweiter Knabe trug Donna Lucrezias Laute, ein dritter die Noten und ein vierter den Ständer, alle waren in den Farben der Orsini gekleidet. Ich stand einen Augenblick unschlüssig neben der Türe. Lucrezia sah nur noch Franceschetto. Die Pagen gingen gemessen einer hinter dem andern als eine kleine bunte Prozession an mir vorüber. Der letzte, mein Freund Aldo, flüsterte mir zu: »Komm, spielen!«

Ich folgte ihnen und vergaß an diesem Nachmittag rasch Lucrezias seltsames Anliegen, weil wir im Hof mit dem Brunnen Räuber spielten, wobei ich, der Jüngste, einen großen Holzwagen hinter mir herziehend, der Kaufmann war, der ausgeraubt wurde.

Am späten Nachmittag, als ich erhitzt wieder bei Lucrezia eintraf, hatte auch sie glühende Wangen. Sie saß im Kreise ihrer Frauen und Mädchen, die Augen so strahlend, wie ich es noch nie gesehen, und sang gemeinsam mit Nina Estouteville, ihrer liebsten Freundin, das Lied von der Grille:

Ich möchte mich verdingen
als gri gri gri gri Grille und immer singen,
bis dann mich hörtest du
in jeder Nacht, bald du dich legst zur Ruh.
In deiner Fenster Spalt,
da tät' ich mich verstecken,
und gri gri gri macht' ich ohn' Aufenthalt,
auf eine holde Art dich aufzuwecken.
Doch säh' beim Morgenlicht
ich dich erwacht noch nicht,
leis schlich' ich mich heran
und küßte deine süßen Lippen dann![1]

Dieses Lied sang alle Welt, aber den adligen Mädchen war es eigentlich verboten. Vittoria Gaetana und Donna Anna mußten über die Unverfrorenheit der beiden Mägdlein hellauf lachen; sicher dachten sie, diese Kinder wissen ja gar nicht, was sie singen, aber Donna Lucrezia war inzwischen erfahrener geworden, als ihre Hofmeisterinnen wußten.

Diese Damen waren, wie mir jetzt scheint, mit ungewöhnlicher Blindheit geschlagen, denn als meine Schwester danach allein ein Lied vortrug, und ihre übergroßen Augen keinen von uns mehr sahen und ihre Stimme fast rauh klang vor Erregung, hielten sie nur gerührt den Kopf schief und die Hände über dem Magen gefaltet.

Ich weiß heute noch die Worte auswendig, denn durch Wochen, ja durch Monate sang Lucrezia die sehnsüchtige Weise, manchmal unter Tränen des Zornes, manchmal in Tränen der Verzweiflung. Es hieß:

Mein Täuber, der von Silber trägt die Schwingen,
wie leuchtet, wenn du auffliegst, dein Gefieder;
ich lernte mir so gern dein schönes Singen,
mein Herz wird froh, erklingen deine Lieder.
Dein Singen und dein Lied möcht' ich erlernen;
die Sonne sinkt und gibt ihr Licht den Sternen:
dein Singen und dein Lied vergess' ich nicht;
die Sonne sinkt und gibt den Gipfeln Licht.[2]

Lucrezia erlebte eine ganze Reihe ungestörter Gesangstunden mit Franceschetto, aber dann fuhr eines Tages der Blitz wie aus heitrem Himmel auf meine Schwester hernieder.

Der Kardinal Borgia war selber überraschend bei seiner Tochter erschienen; in welche Szene er hineingeriet, weiß ich nicht, aber es gab einen gewaltigen Aufstand im Palast. Der Kardinal, ein sehr temperamentvoller Mann, tobte wie ein Stier in Madonna Adrianas zierlichem Kabinett. Sämtliche Hofmeisterinnen, Gesellschaftsfräuleins und Pagen waren zusammengerufen worden; alles weinte, protestierte, entschuldigte sich. Lucrezia saß allein und sehr hochmütig abseits. In Seelenruhe ließ sie das ganze Gewitter des väterlichen Zornes über ihre Damenschar niedergehen, erst als Madonna Adriana auf mich zeigte, und erklärte, ich sei der Hauptschuldige, begann sie Anteil zu nehmen.

Ich stand hinter Lucrezias Stuhl und sah, wie sie sich aufreckte, um zuzuhören, was ihre Pflegemutter hervorzischte: »Wir glaubten alle, Jacobus verlasse seine hohe Schwester nie, aber dieser geriebene Schelm, dieser frühreife Kuppler hat Donna Lucrezia allein gelassen und auf dem Gang Wache gestanden, so sagen die Diener, die ihm alle ins Gewissen geredet haben, er wird wohl von dem frechen Musiker bezahlt worden sein, er hat ...«

»Nein«, schrie Lucrezia und sprang von ihrem Stuhle auf.

»Schweig«, sagte der Kardinal, sich seiner Tochter zuwendend. »Mein armes, süßes Kind, wir wollen dir das Kloster noch für dieses Mal erlassen, du bist verführt worden, aber du, Jacobus«, hier schwoll die Stimme des Kardinals wieder an; ich faßte die Lehne des Stuhles fester und schloß die Augen vor seinem wutverzerrten Antlitz, »du verdammter kleiner Heuchler! Gottlob, daß deine Herrin unschuldig ist und du die Suppe auslöffeln kannst.«

Nie, nie vergesse ich, was nun geschah: mit fester Stimme hörte ich mein süßes Schwesterchen ausrufen. »Vater, laßt mich auch einmal reden, Jago war in Angst um mich, weil ich ihn wegschicken wollte.«

»Aber er hat im Gang Wache gestanden.«

»Nein!«

»Dann bist also doch du schuld, daß dieser Sängerknabe, dieser Verführer, Gelegenheit hatte ... Gelegenheit hatte ...«

»Ja, ja, Vater«, sie hob errötend die Hände, damit der Kardinal nicht weiterspräche. Ich sah es, denn ich war neben Lucrezia getreten.

»Es ist doch meine Schuld, ich hätte bleiben sollen«, wagte ich dazwischenzurufen.

»Ihr guten Kinder!« plötzlich war Seine Eminenz gerührt, sein Zorn pflegte so überraschend zu versickern, als langweile es ihn plötzlich, böse zu sein, er küßte sein Kind und strich mir mehrmals begütigend über mein Borstenhaar. Dann wandte er sich mit einer straffen Wendung den Frauen im Hintergrund zu, die leise Widerreden führten, ein strahlendes Lächeln auf dem königlichen Antlitz: »Übrigens, weshalb ich zu ihrer Exzellenz, meiner Tochter, kam«, sagte er majestätisch, »ich wollte ihr als dem ersten Menschen verkünden, daß unser Heiliger Vater Innozenz einem Schlag erlegen ist!«

Er schwieg wie abgeschnitten, aber die Damen werden wohl seine Rede in Gedanken fortgesetzt haben, ›... und ich werde sein Nachfolger sein.‹

Er hielt Lucrezia seine Hand hin, die sie küßte, als neige sie sich schon über den Annulus piscatoris. Die Frauen bemühten sich durchaus nicht, Trauergesichter aufzusetzen, denn nun war der Kessel der Erregung erst vollends ins Kochen gekommen. Lucrezia und ich waren vergessen.

Als wir uns noch des glimpflichen Ausganges, den das Liebesabenteuer genommen hatte, freuten, fiel es wie ein Hieb auf uns nieder, da ein Page uns heimlich zutrug, daß Franceschetto, der Verführer, sein frevles Spiel mit dem Leben bezahlt habe.

Wir waren beide wie erstarrt vor Schrecken ... Franceschetto, den wir als das Bild des Lebens gekannt, den Lucrezia mit einer ersten aufwallenden Leidenschaft geliebt hatte, Franceschetto tot, ausgelöscht wie ein belangloses Licht von der Hand eines Großen!

In unserer Ratlosigkeit vor diesem Schlag saßen wir bis in die Nacht hinein stumm nebeneinander auf der Bank im Fenster, zu tief erschrocken, um einen Trost finden zu können. Nach zwei Tagen, als Lucrezias geheime Tränen immer noch flossen, brachte ich sie zu ihrer Mutter, Madonna Vanozza, aber diese wußte nichts anderes zu tun, als ihre Tochter für die Ungehörigkeit zu schelten, mit der sie einen armen Adligen in ihre Gunst erhoben hatte. Daß der Unglückliche seinen Frevel mit dem Leben büßen mußte, berührte sie wenig.

Da begriff Lucrezia Borgia zum ersten Male in ihrem Dasein, daß ein Menschenleben in den Augen der Großen dieser Welt nichts bedeutete, und daß es keinen irdischen Richter gab, der ihrem eigenmächtigen Tun Einhalt zu bieten vermochte. Meine Schwester, selber eine Herrin, lernte rasch das Gesetz der Willkür anzunehmen, aber ich fragte mich verstört: wo ist Gott?

Nach kurzer Frist fiel kein Wort mehr zwischen Donna Lucrezia und mir über den schönen Franceschetto, doch mochte sie ihre Laute nicht mehr sehen; auch hat sie wohl ein Jahr lang nicht gesungen, und wehe, wenn eine ihrer Freundinnen das Lied summte: *Mein Täuber, der von Silber trägt die Schwingen.*

*

In der Zeit des Konklave war es kein Vergnügen mehr, in der Nähe Madonna Adrianas zu weilen; ihre Schwiegertochter, Julia Farnese, die anerkannte Favoritin Rodrigo Borgias, war ständig bei ihr und verwandelte unsere Pflegemutter, die allein schon schlimmer als ein Gewitter war, in eine Naturkatastrophe.

In Rom stieg und fiel die Stimmung für und wider Giuliano della Rovere, der von den meisten auswärtigen Mächten und vielen der italienischen Fürsten bevorzugt wurde, Ardiccio della Porta, Ascanio Sforza, Piccolomini, den auf Venedigs Wunsch eben ernannten Kardinal Gherardo und nicht zum wenigsten Rodrigo de Borja, den Spanier und reichsten Mann Roms.

Die Stadt schwirrte vor Erregung, weil Borgia mit seiner eigenen vierzehn Stimmen für sich hatte und somit nur eine einzige fehlte, damit er die Zweidrittelmehrheit habe.

Während der zwölf Tage, die Lucrezias Vater wie sämtliche andere Kardinäle in Bretterverschlägen, eingemauert im Vatikan, wie die gefangenen Löwen saßen, nur von ihren Beichtigern, Sekretären, Ärzten und Dienern besucht, entflohen Lucrezia und ich zu Madonna Vanozza.

Bei ihr war etwas mehr Ruhe als in unserm Palast, denn Vanozza behauptete, nicht daran zu zweifeln, daß der Vater ihrer Kinder zum Haupt der Christenheit ausersehen sei. Immerhin brachte sie unzählige Stunden im Gebet zu, ließ auch uns auf den Fliesen in Madonna del Popolo knien, bis wir fast zusammenbrachen. Auch verschenkte sie die schönsten Stücke jener Kunstschätze, mit denen ihr fürstliches Haus ausgestattet war.

Wenn die Papstwahl nicht gut ausging, würde es schwere Vorwürfe geben, denn der Kardinal benutzte Vanozzas Palast als Aufbewahrungsort für seine teuersten Erwerbungen; ihre völlige Mißachtung, besonders ›dieser Steinpuppen ohne Köpfe und Gliedmaßen‹, kannten wir, und die neuen Malerschulen betrachtete sie als gar zu weltlich.

Wie dem auch sei, der Mangel einer einzigen Stimme setzte auch Vanozza gewaltig zu; daher ihre Opfergaben.

Am 9. August dieses Jahres 1492 kämpfte die Partei Borgia noch verzweifelt um die Stimme des uralten Kardinals Gherardo. Am 10. August war die Hoffnung auf Ascanio Sforza als unsere entscheidende Unterstützung gesetzt, am späten Abend hieß es, die Wahl schwanke auf Messersschneide zwischen della Rovere und Borgia.

Bei uns im Hause schlief keine Seele, sogar der kleine Jofré sprang umher wie ein Käfer auf der heißen Herdplatte, aber dann am frühen Morgen des elften – wir hatten uns schon bei Sonnenaufgang der riesigen Menschenmenge vor dem Vatikan zugesellt, denn heute mußte die Entscheidung fallen –, am frühen Morgen schon erschien der Kardinaldiakon auf der Loggia und verkündete mit Donnerstimme sein ›habemus papam‹ und öffnete den Mund, um unter anhebendem Glockengeläut den Namen des Erwählten – oh, wie uns der Atem stockte und die Knie zitterten –, des Kardinals Rodrigo Borgia, als Alexander VI. über die Köpfe der Menge hinauszurufen.

Die Menschen tobten vor Begeisterung, Vanozza liefen die Tränen über die Wangen, Lucrezia hing schluchzend an meinem Hals, Jofré klopfte sich, vor Freude schreiend, auf seine mageren Knie, und dann trat auch schon der neue Papst, Alexander VI. auf die Loggia und segnete die Menge, die in die Knie sank. Es hörte sich an, als rausche der Sturmwind durch ein dürres Schilfufer.

Alexander VI. war schön und stattlich, sechzig Jahre alt, aber er schien in seiner schlanken Frische und Beweglichkeit kaum die fünfzig erreicht zu haben.

Das Volk läßt sich immer von der Schönheit der Repräsentanten irgendeiner Macht, sei sie kirchlich oder weltlich, hinreißen; auch Alexander Borgia, in seinem majestätischen Äußeren, angetan mit dem Papstornat, zwar noch ungekrönt, riß das Volk zu frenetischer Begeisterung hin.

Lucrezia hatte an diesem Tag noch keinen Zutritt zu ihrem Vater, deshalb schlenderten wir mit Jofré und einigen begleitenden Kammerherren durch die Stadt. Überall wurden Freudenfeuer angezündet, Inschriften und Lobsprüche von den Gelegenheitsdichtern an die Mauern geheftet. Wir lasen alle, die wir entdecken konnten, und brannten vor Stolz, wenn unser Vater als ein Gott gepriesen, über die römischen Kaiser gestellt oder den antiken Helden verglichen wurde. Daß Alexander von Mazedonien nur ein Schuhputzer gegen den neuen Alexander war, ist begreiflich.

Über die Krönungsfeierlichkeiten könnte ich allein ein Buch schreiben, auch über die Aufzüge, in denen der Heilige Vater sich dem Volke zeigte. Welche Pracht der Gewänder des Klerus, welcher Luxus an Geschmeide und Waffen der römischen und spanischen Adligen, der Bogenschützen, der Palastwache, der Diener, der Pagen! Alles ging in Samt und Seide. Und erst die Damen auf den schneeweißen Pferden aus Alexanders eigenem Marstall mit goldenem Zaumzeug und Sätteln und Schabracken von niegesehenem Wert. Der türkische Prinz Dschem besaß seine eigene muselmanische Gefolgschaft, sehr farbenfreudig auf arabischen schwarzen Hengsten daherreitend, vom Volk, das nichts von den Zwisten der Völker weiß, arglos bejubelt. Wochenlang lebte Rom von den Schaugeprängen und in der Wonne über den neuen Herrn der Christenwelt, den großen Alexander VI.

Und war er nicht groß? Versprechen kamen aus seinem Munde, die hoch und niedrig erleichterten: kein Nepotismus; strenge Gerechtigkeit; Kampf den Banditen auf dem Lande und in der Stadt; Neuordnung der Finanzen und der Justiz und, was das Volk am meisten entzückte: allwöchentlich eine Audienz für jedermann vor dem Angesicht des Heiligen Vaters selber. Und wie schlicht lebte dieser erhabene Mann! Wenn alles üppig schwelgte, aß er so mäßig wie ein Mönch, und wie leutselig und fröhlich er war!

Das Versprechen, keine Verwandten zu begünstigen, führte zunächst dazu, daß Don Cäsar nicht zur Papstkrönung in Rom erscheinen durfte, Juan in Spanien zu bleiben hatte, Julia Farnese in der Menge der römischen Damen verschwinden mußte und Lucrezia als Nichte Alexanders bezeichnet wurde. Vanozza de Catanei gab es überhaupt nicht.

Die römische Gesellschaft und die auswärtigen Höfe zu blenden, gelang aber nur kurze Zeit; das Volk blieb länger in seinem Taumel der Erleichterung und der Bewunderung.

Von den Dingen, die sich hinter den Kulissen abspielten, wußten Lucrezia und ich gar nichts; wir waren zwölfjährige Kinder. Wenn meine Schwester auch mir gegenüber als die Braut eines spanischen Granden großtat, eines erwachsenen Mannes, der am Hof seines Königs die schönsten Frauen kannte, so wurden uns bald die Augen aufgetan.

Donna Anna, unsere alte Wärterin, hatte einen Sohn, der Kammerdiener im Vatikan war, alles hörte, oder alles erriet, und alles seiner Mutter zutrug. So sagte die alte Frau eines Abends, als sie Donna Lucrezias Haar bürstete und ich dabei vorlas: »Höre auf, Jacobus, es gibt Wichtigeres als deinen alten Plutarch. Unser Bräutigam Don Gasparo ist in Rom. Sein Vater will nicht länger warten.«

»Ich soll doch den alten Vater nicht heiraten!«

»Das sollst du auch nicht. Im übrigen ist er noch jung, vielleicht fünfunddreißig Jahre alt, wenn sein Sohn, dein Bräutigam, dreizehnjährig ist.«

»Dreizehnjährig?« stammelte Lucrezia verblüfft, »ein Knabe, nur wenig älter als Jacobus?«

»Wir werden schon noch älter werden«, sagte ich beleidigt, »Ihr seid doch auch erst zwölf Jahre alt.« O, mir ist diese Abendstunde unvergeßlich!

»Aber ich spiele nicht mehr Räuber und Kaufmann«, trumpfte meine Schwester auf. »Anna, wie sieht er aus, dieser Knabe?«

»Es ist ein schmächtiges Büblein, das an der Hand seines Vaters geht.«

Lucrezia riß sich von ihrer Alten los. »Ich will kein Kind zum Gatten haben! Ich will einen Mann haben! Ich gehe morgen zu meinem Vater, man hat mich betrogen, ich will den Knaben nicht sehen!«

»Laß mich doch ausreden, mein Herzchen. Der Graf d'Aversa ist nach Rom geeilt, weil Euer hoher Vater das Eheversprechen aufheben will.«

»O Anna, was bedeutet das? Ich sage dir, lieber einen Knaben zum Gatten, als gar keinen Gatten! Mein Vater will mich doch nicht ins Kloster stecken?«

»Ta, ta, ta «, machte Donna Anna, was bei ihr das höchste Maß der Ermahnung zur Ruhe bedeutete. »Aufheben will, sagte ich. Und warum? Weil eine große, fürstliche Verbindung für Euch geplant ist.«

Meine Schwester leuchtete auf. Sie wollte wissen, wer der neue Prätendent sei, ihr dritter Bräutigam! O, wie sie es liebte, verlobt, entlobt und wieder verlobt zu werden! Jedesmal, wenn eine Verlobung langweilig geworden war, schenkte ihr Vater ihr eine neue. So ungefähr drückte mein Schwesterchen sich damals aus, und ich dachte: ob man nun Räuber und Kaufmann spielt oder Verlobung und Entlobung, das eine ist ein aufregendes Spiel wie das andere.

Den Namen konnte Donna Anna uns nicht sagen, sie wußte nur, es sei ein Sforza, ein Verwandter des allmächtigen Kardinals Ascanio und des gefürchteten Moro in Mailand.

»Hoffentlich ist er nicht ein Kind von drei Jahren«, sagte Lucrezia skeptisch, denn sie wußte, daß das Alter der Ehepartner völlig belanglos war.

»Nein, nicht drei Jahre!« Das hatte Donna Anna vergessen zu sagen, der zukünftige Herr Gemahl war sechsundzwanzig Jahre alt. Aber nun brauste Lucrezia von neuem auf. »Sechsundzwanzig Jahre! Das ist ja uralt!« Sie war den Tränen nahe.

»Dummes Kind«, lachte Donna Anna und ging ins Schlafgemach Lucrezias, um das Bett zu bereiten. Das war der Augenblick, wo ich mich zu empfehlen hatte. Ich beugte mich über die Hand meiner Schwester, küßte sie, wie man es mich gelehrt, und sagte ihr leise: »Franceschetto war genau so alt; wißt Ihr noch, er hat es einmal erzählt.«

»Ja, das ist wahr, Jago. Wie gut, daß du mir das sagst. Weißt du, wenn dieser fremde Mann ebenso schön ist wie Franceschetto, dann wäre es gar nicht mehr schlimm, daß man ihn tötete. Ich nenne meinen Gemahl dann in Gedanken Franceschetto und mache die Augen zu, wenn er mich küßt.«

Sie seufzte beruhigt auf und wandte sich ihrem Betschemel zu; wahrscheinlich um dem Himmel zu danken, daß er so gut für sie sorgte.

*

Meine Schwester war sehr ungeduldig zu heiraten; sie versprach sich viel von diesem neuen, noch unbekannten Spiel: der Ehe. Sie war vergnügungshungrig in jeder Beziehung, im übrigen trotz ihrer Jugend prachtliebend, ehrgeizig, von starkem Unabhängigkeitsdrang und überzeugt, daß sie jeden Mann beherrschen werde; sie war die echte Tochter ihres Vaters.

Vorläufig erfuhren wir nicht einmal den Namen des zukünftigen Gatten, seine Person war Lucrezia aber auch vollkommen gleichgültig; die Hauptsache war, daß sie einen eigenen Palast bekam und Hof halten mußte. Zur Hochzeit würde man ihr Juwelen und kostbare Kleider schenken, von ihr reden, ihr huldigen. Und die Gelegenheitsdichter mußten sie besingen! »Herrlich, herrlich, Jago! Und du bleibst bei mir und wirst mein Geheimschreiber.«

Warum dauerte es nur so lange, bis der große Tag angesetzt wurde? Wir waren doch schon zwölf Jahre alt! Ach, wir wußten nicht, daß der Heilige Vater schwere Kämpfe mit dem Grafen d'Aversa auszufechten hatte, der um die Welt nicht auf die kontraktlich versprochene Ehe für seinen Sohn verzichten wollte. Lucrezia war ein kostbares Pfand geworden, seitdem ihr Vater mächtiger als Kaiser und Könige dastand, der höchste Mann der Christenheit! Es läßt sich denken, daß der Graf die Vorteile, diesen Gewaltigen als Schwiegervater seines Sohnes zu sehen, nicht missen wollte. Das Glück muß ihm kaum faßbar erschienen sein.

Wie ich viel später erfuhr, drohte der Graf damals damit, Ferdinand und Isabella auf den Plan zu rufen, Ferrante von Neapel und den König von Frankreich aufzuhetzen. Alexander soll sich aber nicht haben einschüchtern lassen; im November des Jahres 1492, als er noch nicht drei Monate lang als Herrscher dieser Welt amtierte, war der kleine Gasparo, Conde de Prada, an die Wand gedrückt und erledigt.

Wütend setzte sein Vater, der Ritter Don Juan Francesco de Procida, Conde de Aversa, den Kleinen hinter sich auf sein Pferd und ritt erbost mit der Gefolgschaft davon. Immerhin mit der stattlichen Summe von dreitausend Dukaten im Beutel, während Alexander sich beeilte, Ferdinand und Isabella, den Gönnern des Grafen, den Gefallen zu tun, Schiedsrichter im Streit um den Besitz von West-Indien zu sein.

Am 4. Mai 1493 war der große Tag, an dem er eine Linie von Norden nach Süden zog, hundert Meilen westlich der äußersten Azoren-Inseln; Alexander ›schenkte‹ Spanien die neuentdeckten Gebiete der westlichen Welt; die östliche Hälfte sollte Portugal gehören. Und nun Donna Lucrezias Verehelichung!

Endlich, endlich erfuhren wir den Namen des glücklichen Prätendenten: Giovanni Sforza, regierender Herr von Pesaro. Der Fürst war Witwer, und das behalte der Leser dieser Hefte für den Fortgang der Ereignisse in Erinnerung: seine Gemahlin, Maddalena Gonzaga, war im Kindbett gestorben, er war also ein Mann, von dem eine Nachkommenschaft zu erwarten war.

Dies nur als Feststellung. An solche Dinge dachte Lucrezia auch nicht im Traume. Sie jubilierte über eine ganz neuartige Beschäftigung für ihren Tatendrang – denn die Schulstunden waren ja nun beendet –, man würde ›regieren‹. »Jacobus, wir werden regieren! Pesaro ist zwar nur ein Bergnest, aber einige Untertanen müssen doch darin zu finden sein, und einen Palast in Rom bekomme ich auch!«

Wir waren sehr vergnügt, denn die Residenz wurde mit größter Eile, aber sehr prächtig für uns eingerichtet; sie hieß ›der

Palazzo von S. Maria in Porticu‹ und lag ganz nahe dem Vatikan, dann wurde eines Tages die Ehe mit Giovanni Sforza gerichtlich vollzogen, aber ohne den Ehemann.

Als nämlich der Heilige Vater und Madonna Adriana Ursina in ihrer Ungeduld beschlossen hatten, das Kind noch zu Wintersende 1492 zu verheiraten, war Vanozza de Catanei, die eigentlich keinen Zutritt zum Vatikan besaß, vor dem Heiligen Vater erschienen. Mit Lucrezia an der Hand und mir im Gefolge, hatte sie den Vater ihres Kindes gefragt, was es ihm nutzen würde, wenn er dieses Mägdlein, das erst eben zur Jungfrau geworden, neun Monate nach seiner Hochzeit im Kindbett würde sterben sehen.

Der Heilige Vater meinte, daß viele Mädchen die frühe Ehe ganz gut überstünden, aber seine Stimme zitterte, und er war blaß geworden vor Angst, sein Juwel, sein Töchterchen, dieses süße Kind, hergeben zu müssen.

»Gut denn, recht so!« Giovanni Sforza solle sich noch ein Jahr gedulden. Aber, als fürchte er, daß der Tod ihm doch sein Kind entreißen könne, nahm er uns damals sogleich mit in die Werkstatt des Meisters Pinturicchio, die im Vatikan eingerichtet war. Eine ganze Zimmerflucht sollte ausgemalt werden, mit allem, was Alexander liebte: vom Stier, seinem Wappentier, über ihn selber, seine Nachkommenschaft bis zum Prinzen Dschem.

Lucrezia mußte gleich still sitzen und der Meister ihr süßes, verblüfftes Kindergesicht mit Kohlestift auf einem Karton festhalten.

Und daß Herr Giovanni sich nicht nach Rom getraue! Alexander war wie ein Zerberus; ein volles Jahr solle er noch warten.

Madonna Adriana zog mit uns in den neuen Palast, denn nun mußte Lucrezia zunächst gelehrt werden, eine Fürstin zu sein, Gesandte, hohe Geistliche und regierende Herren zu empfangen, Dichter und Künstler zu beschäftigen, Audienzen zu erteilen, Beschlüsse zu fassen, Leute aus dem Volk anzuhören und Gnaden zu erteilen.

Ich hatte bei den Lehrstunden unserer Pflegemutter im Hintergrunde zu stehen, um zur Übung die Gespräche nachzuschreiben. Das war schwer, denn Madonna Adriana pflegte keinen Satz zu Ende zu sprechen, von einem Einfall zum andern zu springen, um schließlich ungeduldig auszurufen: »Die Hauptsache ist, daß du schön bist und zu lächeln verstehst.«

Vollends schwierig wurde das Diktat, wenn Julia Farnese ihre Ratschläge erteilte, die an Verworrenheit den Redeschwall unserer Pflegemutter noch übertrafen. Für mich waren diese Stunden eine schwere, aber gute Schule, denn ich mußte aus dem Wust des Gehörten einige Sätze zusammenhauen, die Hand und Fuß hatten.

Wenn ich jetzt bedenke, daß wir damals erst gerade dreizehnjährig waren! Ich sehe es noch vor mir, das rührende Bild, wenn einmal im Ernst Gesandte zu empfangen waren: Lucrezia in einem mächtigen Stuhle thronend – die Füßchen reichten noch nicht ganz bis zum Fußboden –, rechts von ihr Madonna Adriana, links Julia Farnese, beide auf etwas kleineren Sesseln.

Lucrezias Stimme, mit der sie alte und wichtige Herren begrüßte, war kinderhell. Befangenheit kannte sie nicht; die hohe Politik kam natürlich nicht zur Sprache, aber es wurde viel gelacht. Einmal, als der Gesandte Venedigs meiner Schwester Süßigkeiten mitbrachte und sie mit Würde den eingelehrten Satz aussprach, daß sie nicht verfehlen werde, den Herrn Gesandten bei Seiner Heiligkeit in angenehme Erinnerung zu bringen, und zweimal mit der Zunge stolperte, nahm der alte Herr, der mit dem Barett in der Hand vor ihr stand, Madonna Lucrezia von ihrem Sessel auf, hielt sie trotz ihrem Sträuben auf dem Arm und küßte sie wie ein guter Großpapa. Als er sie ehrfürchtig auf ihren Thronsessel zurücksetzte, sagte er kopfschüttelnd zu Madonna Adriana Ursina: »Ihre Exzellenz ist im Alter meiner Enkelin«, dann verneigte er sich höfisch, den Dank der Signoria für den Empfang durch Serenissima aussprechend.

Solche Szenen erzürnten mein Schwesterchen. Zum Glück war an diesem mir unvergeßlichen Tag der folgende Besuch der des Erbprinzen von Ferrara, Alfonso d'Este, des zukünftigen Herrschers eines der bedeutendsten Staaten in Italien. Alfonso war ein Witwer von sechzehn Jahren; vor einem Jahre hatte er geheiratet, zehn Monate später war seine viel zu junge Frau bei der Geburt eines toten Sohnes gestorben. Er hatte keine Zeit gehabt, sie lieben zu lernen; sie war gekommen und gegangen, ein halbes Kind, das man wie unzählige hochgeborene Mädchen ihren Wärterinnen und Schulmeistern entreißt, um sie einem Knaben, einem jungen oder einem alten Mann zu überantworten. Es war genau so gewesen, wie Vanozza es beschrieben hatte: die jungen Weiblein werden Mütter, aber der unentwickelte Körper erträgt die allzufrühen Pflichten nicht. Der Tod hat leichtes Spiel, die zarten Geschöpfe fortzunehmen. Dem Manne aber wird eine neue Gebärerin für Prinzen und Prinzessinnen gegeben. Niemand trauert den kindlichen Gattinnen nach; sie sind nicht umsonst geopfert worden, denn durch sie wurden Familienbande für das Spiel der Politik neugeknüpft, mehr braucht es nicht. Ja, Vanozza de Catanei war eine vernünftige Frau aus dem Volk, die sich diesem gotteslästerlichen Spiel mit dem Leben widersetzt hatte.

Ich sagte, daß der Besuch Alfonso d'Estes ein erfreuliches Nachspiel zum Erscheinen des alten Venezianers war, denn dieser junge Fürst mußte als hochgeehrter Gast des Heiligen Vaters unterhalten werden. Lucrezia durfte zu diesem Zweck ein Bankett mit Tanz geben; es wurde viel bei uns getanzt. Oft erschien der Heilige Vater, um zuzuschauen.

Alfonso d'Este war ein fröhlicher Gefährte trotz seiner Witwerschaft. Bis Herr Giovanni, Lucrezias niegesehener Gemahl, erschien, spaßte und tändelte er mit seiner kleinen Gastgeberin. Er gab Donna Lucrezia auch Reitstunden und unterwies sie in allen Künsten der Reiherbeize.

Es war inzwischen November geworden. Auch der Heilige Vater zog, wie ein weltlicher Fürst gekleidet, mit hinaus an die Ränder der Sümpfe, wo das herrlichste Jagdgebiet sich meilenweit unter dem weißblauen Herbsthimmel dehnte.

Alfonso und Lucrezia, beide am Anfang ihres Lebensweges, tummelten sich ahnungslos miteinander in allerlei Vergnügungen, dann trennten sie sich wieder und wußten nicht, daß ihre Lebensströme viel später in eins zusammenfließen sollten. Es ist seltsam, zurückzuschauen in das Gewirr des Lebens.

Der Frühling des Jahres 1493 gehörte in unserm Palast ganz den Vorbereitungen für die Ankunft des Gemahls, Giovanni Sforza von Pesaro. Daß der Vollzug der Ehe zwischen einer Borgiatochter und einem Sforza die Liga, die Alexander VI. mit Ludovico Sforza in Mailand, Venedig und mehreren andern Fürsten ins Leben gerufen hatte, besiegeln sollte, kümmerte Madonna Lucrezia wenig. Sie wollte eine Ehefrau werden, den Zaubergarten der Liebe betreten, den Franceschetto ihr von weitem gezeigt hatte. Sie freute sich mit ihrem ganzen Wesen auf das Spiel der Liebe.

Begehrt zu werden und ihre Gnade zu verschenken, sollte von nun an durch Lucrezias ganzes Leben zum Inbegriff ihres Glückes werden. Man schelte sie nicht, wenn die Treue ihr unbekannt blieb, sie war trotzdem eine verläßliche Freundin der Männer. Niemals hätte sie einem Geliebten geschadet, auch wenn er schon verabschiedet wurde. War die Zeit gekommen, daß der Liebesfrühling verblühte, so wandelten ihre Gefühle sich in Schwesterliebe oder mütterliche Zuneigung, und wies der entrüstete Verabschiedete diese Freundschaft von sich und grollte ihr, zuckte sie wohl lächelnd die Schultern, aber zürnte dem Mann, der keine Lebenskunst besaß, darum nicht.

Doch ich habe vorgegriffen: diese Erkenntnis über Lucrezia Borgias Wesen ist mir erst jetzt in meinem neununddreißigsten Lebensjahr gekommen, da ich die Erinnerungen an ihre Jugendzeit niederschreibe. Damals, als meine Schwester dreizehnjährig war, entfaltete sich ja erst ihr knospenhaftes Wesen; und wenn es auch schon die ersten Spuren der Veranlagung zur Liebenden um der Liebe willen zeigte, so verstand ich in meiner knabenhaften Unreife nichts davon.

Ich sah nur mit Hochachtung, daß meine hohe Schwester die Aussteuer einer großen Fürstin erhielt, daß ihre Gemächer in unserm weitläufigen Palast mit den neuesten und kostbarsten Möbeln gefüllt wurden und mehrere Künstler Fresken oder Gemälde zur Verschönerung der Räume und der Kapelle liefern mußten.

Lucrezia war sehr liebreizend in ihrer Ungeduld, den unbekannten Gemahl zu sehen. Am 9. Juni sollte der Tag des Einzuges sein, am 12. die Einsegnung der Ehe im Vatikan, ein Fest, zu dem alle Höfe ihre Gesandten nach Rom geschickt hatten.

Der 9. Juni war ein strahlender Sommertag. Lucrezia saß auf einer Loggia des Palastes, allein, vorn an der Brüstung, in einem Brokatkleid von dem zarten Hellblau eines dunstigen Frühlingshimmels, golden durchrankt von Blumen und Blättern, ein Stoff, der eigens für diesen Tag in Neapel gewoben war. Auf dem offen hängenden Haar lag ein Kranz aus goldenen Rosen in schwerem Filigran, auf deren Blütenblättern Diamanten wie Tautropfen gesetzt waren. Keine Kette beschwerte ihren zarten Hals, doch waren der Gürtel und der Saum ihres Gewandes schwer von Edelsteinen, und auf den beiden zarten Kinderhänden trug sie Ringe an den vier Fingern. Als sie sie beim Nahen des Zuges in der Erregung aneinanderlegte und auf die Brust preßte, glichen sie einem eigenartigen, kostbaren Schrein. Enthielt er Glück oder Unglück für den fremden Mann, der sich an diesem Tag der Borgiasippe verkaufte?

Viele Ehrendamen bildeten einen schönen, in Farben wogenden Hintergrund für die helle Gestalt der Braut.

Giovanni Sforza ritt allein dem Festzug voraus, eine angenehme, kriegerische Erscheinung, ein gereifter Mann von siebenundzwanzig Jahren. Gleich hinter ihm folgten Lucrezias Brüder, Juan, Cäsar und der kleine Jofré. Don Cäsar, der siebzehnjährige Erzbischof wider Willen, war die hervorragendste Erscheinung unter den jungen Männern. Ich muß hier einfügen, daß er damals in einem Brief des Gesandten von Ferrara an Herzog Ercole d'Este, den ich viel später zu Gesicht bekam, als ein wahrer Fürstensohn von vornehmem Naturell und ausgezeichnetem Genie geschildert wurde. Er sei bei großer Bescheidenheit besonders heiter und liebenswürdig. Ein Doppelwesen schon damals, verlockend, berauschend, aber tödlich wie das berühmte und berüchtigte Gift, das alle großen Herrn in ihrem Besitze haben.

Doch an jenem 9. Juni 1493, in der Stunde des Einzuges, waren alle Blicke auf Giovanni Sforza und seine Braut gerichtet. Von der Loge hielt der Fürst sein Pferd an, verneigte sich mit dem entblößten Schwert in der Hand und verriet durch seine erstaunt geöffneten Augen und das – ich möchte sagen – fassungslose Lächeln seines Mundes, welches Entzücken ihn beim Anblick seiner Braut überfiel.

Lucrezia, die ich aus einer Ecke der Loggia betrachten konnte, neigte ihr Haupt und gab diesem Manne, der doppelt so alt war wie sie, einen Blick, der durchaus keine bräutliche Demut, sondern ein triumphierendes Besitzergreifen ausdrückte. Es könnte sein, daß Lucrezias Wesen in diesem Moment, da sie zum ersten Male den Wünschen eines Mannes, der ein Recht auf sie hatte, begegnete, in seiner Entwicklung einen Sprung vorwärts tat, denn in den beiden Tagen, die der Vermählung vorangingen, erschien sie mir völlig verändert; sie war gegenüber ihrer früheren Ungeduld sehr ruhig und keineswegs furchtsam, wie es doch von jungen Bräuten erwartet wird.

Nein, ihre Augen leuchteten, ihr Mund schien ein Geheimnis zu verschließen, und wenn Herr Giovanni in diesen beiden Tagen, da ein Fest das andere ablöste, in seiner Erregung erblaßte oder errötete, so schien meine hohe Schwester mir nur um so kühler, wenn auch von ausgezeichneter Liebenswürdigkeit.

Mir wären diese Vorgänge entgangen, wenn nicht ein Satz Seiner Heiligkeit in mein Ohr gedrungen wäre, der von einem erheiterten Lachen begleitet war und zu Madonna Adriana gesprochen wurde: »Nun schaut einmal diese kleine Teufelin von dreizehn Jahren an. Wie eine gewiegte Liebeskünstlerin bringt sie einen Mann um den Verstand und wird den ihren vermutlich nicht verlieren.«

»Ja, ihr Wesen verspricht mancherlei ... Ein Ehemann Lucrezias wird nie mit beiden Augen schlafen dürfen!« So Adriana Ursina.

Lange blieben mir diese unverständlichen Worte im Gedächtnis, aber heute, da ich meine Erinnerungen schreibe, scheinen sie mir wie ein Motto vor Lucrezias Weibesleben gesetzt zu sein. Die Hochzeitsfeier war sehr prächtig. Seine Heiligkeit saß auf dem Thron, umgeben von Kardinälen, Bischöfen, Fürsten, Gesandten, den adligen römischen Matronen, hochstehenden Bürgern und viel jungem Volk. Überdies waren alle Säle gefüllt mit

Gästen. Es war ein großes Gedränge, man hatte nicht genügend Tische zum Bankett aufgestellt, und viele Gäste gingen erzürnt fort. Hin und wieder wurden Komödien aufgeführt und immer neue Geschenke dem Brautpaar überreicht: zwei große silberne Waschbecken aus Ferrara, mehrere Ballen Goldbrokat aus Mailand, zwei Ringe, vom Moro gesandt, die sogleich auf tausend Dukaten geschätzt wurden, ein vergoldetes Tischgeschirr und viele andere kostbare Dinge.

Als der Morgen schon graute, wurde immer noch getanzt. Alexander schaute mit seiner strahlenden Miene zu. Eine Zeitlang waren Seine Heiligkeit, Madonna Adriana und einige Ehrengäste abwesend; sie hatten das Brautpaar in sein Gemach geleitet.

Wenige Tage später wurde Don Cäsar Borgia zum Kardinal erhoben. Juan, als Herzog von Gandia mit dem höchsten spanischen Adel verbunden, und der kleine Jofré ein zukünftiger Prinz von Neapel und Verlobter der Donna Sancia d'Aragón, erhielt den Titel eines Herzogs von Squillace.

Jetzt konnte Alexander VI. sich beruhigt auf dem Stuhle Petri zurechtsetzen, seine Nachkommenschaft war versorgt.

Daß sämtliche Kinder in diesem Familientheater Bastarde hoher Persönlichkeiten waren – Donna Sancia und Lucrezias Gemahl, Giovanni, einbezogen –, beeinträchtigte die Wichtigkeit ihrer Stellung nicht; es galten das Blut und die Persönlichkeit weit mehr als der geschriebene Buchstabe des Ehekontrakts.

*

Ein Jahr lang hielten wir in Freuden Hof zu Rom! Lucrezias Gemahl, Giovanni Sforza, war der große Mann in der Stadt, der Mittler zwischen dem Moro und dem Vatikan; er ordnete den Austausch der Gesandten und übergab Alexander die Briefe mit den Freundschaftsbeteuerungen und den Versicherungen der Bewunderung für die neue Anverwandte, Madonna Lucrezia Borgia.

Neben dem politischen Schachspiel ging unser höfisches Leben einher mit Tanz, Jagd und ländlichen Festen auf den Villen unserer Freunde in der Umgegend. Neuerdings verbrachten wir auch viel Zeit in den Werkstätten der Maler und Bildhauer, auf den Bauplätzen und bei den Ausgrabungen, die das Tagesgespräch waren.

Meine Herrin begann sogar eine Sammlung von Kunstschätzen anzulegen und Aufträge zu erteilen. Noch ohne tieferes Verständnis, aber wir machten trotzdem entsetzliche Schulden. So geriet meine Schwester manchmal mit ihrem hohen Vater hart aneinander, aber immer war sie die Siegerin. Es wurden ihr nicht nur die Schulden bezahlt, nein, sie erschien nach solchen Schlachten strahlenden Antlitzes, mir triumphierend einen Beutel voll Dukaten hinstreckend. Ihr Vater war von jeher Wachs in ihrer Hand gewesen.

Lucrezias unermüdliche Betriebsamkeit war im Grunde ein Mittel gegen die Langeweile. Herr Giovanni war zwar ein leidenschaftlich Liebender, aber im übrigen in seinen Mannesinteressen, die sich ausschließlich um Krieg und Politik drehten, einem Kind von dreizehn Jahren zu weit entfernt, als daß er ihm hätte unterhaltend erscheinen können.

»Wenn mein Gemahl wenigstens Sinn für Komödien, Bücher und Malerei hätte, oder für Tanz, Musik und meine neuen Kleider«, rief mir Lucrezia eines Tages in Tränen zu, »aber nichts davon! Immer nur Karl VIII., Venedig und Florenz, Mailand und Neapel. Giovanni langweilt mich, Jacobus!«

Da konnte es nicht ausbleiben, daß meine holde Herrin stets auf dem Sprung war, mit irgendeinem schönen und verliebten Mann – und wer war nicht in sie verliebt? – ein gefährliches Spiel zu beginnen. Die Eifersucht konnte Herrn Giovanni fast rasend machen, aber im Moment, da er drohte, die Fassung zu verlieren, wandte sich Lucrezia ihm mit der gleichen Leichtigkeit wieder zu, wie sie sich von ihm abgekehrt hatte. Sie wußte diesen kraftvollen Mann und erfahrenen Heerführer zu beherrschen wie eine geschickte Tierbändigerin.

In der Erinnerung versöhnt mich Lucrezias fröhliche Güte, die sie nie verließ, mit diesem verwerflichen Spiel, und zur Erleichterung meiner Sorgen um ihre Seele darf ich mir zurückrufen, daß sie auch in ihrer muntersten Jugendzeit keine religiöse Vorschrift vernachlässigte; nur muß ich sagen, daß sie auch den himmlischen Mächten mit der Sicherheit des verwöhnten Kindes gegenübertrat. Gewissensnöte oder Reue hatten keinen Platz in ihrem lebensfrohen Gemüt.

Das aufgeregte Dahinwirbeln des Jahres 1493 hätte nach dem Wunsch meiner Schwester ewig so weitergehen dürfen, aber Kaiser, Könige, Fürsten und vor allem der Herr über die Christenheit sowie der hohe Klerus können nicht ruhig bleiben und müssen auf dem Schachbrett der Politik ihre Züge tun. Das brachte die schlichte Treue unseres Herrn Giovanni in große Not.

Der Heilige Vater lebte zu dieser Zeit in innigstem Einverständnis mit den Aragonen von Neapel, deshalb gehörte die Hälfte unserer Sympathie dieser Partei; Lodovico Moro, der mächtige Verwandte Herrn Giovannis, paktierte aber mit Frankreich und dessen kleinem König, Karl VIII., dem Todfeind Neapels; so neigte die andere Hälfte unserer Herzen sich Mailand zu. O Qual!

Wem sollte Lucrezias Gemahl dienen, dem Papst oder Mailand? Von beiden bezog er einen hohen Sold als Condottiere. Lucrezia und ich waren anwesend, als Giovanni Sforza Seine Heiligkeit anflehte, ihm klar zu sagen, auf welche Seite er sich halten solle; er könne nicht von zwei hohen Herren Sold empfangen, sobald sie gegeneinander stünden.

»Sagt mir, Heiliger Vater«, rief er zuletzt flehentlich aus, »wo der Ausweg für mich liegt?«

Diese Zumutung verstimmte Alexander. Er hatte uns in aller Leutseligkeit besucht, und nun sollte er moralische Entschlüsse fassen? Nein.

»Ihr kümmert Euch um Dinge, die Euch nichts angehen, mein lieber Giovanni«, fuhr er den jungen Mann an. »Bezieht Euer Geld von beiden Seiten und führt die Befehle aus, die man Euch erteilt.«

Herr Giovanni durfte nicht antworten, wie er es gern getan hätte, aber eine Stunde später, als ich wie so oft zu Übungszwecken in unserer Kanzlei einem Briefdiktat lauschen durfte, mußte ich hören, daß Giovanni Sforza seinem Vetter nach Mailand schrieb, wenn er gewußt hätte, in welch teuflische Lage er geraten würde, er ›lieber das Stroh unter seinem Leibe gefressen hätte‹, als durch diese Ehe zum Verräter an den eigenen Blutsverwandten zu werden.

Aber es war nicht nur in unserm Palast, es war in ganz Rom nicht mehr gemütlich; die Gesellschaft zerfiel in zwei Parteien: hie Frankreich, hie Neapel. Wenige Tage nach dem Brief an den Moro mußte Herr Giovanni Seine Heiligkeit bei sehr schlechter Laune antreffen; Alexander hatte nämlich am Morgen della Rovere sprechen wollen und hören müssen, daß sich dieser wichtige Herr seit gestern auf hoher See befand, und zwar zu dem Zweck, den zögernden Karl VIII. aufzuhetzen, rasch zu kommen, um den Borgiapapst abzusetzen.

Dann solle der Kardinal Ascanio Sforza vor seinem Antlitz erscheinen. Auch Sforza konnte nicht kommen, weil Seine Eminenz Rom schon vor Tagen in Richtung Mailand verlassen hatte.

»Und niemand sagt mir etwas!« Alexander tobte vor Zorn, denn er konnte toben. Lucrezias Gemahl überbrachte uns diese Einzelheiten, als er erschöpft von der furchtbaren Szene zu uns zurückkam. Aufgeregt hin und her gehend, überlegte er, was er tun könne, um ebenfalls die Stadt unbemerkt zu verlassen; denn jetzt hatte er sich für die Seinen in Mailand entschlossen. Aber man überwachte ihn, und das wußten wir.

Lucrezia, die ihr sehr erfreuliches Eheleben durchaus nicht beendet sehen wollte und der Politik ihres Vaters nicht die geringste Bedeutung beimaß, runzelte die Stirne und sprach das gewichtige Wort: »Wir werden nach Pesaro gehen, weil wir dort zu regieren haben; unsere Untertanen sehnen sich nach uns.«

Giovanni Sforza mußte trotz seiner Bedrängnis lachen.

»Du süßes Kind! Dein Vater wird unser Regieren für gänzlich unwichtig erklären; er will mich unter Augen haben.«

»Dann müssen wir einen andern Grund erfinden.«

Lucrezia hatte sich neben Giovanni gesetzt, der auf eine Truhe niedergesunken war und lehnte ihren Kopf an seine Schulter. Ich wollte mich zurückziehen.

»Jacobus, bleib. Du hast natürlich nie eine Idee, aber du kannst uns helfen nachzudenken.«

»Ich habe eine Idee.«

»So?« fragte Herr Giovanni, und er lachte mich ironisch an, »der Knabe hat eine Idee!«

»In der Stadt reden die Leute mehr und mehr von der Pest, es sind schon viele Arme daran gestorben.«

»Ach, Jacobus«, sagte Lucrezia verächtlich, »jedes Jahr sterben einige arme Leute an der Pest; bis die Seuche in die Paläste dringt ...«

»Euer hoher Vater hat große Angst vor der Pest, das wissen wir doch.«

»Jacobus ist gar nicht so dumm, wie sein Sommersprossengesicht vermuten lässt«, sagte Herr Giovanni freundlich.

Lucrezia schlug eine Hand in die andere und fuhr ihrem Gatten in die Rede: »O ja, die Pest! Liebster«, sie biß ihren Mann ins Ohrläppchen vor Freude, »ich werde meinem Vater entsetzliche Angst machen: drei Fälle im Vatikan, zwei bei uns, einer bei Madonna Vanozza. Er muß fort aus Rom und auch uns ziehen lassen, nach Pesaro, in Sicherheit!«

Wir wurden alle drei sehr fröhlich bei der Aussicht auf die Reise, das Regieren und die Huldigungen des neuen Hofstaates, Herr Giovanni Sforza wohl vor allem, weil er in Pesaro in Sicherheit war und er sich nicht zwingen lassen würde, nach Rom zurückzukommen, solange Feindschaft mit Mailand bestand. Meine Nichtigkeit wurde gelobt wegen des guten Einfalls, und ich fühlte mich vollkommen als erster Minister des Fürsten Giovanni Sforza von Pesaro.

Lucrezia erreichte, was sie gewollt. Der Heilige Vater geriet bei ihren Schreckenserzählungen, die er vergaß nachprüfen zu lassen, in eine wahre Todesangst. Er beschloß, sich schnellstens nach Vicovaro zu begeben. Wir aber, das hatte Lucrezia nicht erwartet, mußten jene zwei Damen mit uns nehmen, denen wir gern entflohen wären: Madonna Adriana und Julia Farnese, die uns zu überwachen liebten und alles und jedes dem Heiligen Vater zutrugen. Besonders zwischen Julia und Lucrezia stand es schlecht, beide lebten in der Gunst Alexanders, beide hielten sich für die erste Frau Roms, und was das Wichtigste war: beide waren goldblond. Dieser Streitapfel lag immer noch zwischen ihnen.

Daß man im Süden den blonden Haaren so große Wichtigkeit beilegt, ist in unserm nordischen Lande kaum begreiflich, aber in Rom, wo die Frauen braune bis blauschwarze Haare haben, ist der Anblick eines hellgoldenen Hauptes wie eine Erscheinung aus der Götterwelt Griechenlands. Aphrodite, die Schaumgeborene, war blond und allein deshalb schon die Göttin der Schönheit. In der Lombardei und Venedig ist das helle Haar nicht so selten, aber in Rom wandte jeder den Kopf, wenn Madonna Lucrezia vorüberritt, ging oder fuhr, oder – wenn Julia Farnese erschien, und das eben war das Ärgerliche und reizte meine Herrin vor allem zur Bosheit gegen diese göttlich schöne Frau.

Während des sehr heißen Sommers residierten wir nicht in Pesaro, der Stadt, sondern auf dem Lande in der ›Villa Imperiale‹, die ihren Namen zu Ehren des Kaisers Friedrich III. trug, der den Grundstein legte. Wie frisch und herrlich war die Luft hier oben auf dem Monte Accio. Weitgebreitet lag das Land, die Hügel mit Städtchen und Dörfern bestickt, die in der Morgensonne wie Geschmeide an grünem Sammet glänzten, zu unsern Füßen aber dehnte sich die blaue Adria. Kein Horizont war zu sehen, denn Wasser und Himmel flossen in ein einziges helles Blau zusammen, in der Nähe aber waren die Fluten dunkel wie Saphire, oft auch von dem herrlichsten klaren Grün.

Kaum waren wir in unserer Villa eingerichtet, als auch schon die bedeutendsten Einwohner der Stadt zur Huldigung erschienen; wie im Spiel bildete sich ein Musenhof um meine Herrin, so vielseitig, wie sie ihn in Rom nie hatte gestalten können. Griechische Flüchtlinge der edelsten Familien hatten sich vor den Türken in die adriatischen Städte geflüchtet. Die Männer, die nun mit ihrer Weisheit, ihrem Kunstsinn und vielen geretteten geistigen Schätzen Pesaro zu ihrer neuen Heimat gemacht hatten, trugen die Namen Laskari, Vatazes oder gehörten den Geschlechtern der Komnenen, der Paleologen und der Angeli an.

Lucrezia verstand, wie ich schon früher erzählt habe, wenig Griechisch, aber Julia Farnese war gut bewandert in dieser Sprache; das war nicht erfreulich für die Herrin des Musenhofes. Andrerseits hatte Lucrezia oft wochenlang ihren Gatten neben sich und genoß einen Liebessommer, wie Julia ihn an der Seite ihres betagten Gönners nicht mehr kannte; das machte nun diese neidisch. Lucrezia besaß Villen, die herrlichsten Gärten, eine Hauptstadt und Untertanen, während Julia ihren Gatten, Landbesitz, Palazzi, alles, alles hergegeben hatte und nichts mehr besaß, als einen unsterblich schlechten Ruf.

Wir waren noch keinen Monat in unserm Paradies, als die beiden jungen Frauen derart mörderlich aneinander gerieten, daß Julia Farnese kaum ihre Finger beherrschen konnte, Lucrezia die Augen auszukratzen, und meine Herrin zu später Stunde zum Astrologen und Arzt ihres Gatten in den westlichen Turm hinaufstieg – ich mußte ihr mit einer Fackel leuchten – und Befehl erteilte, ihr die Schatulle mit den berühmt-berüchtigten Kräutern auszuhändigen.

Lucrezia gebärdete sich wie von Sinnen vor Zorn, im Grunde war sie einer Mordtat unfähig, aber so viel Böses hatte sie in ihren jungen Jahren schon erlebt und gesehen, daß sie in zornigen Momenten hervorsprudelte, was sie wie giftige Dämpfe seit Kindertagen eingesogen hatte.

Die Stunde bei dem alten Vatazes aus Larissa, hoch über dem Meer, das den Silberschatz aller Mondnächte, die es je gegeben, in sich zu bergen schien, endete bei einem Becher griechischen Weines und unter den heitren Versen Anakreons.

Lucrezia hatte ihre Fassung wiedergefunden und vermochte Julia, Madonna Adriana und ihre Base Hieronyma Borgia in guter Form zu verabschieden, als sie am nächsten Tag mit Gefolge davonritten. Es hieß zur Erklärung des überstürzten Abschiedes, Julias Bruder Angiolo Farnese liege krank in Capodimonte, sie müsse ihn pflegen.

Wir atmeten auf; aber was würde Seine Heiligkeit sagen, daß wir den Befehl, Julia in der Bergluft vor der Pest zu schützen, durchkreuzt hatten? Mir wurde nun tagelang kein Brief nach Rom diktiert, anstatt dessen ritten wir in unsere gute Stadt Pesaro. Giovanni weilte als Condottiere der Signoria vorübergehend in Venedig, denn die Politik gestaltete sich immer verworrener.

Wir mußten uns alleine unterhalten, das heißt mit einem Hofstaat von etwa zwanzig Herren und Damen.

Nichts Lieblicheres läßt sich denken als die mauerumgebene Stadt am Meeresgestade. Die Türme des Kastells spiegeln sich in der Foglia, die spielerisch durch das lichte Tal dahinzieht, um sich im warmen Meereswasser zu verlieren.

Die Berge und Hügel erscheinen im Hitzedunst violett und rosa. Alle Farben sind weich wie die Farben auf den Wandteppichen, die unsere Säle schmücken. Nur das Spiel von Rot und Gelb am morgendlichen und abendlichen Himmel, wenn die Sonne kommt und geht, ist von glühender, strahlender Farbigkeit. Die Leute von Pesaro vergötterten ihre kleine Fürstin, als sei sie Fortuna selber, die auf ihrer goldenen Kugel dahergekommen war, und flehten sie an, nie wieder Stadt und Land zu verlassen.

Und wir wollten auch nie wieder fortgehen, jetzt, da wir alleine mit der guten Madonna Vanozza residierten und Lucrezias Gemahl zu immer neuen Liebesfeiern dahergejagt kam. Manchmal überraschend, denn seine Eifersucht und die Sorge, daß ein anderer Mann ihn bei Lucrezia verdrängen könnte, war maßlos, und ich muß gestehen, daß seine Ängste nicht immer grundlos waren.

Wie ich schon schrieb, verlangte meine hohe Schwester von ihrem Gatten außer dem Liebesspiel auch geistige Unterhaltung, das sei zu ihrem Ruhme gesagt. Herr Giovanni aber hatte es immer noch nicht gelernt, geistreich zu plaudern, wie man es von der vornehmen Welt verlangt, und doch hatte seine Gemahlin hier in Pesaro unter den gebildeten Griechen erfahren, daß die Kunst der Rede und Gegenrede über Lebensfragen, über die Sitten, nicht zum wenigsten über die Liebe, anregend und erheiternd wie ein Gesellschaftsspiel sein konnte, und die Kenner dieser Unterhaltung wußten ihren Vorteil zu nutzen.

Wenn keine Redeschlachten geschlagen wurden, so war es Madonna Lucrezias Lieblingsbeschäftigung, am späten Nachmittag den kleinen Hafen von Pesaro zu besuchen, wenn die Fischernetze, die so fein und durchsichtig an Stangen ausgebreitet hängen, abgenommen, gefaltet und für den nächtlichen Fischfang in die Boote gelegt werden.

Meine Schwester kannte alle Fischer bei Namen und plauderte mit ihnen in ihrer fröhlichen Unbefangenheit, aber sie war doch ›eine kleine Teufelin‹, wie ihr hoher Vater zu sagen liebte, denn sie überließ es Vanozza, sich um die Frauen und Kinder zu bekümmern, während sie selber sich der Männer annahm und sichtlich erfreut war, wenn die jungen braunen Fischer vor Bewunderung Netze und Boote vergaßen und einer den andern vor ihr auszustechen versuchte.

Meine Holdselige schien diesen Übereifer gar nicht zu bemerken, sie verkehrte mit allen gleich freundlich, auch mit den älteren und alten Männern. Im Grunde ihres Herzens aber war sie hochbefriedigt, hier wie überall einen Flammenkreis der Verliebtheit um sich zu ziehen.

*

Wie ein eisiger Windstoß traf uns mitten in den Freuden von Pesaro ein Brief aus dem Vatikan. Der Heilige Vater war sehr erzürnt, daß wir Julia Farnese zum Abzug gezwungen hatten; ein kranker Bruder war kein Grund, den Befehlen des Papstes entgegenzuhandeln. Natürlich war wieder Streit zwischen den jungen Frauen gewesen!

Julias Bruder war inzwischen gestorben. »Zum Glück«, sagte Lucrezia zu mir, »so bin ich nachträglich gerechtfertigt.«

Ich setze die Abschrift von einem Teil des Briefes hierher, dessen Entwurf in meinem Besitze blieb. Zuoberst steht in Alexanders kräftigen Schriftzügen wie mit einem Peitschenhieb unterstrichen: ›Alexander VI. mit eigener Hand‹, dann beginnt der Text: ›Donna Lucrezia, teuerste Tochter. Wir haben seit mehreren Tagen keinen Brief von dir, dies setzt Uns sehr in Verwunderung, und daß du es vernachlässigst, Uns öfter zu schreiben, und von deiner Gesundheit und der des Herrn Giovanni, unseres geliebten Sohnes, Nachricht zu geben. In Zukunft sei sorgsamer und fleißiger. Madonna Adriana und Julia sind in Capodimonte eingetroffen, wo sie den Bruder tot gefunden haben. Dieser Todesfall hat Julia so tief betrübt und erschüttert, daß sie in das Fieber verfallen ist. In Wahrheit: der Herr Giovanni und du habt bei dieser Abreise von Madonna Adriana und Julia wenig Rücksicht auf Uns genommen, da Ihr sie ohne Unsere ausdrückliche Erlaubnis abreisen ließet, denn Ihr hättet, wie es Eure Pflicht gebot, bedenken sollen, daß eine so plötzliche Entfernung ohne Unser Wissen Unser höchstes Mißfallen erregen mußte. Und wenn du sagst, daß sie es so gewollt haben, so hättet Ihr bedenken sollen, ob dies dem Papst gefallen würde.

Nun ist es geschehen, doch ein anderes Mal werden Wir vorsichtiger sein und Uns wohl umsehen, in welche Hand Wir Unsere Angelegenheiten legen. Wir befinden Uns, Gott und der ruhmvollen Jungfrau sei es gedankt, sehr wohl. Wir haben eine Zusammenkunft mit dem erlauchten Könige Alfonso gehabt, der uns mit solcher Liebe und solchem Gehorsam behandelt hat, als wäre er Unser eigener Sohn. Sei überzeugt, daß S. Majestät zu Unserm Dienst seine eigene Person und alles, was er in dieser Welt besitzt, dahingeben wird.

So bleibt mir für diesmal nichts übrig, als dich zu ermahnen, für dein Wohlbefinden zu sorgen und fleißig zur Madonna zu beten.

Gegeben zu Rom beim S. Peter, am 24. Juli 1494‹.[3]

*

Dieser gestrenge Brief war aber nur eine Geringfügigkeit gegenüber dem Schrecklichen, das damals den Papst bedrohte. Ja, es gab etwas, das schlimmer war als die Pest, schlimmer als der Ungehorsam der Tochter, das war Karls VIII. von Frankreich Erscheinen in Italien.

Dieser kleine, schmachtige, sehr häßliche und gefühlsselige junge Mann hatte damals seinen Lieblingsplan ausgeführt, in unser Land einzubrechen, um später gen Süden nach Neapel zu ziehen und den vielgeliebten Alfonso von Neapel, das heißt die gesamten Aragonen, zu vertreiben.

Der Heilige Vater und sein ›lieber Sohn, der König‹, standen sprachlos und wehrlos vor Verblüffung, auch Florenz versagte ganz und gar. So wurde uns in jenen Sommermonaten von Boten aus Rom die Lage geschildert. Auch hieß es, die Franzosen strömten wie ein Fluß, der über seine Ufer getreten ist, nach Florenz und weiter in den Kirchenstaat, näher und näher an Rom heran; und nun geschah das Empörende: die unmittelbare Folge von Lucrezias Ungehorsam; ein französischer Offizier, der mit einer kleinen Schar auf Kundschaft ausgezogen war, überraschte eine reisende Damengesellschaft. Die Frauen wurden umzingelt und ausgefragt.

Dem Kapitän muß der Atem vor Freude gestockt haben, als er begriff, wen er gefangen hatte: Julia Farnese, die vielbesprochene, in aller Welt bekannte Favoritin des Papstes samt Hofstaat. Das kostbarste Pfand, das man dem Heiligen Vater gegenüber besitzen konnte! Das sollte ein Lösegeld geben!

Aber unsere werten Feinde zeigten sich dann als bescheidene Fremde. Was wußten sie von den Reichtümern Alexanders VI.? Nur dreitausend Dukaten verlangte der Kapitän für die Frauen, zu deren Bequemlichkeit er sofort vom königlichen Heerlager seidene Zelte, Ruhebetten, Dienerschaft, einen Arzt und mancherlei Gerät kommen ließ.

Alexander schickte seinen spanischen Kämmerer, Juan Marades, schnellstens mit den dreitausend Dukaten zum Zeltlager der Gefangenen. Karl VIII. hatte inzwischen Eilbriefe bekommen, des Inhalts, welche Befehle er seinem Kapitän zu erteilen habe, und der König, als ritterlicher Mann, sandte denn auch die Frauen unter einem Ehrengeleit von vierhundert adligen Herren, die der goldenen Julia um die Wette gehuldigt haben sollen, nach Rom zurück. An den Toren kehrten die Franzosen unbehelligt wieder um.

Wie wir später erfuhren, war Alexander seiner Geliebten weltlich gekleidet, in spanischer, schwarz-goldener Hoftracht, entgegengegangen, aber ob er – so stattlich und beweglich er immer noch war – vierhundert junge elegante Herzöge, Grafen und Barone aus dem Lande der Amouren hätte ausstechen können? Ich lasse diese Frage offen.

Als ich meiner Herrin die letzten Berichte aus Rom vortrug, lächelte sie wortlos, aber trommelte mit den Fingern einen kleinen Freudenmarsch auf der Tischplatte.

Der verehrte Leser, für den ich dieses Heft der Erinnerungen schreibe, wird so wenig gut von dem unheiligen Lebenswandel Alexanders VI. denken wie alle seine Zeitgenossen, und doch war er eine große Persönlichkeit. Ein kluger Mann, ein Menschenkenner, und wußte ein kleines Mißgeschick so gut wie eine große Gefahr mit lachenden Augen dem Sieger aus der Hand zu spielen.

Karl VIII. war mit dem Auftrag seiner Kardinäle und Ratgeber nach Italien gekommen, Alexander VI. von einem Konzil absetzen zu lassen, aber die Ereignisse entwickelten sich dann ganz anders. Das majestätische Auftreten Alexanders, seine Liebenswürdigkeit, sein Adel und die überlegene Gleichgültigkeit dem Geifern seiner Feinde gegenüber verblüffte den kleinen König so von Grund aus, daß er völlig wehrlos war. Ja, Alexander riß ihn zu fassungsloser Begeisterung hin, so daß Karl, in die Knie brechend, nur eines vermochte: den Heiligen Vater um seinen Segen anzuflehen.

Er erhielt ihn. Ausgiebig. Und mit diesem, ach, ich muß sagen ›vermeintlichen‹ Schutz versehen, zog er nach Neapel, wo Alexanders Bundesgenosse, ›sein geliebter Sohn Alfonso‹, wehrlos saß, und belagerte die Stadt eine kurze Zeit.

Ja, jetzt in der Reife meines Mannesalters scheint es mir, daß damals nicht Gottes Segen dem unglücklichen Heere mitgegeben war, sondern daß der himmlische Vater sogar mit Zorn auf das Treiben seiner Menschenkinder herniedergeblickt. Das Italien des Winters 1494 bis 1495 sehe ich wie ein Nest voller Vipern in dürrem, totem Grase zwischen unfruchtbaren Steinen liegen. Die Sonne der Güte hing hinter dunstigen Nebeln, und die reinen Blumen der Menschlichkeit lagen verdorrt.

Was in Rom und Neapel von den fremden Heeren angerichtet wurde, was verbündete und wieder getrennte Fürsten an Verrat und Hinterlist auskochten, was Giftmischer und Mordgesellen im Auftrag ihrer Herren verübten, das mußte den Himmel erzürnen! Nicht Gott, sondern der Teufel hatte den Segen über Karl VIII. gesprochen, und die Saat ging vor Neapel auf.

Ahnungslos zog das übermütige, prächtige Heer dahin in einen Sieg, der aber von einer Niederlage verdunkelt wurde, an der noch heute, nach so vielen Jahren, alle Länder kranken. Es war keine kriegerische Niederlage, es war der Zusammenbruch unter den Hieben einer Seuche, der nie wiedergutzumachen war.

An einem Frühlingsabend, als wir im Castello zu Pesaro wohnten, erzählte uns Fra Medardus, den der Heilige Vater hin und wieder zu uns sandte, von dem Unglück und wie es begann.

Zuerst ließ der Pater den üppigsten Heereszug aller Zeiten an uns vorüberziehen. An der Spitze gingen die Schweizer, stämmige, kräftige, urgesunde Männer, in enganliegenden, aber geschlitzten Gewändern mit mächtigen Ärmeln, ihre Anführer mit Federn auf den Helmen, prachtvolle Kriegergestalten. Noch nie hatte man in Italien solche Bewaffnung gesehen. Nicht die kurzen Schwerter am Gurt waren bemerkenswert, aber die Speere wie junge Bäume, wohl zehn bis zwölf Fuß hoch mit einer Spitze so lang wie ein Dolch.

Die Gascogner Bogenschützen waren viel kleiner als die Schweizer, auch schlichter gekleidet; es war ersichtlich, daß sie nicht von dem Glanz eines jungen Ruhmes getragen wurden wie die Söhne der Alpen.

Dann folgten einige tausend Reiter, die Blüte des französischen Adels, in Brokat und Samt gekleidet, mit breiten Halsketten und vergoldeten Helmen, herrlich anzusehen! Einem jeden folgten drei schwere Reitpferde, von Knappen geritten.

Der König selber, von Edelsteinen glänzend wie ein Götzenbild, war von zweihundert auserwählten Rittern, in Gold und Purpur umgeben, die für die Verteidigung seines gesalbten Hauptes mit schweren Beilen ausgerüstet waren. Diese Gruppe wiederum umgab, einer dräuenden Wolke gleich, die Masse der schottischen Bogenschützen, rauhe, wilde Männer aus niegesehenen Nebelländern.

Viele unserer Kardinäle, der dem Papst feindlich gesinnte römische Adel und seine Gefolgschaft, auch diese in aller Pracht gekleidet, folgten dem König; am Schluß zog das Fußvolk in unabsehbarer Menge dahin.

Das ganze Heer war eine Auslese der Jugend unserer Zeit; meistens zwischen dem fünfzehnten und fünfundzwanzigsten

Altersjahre stehend. Schön – aber schön wie die Sünde – wälzte sich der hoffärtige Zug durch unser Land.

Fra Medardus stockte, bekreuzte sich und bat unsere Herrin um Verzeihung, wenn er nun erzähle, was nicht für junge Ohren tauglich sei, aber zu ungeheuerlich erscheine das Strafgericht Gottes, als daß es sich verschweigen lasse. Zuerst müsse er uns erklären, sagte der Bruder, daß mit den Seefahrern, die die westindischen Inseln entdeckt hätten, spanische Söldner heimgekehrt seien, die, nach neuen Abenteuern gierig, sich von den Franzosen hatten anwerben lassen. Diese Männer waren in Haiti, der Zauberinsel, gewesen, ›Española‹ wie sie es tauften, und brachten den Märchenrausch einer neuen Welt zurück, aber auch das Gift einer fremden, unseligen Krankheit.

Und nun vor Neapel und in Neapel, das rasch erobert wurde, warf sich die ganze hier versammelte Jugend, Adel und Soldaten, einem Rausch der Sinne in die Arme. Die heißblütigen Frauen des Südens, hingerissen von der Kraft dieser versammelten Männlichkeit, gingen willig von Hand zu Hand. Unter der strahlenden Sonne, bezaubert von der Schönheit des südlichen Meeres, berauscht von den schweren Weinen dieses Landstriches, löste sich jede Mannszucht auf, und nur noch eines galt: der schrankenlose Genuß, eine überbordende Leidenschaft.

Als wäre es gestern gewesen, sehe ich den Bruder vor mir sitzen. Er schwieg verstört, die Erregung machte seine Lippen zittern, aber er erließ uns das Ende nicht. Mit gesenkten Augen und leiser Stimme fuhr er fort: »Aber dann, in den ersten Frühlingswochen, soll es sich wie ein bleiernes Erschrecken über die ausgelassene, liebestrunkene Schar gelegt haben, und einer habe dem andern mit stummer Frage ins Gesicht geblickt; so hat man es mir berichtet. Ein jeder muß sich mit Entsetzen gefragt haben, wie es möglich sei, daß die schönsten, begehrtesten Früchte der Lebensfreude sich plötzlich in Fäulnis verwandeln, und was eben noch strahlende Frische war, von der Verwesung zerfressen wird?

Muß der Himmel den Unseligen nicht verdüstert erschienen sein und der blühende Frühling ein Gaukelspiel des Teufels, hinter dem Grauen und Angst lauern? Ich habe sie heimschleichen sehen mit gesenkten Köpfen, diese stolzen Fürstensöhne Frankreichs, Italiens und Deutschlands mit ihren Gefolgsleuten, die Männer aus dem nordischen Nebelland, die aus den Bergen und die spanischen Abenteurer. Und in ihrem Gefolge die Ärzte, die ratlos vor der Springflut eines Übels standen, von dem nie ein Mensch gehört.«

An jenem Frühlingsabend in Pesaro, als Lucrezia und ich dem Pater atemlos zuhörten, waren wir noch nicht fünfzehnjährig, zu jung, um die gewaltige Tragödie dieses Unglücks zu verstehen. Aber seitdem sind viele Jahre vergangen, und jetzt weiß ich, daß die Seuche, die wie ein Strahl vom Himmel fiel, weiter und weiter schleicht. Keine Bußpredigten, keine guten Vorsätze können ihr Halt gebieten; nicht Grenzen und nicht Stadtmauern sie aussperren; unsichtbar dringt sie überall ein. Kaum eines unserer Fürstenhäuser blieb verschont. Lucrezias eigener Bruder, Cäsar, war von ihr gezeichnet. Kein Kastell und kein Dorf vermochte sich ihrer zu erwehren.

Viel schlimmer als der Schwarze Tod wütet die neue Krankheit, die unseligen Angedenkens an den Heereszug Karls VIII. die Franzosenkrankheit genannt wurde, unter den Menschen. Gegen die Pest gibt es Hilfe: du siehst sie sogleich an den Betroffenen, du kannst dich mit der Gugelhaube gegen den giftigen Atem deines Nachbarn schützen; kein Wasser trinken, in die Einsamkeit des Landes entfliehen; du erkennst den Schwarzen Tod und kannst ihm ausweichen, aber die neue Seuche verbirgt sich unter den Rosenranken der Liebe und den lockenden Klängen von Jugend und Freude. Um die gräßliche Plage auszurotten, müßte das Leben selber stillestehen; das Leben läßt sich aber nicht aufhalten.

Genug, genug! Verzeiht Herr, daß ich von Dingen schreibe, die Ihr so gut wißt wie ich, aber die Erinnerung an den ersten Schrecken riß mich hin.

Diese unheilvolle Frühlings- und Sommerszeit des Jahres 1495, in der Seine Heiligkeit, Alexander VI., Kaiser Maximilian, Ferdinand von Aragón und viele unserer Fürsten sich in einer

Liga gegen Karl VIII. vereinten, befreite das Land von den fremden Truppen und gab uns die Hoffnung, nach Rom, in das große Leben der Welt zurückkehren zu dürfen.

Es dauerte jedoch bis in den Herbst, daß wir zur Abreise rüsten durften. Immerhin hatten wir im Juli große Siegesfeiern veranstaltet, denn am 6. Juli hatte Francesco Gonzaga, Markgraf von Mantua, der Gemahl der hochgeehrten Isabella d'Este, die Franzosen bei Fornuovo geschlagen, oder doch fast geschlagen. Karl VIII. vermochte mit seinem Heer zu entweichen, aber in Gonzagas Händen blieb eine unermeßliche Beute.

Herr Francesco hatte persönlich mit Karl gekämpft, der kein Diplomat und kein Stratege war, aber als ein tollkühner Fechter galt. Ich war damals nur ein unwissender Knabe, der Ehrgeiz der großen Herren blieb mir fremd, und ich nahm den Wechsel von Sieg und Niederlage in Ruhe hin; die Wichtigkeit des Geschehens ging weit über meinen Horizont, aber eins scheint mir in der Erinnerung des Aufschreibens wert: daß unser großer Meister Mantegna dem Sieg bei Fornuovo zum Gedächtnis eine Madonna della Vittoria schuf.

Ich habe das Gemälde später in Mantua gesehen, und so vollendet erscheint mir dieses Dokument unserer heutigen Kunst, daß es beinahe das Höllengeschenk jenes Kriegsjahres aufwiegt. Ach, es ist eine fromme und schöne Schilderei! Herr Francesco, der später so tief in Madonna Lucrezias Leben eingreifen sollte, kniet seitlich zu Füßen der Heiligen Jungfrau. St. Michael und St. Georg halten den Mantel der Hohen ausgebreitet, diesen Mantel, von dem Herr Francesco sagte, daß er ihn dreimal in der Schlacht vor Todesgefahr schützte.

Und noch etwas ist hübsch an dem Bild: Wie wir alle war Meister Mantegna damals erfüllt von den Berichten aus der Neuen Welt. Auch er hatte fremdartige Früchte, Tiere und allerlei Seltsamkeiten gesehen, mit denen Ferdinand und Isabella ihre fürstlichen Freunde zu beschenken liebten. So hat der Pinsel des großen Mannes in die Mitte des Blumenbaldachins einen Korallenzweig gehängt. Früchte von jenseits des Meeres quellen über den Rand des Triumphbogens hinaus, und zwischen den

Girlanden wiegen sich Papageien und niegesehene Vögel. Und auch das hat er nicht vergessen: ein blonder Krieger mit federgeschmücktem Helm hält im Hintergrund eine der langen Schweizer Lanzen, die in all ihrer Furchtbarkeit dem von der Jungfrau beschützten Gonzaga den Sieg nicht hatten entreißen können.

Verzeiht, Herr, daß ich abgeschweift bin, aber ich weiß, daß auch Ihr in den Werken unserer Meister Trost vor den tiefen Schatten unserer Zeit findet.

*

Trotz der Lieblichkeit Pesaros drängte es uns schon seit einiger Zeit, nach Rom zurückzukehren. Unser Fürstentum war ein gar zu kleines Herrschaftsgebiet; die Auswahl an schönen und jungen Männern sehr gering, und die Natur, so herrlich sie war, konnte wirklich nicht als Unterhaltung gezählt werden.

Darum begrüßte es Madonna Lucrezia mit Jubel, daß im Oktober 1495 zwischen Karl VIII. und Mailand Frieden geschlossen wurde und ihr Gemahl nun nicht mehr in der fatalen Stellung war, Freund und Feind des Heiligen Vaters zugleich sein zu müssen.

Wir waren auf einen triumphalen Einzug in unsere Stadt gefaßt, aber Rom empfing uns durchaus nicht mit Laubgewinden und Hekatomben an Früchten, obgleich es der schönste Spätherbst war, sondern mit einer Katastrophe. Der Tiber war nach Tagen und Nächten einer Sintflut, die vom Himmel fiel – wir hatten sie, geborgen in einer nahen Villa, dahinrauschen lassen –, über seine Ufer getreten. Unser Zug konnte gerade noch den Palast S. Maria in Porticu erreichen, als das Unglück in voller Kraft ausbrach.

Meiner hohen Schwester, die in ihrer Jugend grausam war wie ein Kind, vermochten schreckliche Ereignisse ein wahres Vergnügen zu bereiten; die nun folgenden Tage der furchtbarsten Überschwemmung, die Rom wohl je erlebt hat, versetzten sie zunächst in eine fröhliche Erregtheit, als würde ihr zuliebe ein großes Wasserspiel aufgeführt.

Die Fluten stiegen so rasch, daß die Leute in ihren Betten vom hereinrauschenden Wasser überrascht wurden und die Kardinäle, die gerade aus dem abendlichen Konsistorium kamen, urplötzlich ihre Pferde bis zum Bauch im Wasser sahen. Solcherlei Berichte ließen Lucrezia hell auf lachen.

»Jacobus, erzähle mir noch mehr!« Und als sie hörte, daß man mit Booten den Eingeschlossenen Nahrung brachte, mußte ich es möglich machen, daß sie heimlich mit mir in die Stadt ritt. Wir kamen aber nur bis S. Maria del Popolo. Hier verging Lucrezia das Lachen, denn wir sahen von weitem, wie Häuser zusammensanken, Menschen hochbepackt durch das Wasser flohen. Dann schossen die Fluten plötzlich mit erneutem Rauschen daher, es mußte ein Damm gebrochen sein, Ertrunkene und tote Tiere, entwurzelte Bäume, Brückenstege und Holzhütten in wirrem Durcheinander mit sich führend.

In unfaßlicher Schnelligkeit verströmte das Wasser nach allen Seiten, drang in die Keller, vernichtete Waren, Spezereien und Wein. Das Geschrei der Bedrohten war schauerlich. Lucrezia hielt an erhöhtem Platz auf ihrem Pferd wie angewurzelt, stumm und totenblaß. Ich ergriff den Zügel ihrer Stute und kehrte unsere Pferde um, damit wir nicht in die immer steigende Flut gerieten. Es begann nun auch zu wehen, dann zu stürmen, ja schließlich brach ein wahrer Orkan los und riß nieder, was von den Wassern unterhöhlt war.

Einmal mußten wir im Hof eines Palastes der Colonna Schutz suchen. Hier war ein Treiben wie in einem Kriegslager. Mehrmals flogen wütende Ausrufe an mein Ohr: ›Sodom und Gomorra; Gott will Rom ersäufen; der Antichrist auf dem Stuhl Petri; dies ist nur der Anfang; die ganze Borgiabrut soll ersaufen!‹ und Schlimmeres. Ich beschloß, trotz dem Sturme den Hof zu verlassen; Lucrezias Roß nahe an das meine ziehend, verlangte ich, daß man das Tor öffnete; mir war angst, man könne meine Herrin erkennen; das Volk wäre über sie hergefallen! Wenn ich sie nur erst in Sicherheit gebracht hätte! »Zieht Euren Mantel über den Kopf, Madonna«, flüsterte ich ihr zu.

»Nein!« rief sie verächtlich aus; ein Kämmerer, der vorübereilte, erkannte ihre Stimme, wollte etwas ausrufen, aber gerade da schnellte das Tor nach innen auf, denn die Wassermassen draußen hatten sich schon dagegengestemmt. Mit ungeheuerlicher Schnelligkeit füllte die Flut den Hof. Ein Wutschrei des Kämmerers: wir, nur wir seien schuld, daß auch hier das Verderben eindringe! Ich hieb auf unsere Pferde ein, mit einem Satz waren wir draußen in der überschwemmten Straße.

Zum Glück hatte niemand Zeit, uns nachzusetzen, denn drinnen im Hof schwammen Möbel, Gemälde, Tonnen und Kisten umher und mußten geborgen werden. Bis über die Knie durchnäßt, vom Sturme flach auf den Nacken unserer Pferde gebogen, kämpften wir uns in unsern Palast zurück.

Hier war der erste Mann, den wir erblickten, Messer Perotto, der Kämmerer S. Heiligkeit, der gerade zum Vatikan zurückkehren wollte, um die Hiobsbotschaft zu überbringen, Madonna Lucrezia sei nicht zu Hause.

Perotto hob die Fürstin vom Pferd. Ich wollte mich den Knechten zuwenden, die herbeigeeilt waren, als ich gewahrte, daß Perotto meine Herrin um einige Sekunden zu lang im Arme hielt, ich erfaßte auch seinen Blick, der nichts anderes sah als das Antlitz, das vor ihm schwebte. Ich erschrak sehr.

Messer Perotto war ein Liebling des Papstes, sein Vorleser und persönlicher Kämmerer, ein schöner, gebildeter und liebenswürdiger Mann. Lucrezia sprach seit unserer Rückkehr häufig mit ihm, aber nie hätte ich vermutet, daß sie einem Mann, der nicht zu den hohen Dienstleuten ihres Vaters gehörte, auch nur das geringste Zeichen ihrer Gunst gewähren, geschweige denn ihm die Dreistigkeit offner Verliebtheit erlauben würde.

Mir war sehr schlecht zumute. Ich weiß noch, daß ich ein Stoßgebet zum Himmel schickte, Gott möge mir eine Gelegenheit gewähren, Madonna Lucrezia zu warnen. Bedachte sie denn gar nicht, an welchem Abgrund sie dahinwandelte?

Weder an diesem Tag noch am nächsten konnte ich ein Wort anbringen, denn meine hohe Schwester war von fieberhaftem Eifer erfüllt, gemeinsam mit den Damen ihres Hofstaates, Kleider, Decken, Nahrungsmittel zu sammeln und in der Stadt verteilen zu lassen. Sehr oft mußte sie in den Vatikan hinübergehen, um Geld von ihrem Vater zu erbitten und ihn anzuflehen, schon jetzt Gottesdienste und Prozessionen anzuordnen. Das Wort ›Sodom und Gomorra‹ und ›Borgiabrut‹ steckte ihr wie ein Dorn im Fleisch.

Wenn Lucrezia aus dem Vatikan zurückkehrte – niemals befahl sie mir, sie zu begleiten –, leuchteten ihre Augen wie im Fieber, und sie vermied es, mit mir allein zu sein. Viel zu oft erschien auch Perotto, dieser mir unliebsame Adonis, in unserm Palast, um seine Unterstützung bei dem Hilfswerk anzubieten oder gänzlich belanglose Bestellungen des Heiligen Vaters auszurichten.

Lucrezias Gemahl, Giovanni Sforza, war abwesend, um Fußvolk und schwere Reiterei für den Frühlingsfeldzug der Liga auszubilden. Eines Tages erklärte meine Schwester mir, ich solle dem Fürsten Briefe und Geschenke überbringen und gleichzeitig erkunden, wie lange er noch fortzubleiben gedenke, ihm aber empfehlen, sich in keiner Weise zu beeilen, damit er seine Truppen in einer Weise ausbilde, daß er sich die Gunst S. Heiligkeit erhalte.

Bevor ich meine Reise antrat, verlangte ich eine Audienz bei Madonna Lucrezia; sie wurde gewährt und verlief stürmisch.

Ich will nicht alle Worte wiederholen, die wir uns – ich muß sagen – an den Kopf warfen, aber es endigte damit, daß ich Lucrezia meine Ergebenheit kündigte, falls sie Perotto nicht meiden würde wie einen Pestkranken. Nach meiner Rückkehr würde ich an ihrer Seite bleiben wie ihr Schatten! Im Grunde schien meine Schwester innigst erfreut von meiner Wut.

»Jago, mein Herz«, sagte sie zum Schluß in aller Liebe – o, die Heuchlerin! – »ich habe gern, wenn Männer aus Eifersucht Tugend predigen. Wie nun, wenn du an Stelle Perottos wärest und ich mich nicht lassen könnte, dich zu sehen, mit dir über Bücher und die Kunst zu plaudern und deine Huldigungen entgegenzunehmen? Würdest du mich dann auch in Grund und Boden verdonnern, als seiest du Savonarola in Person?«

»Teuerste! Was das ›Sehen, Sprechen, Huldigen‹ betrifft, so bin ich an gleicher Stelle wie Perotto. Ich rede von seiner ›Verliebtheit‹.«

»Und diese nimmst du für dich aus? Du bist nicht verliebt in mich? Du machst mir Kummer!« Lucrezias Ton war sehr ironisch. »Aber du bist mit deinen fünfzehn Jahren noch ein Knabe, der gerade das Nachschreiben von Briefen gelernt hat, während ich die erste Frau Roms bin – trotz Julia Farnese – und viele Männer für meinen Triumphwagen brauche.«

Sie wartete, daß ich antwortete, aber ich war geschlagen. Ja, ich war noch ein Knabe und sie eine Frau, der alle Gesandten Europas, die großen Herren unserer Adelsfamilien, die Heerführer, sowie die Kardinäle und Bischöfe den Hof machten. Was für ein Abstand! Welche Kluft zwischen ihr und mir; es war zum Lachen!

»Und trotzdem bitte ich Euch, Illustrissima«, sagte ich leise, meiner Kleinheit bewußt, »mit der Sonne Eurer Gnade Höhere zu bestrahlen als einen Dienstmann Eures Vaters, sonst wird ein Unglück geschehen. Es sind erst zwei Jahre her, daß Franceschetto sterben mußte.«

»Genug, Jacobus. Wir wünschen nicht an Vergangenes erinnert zu werden! Du reisest morgen in der Frühe ins Feldlager«, sie dachte einen Augenblick nach, »und wirst noch einen letzten Brief an den Fürsten in Empfang nehmen.«

Diese Audienz endete in nie erlebter Kühle. Das war im November des Jahres 1495.

Soweit die Erzählung meiner Jugendzeit, die ich für Euch, Herr Fugger, aufgeschrieben habe. Nun müßt Ihr, der geehrte Leser dieser Blätter, die frisch und weiß sind, zu den vergilbten Heften greifen, die ich beilege.

Das erste entstand, nachdem ich im Frühling 1496 aus dem Feldlager meines Herrn Giovanni Sforza von Pesaro nach Rom zurückgekehrt war, und das letzte Heft, es trägt die Nummer 6, habe ich vor beinahe zehn Jahren in Venedig im Jahre 1509 abgeschlossen.

So gebe ich denn den weiteren Verlauf des Lebens, das ich an Madonna Lucrezias Seite verbrachte, in Eure Hände.

Das erste Heft
28. April 1496 bis 5. Juni 1498

Rom, den 28. April 1496

Ich habe ein Tagebuch begonnen, denn ich, Jacobus Krafft, bin nun ein erwachsener Mann von sechzehn Jahren und soeben zum Geheimschreiber meiner Herrin, Lucrezia Borgia, Fürstin von Pesaro, ernannt worden. Meine Altersgenossen, die auf einer höheren Stufe der menschlichen Gesellschaft geboren sind, spielen schon mit im Welttheater: als regierende Fürsten, Heerführer, Kardinäle und Ehemänner, die Erben zeugen, aber auch der Vertraute einer Fürstin, der Tochter eines Papstes, zu sein, ist ein wichtiges Amt, so dünkt es mich.

Ich bin glücklich, wieder in Rom und an der Seite meiner hohen Schwester zu leben. Im November hat sie mich mit einem Uriasbrief zu ihrem Gatten, Giovanni Sforza, in sein Feldlager geschickt, er solle mich behalten und zu einem geübten Schreiber ausbilden. Ich war sehr verblüfft und gar nicht glücklich, als Herr Giovanni mir diesen Wunsch seiner Gemahlin auseinandersetzte. Seit sechzehn Jahren hatte ich höchstens einzelne Tage von Lucrezia getrennt verbracht, und nun sollte ich den ganzen Winter im Feldlager zubringen! Ich war nicht nur unglücklich, ich hatte auch Grund, besorgt zu sein; oder war ich eifersüchtig wie mein Herr Giovanni?

Wenn ich nicht lügen will, muß ich bekennen, daß Madonna Lucrezias Bevorzugung eines Perotto, weil er außer Schönheit und Jugend ein großes Wissen der heutigen Literatur besitzt, mich mit höchster Empörung erfüllte. Ich kannte die alten Griechen und Lateiner gut und durfte vor meiner Schwester nie mit meiner Wissenschaft glänzen; die Alten langweilten sie; die Literatur mußte von heute sein, so hatte Messer Perotto einen großen Vorsprung vor mir. An seine Kühnheit und Männlichkeit dachte ich unreifer Knabe damals nicht. Ich war nur davon erfüllt, nachzuholen, was mir fehlte, und wenn ich, auf einem Kanonenrohr sitzend, die neueste Komödie lesen müßte!

Madonna Lucrezia hatte in dem Brief, den ich ihrem Gatten überbringen mußte, geschrieben, das Hofleben in Rom sei verderblich für meine Jugend. Der Fürst las mir, hellauflachend, diesen Passus vor, denn er wußte ja, daß seine Gattin und ich auf den Tag, fast auf die Stunde, gleich alt sind. Immerhin, meine hohe Schwester war mir zu Winters Anfang noch weit voraus, aber jetzt, ein halbes Jahr später, bin ich der Meinung, daß die Zeit unter rauhen Männern mich zum Erwachsenen gemacht hat.

Ach, vieles habe ich gehört, vieles gesehen, und das meiste gefiel mir gar nicht. Daran ist nun zum Teil die Lektüre schuld, die ich mir mit Gewalt verschaffte. Herr Giovanni ist kein Leser, aber manche seiner Hauptleute erhielten aus Rom Ballen der neuesten Literatur. Ich entlieh, was ich nur bekommen konnte; manchmal mußte ich den Herren vorlesen. Diesem Tagebuch will ich gestehen, daß meine Zunge oft nicht gehorchen wollte, wenn ich jene schamlosen Behauptungen vortragen mußte, daß ›Hetären hoch über den Ehefrauen‹ stehen, und daß die Verliebtheit in den eigenen Gatten oder in die Gattin eine alberne und volkstümliche Schwäche sei. Der Ehebruch war das gefeierte und stürmisch belachte Hauptthema aller Novellen und Komödien, die ich las, und war dieses behandelt, so kamen Gift und Dolch daran. Mit einer Selbstverständlichkeit, als handle es sich um Essen, Trinken und Schlafen, beseitigten die Helden ihre Nebenbuhler und politischen Gegner, sei es mit eigner Hand, sei es durch gedungene Mörder.

Mir kamen im Anfang der vergangenen Monate alle Begriffe von Gut und Böse, die mir der verehrte Messer Lorenzo ins Herz gepflanzt hatte, durcheinander, denn was ich las, und was ich unter den Soldaten und beim Dienst in der Nähe der hohen Herren als Wahrheit hörte, war einander so ähnlich, daß mein wirrer Kopf sich fragte: schreiben die Dichter, was sie dem Leben ablauschen, oder leben die Menschen, was die Dichter sie lehren?

Jetzt, seitdem ich sechzehn Jahre alt bin und ein Mann – wir hatten unsern Geburtstag vor zehn Tagen –, sage ich mir, man muß die Menschen unserer Zeit nehmen, wie sie sind. Ich glaube, sie waren früher anders. Das Leben um mich her scheint mir oft wie die gewaltig ansteigende Flut, die im vergangenen Herbst soviel Altes, aber geliebtes Gut einriß und fortschwemmte. Die Großen, die jetzt am Werke sind, können einem den Atem nehmen ... und die jungen Frauen erst recht!

Durch ein merkwürdiges Schicksal bin ich in diesen rauschenden Strom hineingeraten; es ist nicht an mir, ihn zu beurteilen; ich muß mitschwimmen, so gut es für mich geringen Schwimmer geht.

Solcherlei Gedanken bewegten mich schon, als ich vor zwölf Tagen in Rom eintraf. Lucrezia, die Kluge, fühlte die Veränderung in mir sofort: als unreifer Knabe, der ihr ärgerlich wurde, war ich von ihr gegangen, und als Jüngling, der das Leben nimmt, wie es ist, bin ich zurückgekehrt. So war unser Wiedersehen nicht weniger beglückend als damals vor elf Jahren, da man uns als vor Freude weinende Kinder in Madonna Adrianas Haus wiedervereinigte.

Meine Herrin Lucrezia ist noch viel schöner geworden; ihre straffe, herrliche Gestalt ist gewachsen – trotzdem ist sie jetzt einen Kopf kleiner als ich, denn mein magerer Körper ist aufgeschossen wie ein Binsenhalm –, sie strahlt in Juwelen, mit denen ihr Vater sie überschüttet. S. Heiligkeit muß sehr große Einkünfte haben, die Quellen seines Reichtums erregen schweren Anstoß, aber sie geben ihm die Möglichkeit, seine Tochter zur elegantesten Frau Roms zu machen; sie soll über fünfzig Staatsroben besitzen; am schönsten zeigen sich diese schweren Gewänder aus Brokat und Sammet, wenn Madonna Lucrezia tanzt. Dann umwallen sie ihre leichten, gemessenen Schritte, so daß die Kerzen oder Fackeln die Silber- und Goldfäden, die Edelsteine und die weichen Farben aufleuchten lassen.

Wie schmal ist ihre Taille und wie zart der Busen zwischen den weiten, ausgeschlitzten Ärmeln. Auf Lucrezia Borgias Haar werden Lieder gemacht; wie ein kleiner goldener Mantel hängt es über den Rücken hernieder; auf dem Haupte von einem weichen, goldenen Drahtnetz gehalten, das ganz mit Perlen oder Edelsteinen besetzt ist. Alle diese Pracht aber wäre nur leerer Schein, wenn Lucrezias Antlitz nicht von Anmut, Frohsinn und Klugheit strahlte.

O, wie die Männer in sie verliebt sind, und wie meine hohe Schwester scheinbar unbefangen, im Grunde aber sehr aufmerksam die Wirkung ihrer Persönlichkeit verfolgt, nicht so sehr aus Eitelkeit, als weil das Spiel ihr gefällt. Sie hat bei allem Liebreiz – ich kann es in meiner Besorgtheit nicht verschweigen – eine unschuldig-lasterhafte Art, denn sie ist sich ihrer nicht bewußt, mit der sie immer neue gefährliche Konstellationen schafft.

Wie sollte man von Madonna Lucrezia Achtung vor der Ehe verlangen? Sie kennt diese Bindung nur als Übereinkunft zwischen ehrgeizigen Familien, und wenn sie gar, wie es jetzt geschieht, sehen muß, daß ihr Vater den Schwiegersohn, Giovanni Sforza, schon zum Teufel wünscht, weil er ihm keinen Vorteil mehr bieten kann, dann muß ihr die Ehe als eine recht wenig dauerhafte Bindung erscheinen.

Die Sforza haben, der politischen Entwicklung entsprechend, jede Wichtigkeit für den Vatikan verloren. Heute ist Lucrezias Gemahl nach Neapel aufgebrochen, um den kleinen König Ferrante gegen die Franzosen zu unterstützen, eine zweideutige Mission! Es heißt in den Kanzleien, daß Francesco Gonzaga ihn nicht nur als Generalkapitän Venedigs, sondern als Überwachung begleitet.

Gonzaga, der Gemahl der vielgerühmten Isabella d'Este, feierte Lucrezias rauschendes Geburtstagsfest mit uns. Er lag ihr zu

Füßen, verliebter als irgendein anwesender Mann, und sie zeichnete ihn vor allen Gästen aus, obgleich er von erschreckender Häßlichkeit ist, aber als Sieger von Fornuovo rühmt man ihm nach, mit einunddreißig Jahren der begehrteste Condottiere unter den kriegführenden Fürsten zu sein. Ein kühner, gewalttätiger und sehr liebesfroher Mann.

Herr Giovanni war äußerst gereizt durch das unverhohlene Spiel zwischen Gonzaga und seiner jungen Frau. Ich sah diese neueste Laune meiner Herrin mit Erleichterung, denn nun darf ich mir Perottos wegen weniger Sorgen machen. Nein, wenn denn getändelt werden muß, dann lieber mit Francesco Gonzaga, einem fürstlichen Herrn.

Ich durfte ihm Wein kredenzen, während er mit S. Heiligkeit im Gespräch war. Manche politische Unterhaltung hatte ich im Feldlager nachschreiben müssen, aber solch ein Feuerwerk des Geistes, solch ein Hervorschleudern großer Ideen von beiden Seiten, hat mein Ohr noch nie erlauschen dürfen.

Perotto war in seinem Amt als Kämmerer an diesem Geburtstagsfest ebenfalls anwesend; er war ständig um Madonna Lucrezia bemüht, aber sobald ihr Gatte oder Gonzaga erschienen, schickte sie ihn unter einem Vorwand fort. Gott Lob und Dank, die Gefahr Perotto scheint beseitigt! Meine Geringheit wurde dagegen immer wieder herangerufen, um als ›Zwillingsbruder‹ meiner Herrin beglückwünscht zu werden; es wurde viel darüber gescherzt, aber eine Verspottung erlaubte die Hohe nicht; sie ist eine ritterliche Frau und meinem Herzen sehr lieb.

Jetzt sind, wie gesagt, Giovanni Sforza und Francesco Gonzaga abgezogen, und meine Herrin ist wieder unbewacht. Zum Glück müssen wir nun den Einzug des kleinen Jofré Borgia und seiner Gemahlin, der Prinzessin Sancia von Aragón, vorbereiten. Wer weiß, welche Rückfälle aus Langeweile ich sonst zu erleben hätte! Übermorgen wird der Einzug in Rom in königlicher Pracht stattfinden.

Sancia ist eine berühmte Schönheit, siebenzehnjährig, aber schon geht ihr der Ruf einer ausschweifenden Lebedame voraus. Welche Rolle mag unser kleiner Jofré in ihrem Leben spielen? Ein Knabe von dreizehn Jahren! Singt sie ihn abends in den Schlaf, bevor sie sich, maskiert und von ihren Günstlingen umgeben, in den Spelunken der Stadt in ein wildes Treiben mischt, wie man es von ihr erzählt?

Lucrezia ist sehr besorgt, daß der zweite junge Hof den ihren in den Schatten stellt, oder daß Sancia ihr einige Verehrer raubt.

den 22. Mai 1496

Der Einzug ist überstanden. In unserm Palast wird heute vor zweihundertfünfzig Gästen zu Ehren Sancias – von Jofré spricht niemand – eine Komödie aufgeführt, und später wird getanzt. Alexander hat sein Erscheinen zugesagt; Julia Farnese wird ihn begleiten.

Während des Festes muß ich nicht anwesend sein. Bei dem unausgesetzten Festtrubel ist es eine Erlösung, zwei oder drei Stunden allein bleiben zu dürfen. Zuerst war ich in der Lateranskirche, die mir die liebste ist, dann habe ich Messer Lorenzo, den ich jetzt so selten sehe, einen Besuch abgestattet. Er hat mich in die Arme geschlossen wie ein Vater, und jetzt sitze ich in meinem hochgelegenen Zimmer, sehe wie die Sterne einer nach dem andern aufblitzen, und bewache das Kommen des Mondes, der unsere ur-uralte Stadt, in der täglich neue Schätze aus ungeahnten Gräbern gehoben werden, mit seinem weißen Todeslicht übergießt. Wir leben wie auf einem unabsehbaren Friedhof, der Größe über Größe birgt, und doch ist es keine Todesstadt, dieses seltsame Rom; es scheint mir sogar, als gäben die versunkenen Zeiten dem lebenden Geschlecht eine Kraft, wie sie kein anderer Boden ausstrahlt.

Für den Einzug waren viele Bewaffnete, Kapitäne, Schildknappen, die päpstliche Palastwache, Trommler und Pagen aufgeboten worden. Sämtliche Gesandten waren mit ihrem Gefolge erschienen, alles zu Pferde, festlich gekleidet und äußerst fröhlich, der schönen Sancia, einer Königstochter, die Leben, Liebe und Aventüren so gern hat, entgegenzuziehen.

Lucrezias Bruder, Don Cäsar, war unter den römischen Baronen; sie selber, in karmesinrot und perlengeschmückt, ritt inmitten von zwölf römischen Damen daher, vor ihr zwei Pagen zu Pferd, die als Begrüßungsgabe eine edelsteingeschmückte Schabracke für ihren Bruder Jofré, den Prinzen von Squillace, und einen goldgestickten Mantel für Madonna Sancia vor sich über den Pferdehals gelegt hatten.

Was soll ich von diesem Einzug sagen? Drei Dinge, die mir bedeutsam scheinen: der Blick, mit dem Don Cäsar seine Schwägerin umfaßte, ein aufblitzendes Begehren ohne Scham und ein Lächeln auf Sancias Antlitz, das die bereitwillige Antwort war. Als zweites unsere Ankunft in farbenprächtigem Gedränge, unter Zuruf der Menge vor der Lateranskirche, wo sämtliche Herren und Damen ein Gebet verrichten sollten.

Die Geistlichen im vollen Ornat warteten unter der weitgeöffneten Kirchentüre, aber mit viel Gelächter und Geschäker wurde festgestellt, daß jetzt niemand Lust hatte zu beten. Alexander hatte jedoch diesen frommen Halt befohlen; so entschlossen sich Madonna Sancia und Lucrezia unter Begleitung Jofrés und zweier Damen, in die Kirche einzutreten, nachdem Lucrezia ihrem Bruder Cäsar zugeflüstert hatte: »Reitet rasch zum hinteren Ausgang und wartet dort auf uns.«

Cäsar lachte auf, rief den nächsten Herren etwas zu, das ich aus der Entfernung nicht verstehen konnte, und dann umritt unsere Kavalkade die Lateranskirche, wo die Damen schon mit lächelnden Verschwörermienen aus dem hinteren Tor heraustraten.

Niemand beachtete die zornigen Gesichter der Geistlichkeit und das erregte Gemurmel der Umstehenden. Wir waren alle wie Kinder, die ihren Lehrern einen Streich gespielt haben. Jofré, der ja wirklich noch ein Knabe war, sprang ausgelassen umher, bis Sancia ungeduldig wurde und einem der Herren befahl, ihren kleinen Gemahl auf sein viel zu hohes Pferd zu setzen.

Das dritte Bild dieses festlichen Tages, das nicht nur mir unvergeßlich bleiben wird, ist der Anblick S. Heiligkeit auf dem Hochsitz im Saal der Päpste; rechts von ihm auf seidenen Polstern Lucrezia, links Sancia; sein Sohn Cesare unter den Kardinälen, Jofré in der Gruppe des römischen Adels.

Alexander scherzte mit den jungen Frauen und schien sie zu necken, daß die Kardinäle nur einen Kuß auf ihre Stirnen andeuten durften, nachdem sie den Herren die Hand geküßt hatten. Ist es dem Heiligen Vater auch aufgefallen, daß Cäsar blaß wurde und auf seine Lippen biß, als der sehr junge Kardinal Hippolyt d'Este Sancias Haupt ein wenig zu lange in den Händen hielt, um ihr entzückt in die Augen zu sehen?

Es scheint meiner Wenigkeit, unsere Zeit huldige der Götterwelt der Alten zu sehr. Jetzt springt Cupido mutwillig zwischen uns hin und her und verschwendet seine Pfeile wahllos hierhin und dorthin, unbekümmert um Verwandtschaft und Stellung seiner Opfer im Leben.

den 22. August 1496

Der Heilige Vater ist sehr glücklich, denn alle seine Kinder sind nun um ihn versammelt. Vor zehn Tagen ist Juan, der Herzog von Gandia, aus Spanien eingetroffen. Er ist ein schöner, liebenswerter Mensch. Seine Heiligkeit soll ganz vernarrt in ihn sein! Don Juan wohnt im Vatikan. Es gehen Gerüchte um von immer neuen Plänen des Heiligen Vaters, ihn mit diesem oder jenem Fürstentum oder hohen Amt zu belehnen.

Der Kardinal Cesare macht mir Angst. Die Schwäche seines Vaters für den älteren Sohn erfüllt ihn mit Neid und Eifersucht. Don Cäsar ist der begabteste der Borgia, und er kennt seine Kräfte! Aber überall stehen ihm die Geschwister im Wege.

Im Palast an der Engelsburg, wo Sancia mit Jofré Hof hält und Cäsar als anerkannter Günstling seiner Schwägerin aus und ein geht, ist seit dem Tage von Juans Ankunft die Atmosphäre verändert. Der Herzog von Gandia scheint Herr im Hause zu sein. Sancia ist blind vor Verliebtheit und sieht nicht, welch gefährliches Spiel sie begonnen hat. Cäsar Borgia zur Wut zu reizen ist nicht ratsam. Immer mehr dunkle Taten, über die niemand laut zu sprechen wagt, werden ihm zugeschrieben.

Übrigens werden beide Brüder Borgia von dem schönen Kardinal Hippolyt d'Este übertrumpft, von dem der Hof sagt, auch er besäße die volle Gunst der Prinzessin.

den 10. September 1496

Vor drei Tagen waren wir alle in Madonna Vanozzas Landhaus an ihrem Rebberg eingeladen. Im Anfang war die Gute, Prächtige glückstrahlend, als sie ihre Kinder um sich versammelt sah. Fünf junge, schöne Menschen, darunter Sancia, eine Königstochter! Auch ich wurde als ein Kind des Hauses angesehen und nahm an dem Mahl im Freien teil.

Wir saßen unter einem Rebendach an langer Tafel; zu unsern Füßen breitete sich das Land im rötlichen Abendlicht; es war noch warm wie im Sommer. Wir tranken Madonna Vanozzas Wein, aßen Eier und Landkäse und dunkles Brot. Kaum hatten wir mit dem Mahl begonnen, als hoch zu Roß der schöne Perotto erschien. Er überbrachte Madonna Lucrezia, die bisher sehr unruhig gewesen war, einen Brief: dringende Botschaft aus dem Vatikan.

Das Spiel war nicht gut vorbereitet, denn Lucrezia nahm das Schreiben ohne die geringste Überraschung entgegen, schickte Jofré von ihrer Seite fort und ließ Messer Perotto ohne ein Wort der Erklärung neben ihr Platz nehmen.

Das Gesicht des Kardinals Cesare war mir gerade gegenüber, seine Augen verengerten sich, er lächelte, ohne zu lachen, und legte den Kopf langsam in den Nacken; er schwieg. Madonna Vanozza hatte ihren muntren und derben Redestrom auch unterbrochen; auf ihren halb-geöffneten Lippen lagen die nächsten Worte zum Platzen bereit; sie suchte Sancia mit den Augen, um zu erforschen, was die Prinzessin zu diesem durchaus unerlaubten Gast sage, aber Sancia lehnte hingegeben neben Juan, der seinen Arm um sie geschlungen hatte, und achtete auf gar nichts.

Dann wanderte Vanozzas Blick weiter zu Cesare; da weiteten sich ihre Augen erschrocken, und es wunderte mich nicht, denn auch der Kardinal hatte versucht, bei seiner hohen Schwägerin leise ein Wort der Entschuldigung anzubringen, sie aber gänzlich unaufmerksam gefunden. Cäsars Hände zuckten, und er atmete schwer, als müsse er ersticken. Vanozzas Gesicht zeigte plötzlich bläuliche Schatten um Mund und Nase.

Wir sind ja alle höfisch erzogene Menschen, es fielen nur liebenswürdige und glatte Worte, aber mich dünkte, man könne um diese Familientafel die Funken knistern hören.

Ich habe meine Schwester seit vorgestern nicht allein gesehen; der Atem geht uns aus bei dieser Kette von Festen und Ausflügen auf das Land in die Villen des Adels. Dazwischen ergötzen wir das Volk mit prachtvollen Kavalkaden.

Lucrezia muß sich sehr bemühen, damit ihre Schwägerin uns nicht den ersten Platz in Rom streitig macht. Der Schar von Sancias Geliebten werden immer mehr berühmte Namen hinzugefügt. Doch ist die Prinzessin keine Hetäre im griechischen Sinn, die mit ihrem Leib und mit ihrer Seele den Mann beherrscht. Nein, Sancia ist keine große Liebende, denn sie ist selbstsüchtig und verlangt vor allem nach Genuß für ihre eigene Person. Jedenfalls dünkt es mich so, wenn ich die Aragonin mit Lucrezia vergleiche, die, von ihrer Lebenskraft und Sinnenfreude hingerissen, sich verschwenderisch schenkt und mir stets in ihrer Aufwallung schwört, dieses sei das erste und das letzte Mal, daß sie wirklich liebe. Halbheiten und Geiz sind meiner Herrin fremd, aber auch die Selbsterkenntnis.

Nun, für diese Tugend bin ich da; manchmal hört die Hochverehrte sogar auf die Stimme ihres Schattens.

den 20. Oktober 1496

Wir sind in Tränen. Unser Gemahl, Giovanni Sforza, stand gestern abend plötzlich vor uns; von Cesare gerufen.

Leider, leider hatte nämlich der Kardinal vor einiger Zeit Messer Perotto in Lucrezias Wohngemach getroffen, und keine der Hofdamen war anwesend, ich auf einen Botengang geschickt, und, was das Schlimmste war, Perotto vermochte in der Überraschung keinen triftigen Grund für seine Anwesenheit anzugeben.

Daß der Kardinal seinem Vater eine schreckliche Szene gemacht hat, wurde mir von Messer Burcardus berichtet, der mit dem Herzog von Gandia zu einer Audienz bei Seiner Heiligkeit weilte, auf der die weltlichen Festlichkeiten für den kommenden Sonntag, ›Cristo Re‹, besprochen werden sollten.

Juan habe Lucrezia damit verteidigt, daß man jungen Ehefrauen, denen der Gatte durch Monate ferngehalten wird, ein kleines Vergnügen gönnen müsse; seit wann der Bruder Kardinal denn zu den Tugendwächtern gehöre; er gönne Madonna Sancia, die nichts als einen kindlichen Gemahl habe, doch auch einige Zerstreuung.

Cesare soll in seiner ohnmächtigen Wut zynisch ausgerufen haben: »So soll unsere Schwester einen Herzog und einen Kardinal zum Geliebten nehmen, und wenn es die eigenen Brüder sind, aber keinen Untergebenen.« Alexander habe hellauf gelacht zu dieser wilden Sprache und seinen Liebling Perotto verteidigt. Burcardus war voller Sorge, als er mir von diesem Auftritt berichtete. Wehe, wenn der Kardinal Cäsar solche Worte vor den Gesandten ausriefe, das Unheil wäre nicht abzusehen!

Aber sie sind unvorsichtig, die Borgia! Und in ihrem maßlosen Hochmut und im Bewußtsein ihrer Macht völlig gleichgültig gegen das Urteil der Welt. Und jetzt ist unser Herr Giovanni hier. Lucrezia hat ihn mit mühsam betontem Vergnügen empfangen, und ich wurde von meinem Herrn beiseite genommen und ausgefragt, wer Madonna Lucrezia gegen ihn, Giovanni Sforza, eingenommen habe, sie sei völlig verändert.

Ich spielte natürlich den Unwissenden und mußte mich wieder ein mal für Dummheit und Mangel an Beobachtungsgabe auszanken lassen. Im übrigen zeichnete mich unser Fürst vor allen Herren und Damen, die Madonna Lucrezias Hofstaat bilden, deutlich aus. Es ist ja wahr, daß bei uns viel kreuz und quer und hin und her und durcheinander geliebt wird. Manchmal danke ich meinem Schöpfer, daß er mich so häßlich und unansehnlich geschaffen hat, so verfällt kein weibliches Wesen in diesem Palast auf den Gedanken, mich zum Liebesspielzeug auszuersehen. Meiner Schwester und dem Fürsten erscheine ich wahrscheinlich als ein seltsames Neutrum. Daß ein süßes, reines Kind, eine unbeachtete Blume, in Messer Lorenzos Wohnung mir eine schüchterne Neigung schenkt, trotz meiner Nichtigkeit, das ahnt niemand, auch meine Herrin nicht. Kein Hauch unserer großen Welt soll den Spiegel dieser reinen Liebe trüben.

Wie darf ich von meinen eigenen belanglosen Dingen reden; ich sollte davon berichten, daß ... nein. Für heute will mir nichts mehr aus der Feder.

den 30. Oktober 1496

Herr Giovanni kam heute in Person in meine Schreibstube, so ungezwungen, wie er mich im Feldlager zu besuchen pflegte, um mir dies oder das zu diktieren. Damals setzte er sich auf meine eisenbeschlagene Gepäckkiste, heute auf die Kante des langen, schmalen Tisches, der meistens mit Papieren übersät ist.

Ich stand abwartend neben meinem hohen Schreibpult, an dem ich soeben ein Diktat Lucrezias an die Markgräfin Isabella Gonzaga, allerlei Modetand betreffend, sauber abgeschrieben hatte.

»Jacobus, mein Freund«, sagte Herr Giovanni bedächtig, »die Luft in dieser Stadt gefällt mir nicht, und das Treiben im Vatikan und in den Palästen der jungen Frauen wird meinen zarten Nerven zuviel!« Er lächelte vielsagend. »Und auch für meine Gemahlin scheint mir das Gesamtklima nicht zuträglich. Ich habe beschlossen, den Winter in Pesaro zuzubringen. Seine Heiligkeit will zwar nichts davon hören, und Madonna Lucrezia verstieß mich aus ihrer Gnade, kaum daß ich den Mund geöffnet hatte – ich hoffe, es ist vorübergehend –, der Herzog von Gandia will mir meine ›Laune‹ ausreden, aber der Kardinal, Don Cesare, unterstützt meinen ›weisen‹ Plan.

Was sich in den Tiefen der Gedanken meines Schwagers abspielt, weiß ich nicht, das Wichtigste ist, daß er unserer Abreise nichts in den Weg legt, denn er ist ja der eigentlich Regierende, und somit bin ich zu dem gekommen, was ich dir zu sagen habe: wirke auf deine Frau Schwester ein, daß sie mit Freuden geht.«

Ich sah sorgenvoll zur Decke empor, die Hände faltend. »Eure Gattin wird gerade von Pinturicchio gemalt, und übermorgen ist Tanz im Borgo an der Engelsburg.«

»Der Maler soll mit den Kammerdienern folgen. Und das Fest holen wir in unserer Residenz nach.«

»Pesaro im Winter, Illustrissimo? Ihr stellt mich vor eine schwere Aufgabe!«

»Madonna Lucrezia war einmal sehr glücklich in Pesaro; erinnere sie daran, Jacobus.« Ich verneigte mich stumm. »Item, wir reiten morgen. Du allein begleitest uns. Der Hof und das Gepäck sollen folgen. Seine Heiligkeit hat mir fünfunddreißig Maultiere zur Verfügung gestellt, das ist nicht viel, aber es muß genügen. Gib die Anweisungen, und somit, mein Guter, auf morgen früh.«

Es wurde mir schwer, Lucrezia in dieser Jahreszeit von den Freuden des Landlebens zu überzeugen; das Castello ist eiskalt und schwer zu heizen. Da war es, glaube ich, eine Bemerkung über das Erfreuliche jeder Veränderung, die Lucrezia plötzlich das Steuer ihrer Überlegungen herumwerfen ließ.

»Veränderung?« sprach sie fragend vor sich hin und lächelte mich dann geheimnisvoll an, »o ja, die Abwesenheit ist oft von gutem wir werden ja nicht für die Zeit unseres Lebens in Pesaro bleiben unser Fürst ...«

»Teuerste, was habt Ihr vor?«

»Nichts, gar nichts! Ich bedachte nur, daß ich von Herrn Giovanni so viele Monate getrennt war, daß er mir wie ein Fremder erscheint ... Jacobus, weißt du, wir könnten uns einbilden, er sei ein wilder Geliebter, der mich räuberisch in sein Land verschleppt!«

»Das wollen wir tun!« rief ich erleichtert aus. »Sogleich melde ich diesem rücksichtslosen Galan, daß Madonna Lucrezia Borgia sich weigert, mitzukommen; wenn er sie besitzen wolle, müsse er sie rauben und auf sein Pferd binden!«

Lucrezia lachte ihr herrliches, mitreißendes Lachen. Herr Giovanni erfuhr nichts von unserm kindischen Gespräch, aber er ist froh, daß seine Gemahlin gutwillig mitzukommen gedenkt.

Pesaro, den 1. Dezember 1496

Das Meer breitet sich gerade wie im Sommer in herrlicher Bläue vor meinem Fenster aus, und das Cap Ancona schwebt wie ein

Traum über den Wassern, als hebe ein Hitzedunst es empor; in unserm Park blühen noch die Rosen, und die ersten Frühlingsblumen wollen das Winterende nicht abwarten; welch ein gesegneter Landstrich! Welch eine Schönheit um uns her!

Lucrezia gibt sich gerne diesem Zauber hin. Rom mit seinen giftigen Dünsten, seinen Perottos und spanischen Kavalieren liegt weit, weit hinter uns, denn wieder hat dieses herrliche kleine Fürstentum mit Regierungsgeschäften und alleiniger Hoheit, die keine andere Frau uns streitig macht, seinen vollen Reiz entfaltet. Keine Sancia d'Aragón, keine Julia Farnese machen uns Kopfzerbrechen, wie wir sie übertrumpfen könnten. Hier ist meine Schwester unbestrittene Herrin.

Der Fürst ist der erste Beglückte dieser strahlenden Laune meiner Herrin. Ja, beide scheinen mir sehr befriedigt zu sein. Wenn es mir nicht gelingt, diese unbeschwerte Seligkeit zu teilen, dann ist ein Gespräch mit Messer Lorenzo Behaim daran schuld. Ich nahm am Abend vor unserer Abreise Abschied von ihm.

Beate saß mit uns am Tisch, nachdem sie Wein und Gebäck gebracht hatte. Zuerst wurde es mir schwer, meinem alten Lehrer und Freund zuzuhören, denn ich versuchte Beate mit Blicken über unsere Abreise zu trösten; sie ist ja nur ein Kind von 14 Jahren, und es gelang ihr kaum, unbefangen zu erscheinen, aber bald beunruhigte es mich so sehr, daß Messer Lorenzo mehrmals den Namen des Kardinals Cäsar, des Heiligen Vaters und meines Fürsten nannte, daß ich ihm meine ganze Aufmerksamkeit zuwandte.

Was ich begriff, war eine Gefahr für Herrn Giovanni, der einer neuen Ehe Lucrezias im Wege steht. Die Verbindung mit den Sforza sei ganz unwichtig geworden, man wolle Lucrezia, dieses kostbare Kapital der Borgia, neu anlegen. Und dieses Mal in einem Königshause. Man sei sich im Vatikan nur noch nicht einig darüber, wie man den Herrn von Pesaro zum Verzicht zwinge. »Hüte deinen Herrn gut«, sagte mir Messer Lorenzo bedeutsam.

Wir wechselten keine weiteren Worte über diese Mahnung, aber dachten wohl beide an die Gerüchte, die immer unverhohlener durch die Stadt ziehen und davon flüstern, daß die häufigen Todesfälle unter Kardinälen und Prälaten nicht mit rechten Dingen zugehn.

Der Papst pflegt die Verstorbenen zu beerben und die Einkünfte während der Vakanz einzuziehen. Alexander braucht Geld, sehr viel Geld, und Cesare ist sein williges Werkzeug, andere sagen: der böse Dämon seines Vaters.

Viele hohe Herren haben schon die Stadt verlassen, aber nicht einmal die Zurückgezogenheit auf dem Lande ist ein vollkommener Schutz. Gegen das Gift gibt es keine Mauern.

Wie oft habe ich in diesen Wochen, die wir schon in Pesaro weilen, bei Tische gezittert, daß ein Becher Wein in des Fürsten Hand, oder ein Löffel voll Speise ihm das bekannte Erblassen und Schwanken bringen könnte, oder ich bewachte tagsüber immer wieder die Miene meines Herrn, ob sie nicht die bläulichen Schatten im Antlitz zeige, die vom schleichenden Gift herrühren.

Wenn wir, mit dem Falken auf der Hand, ausreiten, erlaube ich Herrn Giovanni nie, in das Schilfdickicht einzudringen, um den geschlagenen Reiher zu suchen; oder auf der Jagd in den dichten Wäldern, daß er allein vorausreitet; überall fürchte ich für ihn den hervorspringenden Mann mit dem Dolch.

Hundertmal habe ich mir überlegt, ob ich den Fürsten warnen soll, aber dann denke ich: schweigen ist besser denn reden. Er kann sich vor seinem Verhängnis nicht schützen. Kein Vorschmecker und keine Leibgarde vermöchten ihn zu retten, wenn der Feind im Dunkeln sein Verderben beschlossen hat.

Er scheint so glücklich, so froh, unser Herr, Giovanni Sforza.

den 20. Januar 1497

O Gott im Himmel, ein Gewitter ist über uns hereingebrochen! Die Idylle ist aus, Herr Giovanni zu Pferd nach Rom gerast. Ich muß sagen ›gerast‹, denn er war in einer heillosen Wut und wird manches Roß zuschanden reiten, bis er in unserer Stadt angekommen ist. Herr Giovanni ist mutig, sich mitten in die Höhle des Löwen zu begeben!

Was geschah? Vor drei Tagen erschien ein Herr, dessen Namen ich nicht nennen möchte, ein Feind Cäsar Borgias, ein Mann, der alle Brücken hinter sich abgebrochen hat. Er war auf dem Wege nach Mantua, dem Zufluchtsort aller politischen Flüchtlinge. Aus Freundschaft für den Fürsten von Pesaro kam er hierher. Bis tief in die Nacht dauerte ein Gespräch der beiden Männer hinter verschlossener Türe, sogar Lucrezia war ausgesperrt.

Am frühen Morgen ritt unser Gast weiter. Meine Schwester fand ich totenblaß und wie verstört. Herr Giovanni befahl mir, so rasch als möglich die Abreise seiner Gattin nach Rom an die Hand zu nehmen; er selber breche noch in dieser Stunde auf. Kein Wort der Erklärung, aber ich ahne, daß man dem Fürsten verraten hat, daß der Vatikan im Begriffe steht, ihn wegzuwerfen wie ein abgenütztes Werkzeug, und daß ein neues schon bereitliegt.

Als ich später im Wohngemach meiner Herrin ihre liebsten Dinge zusammenzuräumen begann, wartete ich gespannt auf ihre erste Äußerung zu dem Geschehenen oder dem Bevorstehenden. Was wußte sie überhaupt? Es dauerte dann auch nicht lange, bis ich angesprochen wurde.

»Jacobus, nimm alles mit, was mir gehört, auch was ich sonst hier zu lassen pflegte. Wahrscheinlich werde ich nie wieder nach Pesaro kommen.«

»Madonna!«

»Jammere nicht. Für die Großen dieser Welt ist das Leben eine Perlenschnur; mit der kleinsten beginnend, werden sie größer und größer, bis im Alter die Perlen wieder kleiner werden, um endlich genau so winzig zu sein wie im Anfang ... schließlich gibt es nur noch das Schloß.«

»Madonna!«

»Sei still, ich bin noch nicht fertig. Ein wenig Lebensphilosophie tut dir sehr gut! Für das Volk ist das Leben nur eine Schnur ohne Perlen; deshalb bleibt bei ihm alles gleich von der Geburt bis zum Grab: Armut, Arbeit, der Ehegenosse, die Kinder, die Kindeskinder ... der Tod. Aber wir brauchen zum Schmuck unserer Kräfte immer noch eine, und immer noch eine Perle. Und nun zum Sinn meiner Belehrung: Ich sehe voraus, daß ich meinem Lebenskollier eine neue, wiederum größere Perle hinzufügen darf.«

»Und Herr Giovanni?«

»Niemand wird ihn hindern, auch eine neue Perle auf seine Schnur zu reihen.«

Ich bin zu einfachen Gemüts, als daß ich mich so rasch in eine ganz neue Konstellation hineinfinden könnte, so sagte ich verwirrt: »Aber dieser herrliche Winter voller Glück und Sonne?«

»Er wird immer eine meiner liebsten Perlen darstellen, bei der ich gern verweile, um ihren Glanz zu betrachten, wenn ich die lange Kette – sie wird noch sehr lang werden, Jago – durch meine Hände gleiten lasse.«

Lucrezia erschien mir wie ein schönes, unschuldig-grausames Tier.

»Ihr werdet aber unserm Herrn kein Übles geschehen lassen?«

»O nein! Herr Giovanni steht meinem Herzen sehr nahe. Er muß nur vernünftig sein und sich mir nicht in den Weg stellen. Freust du dich nicht auf Rom, Jacobus?«

Ich dachte im stillen, wie ich mich freute – o, sehr! Lucrezia sprang auf und wanderte unruhig durch das Zimmer.

»Rühr dich, räume ein, Jacobus!«

Während ich die Truhen füllte, versuchte ich Beate vor mir zu sehen, im Moment, da ich unerwartet in ihre Wohnung treten würde, aber es gelang mir nicht, ihre Züge zu fassen, immer wieder schob sich das Adonisgesicht Perottos davor; waren es Lucrezias starke Gedanken, die auf mich übersprangen?

Nun denn, in Gottes Namen auf nach Rom ... aber was dort geschehen wird, das wissen nur der Teufel und Don Cesare.

den 10. Februar 1497

Als wir in Rom angekommen waren, schien mir unsere Stadt wie der Teppich eines Gauklers, auf dem unzählige rohe Eier verstreut lagen, zwischen denen wir hin und her tanzen mußten, ohne eins zu zerbrechen.

Da war zunächst Julia Farneses Abwesenheit, die den Heiligen Vater in eine mörderliche Stimmung versetzte. Man durfte sich nicht mit einem Wort nach dem Wohlergehen der einstigen Herrscherin im Vatikan erkundigen, denn man munkelte, sie lebe in sicherer Entfernung mit einem jungen Geliebten. Ihrem Bruder, dem Kardinal Farnese, mit dem wir sehr vertraut waren, ist unser Palast verschlossen, denn dieser hohe Herr ist in der allgemeinen Ungnade seiner Ämter im Patrimonium Petri entsetzt.

Juan, der Herzog von Gandia, den Alexander mit seiner Liebe überschüttet, ist nun zum Rektor des gesamten Kirchenstaates gemacht worden und überdies zum Befehlshaber im Krieg gegen die Orsini. Jetzt ist Juan ›der große Mann Roms‹: ein rohes Ei mehr, denn der Kardinal Cesare zerspringt vor Eifersucht und vor Ungeduld, einen Vorwand zu finden, den Kardinalspurpur abzuwerfen.

Ein anderes Ei: um Cäsar ruhig zu halten – der Papst zittert vor ihm – spricht man offen davon, daß Alexander seinem zweiten Sohn die Benefizien samt dem herrlichen Palast des Kardinals Riario versprochen habe, falls dieser hohe Herr in die Ewigkeit eingehen sollte. Diesen Weg wird der Arme nun wohl bald antreten müssen. Auch nach diesem guten Freund Lucrezias darf man sich nicht erkundigen, geschweige denn ihn einladen.

Am schwierigsten war unser Eiertanz vor dem Heiligen Vater, was die Lage seines Krieges gegen die Orsini betrifft. Juan, der Geliebteste, soll ihre Güter bekommen, aber dieser Feldzug bringt nichts als Mißerfolge. Mit Madonna Adriana, unserer Pflegemutter aus früheren Zeiten, ist nun auch kein Auskommen mehr. Als Witwe und Mutter eines Orsini, und den Borgia durch Blutsbande verwandt, rennt sie ratlos von rechts nach links wie ein Huhn auf der Landstraße, wenn eine Kavalkade sich naht. Der Himmel verzeihe mir diesen respektlosen Vergleich!

Äußerst heikel ist auch die Lage unseres Herrn Giovanni. Er hatte, kaum in Rom angelangt, den Stier, den Borgiastier, bei den Hörnern gepackt und gefragt, wie man sich die Scheidung einer christlichen Ehe eigentlich an hoher Stelle denke? Eine Scheidung wäre doch nicht möglich, da die Ehe ein Sakrament sei. Und aus welchem Grunde überhaupt eine Scheidung? Madonna Lucrezia Borgia und er, Giovanni Sforza, seien das glücklichste Paar der Christenheit.

Natürlich weiß unser Fürst, daß politischer Ehrgeiz der Borgiasippe auf dem Grunde dieser Scheidung liegt, aber davon schweigt er lieber. Lucrezia, die mir diese Dinge erlauterte, erzählte lachend, ihr Vater habe entrüstet getan, daß die ›glückliche Ehe‹ noch keine Nachkommenschaft hervorgebracht, und hätte Besorgnis geäußert, daß Herr Giovanni die Schuld daran trage. Da sei unser Fürst aber in einen ganz unheiligen Zorn ausgebrochen und habe darauf hingewiesen, daß er, wie jeder hohe Herr, der etwas auf sich halte, einige gesunde Bastarde besäße und seine erste Gemahlin, wie erinnerlich, im Kindbett gestorben sei. Jetzt spreche Seine Heiligkeit nicht mehr von der Scheidung.

Es scheint mir aber, daß meine hohe Schwester, so glücklich sie zu Zeiten mit Herrn Giovanni war, ernsthaft den Wunsch erwägt, ihrer Perlenkette eine neue größere Perle hinzuzufügen, oder stört der Gemahl ihr Idyll mit dem schönen Perotto? Das will ich nicht hoffen!

Und nun noch ein rohes Ei: Vanozza, Lucrezias Mutter, der nachgerade ihre ungebärdigen Kinder auf die Nerven fallen; sie hat alle Hände voll zu tun, Juan und Cäsar auseinanderzuhalten; ferner dem kleinen Jofré, der nun fünfzehn Jahre zählt und begriffen hat, was ein Ehemann ist, davon abzuraten, seiner Gemahlin, der Prinzessin Sancia, mit unpassenden Wünschen lästig zu fallen. Wir, Lucrezia und ich, mußten helfen, dem Knaben eine kleine Geliebte zu suchen; und schließlich betrüben die Scheidungsgerüchte um Lucrezia ihre Mutter auch nicht wenig.

Vanozza ist eine fromme Frau und droht, alle Strafen auf ihre Tochter herabzubeten, wenn sie nicht dafür sorgt, daß dieses Gerücht als vollkommen nichtig erklärt wird.

Wir sind alle nervös. Mir wird angst, wenn ich an das bevorstehende Osterfest denke, wo die gesamte junge Sippschaft in ihren hohen Ämtern nebeneinander und miteinander wirken muß.

den 29. März 1497

Das Osterfest ist vorüber. Vieles ist vorüber. Lucrezia ist vor Schrecken blaß wie ein Schatten, und mir zittert das Herz, wenn ich an die ungeheuerlichen Stunden vom Dienstag nach den Feiertagen denke.

Am Donnerstag vor Ostern kniete der Fürst von Pesaro, unser Herr Giovanni Sforza, in einer Reihe neben seinen Schwägern, Juan, Cäsar und Jofré, zu Füßen des Hochsitzes und empfing aus der Hand Alexanders die Osterpalme. Während des Hochamtes am Sonntag sah ich das Gesicht unseres Fürsten im Profil, es war blaß, aber hart in seiner Entschlossenheit.

Cesare soll im Laufe eines Gespräches hingeworfen haben, der Tod pflege den hinwegzuraffen, der sich dem Willen des Stellvertreters Christi auf Erden widersetze, und Giovannis Antwort soll gewesen sein, so kühn sei selbst der Tod nicht, daß er sich an den heranwage, dessen Recht unantastbar vor Gottes Auge daliege. Christi Vertreter auf Erden müsse und werde selber den Bedrohten schützen.

So erzählte es mir Lucrezia, die zerrissen war zwischen ihrer Lust, frei zu werden, und ihrer Verliebtheit in Herrn Giovanni.

Am Dienstag nach Ostern weilte Lucrezia allein mit mir im Gartensaal; ihr Gemahl war in der Bibliothek mit einem Bücherhändler. Plötzlich ertönte im Garten die Stimme des Kardinals Cäsar, die jemandem etwas zurief. Wir verstanden die Worte nicht, aber hörten den Kapitän Michelotto antworten. Lucrezia legte die Hand auf die Brust, als müsse sie ihr Herz festhalten, denn Michelotto ist das gefürchtete Werkzeug Cäsars. Sie wurde totenblaß, sprang auf und raunte mir zu: »Verbirg dich im Schreibkabinett, aber gehe nicht fort, Jago!«

Kaum war ich in meiner Verborgenheit, als der Kardinal eintrat. Durch eine Spalte im Holz konnte ich ihn sehen; er war weltlich gekleidet; schön und schrecklich wie Luzifer. Er setzte sich neben Lucrezia, küßte sie überschwenglich nach seiner Art und machte ihr Komplimente über ihr neues Frühlingskleid, aber sie hatte sich schon losgerissen und rief heftig aus: »Was hattest du in meinem Garten mit Michelotto zu reden? Was hast du im Sinn? Giovanni ist in der Kirche!«

»Nein, mein Herz, er ist in der Bibliothek.« Cesare trommelte mit den Fingern auf dem Tisch neben sich. »Da dein Gemahl sich weigert, freiwillig auf dich zu verzichten, wird er aus dem Wege geräumt werden müssen, und du wirst mir helfen.«

Ich hatte mein Gesicht an eine Spalte gepreßt und beobachtete Lucrezias Züge. Fast hätte ich zu laut geatmet im Erstaunen über den Wandel in ihrer Miene: da saß nicht mehr die verspielte junge Frau, sondern eine gewiegte Schauspielerin.

»Der Arme«, sagte sie leichthin, »aber um Königin von Neapel zu werden ... Herr Giovanni wird in der Bibliothek bleiben; ich sorge dafür.« Lucrezia senkte die Augen.

Cesare lachte verächtlich: »Die Weiber, die Weiber! Für die Eitelkeit opfern sie auch den Geliebten!«

»Ich hatte dir schon lange gesagt, daß ich eine Abwechslung möchte. Es ist töricht von Giovanni, daß er nicht freiwillig in die Scheidung willigt.«

»Ein Mann wagt lieber den Tod, als daß er die Beschuldigung der Eheuntauglichkeit hinnimmt, und diese Beschuldigung wird ihm in aller Form gemacht.»

»Teuerster, da kann ich nur ausrufen: Die Männer, die Männer! Für die Eitelkeit lassen sie ihr Leben!«

Cäsar stand auf. »Ruhm ist der einzige Wert, der in unserm Leben gilt. Ruhmlosigkeit ist lebendiger Tod. Herr Giovanni kann mir dankbar sein, wenn ich ihn der Lächerlichkeit rechtzeitig enthebe.«

Er wollte Lucrezia zärtlich küssen, aber sie schien es nicht zu bemerken, trat hinter den Tisch und ordnete ihre Bücher: »Warte, bis die Dunkelheit gesunken ist, Cäsar. Das Volk ist ungebärdig seit einiger Zeit.«

»Vielleicht warten wir, vielleicht nicht.« Er winkte ihr mit der Hand und ging pfeifend davon.

Ich trat aus dem Kabinett. Lucrezia sank mir totenblaß um den Hals. »Jacobus, o Gott im Himmel! Hast du gehört? Rette Herrn Giovanni, rasch, rasch!«[4]

»Erst denken ... ja, er muß sofort zu Pferde weg.«

»Aber wir können nicht unbemerkt ein Pferd aus unserm Stall führen lassen. Cäsars Späher werden nicht weit sein.«

»Ihr müßt den Fürsten selber aus dem Palast führen. Sofort! Es gilt rascher zu sein als Michelotto!«

»Aber wohin, Jacobus ?«

»Zur Messe! In die Kirche Onofrio.«

»Aber werden wir durchkommen? O Jacobus, Jacobus!«

»Schwester, rasch, es muß gelingen! Versucht es immerhin!«

»Und das Pferd?«

»Ich lasse mir eines der starken türkischen aus dem Marstall Eures Vaters geben. Ich warte hinter der Kirche in dem kleinen Gäßchen.«

Die folgende Stunde werde ich nie in meinem Leben vergessen. Mein Freund im Marstall des Vatikans war abwesend; nur unter rasch erfundenen Vorwänden durfte ich eines der prachtvollen Pferde besteigen, ein Geschenk aus dem Gestüt Gonzagas. Auf Umwegen erreichte ich die Kirche Onofrio. Einmal traf ich auf einen Trupp Bewaffneter, die Cesares Farben trugen. Ich zottelte langsam mit gesenktem Kopf an ihnen vorüber.

Würde es Lucrezia gelingen, unsern Fürsten unbemerkt aus dem Palast zubringen? Würde Herr Giovanni überhaupt fliehen wollen? Das Warten hinter der Kirche war eine Höllenpein. Leute gingen durch die enge Gasse und wunderten sich, warum ein Unbewaffneter hier mit diesem prächtigen Roß warte. Neugierige blieben stehen, stellten Fragen. Die Zeit verging. Hatte Lucrezia kein Glück gehabt? Lag Giovanni Sforza in seinem Blut?

Es schien mir, als stünde ich hier schon ein halbes Leben lang. Ach, ganz anders hätten wir handeln müssen!

Da knarrte die kleine Türe. Der Fürst trat neben Lucrezia hervor; sein Gesicht war von Zorn und Erregung entstellt.

»Ich danke dir, Jacobus«, stieß er rauh hervor und setzte seinen Fuß in den Steigbügel, dann wandte er sein Gesicht zu Lucrezia zurück: »Euch danke ich nicht, daß Ihr mir das Leben gerettet, denn Ihr werft mich fort wie einen abgetragenen Handschuh, es soll Euch unvergessen bleiben!«

Dann schwang er sich in den Sattel und sprengte davon, daß die Erde der ungepflasterten Gasse aufspritzte.

»Kommt, Schwester.« Ich führte Lucrezia, die verängstigt vor sich hinstarrte, in die Kirche zurück. Drinnen sank sie vor dem Altar nieder, und ich hörte ihr Schluchzen, während sie immer von neuem Gebete für das Gelingen der Flucht ausstieß. Endlich durfte ich sie in den Palast zurückführen.

Unterwegs flüsterte sie wie ein ratloses Kind vor sich hin: »Alle werden mich strafen, Jago, alle: Cesare, mein Vater, Giovanni …«

den 28. Mai 1497

Viel zuviel ist geschehen seit Herrn Giovannis Flucht. Manchmal will mir der Mut entsinken, mit diesem Tagebuch fortzufahren, denn ich weiß nicht, wie ich mich retten soll vor der Flut dessen, was um mich her geschieht. Warum hat das Schicksal mich unter die Großen dieser Zeit geschleudert? Ist es mein vorbestimmtes Amt, Augen und Ohren offenzuhalten, damit ich die Wahrheit berichten kann? Vielleicht. Denn schon jetzt webt das Volk Legenden und Lügen um uns, so daß Richtig und Verkehrt für den Fernstehenden nicht mehr zu unterscheiden ist. Nun denn …

Ja, der Kardinal Cesare tobte über Lucrezias eigenmächtiges Handeln. Einige Tage hatte ich Angst, er würde sich an ihr vergreifen, aber gottlob ist sie ein so wichtiges Pfand für seine politischen Pläne, daß er sie nicht opfern wird. Doch ist die Stimmung an den beiden jungen Höfen um den Vatikan nicht behaglich.

Der Heilige Vater soll recht verärgert sein, weil er nun, da der Himmel Herrn Giovanni nicht zu sich genommen hat, einen Scheidungsprozeß vornehmen muß, der nicht einfach sein wird. Zu offenkundig war das Liebesglück zwischen Lucrezia und ihrem jungen Gatten gewesen. Wie viele Gäste, wie viele Gesandte fremder Höfe konnten beobachten, wie sie in verliebter Ungeduld Herrn Giovanni erwartete, der so oft in Kriegsgeschäften abwesend sein mußte. Und wie strahlend war die Laune unseres Fürsten gewesen, wenn er an der Seite seiner kleinen Gemahlin leben durfte.

Während Don Cesare uns noch mit brutalen Szenen um den Rest unserer Nerven brachte und der Heilige Vater noch über die Torheit seiner Tochter jammerte, die keinen Funken von politischem Weitblick besäße, zitterten wir, daß die Reiter, die Giovanni Sforza nachgehetzt worden waren, ihn erreichen und zurückschleppen würden. Pesaro ist weit, und es gibt nur eine Gebirgsstraße, die jetzt im Frühling benutzbar ist; er mußte auch das Pferd wechseln, mußte nachts schlafen.

Aber wir wußten nicht, daß Haß und Rachedurst Herrn Giovanni schlaflos aufrecht hielten und er seinem arabischen Roß kaum einige kurze Ruhestunden gönnte. Zehn Tage nach der Flucht schlich eines Abends ein Knecht aus dem Castello zu Pesaro, der Lucrezia ergeben war, in unsern Palast und brachte die ersehnte Nachricht, daß der Fürst in Sicherheit sei. »Als er über die Zugbrücke gesprengt war und halblebendig von seinem schäumenden Roß glitt«, erzählte der Knecht, »brach das Tier tot zusammen.«

»Und Herr Giovanni?« Wir hatten nicht für sein Leben Angst, aber der Geist schien verstört; sein Blick war wie der eines hungernden Wolfes. Er spricht wenig, aber er wohnt Tag für Tag den Beratungen seiner Juristen bei.«

Der Knecht wartete, daß Madonna Lucrezia etwas sagte, aber sie saß mit verkrampften Händen da. Was hatte ihre helfende Tat einem Fürsten nützen können, der als zu gering für die erhabene Familie der Borgia beseitigt werden sollte; vielleicht wäre er lieber tot, als so unrühmlich vor aller Welt fallen gelassen zu sein. Lucrezias Blick irrte bestürzt umher.

»Gebt Eurem Gatten ein gutes Wort«, flüsterte ich ihr zu. Aber sie schüttelte das Haupt; ihr Antlitz straffte sich. Wie sehr glich sie jetzt ihrem Vater in der hochmütigen Unbekümmertheit.

»Auch in der Komödie des Lebens«, sagte sie mit freundlicher Stimme, »gibt es Schauspieler, die von der Bühne abtreten müssen, weil ihre Rolle zu Ende ist«, erhob sich und rauschte davon. Der Knecht warf mir einen zornig verblüfften Blick zu, und ich wußte, daß Madonna Lucrezias Worte bald wie Salz in die offene Wunde Giovannis dringen würden.

Meine hohe Schwester erscheint mir in dieser Zeit nach der Flucht ihres Gatten seltsam unempfindlich. Die erregenden Ereignisse gehen über sie hinweg; es sieht aus, als habe sie keine Zeit, sich vor Cesare zu ängstigen, ihrem Gatten einen Gedanken zu geben oder sich um ihren Vater zu bekümmern. Es würde mich nicht wundern, wenn sie mir erklärte, Hitze und Kälte, Hunger und Müdigkeit nicht mehr zu empfinden. Auch die Intrigen an den jungen Höfen berühren sie nicht im geringsten, und meine Wenigkeit sieht sie überhaupt nicht!

Aber was wundere ich mich? Ich weiß es ja, sie ist besessen, ›gebannt‹ von ihrer Leidenschaft zu Perotto. Jetzt, da sie keinen eifersüchtig wachsamen Gatten mehr zu fürchten hat und Herrin über eine Schar dienstfertiger Helfer ist, der Nachsicht ihres Vaters gewiß, jetzt braust ihr Temperament ungehemmt auf.

Perotto ist schön, anmutig, liebenswürdig und überdies geistreich und unterhaltend. Jede Frau würde sich glücklich preisen, einen solchen Geliebten zu besitzen; aber nur wenige hätten den Mut, die großen Gefahren zu mißachten, wie sie Lucrezia bei einer Liebschaft mit einem einfachen Kämmerer umlauern. Sie ist nicht blind in ihrer Verliebtheit, aber gerade dieses Spiel am Rande des Abgrundes erhöht nur ihr Vergnügen. Ich versuche manchmal die Holde zu warnen, auch rufe ich ihre Gottesfurcht an, die sie in Wahrheit besitzt. Sie verspricht mir dann zu beichten und zu büßen, aber ihr Lächeln sagt deutlich, daß sie mich nur beruhigen und abspeisen will.

Oder ich drohe ihr mit der Wut des Kardinals, dem leicht bei diesem Vergehen die Geduld reißen könnte, sie kenne doch seinen berüchtigten Giftmischer und den Kapitän Michelotto, die beide vor keinem Mord zurückschrecken. Ich gebrauche ungeschminkte Worte: »Ihr wollt doch nicht wegen eines Untergebenen sterben, Madonna?«

Als ich neulich so zu meiner Schwester sprach, lachte sie laut auf: »Mein alter Jacobus, ich habe es dir schon einmal gesagt: mein Bruder braucht mich; niemand ist sicherer vor seinem Gift und seinen Meuchelmördern als ich.«

»Aber Perotto?«

Ein hochmütiger Blick traf mich armen kleinen Bürger.

»Don Pedro Calderón Perotto wird sich glücklich preisen, wenn er eines Tages meine Gunst mit dem Tode bezahlen darf.«

»O«, sagte ich und fühlte, wie mein Mund ganz klein und rund wurde.

So mag denn das Verhängnis seinen Lauf nehmen. Lucrezia ist schön wie Aphrodite in diesen Wochen und Monaten und ebenso gewissenlos wie jene hehre Göttin.

den 2. Juni 1497

Inzwischen geht der Prozeß gegen unsern Fürsten weiter. Er soll öffentlich beschwören, daß er zur Ehe untauglich und Madonna Lucrezia noch heute eine unberührte Jungfrau ist. Er weigert sich.

Wie mir die Gesandten von Mantua und Venedig, die mich gern als Vertrauten Madonna Lucrezias auszuholen versuchen – wobei meistens das Gegenteil geschieht –, sagten, wäre es das Gespött und Gelächter sämtlicher Höfe, Lucrezia Borgia als jungfräulich zu erklären.

Trotzdem hat meine Schwester sich bereit gefunden, diesen Zustand zu beschwören ... ein Grund, daß ich zwei Nächte lang zur Sühne für diese Lüge auf den kalten Fliesen unserer Kapelle kniete und die Heilige Jungfrau anflehte, uns diese Sünde nicht allzuhoch anzurechnen.

Wie ich schon sagte, ist Lucrezia blind und taub gegen die Ereignisse an unserm, und besonders an Madonna Sancias Hof. Aber ich weiß alles. Wie vor den Schoßhündchen und den Papageien, die nichts verstehen, pflegen der Heilige Vater und Lucrezia vor mir zu reden. Im Palazzo an der Engelsburg, wo der Kardinal Cesare bei seinem kleinen Bruder Jofré einquartiert ist – unter einem Dach mit seiner Geliebten, der Prinzessin Sancia –

und der Herzog von Gandia ein- und ausgeht, spielen sich wahre Tragödien der Eifersucht ab, eine Sorge für Alexander, denn er kennt das unbändige Blut seiner Nachkommen.

Sancia, diese schöne Teufelin, spielt mit vier Männern wie mit Marionetten, die sie geschickt tanzen läßt: Juan, Cesare und Jofré Borgia, ihre zwei Schwäger und ihr kleiner Gemahl, und zum Überfluß Hippolyt d'Este, der blutjunge Kardinal. Daß Cäsar schon längst gewillt ist, den Kardinalspurpur abzuwerfen, ist stadtbekannt. Er neidet seinem Bruder Juan die größere Freiheit, auch möchte er sich durch Ehebande einem Herrscherhaus verbinden, um einen Rückhalt für seine politischen Pläne zu haben. Er ist soeben einundzwanzig geworden und spielt in Gedanken schon mit Ländern und Thronen! Sancia, von Jofré geschieden, würde ihm den Weg auf den Thron Neapels ebnen, aber Sancia zieht Juan vor. Mit ihm und nicht mit Cäsar reitet sie auf die Jagd, mit ihm reist sie auf ihre Villen, läßt sich von ihm in die Kirche begleiten, ruft ihn an ihre Seite, wenn sie den großen Festen in ihrem Palazzo vorsteht.

»Beachte einmal ihr Gesicht«, sagte mir neulich Lucrezia, »wenn Cesare sich zu ihr und Juan gesellt! Das teuflische Vergnügen Madonna Sancias am Haß des Kardinals, der den Bruder mit den Blicken umbringen möchte. Ich wollte, Juan und Sancia würden das Spiel nicht zu weit treiben!«

Ach, sie trieben es schon zu weit! Die Pamphletisten und Gelegenheitsdichter haben sich dieses Themas bemächtigt: zwei Brüder, die um die Schwägerin werben. Zu meinem Entsetzen wird oft an Stelle des Wortes ›Schwägerin‹ das Wort ›Schwester‹ gesetzt. Gewiß, Sancia ist die angeheiratete Schwester, aber noch kein öffentlicher Spott hat mich so tief beunruhigt.

Merkwürdigerweise ist sogar Lucrezia das Lachen vergangen, und doch sind ihr Schmähgedichte vollständig gleichgültig. Nimmt sie sich die Streitigkeiten ihrer Brüder zu Herzen? Meine geliebte Schwester ist seit einiger Zeit sichtlich bedrückt.

den 5. Juni 1497

Gestern wurde Juan, Herzog von Gandia, zu allen seinen Ehren überdies noch feierlich zum Herzog von Benevent ernannt. Es war eine große Feier im Vatikan. Offen wurde darüber geredet, ob diese Erhöhung des Herzogs die letzte Stufe vor dem Königsthron in Neapel sei, den ja eigentlich Don Cesare zu erringen hofft. Später begab sich Alexander unter der Mitra nach St. Peter, ein Kardinal zelebrierte die feierliche Messe.

Das Volk, das in Scharen herzugeströmt war, schien mir unruhig wie eine Seefläche, über die der Wind fährt, und es wunderte mich nicht, denn Lucrezia, Sancia, Adriana, Julia, Hieronyma und die kleine Angela Borgia, die neuerdings zu unsern Hofdamen gehört, alle mit Juwelen bedeckt und in großer Pracht, füllten in dieser feierlichen Stunde das Podest, wo doch der Platz für die Geistlichkeit ist, die dort das Evangelium zu singen pflegt.

Noch mehr als von der offenen Mißbilligung des Volkes wurde mein Blick vom Gesicht des Kardinals Cesare angezogen. So muß das Antlitz der Gorgo gewesen sein, das die heranstürmenden Feinde vor Grauen erstarren machte. Ich fühle es, es wird etwas geschehen, das Gewitter steht vor der Entladung.

den 7. Juni 1497

Ich muß schreiben, obgleich mir die Finger kaum gehorchen. Don Cesare hat Lucrezia beinahe erdrosselt. Wenn Messer Pietro und ich dem Rasenden nicht die Hände, die wie Eisenklammern um ihren Hals lagen, aufgeklemmt hätten, sie läge jetzt erstickt da.

Die Schuld an dem Entsetzlichen trägt ein Hoffräulein, das aus einem belanglosen Grund seinen Haß auf unsere Herrin geworfen hat und nun das, was niemand, niemand wissen dürfte, Don Cesare verriet.

O, die Weiber wissen alles voneinander und sind keiner Großmut fähig. Man hätte Lucrezia in ihrer Not helfen können, denn sie ist in Not: sie wird ein Kind gebären. Das Wissen darum ist wie ein Blitz, der unter uns einschlug. Der Heilige Vater hat sich eingeschlossen und will seine Tochter nicht sehen.

Noch vermutet jeder, der um das Unglück weiß, so auch der Kardinal, daß einer der galanten Spanier, die bei uns aus- und eingehen, der Vater sei. Daß Perotto der Sünder ist, ein Kämmerer, das wagt niemand auch nur in Erwägung zu ziehen.

Heute abend muß ich meine Schwester zur Strafe in das Kloster San Sisto an der Via Appia begleiten. Sie soll dort eingesperrt bleiben, ohne einen Menschen der Außenwelt zu sehen, bis das Kind geboren ist. Das wird im Januar sein.

Ich habe diese letzten Tage viel am Lager Lucrezias gesessen, die sich weigert, Madonna Adriana, Sancia oder eine ihrer Basen oder Damen zu sehen. Meine süße Schwester fühlt sich ungeheuer lächerlich gemacht; sie liegt meistens auf ihrem Gesicht und weint in die Kissen. Wenn ein Wort aus ihrem Munde kommt, so ist es Angst um Perotto. Sie will, daß er flieht, sie hat vergessen, daß er sich glücklich schätzen sollte, ihretwegen zu sterben.

den 8. Juni 1497

Immer wieder werde ich in den Vatikan geschickt, in dessen Mauern ja Perotto lebt. Ich gehe durch ein Hinterpförtchen und trage nach und nach auf meinem Leibe alle Stücke einer Verkleidung, dazu Geld und eine Wegzehrung, zu ihm hin. Wenn nur Perotto sich in seiner schlotternden Angst nicht verrät! Cesare sucht noch wütend nach dem Verbrecher an Lucrezias Ehre. Das ist schön von meiner Schwester, auch unter Todesdrohung gibt sie den Namen ihres Geliebten nicht preis. Aber Don Cesare hat geschworen, ihn zu finden.

Dreimal bin ich in den Gängen, die zu den Gemächern des Herzogs von Gandia führen, einem Vermummten begegnet. Ich kenne den Schurken, der durch den Vatikan schleicht, genau am Gang und an der ungewöhnlichen Größe; es ist einer der Männer Cesares. In welches Gespinst verwickelt der Kardinal seinen Bruder?

Aber ich habe jetzt an Perotto zu denken. Morgen vormittag, wenn die Kardinäle im Konsistorium weilen und der Heilige Vater seinen Kämmerer bestimmt nicht rufen läßt, muß er auf-

und davonjagen. Zwei bis drei Stunden könnte sein Verschwinden unbemerkt bleiben.

Die Sonne sinkt; es ist Zeit, daß ich mich um unsere Fahrt nach S. Sisto bekümmere. Wir wollen bei Dunkelheit den Palast verlassen. Wie lange die Abende jetzt hell bleiben!

den 9. Juni 1497

Was gestern geschah, kann ich nur mit kalten Worten hinsetzen. Burcardus war bei mir, totenblaß; ein Beben lief immer wieder durch seinen Körper, als schüttle ihn die Malaria. Als er auf meinen Sessel gesunken war, wandte er einen Augenblick den Kopf ab, aber ich sah in dieses trocknen, harten Mannes Augen dennoch die Tränen. Seine zitternden Finger spielten mit meinem Schreibgerät.

Dann schaute er mich an, bemühte sich mehrmals zu sprechen, bis er heiser ausrufen konnte: »Jacobus, Perotto ist tot. O, er hat die Todesstrafe verdient, aber Gott ist nicht mehr mit uns. Der Höchste hat seine Hand von Alexander abgezogen, so machtlos ist er, daß sein heiliges Recht, den Verbrecher zu schützen, zum Spott geworden ist. Gott hat die Hand des Mörders nicht aufgehalten.«

Ich verstand Burcardus nicht und legte die Finger an meine pochenden Schläfen.

»Höre zu, Jacobus. Das Konsistorium war versammelt, es fehlte nur der Kardinal Cesare. Man begann trotzdem mit der Beratung. Ich stand auf meinem Posten seitlich hinter dem Hochsitz Alexanders. Plötzlich hören wir ein mörderisches Schreien im Gang und wütende Ausrufe des Kardinals. Die rennenden Schritte kommen unserm Saal näher, dann springt die Türe auf, Perotto stürzt herein, geradewegs zum Heiligen Vater. ›Schützt mich, o schützt mich‹, stieß er hervor. Der Papst, zutode erschrocken, reißt seinen Mantel empor, wirft ihn als Schutz des Höchsten über Perotto, der an seinen Knien liegt, aber Cesares Dolch fährt nieder, immer von neuem, das Blut spritzt hoch auf, dem Heiligen Vater in das Gesicht und über die Hände ... der Herr der Christenheit besudelt mit dem Blut eines Ermordeten!

Die Starre, die über uns allen lag, löste sich in einem Stöhnen und Ächzen; einer nach dem andern schlichen und stolperten die hohen Herren davon.«[5]

den 10. Juni 1497

Burcardus und ich blieben gestern noch lange beieinander. Wir haben kaum gesprochen, aber wir wünschten uns wohl beide weit fort aus dieser Arena. Es ist aber unser Amt, hier zu sein und auszuhalten.

Heute früh war ich lange zum Gebet in der Kapelle des Klosters S. Sisto. Ich betete für meine Schwester, für Perotto und für mich. Dann ließ ich mich zu Madonna Lucrezia führen; sie hat sich ausbedungen, daß ich als Mittelsmann zwischen der Welt und ihr immer Zutritt habe.

Als ich ihr schonend von Perottos Tod erzählte, hielt ich sie umschlungen wie in unserer Kinderzeit, wenn sie gestraft worden war. Sie klagte um diesen schönen jungen Menschen und versprach, viel für ihn zu beten, aber sehr bald wurde sie ruhiger, denn im Grunde berührt Perottos Tod sie nicht; er war ein Spielzeug, das sie nie wieder hätte aufnehmen können.

»Es ist besser, so wie es ist«, sagte sie zum Schluß. Heuchelei ist meiner Schwester fremd. »Das Schönste, was das Leben ihm geben konnte, hat er genossen; wäre er mit den Segnungen der Kirche dahingefahren, so würde ich ihn glücklich preisen, aber Gott hatte sichtlich seine Hand von ihm abgezogen, er hätte natürlich meinen Verlockungen widerstehen sollen. Vergiß nicht, für den Armen zu beten, Jago.«

den 15. Juni 1497

Heute vormittag wurde ich zum Heiligen Vater gerufen; ich war erschrocken, da ich doch Madonna Lucrezia nicht zu ihm bringen konnte. Sie ist ja im Kloster.

Seine Heiligkeit ging unruhig im Zimmer auf und ab. »Jacobus, unser geliebter Sohn, der Herzog von Gandia, ist gestern nicht in den Vatikan zurückgekommen; auch heute morgen nicht. Weißt du, wohin er sich gestern abend spät begeben hat?«

Ich wisse es nicht, sagte ich. Der Herzog sei mit seinem Bruder, dem Kardinal, dem Vetter Borgia, einigen Reitknechten und dem rätselhaften Vermummten von dem Fest bei Madonna Vanozza de Catanei weggeritten.

»War es schon dunkel?«

»Ja, es war Nacht.«

»Warum ritten die Herren denn so spät fort? Bei diesen hellen Nächten ist doch jedermann froh, wenn er noch die Dämmerung zur Heimkehr benutzen kann.«

Ich zögerte mit der Antwort, aber Alexander drängte mich, ich solle alles sagen, was ich denke.

»Es schien mir, als habe der Herzog ein Liebesabenteuer vor, wohl kein alltägliches, denn ich hörte, wie der Kardinal seinem Bruder riet, die Dunkelheit abzuwarten.«

Diese Auskunft schien den Heiligen Vater zu beruhigen. Er prustete und lachte leise vor sich hin. »Gewiß; und nun durfte er heute bei Tageslicht das Haus der Dame nicht verlassen.« Aber gleich kam die Unruhe wieder über ihn. »Weißt du mir etwas über den Vermummten zu sagen?«

Ich schüttelte stumm den Kopf. Es ist nicht ratsam, wenn kleine Leute wie ich angeben, wer die Vermummten der großen Herren sind.

»Wie geht es unserer geliebten Tochter?«

»Ihre Exzellenz langweilt sich.«

»Es geschieht ihr recht! Sage meiner Tochter, sie solle fleißig für Perotto beten.« Der Heilige Vater seufzte, daß es fast ein Stöhnen war. »Gehe jetzt, mein lieber Jacobus.«

Mit Schrecken sah ich, daß Alexanders Gesicht sich mit dunkeln Schatten gefüllt hatte. Er sah alt und verfallen aus.

Ich muß aber die Ereignisse von gestern nachtragen.

Madonna Vanozza hatte Geburtstag. Wie jedes Jahr gab sie ein ländliches Fest auf ihrem Weinberg. Wieder saßen wir alle um den langen, schmalen Holztisch versammelt. Ich hatte Lucrezia – als die größte Hitze vorüber war – in San Sisto abholen dürfen, um sie zu ihrer Mutter nach San Pietro in Vincoli zu geleiten, wo ihre Brüder, Madonna Sancia und die Vettern Borgia schon versammelt waren.

Der Herzog Juan trank viel; er war von munterer Ausgelassenheit und sichtlich voll verliebter Ungeduld, daß es bald Nacht werde. Er sprach mehrmals mit dem Vermummten, schickte ihn mit Aufträgen in die Stadt und war voll strahlender Neugier, wenn der Mann zurückkam, wohl um zu erfahren, welchen Bericht die Dame – ich vermute, es handelte sich um die Liebesnacht bei einer hohen Frau – ihm sandte.

Don Cesare, weiß im Gesicht und in einer Gespanntheit wie ein Bogen, von dem der Pfeil schnellen soll, scherzte mit seinem Bruder. Vanozzas Augen wanderten fragend zwischen ihren älteren Söhnen hin und her; mehrmals setzte sie an, um etwas zu sagen, aber sie schwieg. Doch schien es mir, als folgte ihr Blick, wenn sie ihn senkte, den nervösen Bewegungen der Hände des Kardinals. Cesare Borgia hat Hände, die vieles sagen! So beherrscht seine Miene ist, seine Hände verraten ihn.

Meine holde Herrin merkte nichts. Sie war strahlend lebendig und genoß ihre kurze Freiheit. Es bedrückte sie weder, was geschehen war, noch was ihr bevorstand, lebt sie doch immer dem Augenblick, und der war schön.

Die Sonne war erst eben gesunken, aber schon leuchtete ein feiner, schmaler Mond am Himmel. Der sinnliche Zauber einer warmen Sommernacht stieg mit Düften und Zikadengezirp aus dem hügeligen Gelände zu uns hinauf. Lucrezia begann, Blicke und Lächeln zu ihrem Vetter, dem Kapitän der Palastwache, hinüberzusenden, aber dieser wich geschickt aus: er verspürte wohl keine Lust, ein zweiter Perotto zu werden.

Als die ersten Sterne erschienen, hatte Vanozza schon mehrmals gedrängt, die Herren sollten in die Stadt zurückkehren; mit Recht, denn die Straßen sind unsicherer denn je, und die Borgia haben gar zu viele Feinde.

Aber der Kardinal zögerte die Heimkehr immer neu hinaus, und auch der Herzog schien auf die tiefe Dunkelheit zu warten.

Erst eine Stunde vor Mitternacht ritten sie endlich davon. Madonna Lucrezia und ich blieben in Vanozzas Haus.

Heute in der Frühe habe ich Lucrezia nach San Sisto zurückgeführt.

den 16. Juni 1497

Es ist später Abend. Dieser Tag war furchtbar, und wir alle, die ganze Stadt, sind wie in einem Fieber der Erregung, was uns der nächste Tag bringen wird.

Gestern abend, als der Herzog von Gandia immer noch nicht heimgekehrt war, soll der Heilige Vater in eine krankhafte Unruhe verfallen sein, zitterte er doch ständig vor Racheakten der Orsini und der Colonna.

Heute früh wurde dem Governatore der Stadt befohlen, überall Nachforschungen und Haussuchungen anzustellen. Ich ging in der Stadt umher; es herrschte eine Aufregung unter dem Volk wie vor Kriegsausbruch. Viele Händler hatten ihre Buden geschlossen; die spanische Palastwache ritt kreuz und quer durch die Stadt. Die Colonna und die Orsini hatten die Gassen, an denen ihre Palazzi liegen, absperren lassen und Bewaffnete zusammengezogen.

Gegen Mittag flog eine erstaunliche Nachricht durch Rom. Man hatte im Winkel eines unbenutzten Hofes nahe dem Tiber den blutüberströmten Leib eines herzoglichen Reitknechtes gefunden. Don Cesare und sein Vetter, die sofort zu dem Verwundeten eilten, haben ausgesagt, dieser Mann sei der einzige Begleiter, außer dem Vermummten, gewesen, der dem Herzog Juan zu seinem Abenteuer gefolgt sei. Der Knecht liegt in den letzten Zügen und kann nichts mehr reden. Wer der Vermummte ist, weiß niemand.

Aber was ist mit dem Herzog geschehen? Wo ist er?

Soeben war einer unserer Diener bei mir und erzählte, man habe das Roß des Herzogs aufgefangen. Der Riemen des einen Steigbügels sei gerissen, wahrscheinlich habe man den Reiter mit Gewalt heruntergezerrt. Ich gehe nicht gern jetzt noch zu später Stunde zu Madonna Lucrezia, um sie an unsern Ahnungen teilnehmen zu lassen, aber auch im Kloster gibt es kein anderes Gespräch als das Verschwinden des Herzogs von Gandia; man wartet dort sicher schon auf mich.

Vanozza ist gegen jede Erlaubnis im Vatikan erschienen; der Heilige Vater soll sie nicht fortgeschickt haben. Aus Adriana Ursinas Umgebung sickern immer neue Gerüchte in die Außenwelt. Sie verschwört sich, der Kardinal Ascanio Sforza habe im Auftrage Giovanni Sforzas von Pesaro den Herzog beiseite räumen lassen. Warum? Der Herzog von Gandia hatte nichts mit der Scheidung zu schaffen. Wenn Herr Giovanni sich rächen will, mußte er sich an Don Cäsar rächen.

Abends, den 17. Juni 1497

Nun kennen wir alle die längst gefürchtete Wahrheit: Juan von Gandia ist ermordet worden. Noch suchen die Schiffer und Fischer ihn stromauf und stromab im Tiber. Wie einen toten Hund hat man ihn an der Stelle ins Wasser geschleudert, wo der Unrat der Stadt hineingeschüttet wird.

Ich weiß das Unglück von Messer Burcardus; ich hatte ihn am späten Nachmittag aufgesucht. Er sieht wie sein eigener Schatten aus. Beim Papst wird er nicht mehr vorgelassen. Der Heilige Vater hat sich eingeschlossen, ißt nicht und trinkt nicht. Sein verzweifeltes Schluchzen und lautes Beten dringe durch die Türe, erzählen die Diener. Die Wahrheit ist dem Heiligen Vater auf die gröbste Weise hingeschleudert worden.

Es begann so, daß Burcardus heute vormittag einen Mann zu Alexander führen mußte, der am Tiber ein Holzlager besitzt und es nachts selbst zu hüten pflegt. Dieser Mensch wollte Aussagen machen.

»Einige Männer haben in jener Nacht, aus der Gasse kommend, Umschau gehalten, ob niemand zu sehen sei«, soll der Mann erzählt haben. »Als sie sich allein glaubten, gaben sie ein Zeichen in den Hintergrund. Da ist ein Reiter erschienen, der vor sich einen Leichnam hielt, dessen Arme und Kopf an der einen Seite und dessen Beine an der andern Seite herunterhingen. Die Männer zerrten die Leiche vom Pferd. Zwei hielten sie an den Armen, zwei an den Beinen, schwenkten sie hin und her, bis sie den rechten Schwung hatten, und dann – in den Tiber.«

Hier soll der Heilige Vater aufschreiend den Kopf in den Armen vergraben haben, doch sprach der Mann weiter, als habe er kein Herz in der Brust: »Der Reiter, der eine Maske trug, hielt abgewandt vom Tiber. Nach dem Auf klatschen des Wassers fragte er: ›Sinkt er unter?‹ ›Ja, Herr‹, hat einer der Männer geantwortet. Dann kehrte der Kopf des Herrn sich langsam dem Wasser zu, und er rief leise aus: ›Was schwimmt dort Dunkles auf dem Wasser?‹ ›Der Mantel.‹ ›Werft Steine darauf, damit er sinkt.‹ Das wurde ausgeführt. Danach sind der Herr und die Knechte lautlos nach dem Hospital St. Jakob zu verschwunden.«

Der Mann hätte noch weiter erzählen wollen, sagte Burcardus, aber er habe ihm zu schweigen befohlen, obgleich der Heilige Vater nichts mehr hören konnte, denn er lag ohnmächtig in seinen, Burcardus', Armen.

Ich saß unserem Zeremonienmeister eine Weile stumm gegenüber, dann fragte ich ihn, ob man wisse, warum der Mann, der sein Holzlager hütete, nicht gleich beim Gouverneur eine Anzeige gemacht habe?

Herr Burcardus stieß so etwas wie ein Lachen aus, aber es hätte auch ein Stöhnen der Bitterkeit sein können.

»Jacobus, so ist unsere Zeit: der Mann hat gesagt, er hätte in den letzten Jahren wohl hundert Leichen und mehr an jener Stelle im Tiber verschwinden sehen, ohne daß er je nachher von Nachforschungen über die Tat gehört hätte, da habe er auch diesem nächtlichen Vorgang keine Wichtigkeit beigelegt.«

den 18. Juni 1497, morgens früh

Heute vor Sonnenaufgang hat man den Herzog aufgefischt. Nichts war ihm geraubt, weder die goldene Kette noch ein Ring, oder gar die Börse mit dreihundert Dukaten. Räuber haben ihn nicht überfallen.

Vor wenigen Tagen saßen wir bei Sternenschein um Vanozzas Tisch; jetzt verbleichen die gleichen Sterne und der gleiche Mond, das Dahinschwinden der Sommernacht ist nicht weniger schön als ihr Erscheinen an jenem Unglückstag, aber ein strahlendes Leben wurde in den Dreck gestampft und fortgeschleudert wie Unrat.

Vanozza soll wie von Sinnen sein, der Heilige Vater in einer Verzweiflung, die – wie mir scheint – mehr beklagt als den Tod eines Sohnes. Ist es das Grauen vor dem Blut, das ihm und seiner Nachkommenschaft in den Adern fließt? Aber wer bin ich, daß ich solche Gedanken hegen dürfte? Es soll hier nur geschrieben stehen, was ich sehe und höre.

Nachts, den 19. Juni 1497

Der Heilige Vater hat nun schon tagelang nichts gegessen und nicht geschlafen. Sein geliebter, unglücklicher Sohn ist in Santa Maria del Popolo beigesetzt. Ich durfte Lucrezia hinführen, die wie erstarrt war in unausgesprochenen Gedanken; sie kniete neben ihrer Mutter Vanozza, die gerade wie sie in tränenlosem Grauen vor sich hinschaute. Wen halten sie für den Täter? Cesare, dessen Name von Mund zu Mund fliegt, aber nur leise und in Todesangst?

Zum ersten Male tuschelt man im Volk von Eifersucht der Brüder um ›die Schwester‹, und Worte werden ausgesprochen, die ich nicht niederschreiben kann. ›Die Schwester!‹ O, das Unheil, das die Pamphlete und Schmähgedichte angerichtet haben! Madonna Sancia war gemeint, aber für das Volk und alle Fernstehenden ist Lucrezia ›die Schwester‹. Es wird nicht lange dauern, bis Gerüchte umgehen über das Kind, das sie erwartet, denn Perottos Vaterschaft wird streng verheimlicht oder abgeleugnet.

Oft ist es mir, als müßte ich meinen Kopf unter meinem Mantel verbergen, um nichts mehr sehen und hören zu müssen, aber was würde es nützen? Meine Gedanken könnte ich auch dann nicht blind und taub machen.

Wenn nur Lucrezia, dieses unselige junge Weib, kein Kind zur Welt bringen würde! Werden wir es geheimhalten können?

Um den Verdacht des Mordes von Don Cesare abzuwenden, werden allerlei Personen als Schuldige bezeichnet. Nach wie vor die Orsini oder die Colonna, ferner ein gedungener Mann

Giovanni Sforzas und immer wieder der Kardinal Ascanio Sforza. Aber warum sollten alle diese Beschuldigten Juan von Gandia aus dem Wege räumen, der niemandem im Wege stand? Es heißt auch, ein eifersüchtiger Gatte habe den Herzog bei seinem Liebesabenteuer erstochen, aber ein so schlichter Fall wäre nicht bis heute unaufgedeckt geblieben.

den 20. Juni 1497

Soeben bringt man mir neue Berichte aus dem Vatikan. Großes Erstaunen oder, muß ich sagen, große Bewunderung, erregt Alexanders Haltung, der seinen Nächsten verkündet hat, er wolle ein anderer Mensch werden: sein Leben ändern, seinen Reichtum hergeben, um in Sankt Peter und in Santa Maria Maggiore neue herrliche Altäre erbauen zu lassen. Pinturicchio und Perugino sollen die Gemälde schaffen, Mantegna und Bramante zurückkehren an den päpstlichen Hof, die frommen und guten Künstler sollen einen Kreis um ihn schließen. Im Konsistorium hat der Heilige Vater eine Reform der Kirche angekündigt und dazu eine Kommission von Kardinälen ernannt.

Burcardus hat mir einige Sätze aus der Rede des Heiligen Vaters wiederholt, und ich durfte sie nachschreiben. Mit bebender Stimme habe Alexander ausgerufen: »Ein härterer Schlag hätte uns nicht treffen können, denn wir liebten den Herzog von Gandia mehr als alles auf der Welt. Sieben Papstkronen würden wir gerne hingeben, um ihn zum Leben wiederzuerwecken. Wegen unserer Sünden hat Gott diese Prüfung über uns verhängt, denn der Herzog verdiente einen so entsetzlichen Tod nicht. Gott möge dem Täter verzeihen. Wir aber sind entschlossen, von nun an auf unsere und der Kirche Besserung bedacht zu sein.«[6]

Wen hält Alexander in seinem Herzen für den Täter? Er hat eine wahre Wut gegen seine ganze Nachkommenschaft gefaßt. Lucrezia soll nach Valencia ins ferne Spanien gebracht werden. Jofré und Sancia sind schon auf der Abreise nach ihrem Herzogtum Squillace. Der Kardinal Cesare, vor dem der Heilige Vater zittert, ist gestern mit großem Gefolge und fürstlicher Pracht abgereist, um Federigo, den letzten Aragonen, zum König von Neapel zu krönen, und vor allem, um dessen Tochter Carlotta als seine Braut mit sich nach Rom zurückzuführen, obgleich er noch den Kardinalspurpur trägt.

Der Heilige Vater wird sehr einsam sein.

den 27. August 1497

Wir verreisen nicht nach Valencia, denn meine Herrin, dieses süße Teufelskind, hat ihren Vater gänzlich umgestimmt. Lucrezia ist von neuem seine Hoffnung, sein Trost, seine Wonne.

Manchmal verzage ich am gesunden Menschenverstand dieser erhabenen Borgia und sehe in ihnen die Personifikation ihres Wappentieres: den Stier. Wie dieses Tier in seiner überschäumenden Kraft blind gegen ein rotes Tuch anrennt, ohne Gedanken für die Gefahr der Lanze, die ihn kalten Blutes niederstrecken wird, so handeln auch sie.

Gott verzeihe mir diesen Vergleich, aber Don Cäsar hat die spanischen Stiergefechte bei uns eingeführt, und alle Borgia haben eine Vorliebe für dieses ihr Wappentier.

Meine Wenigkeit wird nie um Rat gefragt. Ich durfte bei der heutigen Audienz nur einen Schemel für Lucrezias Füßchen holen, ein Kissen für ihren Rücken, denn es war ihre Absicht, den Heiligen Vater durch Schwäche und Hilflosigkeit zu rühren. Und um obendrein töchterliche Sorge zu bekunden, wurde ich abgesandt, einige gequirlte Eier zu holen, die der Hohe im Laufe des Tages zu schlürfen liebt. So konnte ich nur Fetzen eines Gespräches auffangen, das meine roten Haarborsten zu Berge stehen machte.

Es handelte sich um Madonna Lucrezias Scheidung von Giovanni Sforza. Der Heilige Vater erzählte schmunzelnd, daß Lucrezias Gemahl Hilfe in Mailand gesucht habe: der Moro sollte ihm gegen die Verleumdung helfen, er sei zur Ehe untauglich.

»Jacobus, mein Guter, hast du in den Kanzleien der Gesandten davon reden hören?«

Ich nickte stumm.

»Sprich, was sagt man in den Gesandtschaften, diesen Nestern für jede Klatscherei?«

Sollte ich dem Heiligen Vater und seiner Tochter verraten, daß, zum Gelächter aller Höfe, Ludovico Moro seinem Vetter geraten habe, seine Tauglichkeit zu beweisen, und daß Herr Giovanni mit Empörung diese Zumutung abgelehnt hatte? Die Einzelheiten dieser Geschichte hätten vor Zeiten den großen Boccaccio gefreut! Alxander liebt derbe Geschichten, aber ich bin ein schüchterner Knabe und vermag gewisse Dinge nicht auszusprechen.

»Eure Heiligkeit«, sagte ich bedächtig, »jeder schwatzt der Art seiner Zunge entsprechend. Wichtig scheint mir nur, daß der Kardinal Ascanio Sforza Herrn Giovanni dringend zum freiwilligen Eingeständnis seiner Schwäche rät, da kein Widerstand ihm helfen könne.«

»Das ist richtig, mein Sohn. Der Kardinal Cesare würde Giovanni Sforza seines Widerstandes nicht froh werden lassen. Aber in unserer Großmut haben wir Herrn Giovanni als Pflaster für seine verletzte Eitelkeit Madonna Lucrezias Mitgift überlassen. Wie hoch war sie doch? Entsinnst du dich, mein Lieber?«

»Einunddreißigtausend Dukaten, Eure Heiligkeit.«

»Gut, damit soll er sich zufrieden geben.«

den 6. September 1497

Don Cäsar ist aus Neapel zurückgekehrt, aber nicht als Verlobter der Prinzessin Carlotta. Schadenfrohe Leute haben jetzt gute Tage. Der König Federigo habe sich bekreuzt bei dem Gedanken, sein Kind in Borgiahände zu geben. Man munkelt, Cäsar werde trotzdem den Kardinalspurpur ablegen und Juans erledigtes Herzogtum Gandia in Besitz nehmen. Wie bequem für den Kardinal Cesare, sagen die Spötter, daß ›die Orsini‹ ihm den Weg freigemacht haben!

Madonna Sancia hat meiner Herrin geschrieben, sie solle dahin wirken, daß ihr Gemahl Jofré ebenfalls als unfähiger Gatte erklärt und dann zum Kardinal gemacht werde, damit sie, Sancia, Cesare heiraten könne.

Lucrezia wandelte nachdenklich an meinem Arm im Kreuzgang auf und ab; sie ist wegen ihres Zustandes in weicher und ängstlicher Stimmung; vorsichtshalber führt sie tugendhafte Reden im Mund. So sagte sie mir abschließend zu Sancias Brief, den ich ihr hatte vorlesen müssen: »Wir können es nicht einreißen lassen, daß man jeden unbequemen Ehemann als unfähig erklärt. Die Ehe ist heilig, man darf mit solchen Dingen nicht spielen, das mußt du doch einsehen, Jago!«

»Ich will versuchen, mir Eure hohe Meinung anzueignen.« Ich verneigte mich.

»Das wäre mir lieb.«

Wir wandelten weiter, setzten uns aber zwischen dem letzten Säulenpaar auf das niedrige Mäuerchen; ich hatte meinen Umhang für meine Schwester als Kissen zusammengefaltet.

»Jago, mein Lieber« – heute war die Stimmung für ›Jago‹ –, »man will mir das Kind nehmen, wenn es geboren ist, aber ich gebe es nicht her.«

»Ihr müßt es aber tun, Carissima, denn niemand darf das Kind in Eurer Obhut sehen!«

Sie schwieg und nickte. »Wirst du es oft bei seiner Pflegemutter besuchen und mir von ihm erzählen?«

»So oft Ihr wollt, aber es hat noch lange Zeit; macht Euch jetzt noch keine Sorgen.«

den 30. Oktober 1497

Heute dachte ich an die Audienz vom 27. August, als ich im Auftrag des Heiligen Vaters meiner Herrin einen Kreditbrief über einunddreißigtausend Dukaten überbringen mußte zum Unterhalt für das Kind, wenn es erst auf der Welt ist.

Messer Burcardus hat mir verraten, daß Herr Giovanni Sforza uns die Mitgift gewissermaßen vor die Füße geworfen hat. Nicht mit einem einzigen Dukaten der Borgia wolle er seine Finger beschmutzen! Seine Wut soll keine Grenzen kennen. Man erzählt, er habe sich vollkommen verändert und sinne auf alle Arten der Rache.

den 20. Januar 1498

Seit zehn Tagen ist Lucrezias Söhnchen auf der Welt. Es hat den Namen Giovanni bekommen, nicht um den geschiedenen Gatten zu ehren, aber es ist ein beliebter Borgia-Name, und es heißt, der Heilige Vater selber oder Don Cäsar würden das Kind adoptieren, damit kein kostbarer Borgiasproß verloren geht. Ist das klug gehandelt?

Als ich heute meine Schwester besuchte, drehte sich mir das Herz um. Sie läßt das Kind keine Minute von sich. Ihre Augen ruhen immer auf dem kleinen Gesicht mit den zugekniffenen Augen; sie vermag kein Wort zu sprechen, weil dann gleich die Tränen kommen. Sie weiß, daß nichts und niemand sie davor bewahren kann, ihr Söhnchen herzugeben. Nur bis es entwöhnt ist, darf sie es behalten. Lucrezia hat unter Drohungen ihrem Bruder versprochen, das Kind nie zu besuchen; auch ich darf mich nicht in seine Nähe begeben, es wird weit fort an einem Ort leben, den wir nicht kennen, damit die Mutterschaft Lucrezias geheim bleibe.

den 2. April 1498

Wir haben weiß Gott ein schweres Jahr hinter uns, aber der Schlag, der uns jetzt getroffen hat, ist schlimmer als alles, was wir überstanden haben, schlimmer als die Angst um den bedrohten Herrn Giovanni, schlimmer als die Ermordung des Herzogs Juan, der Tod Perottos und die Trennung vom Kind.

Ein Brief ohne Unterschrift ist uns gestern ins Haus geflogen, in frecher Offenheit von Venedig datiert; auch darin ist Juans und Cäsars Liebe zu ihrer ›Schwester‹ das Thema, aber diesmal werden Alexander sowie Lucrezias uneheliches Kind mit in den Giftwirbel hineingezogen. Die Beschuldigungen sind so abstoßender Art, daß ich sie nicht in Worte fassen mag. Giovanni Sforza soll das Gerücht verbreitet und es jedem, der danach verlangte, als Wahrheit bestätigt haben.

Cesare wird nur zynisch lachen, Seine Heiligkeit die Achseln zucken, aber für Lucrezia, die Frau, wird dieser Dolchstoß aus dem Hinterhalt für lange Zeit, wenn nicht für immer, die Vernichtung ihrer Menschenehre bedeuten. Lucrezia sieht die Folgen nur zu klar. Bis tief in die Nacht hinein saßen wir in Verzweiflung nebeneinander. Meine Arme umschlangen und stützten das geliebte Geschöpf, das mein Leben ausfüllt. Wie oft habe ich Lucrezias Tränen gesehen und sie in schlimmen Momenten getröstet, so gut ich es vermochte, aber jetzt, nach der Gemeinheit, die diesen Brief diktierte, konnten wir nur stumm und wie erstarrt vor dem Gräßlichen, das man ihr angeworfen hat, aneinanderlehnen.

Zuerst hatte Lucrezia aus Wut über Giovanni Sforza und über die Gehässigkeit der Welt geschluchzt und gerast; sie war maßlos gewesen in ihrem Zorn, eine Furie. Nur mit Mühe hatte ich sie davon zurückhalten können, zu ihrem Vater zu stürzen und ihn zu Racheakten aufzustacheln. Die Erwiderung des Papstes, in aller Autorität seiner hohen Stellung gegeben, sagte ich ihr, würde bestimmt nicht ausbleiben, aber man müsse Seiner Heiligkeit Zeit lassen, sie reiflich und klug zu überlegen.

Lucrezia glaubte an keine Hilfe ihres Vaters; kannte sie doch seine Gleichgültigkeit dem eigenen schlechten Ruf gegenüber. Die Verzweiflung ihrer Hilflosigkeit ließ sie jede Fassung verlieren. Sie begann sich das Gesicht zu zerkratzen und die Haare zu raufen. Um ihren Verstand fürchtend, gab der Himmel mir ein, ihr zuzurufen: »Alles im Leben muß bezahlt werden: Euer Bruder hat Giovanni Sforza nach dem Leben getrachtet, und Ihr habt einen falschen Eid geleistet, der ihn vor der Welt lächerlich gemacht hat. Perotto mußte des Hochmuts der Euren wegen sterben, und das Kind, dessen Vater niemand kennt, ins Gerede der Menschen kommen.«

Einen Augenblick war Lucrezia wie erstarrt in einem neuen Zorn, weil ich es wagte, ihr den einzigen Trost, ihre Unschuld, zu entwinden. Sie vermochte kein Glied zu rühren, aus ihren geöffneten Lippen drang nicht ein Ton. Auch ich stand bewegungslos, aber dann sah ich an ihrem Blick, wie die Überlegung erwachte.

Wie klug sind diese Augen, wie kühn dieser etwas zu große, aber schöne Mund. Die Lippen wollten zittern, doch sie preßte sie hart aufeinander. Plötzlich schloß sie die Augen, als wolle sie nach innen schauen, ihr Antlitz sank vornüber.

Kaum hörbar kam es von ihren Lippen: »Es ist leichter, gerechte Strafe zu erleiden, als schuldlos Unrecht zu ertragen, doch ist diese Strafe zu schwer, weil sie nie mehr aufzuhalten ist; Jago, warum werde nur ich bestraft?« Sie sank auf die Polsterbank, und es begannen jene Stunden, in denen wir stumm miteinander litten.

den 4. April 1498

Gestern morgen, als ich mich voller Sorgen Madonna Lucrezia näherte, erhob sie sich von ihrem Betschemel. Ich sah ihrem Gesichte an, daß sie die Nacht durchwacht hatte.

»Jago«, sagte sie mit klangloser Stimme zu mir, »wenn mein irdischer Vater mir nicht helfen kann, vermag es vielleicht der Himmlische; führe mich nach S. Maria del Popolo.«

Ich atmete auf. »Und welche Damen sollen Euch begleiten?«

»Keine! Nein, keine. Ich will allein sein, nur du darfst hinter mir knien.«

Das war gestern. Lucrezia war ruhiger, als wir in unsern Palast zurückkehrten, aber auch dann wurde der Hofstaat nicht zugelassen, und wir werden wohl noch tagelang jede Gesellschaft verweigern. Lucrezia kann für Augenblicke die unmenschlichen Anklagen des dreifachen Inzests vergessen. Wenn sie dann aber wieder, einem Blitze gleich, auf sie niederfahren, dann sehe ich, wie das Entsetzen sie von neuem schüttelt und eine Röte ihr in das Gesicht steigt. Sie läßt dann den Stickrahmen fahren oder die Laute von den Knien gleiten – denn ich überrede sie zu allerlei Beschäftigungen –, ihre Augen werden groß und rund, und es scheint mir, sie hört in Gedanken, wie man in Venedig, Mantua, Ferrara, Urbino, Mailand, Florenz, bis hinunter nach Neapel die scheußlichen Greuel unter der Borgiasippe verhandelt.

Heute abend, als ich mich von ihr verabschiedete – wir hatten Schach gespielt, aber manchmal hatte ich Lucrezias Züge getan, ohne daß sie es in ihrer Versunkenheit merkte –, heute abend sagte sie mir mit gebrochener Stimme: »Jacobus, Giovanni Sforza hat sich furchtbar gerächt. Nichts kann diesen Schimpf je von mir nehmen; kein Mann wird mir noch die Hand zur Ehe reichen wollen, aber Jacobus, mein Lieber, ich bin eine Borgia; ich lasse mich nicht in den Staub treten, und ob die Menschen es wollen oder nicht – ich bleibe, ich daure, und einmal kommt jede Wahrheit an den Tag.«

den 10. April 1498

Der Heilige Vater hat ein sehr schlechtes Gewissen seiner Tochter gegenüber, weil er sich in keiner Weise bemüht hat, die üblen Gerüchte zum Schweigen zu bringen, die in allen Fürstentümern zugleich von Mund zu Mund gehen und wahrscheinlich schon durch die Gesandten zu Maximilian und Ludwig XII. gedrungen sind.

Es bedrückt ihn sichtlich, daß Madonna Lucrezia darauf verzichtet, ihn mit Vorwürfen zu überhäufen, weiß er doch durch die Berichte ihrer Damen sehr wohl, daß die entsetzlichen Behauptungen sie bis in die innerste Seele getroffen haben. So gleichgültig ihm selber das Gezeter seiner Feinde ist, sein vergöttertes Kind tut ihm über die Maßen leid.

Deshalb wunderte ich mich nicht, als Seine Heiligkeit sich gestern zu früher Stunde bei uns melden ließ. Der Hohe Vater kam geradewegs von der Basilika St. Peter zu uns herüber nach S. Maria in Porticu. Ich wußte es, weil in seinen Gewändern ein Gemisch von Weihrauch und dem üblen Duft der kleinen Hütten und Häuser hing, die sich vor St. Peter zusammenscharen, und in denen er sich aus Laune, aus echter Güte, aus Neugier auf schöne Mädchen aus dem Volk, aus allen möglichen Gründen aufzuhalten liebt.

Möchte das Gerücht Wahrheit werden, daß unser verehrter Bramante nach Rom übersiedelt und Pläne zu einer neuen Peterskirche ausarbeitet. O, ich streife gerne in den Bauhütten umher. Wohin bin ich geraten? Ich wollte ja vom Besuch des Heiligen Vaters erzählen.

Alexander und Lucrezia waren beide in weicher Stimmung, sie fielen sich stumm in die Arme. Meine Wenigkeit war zur Aufnahme eines Diktats befohlen.

»Warte noch ein wenig, mein guter Jacobus«, sagte Seine Heiligkeit, als ich in wartender Stellung zu schreiben bereit war. Er begann zunächst Lucrezia mit vielen guten, aber auch mit hochmütig-gelassenen Worten zu beruhigen und von einer neuen Ehe zu reden. Meine Schwester lag auf den Knien, eine Wange auf das weiße Gewand ihres Vaters gelegt. Unter den geschlossenen Augen sickerten Tränen hervor. Als Alexander es gewahrte, schwieg er einen Augenblick, atmete laut, strich seinem Kind über die goldenen Haare und rief mit kleiner, heiserer Stimme aus: »Schreibe, mein Sohn: ›Ich, Madonna Lucrezia Borgia, willige ein, Alfonso, den Sohn Alfonsos II. von Aragón, als meinen Gemahl anzunehmen.‹ Warte, Jacobus.«

Lucrezia bewegte sich nicht. Der Heilige Vater sprach auf sie hernieder. »Cesare wird den Kardinalspurpur ablegen. Wenn du dem Königshause in Neapel so nahe verwandt bist, werden wir es dennoch erreichen, daß Cäsar die Base deines Gatten heiratet.«

»Ich habe noch nicht ja gesagt«, kam es von Lucrezias Lippen. Der Heilige Vater überhörte lächelnd diesen Zwischenruf. »Das Königshaus der Aragonen steht auf Flugsand, Cäsar wird als König von Neapel eine neue Dynastie auf Felsen erbauen. Du, mein Kind, als Gattin eines Königssohnes; – er ist zwar ein Bastard Alfonsos, aber solche Art der Abkunft vermag das Blut des Vaters nicht zu verdünnen – und späterhin als Schwester eines Königs, wirst viele unserer Dichter an deinen Hof ziehen. Da liegt es nur an dir, daß sie mit Lobliedern auf deine Tugend jedes Gerücht ersticken.«

Lucrezias Gesicht nahm einen ruhigeren Ausdruck an. Alexander beugte sein schweres, aber scharf gezeichnetes Profil darüber wie ein Arzt über das Antlitz einer Kranken. Er fuhr fort, über Lucrezias Haare zu streichen, seine Stimme war wie die der Zauberer, die ihre Buden auf den öffentlichen Plätzen aufschlagen.

»Alfonso, dein Gatte, ist die Stufe, auf der die Borgia zur Königsmacht aufsteigen. Jacobus, fahre fort: ›Der König von Neapel, Unser in Christo geliebter Sohn, verpflichtet sich, den hochedlen Don Alfonso zum Herzog von Quadrata und Bisceglia zu ernennen und ihm sämtliche Einkünfte dieser Ländereien zu sichern. Dagegen erhält Madonna Lucrezia Borgia eine Mitgift von ...‹ hier hielt Alexander inne und lehnte sich lächelnd zurück, Lucrezias hochgespannte Erwartung, die aus ihren rasch aufblickenden Augen schaute, einschlürfend, ›eine Mitgift von vierzigtausend Dukaten! ... vierzigtausend Dukaten!‹ – Geruht die Frau Herzogin zu unterschreiben?«

Meine Schwester erhob sich ohne Hast; ich sah ihrer nachdenklichen Miene an, daß sie versuchte, zu berechnen, ob vierzigtausend Dukaten sehr viel Geld, oder nur mäßig viel Geld seien. Ich gab ihr mit den Augen ein Zeichen: es ist gut. Da verlangte sie die Feder von mir und setzte ihren Namen mit großen kühnen Lettern unter das Schriftstück. Dann küßte sie ihrem Vater die Hand und dankte ihm, aber mit einem leichten Zögern.

»Nun?« fragte Alexander, »welcher Schatten schwebt noch über deiner Freude?«

»Alfonso soll noch ein Knabe sein ...«

«Er ist ein Aragone, was willst du mehr?«

»Da Ihr und Cäsar mich für jeden Franceschetto und Perotto ins Kloster zu schicken bereit seid, verlange ich einen erwachsenen Mann. Wie alt ist das Kind Alfonso? Sagt es mir, Vater!«

»Sechzehn Jahre. Und berühmt für seine Schönheit! Du wirst ihm eine geschickte und liebevolle Erzieherin sein, dessen bin ich gewiß.«

Lucrezia lachte leise auf, und der Heilige Vater lachte sehr laut. Man war in der besten Laune.

»Jacobus, rufe meine Herren herein; wir gehen.« Die weltlichen und geistlichen Herren des Hofes traten aus dem Vorzimmer zu uns. Eine kleine Abschiedszeremonie, und dann waren wir allein, die Herzogin von Bisceglia und ihr Geheimschreiber.

Einen Augenblick sahen wir uns schweigend an, die neuen Titel und Reichtümer überdenkend. »Nun denn, Jacobus«, sagte Lucrezia achselzuckend, »machen wir uns für eine neue Ehe bereit ... was wird diese uns bringen?«

»Zunächst trägt sie uns viel Geld ein.«

»Ja. Und es wäre mir erfreulich und eine Tröstung für das Gemüt, wenn du die Kaufleute mit ihren Stoffballen kommen ließest.«

»Und auch die Juweliere, damit wir die Steine zu den Brokaten auswählen?«

»Recht so, Jacobus. Hole auch Messer Pinturicchio, er soll mein Bild für den Herzog von Bisceglia herstellen.«

»Unsern Meister aber für eine stille Stunde.«

»Nein; wenn er ein großer Meister ist, so muß er auch so geschickt sein, meine Züge abmalen zu können, während ich hin und her gehe und meine Auswahl treffe. Unsere Zeit ist jetzt bemessen.«

So sind wir denn in vollem Zuge; die Schatten scheinen gebannt. In wenigen Wochen soll der Herzog in königlichem Aufzug Rom betreten.

den 5. Juni 1498

Ich habe mein Tagebuch vernachlässigt, aber es hatten sich urplötzlich in meinem eigenen Leben Schatten zusammengeballt, die mein Gemüt so sehr verdüsterten, daß ich fürchtete, diese Seiten aus Schwäche mit Klagen anzufüllen, die meiner Belanglosigkeit nicht zustehen.

Nur in wenigen Worten, was geschehen ist: Als ich eines Abends im Juni bei Messer Lorenzo eintrat, schickte er Beate fort, bevor ich sie nur recht hatte begrüßen können. Mein greiser Lehrer und Freund kämpfte sichtlich mit einer großen Befangenheit. Er blieb stehen und lud auch mich nicht zum Sitzen ein.

»Jacobus Krafft«, sagte er dann aber mit fester Stimme, »ich werde sehr alt in letzter Zeit, und die Sorge um Beate läßt mich den Tod fürchten. Nun ist ein ehrenwerter Mann gekommen und hat um ihre Hand gebeten.«

Ich hielt mich unwillkürlich an der Tischkante fest.

»Bevor ich ihm das Kind anvertraue, wollte ich dir, mein Lieber, die Gelegenheit geben, ein Wort zu sagen, denn wie dein Herz fühlt, ist mir nicht entgangen.«

Ein Sturm rauschte vor meinen Ohren. Da stand ich mitten in einer Entscheidung, an die ich noch nie gedacht: Lucrezia oder Beate ... so fern die Ehe meinem Dienst bei Lucrezia war, so himmelweit die beiden Gestalten voneinander standen, so leicht jedermann behaupten konnte: eines stört das andere nicht –

vor meinem Herzen war es ein Ding der Unmöglichkeit, beiden zugleich verbunden zu sein.

»Du zögerst, das Wort auszusprechen. Genug; die Entscheidung ist schon gefallen. Ich biete meine Enkelin nicht an wie eine Ware, die man prüft, nimmt oder ablehnt.«

Messer Lorenzos Stimme klang, als habe ich ihn tief verletzt. Und wie recht hatte er! Beate war eine Gabe, die man, in die Knie sinkend, annahm beim ersten Wort. Ich hob die alte runzlige Hand auf, die so matt in den Falten des schwarzen Talares hing, und küßte sie, verwirrt stammelnd, daß ich an Lucrezia Borgias Schicksal gekettet sei und ich nicht zwei Frauen gehören könnte.

»Liebst du denn deine Herrin?« fragte der alte Mann erstaunt.

»Mehr als mein Leben«, sagte ich leise, »aber es ist eine eigene Art Liebe. Madonna Lucrezia muß in dem Hexensabbath, von dem sie umgeben ist, einen Menschen haben, dem sie vertrauen, vor dem sie rasen und weinen und unvorsichtige Worte gebrauchen darf. Wie könnte ich da Beate ...«, ich fühlte, daß jedes weitere Wort zuviel war.

Ich weiß nicht, wie ich mich verabschiedete und wie ich aus Messer Lorenzos Wohnung kam, ich habe nur noch den väterlichen Ton seiner Stimme im Ohr, als er mir sagte: »Gott schütze dich, mein Kind!« Ich fand mich vor einem dunklen Seitenaltar von St. Peter wieder.

Darf ein Mann von achtzehn Jahren weinen? Ich habe geweint. Als ich aufschaute, schien es mir bei dem Flackerlicht von Kerzen, die Menschen hinter mir vorübertrugen, als lächle die Heilige Jungfrau. Schüttelte sie nicht sogar ihr Haupt über mich und sagte: ›Jacobus, du hattest ja längst gewählt; nun sorge, daß dein geteiltes Herz wieder eins wird.‹

Aber trotz der himmlischen Tröstung wurde es mir nicht leicht, das Leben zu ertragen, in dem es keine Beate mehr gab. Und was mochte sie von mir denken? Nein, nein, Messer Lorenzo war mir ein wahrer Vater, er würde ein Wort für mich sprechen, und sie ist ja noch fast ein Kind. Wie rasch wird sie mich vergessen.

Als ich am folgenden Tag zur gewohnten Stunde bei Lucrezia erschien, um nach ihren Befehlen für den Tag zu fragen, hatte ich Angst, sie würde mir die schlaflose Nacht ansehen und Fragen stellen, aber die Holde sah nichts, denn sie war in großer Erregung.

In Rom war Don Gasparo de Procida, Graf von Aversa und von Almenara erschienen, einer der Verlobten aus unserer Kinderzeit. Das Gerücht von Lucrezias Ehescheidung war bis nach Spanien gedrungen, und nun stand der einst verschmähte Knabe als zwanzigjähriger Jüngling vor Seiner Heiligkeit, begleitet vom alten Grafen und gefolgt von mehreren Juristen, die beweisen wollten, daß der Ehekontrakt aus dem Jahre 1491 niemals rechtskräftig aufgelöst worden war.

Der Heilige Vater geriet in eine gewaltige Wut; erregte Verhandlungen begannen, bei denen die Anwesenheit des jungen Mannes nicht erwünscht war. Don Gasparo ließ sich deshalb zur Audienz bei Madonna Lucrezia melden.

»Du lieber Himmel!« rief sie aus, als sie mir von diesem Ereignis erzählte, »der Spanier ist schön, schön! sage ich dir, und nicht sechzehnjährig wie Alfonso d'Aragón; wenn dieser Knabe nicht ein Königssohn wäre, ich würde heute noch mit Don Gasparo auf und davon gehen!«

»Schwester!«

»Ja, ja, auf und davon gehen! Er war zu Schiff in der Neuen Welt. Er will mich mitnehmen. O, das Meer rauschen zu hören und die Segel sich im Winde blähen sehen und ferne Zauberinseln betreten!«

Sie war wie außer sich; ich konnte meine Hände nur ratlos aufheben und sie flehend ansehen, nicht neues Unheil anzustiften.

»Ich weiß, ich weiß«, sagte Lucrezia gequält, die Fingerspitzen an die Stirn legend, »Don Gasparo wäre tot, bevor wir nur Italien verlassen hätten; Cäsar bedroht ihn jetzt schon mit seiner Wut, weil er fürchtet, ich würde mich dem Spanier in die Arme werfen und die Aragonen preisgeben.«

»Seht ihn nicht wieder, Carissima, diesen jungen Menschen, der sicherlich ein großes Leben vor sich hat; schont ihn, haftet Eure Hand über ihn.«

»Jago«, flüsterte sie vor sich hin, und, plötzlich in Verzweiflung ausbrechend: »Binde mich wie Odysseus an den Mast fest, sonst verfalle ich den Sirenen, die mir von Gasparos Leidenschaft singen! Ja, ja, ich sage es dir im Ernst: führe ihn zu unsern schönsten Kurtisanen, damit er mich vergißt.«

Ich verließ Don Gasparo kaum in den nächsten Tagen. Zu meiner Erleichterung sehnte er sich nicht nach Kurtisanen, er wollte nur eins, Madonna Lucrezia sehen. Ich redete ihm ein, das sei verboten, da fügte er sich zähneknirschend, aber ohne Widerstand zu machen, ist er doch in der strengen Etikette Spaniens aufgewachsen.

Zum Glück ist Don Gasparo de Procida ein Bildernarr. So gingen wir von Werkstatt zu Werkstatt und von Händler zu Händler. Wir betrachteten die Fresken in den päpstlichen Gemächern des Vatikans; hier blieb er seufzend und mit gefalteten Händen vor dem Bild der kindlich-jungen Lucrezia stehen, auch traten wir in alle Kirchen ein, die Gemälde unserer großen Meister enthalten. Wir kauften neue und alte Bilder. Als wir eine herrliche Madonna Lionardos – zwar nur im Entwurf – erwerben konnten, wußte er sich nicht zu lassen vor Glück; nun würde die Heilige Jungfrau mit ihm nach Spanien reisen, wenn er Madonna Lucrezia nicht mit sich führen durfte.

Alexander hatte inzwischen gutwillige Juristen gefunden, die Lucrezias damalige Verlobung als ungesetzlichen Akt erklärten. Als Pflaster gab er der Familie de Procida und d'Almenara d'Aversa einen Bischofssitz, versprach die Bezahlung der Schulden des jungen Don Gasparo, erteilte die Erlaubnis, für das Seelenheil der verstorbenen Gräfin-Mutter in der Neuen Welt ein Kloster zu gründen, und verschwor sich, dem jungen Grafen am Hofe zu Madrid eine hohe Stellung zu verschaffen.

So ritt Don Gasparo de Procida, ohne daß meine Schwester ihn wiedersah, neben seinem beschwichtigten Vater zum Tore

Roms hinaus, gefolgt von einigen Maultieren, die mit Kisten voller Kunstschätze beladen waren.

Lucrezia betäubte den Schmerz, den der mit Gewalt herausgerissene Liebespfeil ihr verursachte, mit Bestellungen für eine königliche Aussteuer. Mir war es recht lieb, daß ich zum Einkäufer gemacht wurde; je mehr Arbeit, je besser.

Einmal mußte ich eilends nach Neapel reiten, um die neuesten Goldstoffe zu beschaffen, die nur dort gewoben werden. Kaum war ich nach Rom zurückgekehrt, als es an Goldborden für ein dunkelgrünes Sammetkleid zur Falkenjagd fehlte. Also nochmals auf nach Neapel. Der Weg ist lang und wegen der schweifenden Räuberbanden bekanntlich lebensgefährlich, aber Lucrezia, die Holde, ist fest überzeugt, daß ein Lächeln ihres Mundes mich für die Überbringung einiger Meter Goldborte unter Todesgefahr reichlich belohnt. Und es ist auch so. Wie hätte ich sonst Lucrezia gewählt und Beate geopfert. Und doch, und doch … es hat Tage gegeben, an denen ich gehofft habe, unter den Dolchen der Räuber mein Leben auszuhauchen. Vorbei, vorbei.

Ich mußte mich dann noch einmal auf eine Reise begeben; sie dauerte nicht lange, aber während ich von Rom abwesend war, starb mein geliebter Messer Lorenzo Behaim. Beate ist mit ihrem Gatten nach Augsburg gezogen.

Ahnungslos betrat ich unsern Palast. Lucrezia hatte befohlen, ich solle sie sofort aufsuchen.

»Jago, unser alter Lehrer, Messer Lorenzo ist gestorben«, sagte sie ruhig. Ich glaube, ich stieß einen kleinen Schrei aus, aber antwortete nicht. Lucrezias Augen lagen fest auf mir: »Ich wurde zu ihm gerufen.«

»Ja?«

»Seine Enkelin war schon mit ihrem Gatten fortgereist … ich wußte nicht, daß er eine Enkelin hat; du hast mir das nie erzählt … ich wußte manches nicht!«

Die Wände begannen vor meinen Blicken zu schwanken; ich war sehr verwirrt. Da erhob sich meine hohe Schwester und legte ihre zarte Hand auf meine Borstenhaare … »bereust du deine Wahl?« Ich schüttelte den Kopf. »Das ist gut, Jago, mein Lieber.

Du darfst mich nie verlassen; was sollte ich ohne dich beginnen?«

Ich küßte Lucrezia die Hand, stürmischer, als der höfische Dienst es erlaubt; sie schien mir nicht zu zürnen, denn als ich aufschaute, lag ihr Blick in einer ernsten, ja ich möchte sagen: weisen Güte auf mir. Da zogen Ruhe und Frieden in mein Herz hinein.

Wir sprachen dann vom nahen Einzug des neuen Gemahls. Und wie diese Ankunft sich wohl gestalten werde? Triumphal wie die eines Königs! Aber wann würde der große Tag sein? Madonna Lucrezia bebte in Vorfreude.

Zum Glück mußte ich nicht des neuen Schmuckes wegen nach Florenz reiten, wo augenblicklich der Teufel los ist, oder die Engel. Je nachdem, ob die Menschen sich von Savonarola abkehren oder sich ihm zuneigen, denn der Lieblingsjuwelier der Frau Herzogin ist nach Rom gezogen, weil bei uns niemand von der Kanzel gegen den Tand der Welt donnert.

Das zweite Heft
10. Juni 1498 bis 2. November 1499

den 10. Juni 1498

Der Einzug Don Alfonsos ist verschoben worden. Man sagt uns nicht, was hinter den geschlossenen Türen der Beratungszimmer im Vatikan vor sich geht.

Lucrezia ist wie verstört. Bedeutet die Verzögerung ein ernstliches Hindernis? Wünscht man sie nicht im königlichen Hause Aragón? Was ist geschehen? Ich brachte die letzten Tage damit hin, in den Gesandtschaftskanzleien Gerüchte aufzufangen. Dabei erfuhr ich sogar die Wahrheit. Don Cäsar ist die Hand Carlottas von Neapel zum zweitenmal verweigert worden. Nun fürchten die Aragonen, den jungen Alfonso, der keinen Wert mehr für Cäsar hat, von sich zu lassen. Und doch ist die Ehe per procura schon geschlossen worden.

Bevor ich mich getraute, diese unselige Botschaft Lucrezia zu überbringen – wir wohnen auf dem Lande in der herrlichen neuen Villa der Orsini, Madonna Adrianas Eigentum –, besuchte ich Messer Burcardus im Vatikan.

Ohne Einleitung schüttete ich sogleich meine Sorgen vor ihm aus: würde die Ehe mit Alfonso d'Aragón geschieden werden? Es sei ja möglich, da sie noch nicht vollzogen ist. Messer Burcardus erregen die Stürme in den Palästen nicht mehr; er sagte mir sehr ruhig: »Die Wogen werden sich glätten, Teuerster. Don Cäsar bekommt die Schwester des Königs von Navarra, Charlotte d'Albret. Ludwig XII. will es so. Er braucht Cäsar Borgia als Bundesgenossen gegen den Moro in Mailand. Die Verhandlungen sind auf bestem Wege. ... Eine große Verbindung, Jacobus! Der Heilige Vater strahlt in seinem Stolz, und der kleine Aragone braucht Cesare nicht mehr zu fürchten.«

»Solange Madonna Lucrezia nicht für einen wichtigeren Posten ausersehen ist!«

Messer Burcardus faltete unwillkürlich die Hände. »Laß die Zukunft ruhen, mein Guter. Zunächst sollen einige beruhigende Gerüchte ins Wallen gebracht werden, die bis nach Neapel reichen.«

den 20. Juli 1498

Wir haben hohen Besuch bekommen; hoch an Geist: den Grafen Baldassare Castiglione. Er kommt als Abgesandter des Hofes in Urbino, um Messer Michelangelo Buonarroti kennenzulernen; dieser dreiundzwanzigjährige Mann hat für den römischen Mäzen, Jacopo Galli, einen trunkenen Bacchus geschaffen, der das Entzücken aller Fremden ist. Auf eine Pietà, die noch unvollendet in der Werkstatt steht, ein Auftrag des Kardinals von San Dionigo, dürfen nur die Allerhöchsten dieser Welt einen Blick werfen, aber trotzdem ist sie schon das Tagesgespräch an allen Höfen.

Im Vatikan zittert man, daß Michelangelo unsere Stadt verläßt, denn er gereicht uns zum Ruhme, aber er ist ein eigenwilliger, stiller junger Mann, der sich keinem Befehl und keiner Schmeichelei beugt. Urbino und Florenz überbieten sich an Angeboten und Aufträgen.

Vorgestern hielten wir Hof im Park, zur Zeit, da es ein wenig kühler zu werden beginnt. Der Graf Castiglione hatte Meister Michelangelo mitgebracht; eine große und seltene Ehre für uns. Man sprach von Urbino und den dortigen Sammlungen, auch von dem großen, aber schlichten Leben der Montefeltre und dem Musenhof Elisabettas und Guidobaldos. Den verstorbenen Herzog Federigo nannten sie ›das Licht Italiens‹.

Ich hörte mit Freuden zu, denn Urbino ist eine Insel des Schönen, des Edlen und der Menschlichkeit. Lucrezia, als einer Borgia, sind Gespräche über diese ›Insel der Seligen‹ unbehaglich; so bat sie den Grafen Castiglione, eines seiner berühmten Spiele der Dialektik zu beginnen, in dem ein Begriff oder ein Wort unter die Gesellschaft geworfen wird, worüber dann jeder Anwesende eine kleine wohlgesetzte Rede zu halten hat.

Lucrezia ist geistreich und schlagfertig und weiß, daß sie ein sehr reines Italienisch spricht, sie will vor dem Grafen Castiglione, diesem anerkannten Vorbild im Reiche des Geistes und der Sitten, nicht hinter den großen Frauen, Elisabetta Gonzaga und Isabella d'Este in Mantua, zurückstehen.

Man war gerade im Begriffe, zwei Parteien zu bilden, die einander mit Worten bekämpfen sollten, als ein Gast gemeldet wurde, der seinen Namen nicht genannt habe. Der Herr wünsche Madonna Lucrezia zu sprechen.

Baldassare Castiglione, mit leicht beleidigtem Gesicht, bemühte sich, die Geistesblitze, die schon von seinen Lippen sprühen wollten, in Schach zu halten; auch meine hohe Schwester war ungehalten über die Störung und doch neugierig, wer der Fremde sein möchte. Sie winkte lebhaft mit der Hand in den Hintergrund: wenn es denn sein müsse, solle man den fremden Herrn vortreten lassen.

Und dann erschien auf der obersten der drei Stufen, die vom Saal in den Garten hinunterführen, ein sehr junger Mann, aber von hohem Wuchs und einer Anmut und Schönheit, daß jeder Mund verstummte. Ja, das Bild, das sich uns vor dem dunklen Hintergrund der geöffneten Saaltüre bot, von der schrägen Abendsonne beschienen, war von so seltenem Zauber, daß ich mich nicht enthalten kann, es zu beschreiben.

Der Jüngling stand auf langen, kräftigen Beinen, die in feingewobenen roten Strümpfen steckten; die Füße in langen, spitz zulaufenden Sammetschuhen. Das gefaltete Wams, von einem Edelsteingürtel fest um die Mitte zusammengehalten, stand in tiefen, runden Falten von den Hüften ab; es war aus nachtblauem Brokat, Saum und Seitenschlitz mit breiter Goldborte besetzt. Die Ärmel, von den Schultern bis zum Ellenbogen weit gebauscht, umschlossen eng den Unterarm. Ein schwarzer, golddurchwirkter Mantel hing von den Schultern bis in die Kniekehlen. Auf dem glatten, rötlich-braunen Haar, das leichtgewölbt Ohren und Nacken bedeckte, saß ein hohes, anschließendes Barett, von einer dreifachen Perlenreihe umzogen.

Mit beiden Händen hielt der junge Mann den langen Dolch, in goldener, ziselierter Scheide, der ihm am Gürtel hing, als sei diese Waffe sein kostbarster Besitz. Die Augen hatten einen ernsten, ja von Trauer verhängten Blick, aber um den festgeschlossenen Mund lag ein Zug von Kampfbereitschaft, wie ihn ein Mann zu Beginn einer Schlacht zeigen mag.

Der Jüngling schwieg, Lucrezia schwieg, der ganze Hofstaat schwieg. Als erster faßte sich der Graf Castiglione, trat rasch zu dem Fremden, griff, sich verneigend, nach seiner Hand, führte ihn die Stufen hinunter und bat um seinen Namen, damit er ihn der Herrin nennen könne.

Ich, der ich im Hintergrund stand, hörte die leise, zögernde Antwort: Alfonso d'Aragón! Mich durchzuckte es, daß mein Herz wie rasend zu klopfen begann: Lucrezias Gatte! Der Langersehnte! War es möglich? Baldassare Castiglione leuchtete auf, denn auch er wußte, daß der neue Gemahl Madonna Lucrezias von unbekannten Mächten ferngehalten worden war.

Als der junge Herzog vor meiner Schwester stand, die den fremden Jüngling in unverhohlenem Entzücken betrachtete, machte Castiglione eine wirkungsvolle Pause und rief dann bewegt aus: »Euer Gatte, hohe Frau, Don Alfonso d'Aragón, der Herzog von Quadrata und Bisceglla.«

Nun geschah etwas, das uns alle entzückte: Lucrezia, sämtliche höfische Vorschriften vergessend, sprang auf; ergriff das Haupt des jungen Mannes, nannte ihn Carissimo und küßte ihn herzlich auf die Lippen.

Alles lachte und schlug in die Hände, sogar der feierliche Castiglione verbarg sein Vergnügen an Lucrezias Herzenswärme und

Einfachheit nicht. Am hellsten strahlte Alfonso. Er küßte mehrmals die Hände seiner Gattin; dann mußte er neben ihr sitzen. Ich wurde nach Erfrischungen geschickt, alles lachte und sprach durcheinander. Bis zum Dunkelwerden war kein Ende des Scherzens über diesen Gemahl, der wie vom Himmel gefallen war. Daß der Herzog auf einen feierlichen Einzug in Rom verzichtet hatte, wurde mit keinem Wort erwähnt. Er war da; er war fröhlich. Ja er schien so verblüfft, anstatt in Mörderhände, unter den Schutz einer liebenswerten jungen Frau geraten zu sein, daß er am Ende des Abends der Übermütigste unserer Gesellschaft war.

Als die Sterne schon am Himmel standen, veranlaßte der Graf Castiglione endlich den Hof, sich zurückzuziehen, in seinem wunderbaren Takt Lucrezia der Pflicht enthebend, selber ihre Herren und Damen fortzuschicken.

den 2. Dezember 1498

Wir haben einen Herbst hinter uns wie einen ewigen Karneval, denn seitdem Cesare Borgia den Purpur niedergelegt hat, Jofré und Sancia wieder in ihrem Palast eingezogen sind und Lucrezia mit Alfonso zusammen einen Liebeshof hält, überbieten wir uns an Vergnügungen und fröhlichen Unternehmungen. Alexander schlägt uns alle an Lebensfreude. Und wie es geht, wenn er in üppiger Laune ist und seine Kräfte nach Taten verlangen, bestellt er nicht nur Kunstwerke und läßt Baupläne entwerfen, veranstaltet Feste im Vatikan, die bis zum Morgen dauern, vor allem stiftet er Ehen.

Drei junge Paare mußten wir feiern, deren Heirat zwar erst in einigen Jahren vollzogen wird.

Es war ein Bild wie auf den neuen flandrischen Wandteppichen, die Ludwig XII. uns geschickt hat, als in dem großen, nur matt erleuchteten Festsaal der elfjährige Federigo Farnese seine kleine siebenjährige Base Laura an der Hand ergriff und ernsthaft wie ein Erwachsener daherschritt, um im Spiel der Zeremonien, die man ihn gelehrt hatte, nicht aus der Rolle zu fallen.

Das Hündchen lief voran, Zwerge kugelten und trippelten nebenher, und die Erwachsenen standen rechts und links wie segnende Gottheiten. Hin und wieder sah Federigos kleine Braut, die wie ein Fräulein gekleidet war, fragend zu dem Knaben an ihrer Seite auf; als denke sie: welch merkwürdiges Spiel müssen wir da spielen?

Madonna Adriana lenkte die Hauptfäden. Ihr Sohn Tirsinus Orsini, der als Vater der kleinen Laura gilt, war eine etwas leblose Figur; seine Gattin, Julia Farnese, die für diese Feier nach Rom gekommen war, die Mutter Lauras, und Alexander VI., der eigentliche Vater des Kindes, spielten in unbefangener Frische die Komödie bis zum Ende.

Am gleichen Tag wurde der junge Fabio Orsini mit einer Nichte des Papstes, Hieronyma Borgia, zusammengegeben und für deren Schwester, Angela, die ein dreizehnjähriges Mägdlein ist, ein Eheversprechen mit dem sechs jährigen Francesco Maria della Rovere in großem Pomp aufgesetzt.

Gleich nach den Zeremonien wurden die verlobten Kinder von ihren Wartefrauen geholt und zur Ruhe gebracht, aber die Erwachsenen tanzten, spielten Glücksspiele um hohe Einsätze und hörten geduldig ein Theaterstück an, in dem der Dichter in immer neuen Zusammenstellungen die Tugenden, die Künste, die Wissenschaften und die Liebe auftreten ließ.

Oft sind mir die Anspielungen unverständlich, aber Alexander, Madonna Adriana, Cesare und andere Kenner der ars amandi können bei gewissen Aussprüchen Tränen lachen, in die Hände klatschen und mit den Füßen stampfen vor Vergnügen. Die jungen Frauen, Lucrezia, Sancia und Julia, spielen die Ahnungslosen, und unser schöner Knabe Alfonso zieht die Brauen zu einer ablehnenden Miene zusammen.

Wenn ich hier ein Wort über mich selber einflechten darf, dann muß ich sagen, daß ich ein ehrlich Unwissender bin, was die Liebeskünste anbetrifft. Es wird Zeit, daß ich mir eine Geliebte suche, damit Lucrezia mich nicht gar zu verächtlich behandelt, wenn von diesem wichtigen Kapitel die Rede ist. Aber meine süße Freundin lebt noch in meinem Herzen wie die Madonna jenes dunklen Altarraumes in St. Peter, in dem ich geweint habe.

Wenn ich meiner hohen Schwester nur ein Wort von Liebeswünschen spräche, sie würde mir sogleich wie einem Sultan Reihen von Sklavinnen vorführen, aber sich dabei ausschütten vor Lachen, daß Jacobus Krafft, ihr rothaariger Spielgefährte, ihr Schatten, ihr Geschöpf, zu lieben und zu leben begehre wie ein lebendiger Mensch. Nein, nichts davon. Der Herrgott wird mir zur rechten Zeit geben, was mir gebührt.

In diesen gesellschaftlich bewegten Zeiten sehe ich meine Frau Herzogin oft viele Tage lang nicht; es ist ja überdies die Zeit der Reiherbeize. Vom Fenster meines Schreibzimmers kann ich fast täglich die Kavalkade davonziehen sehen. Es ist ein prächtiges, farbenfrohes Bild.

Don Cäsar ist eine kraftstrotzende Gestalt, schön und fröhlich; kein Schatten scheint auf seinem Gewissen zu liegen. Sancia reitet immer an seiner Seite; sie ist sehr schmal geworden, bebend vor Gereiztheit, und duldet ihren kleinen Gemahl nur mit Mühe in der Nähe. Wenn Cesare sich erst auf seine Hochzeitsfahrt begeben hat, wird Sancias Umgebung schwere Zeiten haben.

Noch überwacht sie gemeinsam mit Lucrezia und Hieronyma die Ausrüstung des Hochzeitszuges, der dem Herzog de Valence folgen wird. Zweihunderttausend Dukaten hat Seine Heiligkeit für ein wahrhaft kaiserliches Auftreten seines Sohnes am französischen Königshof ausgesetzt.

Die Damen gehen oft in Cesares Wohnung hinüber, um über die hundertundzehn Gewänder, den Juwelenschmuck, das Sattelzeug und die Bekleidung der Diener zu beraten. Der Herzog von Valence, Alfonso und Jofré sind oft anwesend, weil wahre Schlachten mit den berühmtesten Händlern aus Venedig, Florenz und Neapel ausgefochten werden.

Ich bin nicht anwesend bei diesen erhabenen Versammlungen, aber Lucrezia hat mir gestern atemlos vor Bewunderung erzählt, daß ihr Bruder einen langen, bis zum Boden schleifenden Mantel mit Perlen benähen lasse, aber so lose, daß sie beim Ausschreiten und Raffen der Falten abfallen und über den Fußboden rollen werden. Die höchsten Herren und Damen Frankreichs würden sich gierig nach dem bücken, was er, Cäsar Borgia, ihnen vor die Füße streue.

O, meine Herrin Lucrezia und Don Cäsar, Herzog von Valence, ihr kennt doch den Stolz des französischen Adels, der seit vielen Geschlechtern auf ganz Europa herabzusehen beliebt! Niemand wird sich bücken.

Madonna Lucrezia ist doch noch ein unwissendes Kind! Mit strahlender Miene erzählt sie mir, ihr Bruder lasse viele von Juwelen blitzende Barette anfertigen, die er stets zu tragen gedenke, aber meine Geringheit weiß, daß sie dazu dienen, die verräterischen Zeichen der großen Krankheit, die sich auf der Stirn zu zeigen pflegen, zu verdecken. Aber einmal, und wenn es erst im Hochzeitsgemach ist, wird der Herzog seine kostbare Kopfbedeckung abnehmen müssen.

Arme Charlotte d'Albret!

den 25. Mai 1499

In Rom läuten alle Glocken; ein eigenhändiger Brief Ludwigs XII. ist gestern in Rom eingetroffen. Der Kardinal Sanseverino hat das kostbare Dokument vorgelesen; in ihm wird die vollzogene Ehe zwischen dem Herzog de Valence und Frankreich, Don Cäsar Borgia mit der Prinzessin Charlotte d'Albret von Navarra bestätigt.

Seine Heiligkeit hatte bis zuletzt große Furcht, die Intrigen fremder Höfe würden diese unendlich wertvolle Verbindung durchkreuzen. Nun ist alles gut. Es wurde ein Tedeum angeordnet. Messer Burcardus, der auch nicht mehr der Jüngste ist, sieht mühsame Wochen voraus, denn wir müssen uns nun auf die Suche nach dem schönsten Palast in Rom begeben – ob wir ihn kaufen oder ›erben‹ werden, ist mir nicht bekannt –, um ihn für Cäsar und Charlotte d'Albret fürstlich einzurichten.

den 1. Juni 1499

Wenn ich Messer Burcardus helfend zur Hand gehe, liebt er es, lange Reden über die Politik zu halten. Wir reiten durch die Stadt, und ich höre höflich zu. Soviel ich bei diesen abgerissenen Gesprächen verstanden habe, schloß Ludwig XII. einen Bund mit

Venedig; sie wollen Ludovico den Mohren vertreiben. Der Heilige Vater wird bestürmt, sich diesem Unternehmen anzuschließen, und er wird es auch tun, sagt Messer Burcardus, vorausgesetzt, daß Ludwig keine Schwierigkeiten macht, wenn sein Herr Vetter, Cesare Borgia, Herzog de Valence, die Eroberung der Romagna in Angriff nimmt.

Unsere großen und kleinen Fürsten, besonders die verehrungswürdigen Montefeltre in Urbino, dauern mich; ihre Zukunft ist – so sagt Messer Burcardus – ein Asyl in Mantua bei Francesco und Isabella Gonzaga. Aber auch die weitberühmte Katharina Sforza in Forlì, ihr Vetter, Herr Giovanni Sforza in Pesaro, die Riario in Imola, die Malatesta in Rimini, Astorre Manfredi in Faenza, die Bentivoglio in Bologna, sie alle sehen ihre Throne wanken.

Als Fels im Meer werden nur die Este in Ferrara bestehen bleiben. Unruhige Zeiten liegen vor uns.

den 20. Juni 1499

Der Herzog de Valence ist aus Frankreich zurückgekehrt. Allein, ohne seine Gattin. Der Welt werden allerlei Gründe gegeben, aber von Madonna Lucrezia weiß ich, daß die hohe Schwägerin sich geweigert hat, je wieder mit ihrem Gatten zusammenzuleben.

Ich sah Don Cesare flüchtig, als er Lucrezias Gemächer verließ; seine Augen sind erschreckend; es ist Mordlust darin, Blutgier. Es wundert mich nicht, daß er sich, kaum in Rom angelangt, auf dem Platz vor der Basilika St. Peter im spanischen Spiel mit wilden Stieren übt.

Neulich habe ich mit meinem Herzogspaar zugeschaut. Es ist ein todesmutiges, blutiges Wagnis, dieser Kampf zwischen menschlicher Überlegenheit und tierischer Wut. Cäsar Borgia ist stets Sieger über die rasenden Stiere, aber oft geht es nur um Haaresbreite gut für ihn aus. Lucrezia schrie mehrmals ängstlich auf und hielt sich die Augen zu; als aber allen Pferden Cäsars nacheinander die Eingeweide zum Bauch heraushingen, wurde Lucrezia ohnmächtig.

Alfonso war außer sich; wir trugen die Herrin fort; sie ist im vierten Monat ihrer Schwangerschaft. Wenn Madonna Adriana wüßte, daß wir zum Stiergefecht gegangen sind, oder gar der Heilige Vater, von Madonna Vanozza gar nicht zu reden, man würde uns auszanken wie ungehorsame Kinder. Wir brachten die Herzogin so still als möglich in unsern nahen Palast. Ich holte die alte Donna Anna, denn Lucrezia hatte Schmerzen, und wir fürchteten eine Frühgeburt. Alfonso wich die nächsten Tage nicht vom Lager der ›einzig Geliebten‹, wie er meine Herrin zu nennen pflegt. Dem Hof wurde die Lüge einer Erkältung aufgetischt, nur mein Herr Alfonso, Donna Anna und ich gingen in Lucrezias Zimmer aus und ein.

Nach drei Tagen durften wir beruhigt sein.

den 15. Juli 1499

Der Vatikan, die Höfe Jofrés, Lucrezias und vermutlich sämtliche Palastfestungen des römischen Adels brausen wie aufgestörte Bienenstöcke: der Kardinal Ascanio Sforza, der Bruder des Mohren in Mailand, ist zum zweitenmal heimlich aus Rom entwichen. Jeden Wetterwechsel hat Ascanio mitgemacht; jetzt gibt er das Rennen auf. Steht es so schlecht für Mailand? So gut für Ludwig XII.?

den 20. Juli 1499

Ich wurde zu Madonna Lucrezia gerufen.

»Jacobus«, sagte sie trocken, »die Politik erlaubt sich, mein Eheglück zu bedrohen. Mein hoher Vater erklärt offen, daß er Frankreich gegen Mailand unterstützen werde und Neapel zwischen Spanien und Frankreich aufgeteilt werden soll. Wenn du nur ein wenig politischen Weitblick hättest, müßtest du begreifen, daß Alfonso, das geliebte Herz, nun zur Partei der Feinde meines Vaters und meines Bruders gehört und so bedroht ist, wie er es im Anfang fürchtete.«

Ich bemühte mich, einen klugen, verstehenden Ausdruck in mein Untertanengesicht zu bringen. Lucrezia beachtete es nicht, denn sie war wie Klio, die Muse der Geschichte, vom Glanz ihrer eigenen Weisheit ganz benommen.

»Ich gedenke, dir einen Brief an Don Cäsar zu diktieren«, sagte sie hoheitsvoll. »Er soll mir Sicherheit für die Person meines Gemahls geben; ein unterschriebenes Versprechen!«

Ach, meine Schwester, dachte ich bei mir, wenn Ihr in solch hohen Tönen sprecht, seid Ihr innerlich schon fast am Ende Eurer Kraft; ich kenne diesen Zustand. Aber Vorsicht, nur Vorsicht, redete ich mir selber zu, damit wir das Kind in ihrem Leibe nicht zum zweitenmal gefährden.

»Verehrungswürdige, habt Ihr schon erlebt, daß Euer erlauchter Bruder ein Versprechen hält?«

»Nein.«

»Oder Milde walten läßt?«

»Nein.«

»Oder Rücksicht nimmt?«

»Nein.«

»Was soll dann ein Brief nützen? Der Herzog de Valence würde nur auf Euren Gemahl aufmerksam gemacht; jetzt, wo er in voller Vorbereitung für seinen Kriegszug steht, vergißt er ihn vielleicht.«

»Vielleicht ... aber darauf dürfen wir nicht bauen.«

»Was meint der Herzog, Euer Gemahl?«

»Er betet viel. Er geht nicht mehr in die Stadt. O Jago«, plötzlich brach Lucrezia in Tränen aus, »er sieht seinem Tod entgegen. Aber ich gebe ihn nicht her, ich gebe ihn nicht her!«

»Carissima, laßt uns zum Heiligen Vater gehen. Euer gesegneter Zustand wird ihn rühren. Ihr wißt: kein Borgiasproß darf verloren gehen.«

Lucrezia hob ihr tränennasses Gesicht. »Ja. Ich werde sagen: ›mein hoher Vater, der Tod meines Gemahls wird auch der Tod meines Kindes sein‹ ... vielleicht könnte ich auch drohen, daß ich mich umbringe.«

»Seine Heiligkeit würde Euch das nicht glauben; nein, von dieser Drohung würde ich absehen.«

den 3. August 1499

Die Audienz beim Heiligen Vater fand erst gestern statt. Bis zu diesem Tag haben Lucrezia und ich jede Speise für unsern Herrn selber gekocht, jedes Getränk von einem Vorkoster probieren lassen und sind nur im mauerumschlossenen Garten umhergewandelt. Die Audienz hat uns nichts geholfen.

Als Lucrezia in strömenden Tränen zu Füßen ihres Vaters um das Glück ihrer Liebe flehte, sah ich das zweideutige Lächeln um seinen Mund, als er mit betontem Ernst sagte: »Wir werden immer dafür besorgt sein, daß du Ruhm und Macht und auch Liebe in deinem Leben hast. Aber es könnte sein, daß ein anderer Mann dich auf größere Höhen führt als ein hübscher Knabe, dessen Haus im Erlöschen ist.«

Hier drohte Lucrezia nun mit einer Fehlgeburt, und wirklich, sie traf ihren Vater an seiner verwundbarsten Stelle; er erschrak und versprach, um seine Tochter zu beruhigen, alles, was sie verlangte. Er hob sie auf und küßte sie und verschwor sich, über Alfonso zu wachen.

Mit leichterem Herzen gingen wir durch die langen Gänge des Vatikans zurück. Plötzlich fühlte ich, wie Lucrezia an meinem Arm zusammenknickte, sich wieder aufraffte, aber dann bebend stille stand. Ein Vermummter war an uns vorübergeschritten, zu den Räumen des Heiligen Vaters. O, wir kannten ihn gut an der Gestalt und am Gang; es war der Kapitän Michelotto, Cäsars rechte Hand, die den Dolch für ihn führt.

Seine Anwesenheit konnte irgendeinem Unseligen gelten, aber wir fühlten und wußten beide: Alfonso ist der Bedrohte. Abermals, nach kaum zwei Jahren, mußte Lucrezia einen Gemahl zur Flucht überreden, damit ihre eigene Sippe ihn nicht hinschlachte.

Ich weiß nicht, wie ich Lucrezia in unsern Palast brachte, sie war halb von Sinnen vor Angst; sie stammelte Gebete; ich konnte sie kaum davon zurückhalten, daß sie mir in den Gassen vor allem Volk davonlief wie ein Reh.

In S. Maria in Porticu war es wie immer, wenn wir heimkehrten: die Herren und Damen des Hofes erschienen eiligst, um ihre Herrin zu umgeben; aber gestern wurde Lucrezia von einer Wut gegen alle diese Leute gepackt, sie schickte sie mit ungeduldigen Worten fort und eilte geradewegs in die Gemächer ihres Gatten. Er war nicht dort. Hinüber in unsere Zimmer – von Alfonso keine Spur; wir suchten ihn in der Bibliothek, nichts von ihm.

Da schrie Lucrezia mehrmals auf; als habe man ihr selber einen Dolch in den Leib gerannt. Nun ließen wir doch den ganzen Hof kommen, auch die Diener und die Kämmerer; niemand hatte den jungen Herzog gesehen. Da drängte sich der kleine zehnjährige Schwertträger Alfonsos zu seiner Herrin, er schlang seine Arme vertraulich um ihren Leib – Lucrezia war ihm wie eine Mutter –, und ich hörte, wie er ihr zuflüsterte: »Don Alfonso ist fortgeritten, nach Narni, allein mit Rodolfo, er hat mich geküßt und hatte Tränen in den Augen.«

Geflohen! Alfonso war fort. Wir atmeten alle auf; denn jedermann liebte den jungen Herzog. Möchte es ihm glücken, Cäsars Häschern zu entgehen! Bei den Colonna in Narni, bei den Todfeinden des Heiligen Vaters, war er in Sicherheit. Wer mochte ihn gewarnt haben?

Wie Alexander von seinem furchtbaren Sohn beherrscht wird! Jetzt wußten wir, daß Alfonso schon dahingegeben war, als Seine Heiligkeit Lucrezia aufhob und tröstend an sein Vaterherz nahm.

Madonna Sancia soll auf der eiligen Abreise nach Neapel sein.

Lucrezia liegt auf ihrem Bett, sie betet zur Heiligen Jungfrau, sie möge ihren Geliebten verbergen und ihm helfen. Man hat nicht verfehlt, ihr zuzutragen, daß der Papst dem Flüchtling seine spanischen Reiter nachgejagt hat. Zwischen ihren Gebeten um Hilfe murmelt Lucrezia mit zornentstellten Lippen Worte, die ich mich scheue zu verstehen.

den 8. August 1499

Ich muß beständig mit einem Ohr im Vatikan sein, wo der Heilige Vater tobt und seine Blitze schleudert. Er fürchtet sich vor Cesare, dessen Beute er hat durch die Maschen schlüpfen lassen. Was für ein Dasein für den alten Mann: mit der einen Hand möchte er seiner vergötterten Tochter alles zuliebe tun, aber seine andere Hand ist das Werkzeug seines Sohnes. Wie ein Dämon beherrscht Cäsar Borgia seinen Vater.

Die Spanier haben Alfonso nicht gefangen.

Hier wurde ich unterbrochen, weil unser Kämmerer mich zur Herrin rief. Sie lag auf ihrem Ruhebett, das Gesicht in die Kissen gedrückt, neben ihr, steil aufgerichtet, saß Madonna Adriana Ursina. Angela Borgia, das süße Kind, kniete neben Lucrezias Lager und versuchte sie zu beruhigen.

Madonna Adriana wandte mir ihre harten, kalten Augen zu: »Es ist ein Brief des Herzogs an seine Gattin aufgefangen worden. Der Knabe wagt es, die Tochter Seiner Heiligkeit zu sich nach Narni zu rufen, zu den Colonna, wo Ascanio Sforza, der Verräter, weilt!«

Wenn Lucrezia es vermöchte, würde sie ihm folgen, das weiß ich, aber es wäre nur, um einen zum Tode Verurteilten wiederzusehen. In meine Gedanken sprach Madonna Adriana hinein: »Die Frau Herzogin wird Euch einen Brief diktieren, in dem sie ihren Garten unter den sicheren Schutz des Heiligen Vaters nach Rom zurückruft. Ich bitte dieses zu betonen.«

Lucrezia stöhnte wie zu Tode gepeinigt in ihre Kissen. Madonna Adriana fuhr fort: »Ich bleibe hier, bis der Brief geschrieben ist, und bringe ihn selber in den Vatikan. Man kann beginnen.«

Zeit gewinnen, nur Zeit gewinnen, war mein einziger Gedanke. »Ich hole mein Schreibzeug«, stammelte ich.

»Nehmt Lucrezias Feder!«

Ich ging zum Schreibpult hinüber, knickte rasch die beiden Federn, die dort lagen; es klang, als probiere ich sie aus, »sie sind nicht geschärft«, steckte sie in mein Wams und eilte hinaus. Was tun? *Meine* Hand sollte den Uriasbrief nicht schreiben! Und wenn Lucrezia schwach wird und mir zu schreiben befiehlt? Ich lehnte an meinem Pult, starrte verzweifelt auf Federn, Papier und auf das scharfe Messer, mit dem ich die Federn zu spitzen pflege. Ich fühlte mich lächeln ... nur erst einmal Zeit gewinnen. Ich schloß die Augen ... rasch! O, wie das Blut aus meiner rechten

Hand floß. Ich schlang ein Tuch darum und eilte, Federn und Messer in der Linken, in Lucrezias Zimmer zurück.

Das Blut floß durch das Tuch; Angela stieß einen Schrei aus, Lucrezia taumelte von ihrem Bett auf und lief zu mir; nun wurde ein Verband gemacht, nach Pater Medardus geschickt, Madonna Adriana schalt über meine Unvorsichtigkeit, jetzt könne der Brief nicht geschrieben werden; Seine Heiligkeit warte.

Lucrezia und ich hatten einen beredten Blick getauscht.

»Ich werde den Brief selber schreiben«, sagte sie, »laßt Euch hier nicht zurückhalten, Madonna!«

»Ich bleibe! Jacobus soll das Zimmer verlassen, der Blutgeruch macht mir übel.«

»Es sind keine gespitzten Federn zur Stelle.«

Jetzt wurde Adriana Ursina wütend; sie stampfte mit dem Fuße auf und schickte Angela fort, eine Feder zu holen. Mich zogen die eingeschüchterten Diener hinaus. Fra Medardus, der gerade eintrat, machte kehrt und ging jammernd hinter mir her.

Bis dieser Vortreffliche mich freigab, war wohl eine Stunde vergangen; er hatte die Wunde nähen müssen. Weiß im Gesicht und unsicher auf den Beinen, schwankte ich zurück zu Lucrezias Gemach. Hatte das verängstigte Kind den Verräterbrief geschrieben?

Ich klopfte. Niemand antwortete, aber aus dem Nebenzimmer lugte die kleine Angela hervor.

»Hat meine Herrin den Brief geschrieben?«

»Ja.« Ich mußte mich an die Wand lehnen. »Aber kaum hatte Madonna Ursina ihn ergriffen«, fuhr Angela flüsternd fort, »und war damit aus dem Hause gegangen, als Lucrezia wie eine Furie aufsprang, und sich eilendst ankleiden ließ, weil sie fortgehen wolle.«

»Wohin?«

»In den Vatikan, denke ich.«

Das Kind, das sie trägt, dachte ich. Lieber Gott, schütze das Kind, damit sie nicht auch das verliert!

Angela ergriff mich bei der Hand wie einen Bruder. »Kommt herein, Messer Jacobus; Ihr habt viel Blut verloren.«

»Es ist nichts«, sagte ich, aber war doch froh, daß Angela und Hieronyma, die sich auch leise aus dem Zimmer der Damen entfernt hatte, mich zum Sitzen nötigten. Hoffentlich hielt meine Schwäche an, damit ich mit Anstand bleiben durfte, bis Lucrezia wieder kam.

Armes Kind, was hatte es getan! Niemals würde es den Brief zurückerhalten, Alfonso in die Falle gehen und dann ... o Schwester, dann möchte ich Eure Nächte nicht haben! Ist unser Herr einmal in Rom, so kann Lucrezia ihn nicht mehr schützen. Mir war sehr schlecht.

Die Türe wurde aufgerissen ... Lucrezia! »Laßt mich allein, meine Lieben«, rief sie ihren Basen zu, »ich habe einen Brief zu diktieren; nein, ich muß ihn ja selber schreiben.«

Hieronyma und Angela hatten Mühe, ihre Füße in Bewegung zu setzen, so verblüfft waren sie von Lucrezias Stimme, die wie eine hellschmetternde Posaune ertönte. Ich hatte mich erhoben. In meiner Verblüffung muß ich sehr dumm ausgesehen haben, denn Lucrezia lachte dieses erheiterte Lachen, das sie nur für mich hat; ihr Herz schwingt darin mit, aber auch Mitleid mit meiner männlichen Schwerfälligkeit und Spott über meine gutgemeinten Sorgen.

»Dein Opfer, dir die ganze Hand zu zerschneiden, war nicht nötig! Ach, du lieber Jacobus! Die Männer, die Männer; nie wissen sie sich anders zu helfen als durch Gewaltmittel.«

»Madonna, was ist mit Eurem Brief geschehen?«

»Der Brief?« sie zog aus ihrem Seidenbeutel den in vier Teile zerrissenen Bogen.

»Ihr konntet ihn Madonna Adriana abjagen?«

»Nein, ich nahm ihn meinem Vater aus der Hand und zerriß ihn.« Ich hätte nach Luft schnappen mögen wie ein Fisch auf dem Küchentisch. »Und dann?«

»Dann erinnerte ich den Hohen an Juans Tod, an die Ermordung Franceschettos und Perottos; ich habe ihm den verleumderischen, entsetzlichen Brief aus Venedig geistig vor die Augen gehalten« – sie erschauerte – »und schließlich sagte ich ihm, daß ganz Rom von den portugiesischen Drohbriefen wegen Nepotismus und Cäsars Ehewerbungen in Neapel und Frankreich spricht, als er noch den Kardinalspurpur trug, und von seiner Rückkehr in den weltlichen Stand. Und schließlich habe ich ihm die Vertreibung meines Gemahls, Giovanni Sforza, vorgeworfen, und daß es nicht sein, des Heiligen Vaters Verdienst sei, wenn der Arme nicht hingeschlachtet wurde, und nun die Auslieferung Alfonsos in Cesares Hände! – Ein Mord jetzt, wo die Gerüchte über ein bedrohliches Konzil nicht schweigen wollen? O Jacobus, ich habe den alten Mann nicht geschont, und wenn er hundertmal der Herr der Christenheit ist!«

»Und jetzt?«

Lucrezia setzte sich und breitete ihr Brokatkleid majestätisch um sich aus. »Jetzt sind wir Regentin von Spoleto. Und Nepi ist Uns versprochen worden. Wir werden von nun an über große Einkünfte verfügen; Gold vermag alles. In Spoleto werden wir Unsern Gemahl schützen können.«

›Wir‹ sagte Lucrezia wie eine Kaiserin, und der ganze Triumph ihrer Weibesmacht sprühte aus diesen Worten: ›Wir‹ und ›Uns‹. »Werden wir bald reisen?«

»Sobald Hadrianus den Brief Seiner Heiligkeit an Unsere gute Stadt Spoleto aufgesetzt und abgeschickt hat; das Schriftstück soll Uns vorauseilen.«

»Wer von den Damen und Herren soll uns begleiten?«

Lucrezia dachte einen Augenblick nach. »Weißt du, Jacobus ... ich zittre im Innern, daß mein Vater sich plötzlich eines andern besinnt, oder sich erinnert, daß ich nur Anklagen habe, aber nicht ein einziges Druckmittel, denn was ich ihm vorwerfe, das wirft ihm die ganze Christenheit vor. Wir müssen sofort reisen, und zwar in der Pose des Siegers. Hole mir Fabio Orsini« – das ist Hieronymas Gatte –, »er soll von meinem Vater eine Kompanie Bogenschützen verlangen.« – Ich hätte laut lachen mögen über diese Kühnheit –, »und dann verkündige meinem gesamten Hofstaat, er habe augenblicklich Vorbereitungen zu treffen, damit wir Morgen nach Spoleto verreisen können. Und, Jago, besorge einen guten Tragsessel für mich.«

Ich verneigte mich und wollte gehen, um sofort die Nachricht unserer Abreise im Palast zu verbreiten, denn die Vorbereitungen sind nicht gering.

»Jago«, rief mir Lucrezia nach, »gehe auch zu meinem Bruder Jofré, ich wünsche seine Begleitung.«

»Der hohe Vater wird ganz allein ohne eines seiner Kinder sein.«

»Ja, das wird er! Dafür werden die portugiesischen Abgesandten ihn unterhalten!«

den 9. August 1499

Heute, am späten Nachmittag, wenn es kühler geworden ist, brechen wir auf. Wir sind fast zweihundert Personen mit der Kompanie Bogenschützen. Wir reiten in Festgewändern, als gälte es einen Besuch im Heiligen Römischen Reich. Ich sollte jetzt nicht am Pult stehen und schreiben, aber es ist mir wichtig, die Abschrift des päpstlichen Breves an die Stadt Spoleto in mein Tagebuch aufzunehmen.

›Geliebte Söhne, Gruß und den apostolischen Segen. Wir haben dieses Amt der Bewahrung des Schlosses und die Regierung unserer Städte Spoleto und Foligno der in Christo geliebten Tochter, der Edelfrau Lucrezia de Borgia, Herzogin von Bisceglia übergeben, zum Heil und friedlichen Regiment eben dieser Orte.

Vertrauend auf die besondere Klugheit und die vorzügliche Treue und Redlichkeit derselben Herzogin, und auch auf Grund eures gewohnten Gehorsams gegen Uns und diesen Heiligen Stuhl, hoffen wir, daß Ihr eben diese Herzogin Lucrezia als Eure Regentin mit aller Ehrerbietung aufnehmen, und ihr in allen Stücken gehorsam werdet. Indem wir wünschen, daß Ihr mit allem Eifer und Fleiß ihre Gebote ausführet, und damit Ihr euch verdiente Billigung Eurer Dienstbarkeit erwerbet, haben wir diesen Brief gegeben am St. Peter unter dem Fischerring, am 8. August 1499‹.[7]

Spoleto, den 28. August 1499

Eine Woche lang dauerte unsere Reise, aber wir waren alle sehr fröhlich, freuten wir uns doch zum voraus, das kleine Spoleto auf den Kopf zu stellen. Alfonso, unser aller Liebling, würde auf der Burg in Sicherheit sein, so glaubten wenigstens die Frauen.

Cäsar war fern, im Gefolge Ludwigs XII. Es steht schlecht für Ludovico Moro, aber ebenso schlecht für die Sforza von Pesaro und Forlì. Wie wird Lucrezia doch immer von ihrem umsichtigen Bruder gezwungen, das sinkende Schiff zu verlassen und ein besseres zu besteigen. Zuerst das Schiff der Procida d'Aversa, dann dasjenige der Sforza, jetzt das der Aragonen, denn ich fürchte, daß unser Herr auch auf der festen Burg Spoleto nicht geschützt ist. Wer wird der nächste sein, dem Lucrezia in die Arme getrieben wird? Wie gut, daß uns die Zukunft verhängt ist!

Wir haben dieses Mal, außer den Damen und Herren des Hofes, auch Künstler in unser Gefolge aufgenommen. Es geht nicht an, daß immer nur von den Hohen Frauen in Mantua und Urbino als Beschützerinnen der Kunst gesprochen wird. Madonna Lucrezia, die ich in ihren schwersten Tagen oft zu dem jungen Michelangelo habe begleiten müssen, wo sie mit gefalteten Händen der Vollendung der Pietà zuschaute, hätte den jungen Mann gern in ihrem Gefolge mitgenommen, aber er scheute sich nicht, dieses ehrenvolle Angebot abzulehnen: er müsse die Aufstellung der Pietà überwachen, und als meine Herzogin ihm vorhielt, dazu genügten auch seine Handlanger, entschuldigte er sich mit einer dringenden Reise nach Florenz.

Seitdem der Heilige Vater diesem Unruhestifter Savonarola den Kopf zertreten hat, hält es Michelangelo nicht mehr bei uns; ich habe es längst gemerkt. Mir scheinen unsere großen Künstler wie ungekrönte Könige; sie handeln nach eigenem Belieben, aber Madonna Lucrezia rechnet sie doch eher zum Stab der unumgänglich notwendigen Panegyriker.

Nun, wenn Michelangelo Buonarotti ein verstockter Kauz ist, und Bramante seine Neubauten nicht verlassen darf; so begleiten uns der Architekt Sangallo und unser lieber Pinturicchio.

Der Herzog de Valence hat uns Serafino von Aquila ausgeliehen, denn dieser Gute ist zu kränklich, um in den Krieg zu ziehen, aber um Madonna Lucrezias Reize zu besingen, genügen seine Kräfte noch gerade. Von den Brüdern Mellini folgt uns nur Mario, dagegen fehlen unsere alten Spielgefährten die drei Brüder Porcari nicht, unsere ›Vettern‹. Einer von ihnen ist immer in Stimmung, ein Huldigungsgedicht zu verfassen, oder rasch eine Komödie zu entwerfen, bei deren Lesen mit verteilten Rollen die Damen eigentlich erröten sollten, aber sie erröten gar nicht, sondern lachen sich halb zu Tode.

Die gelehrten Herren und die Redner, die sich an unsern Hof zu drängen lieben, haben wir nicht aufgefordert mitzukommen; es sind alte, trockne Gesellen. Für den neuen Hofstaat in Spoleto ist nur eines Bedingung: Leben, Lachen, Lieben.

Daß die Damen viele Truhen voll der kostbarsten Gewänder mittragen lassen, ist selbstverständlich; ihre Lieblingspagen, Schmuckkassetten an sich gedrückt, laufen auf ihren Knabenbeinen neben den Tragsesseln oder Reitpferden ihrer Damen einher. Ich muß übrigens betonen, daß auch die Herren einen großen Aufwand an festlicher Kleidung treiben und sich in schönen Farben überbieten.

Ich bleibe bei meinen grauen Wämsern und Strumpfbeinen; doch habe ich auch meine Eitelkeit und lasse Tuch, Seide oder Sammet von dunklem Stahlgrau bis zum hellsten Perlgrau wechseln; für einen Schatten sind das die rechten Farben. Die Stufe, auf der ich mich befinde, ist mir gar nicht unlieb, gereicht es mir doch zur Genugtuung, daß unsere Damen und Herren sich an mich, Madonna Lucrezias Unzertrennlichen, wenden, wenn sie ein besonderes Anliegen an die Hohe haben. Ach, wie unzulänglich ist doch der Mensch; niemand ist vor Eitelkeit und Hoffart sicher.

Es ist in unserer Umgebung immer viel gelacht worden, außer in den Zeiten der Schicksalsschläge, aber so viel schallendes Gelächter wie diese Reisetage nach Spoleto verursachten, habe ich nie erlebt! Meine Herrin hat den Titel ›Kaiserin von Byzanz‹ erhalten und jeder andere unserer Gesellschaft bekam sein hohes höfisches Amt. Überall, wo wir zur Nacht blieben, schickte ›die Kaiserin‹ eine Abordnung voraus und verlangte die Schlüssel des Tores.

Camillo Porcaro kam auf die herrliche Idee, mit großem Pomp nach Spoleto voranzureiten und eine Begrüßungsdeputation zu verlangen, die der Fürstin entgegenzuziehen habe. In Porcaria trafen diese Abgesandten auf unsern Zug. Am Abend dann, als wir unter uns waren, gab es kein Ende des Gelächters über die armen erschrockenen Stadtväter, deren Blicke verstört immer wieder zu den ›Schergen‹ mit dem entblößten Schwert über der Schulter irrten; diese drohenden Gestalten waren in Wirklichkeit Lucrezias Schneider, denen man Schwerter in ihre Nadel und Schere gewohnten Hände gedrückt hatte, mit dem Befehl, grimmige Mienen aufzusetzen. Dabei zitterten diese Vortrefflichen in ihrer ungewohnten Rolle genau so wie die Stadtväter von Spoleto.

Spoleto, den 8. September 1499

Auf Befehl Seiner Heiligkeit haben wir uns sofort nach Nepi zu begeben, weil Madonna Lucrezia auch dort zur Herrin eingesetzt werden soll.

Nepi, den 12. September 1499

Unsere Burg liegt herrlich, hoch über der uralten Stadt; der Blick dringt von hier oben in tiefe Schluchten und über das Tal des Tiber. Unendlich weit breitet sich das reiche umbrische Land; das waldige Vorgebirge der Apenninen umschließt an einer Seite das Bild wie mit zärtlichem Arm.

Wir haben einen prächtigen Herbst. Am Morgen ist die Luft von den zartesten Nebeln erfüllt, zur Mittagszeit vergehen sie unter der noch immer sommerlich-warmen Luft. Die Wälder der Gebirge färben sich täglich stärker und erglühen in der frühsinkenden Sonne.

Don Alfonso ist schon seit einem Monat bei seiner einzig Geliebten. Lucrezia lebt der Liebe wie sie es vor fünf und zwei

Jahren in Pesaro tat, und auch der gesamte junge Hofstaat möchte nichts anderes wissen als Freude und Genuß, aber die ›fluchwürdige Politik‹, wie Madonna Lucrezia zu sagen beliebt, droht alles zu verderben.

Wir haben zwar vorgestern ein Jubelfest gefeiert, weil ein Bote Cäsar Borgias mit der Triumphesnachricht zu uns auf die Burg kam, Ludwig XII. sei als Sieger in Mailand eingezogen. Eine große Schar weltlicher und kirchlicher Fürsten soll dem König gefolgt sein, Madonna Lucrezias Bruder jedoch zur Linken des Königs. Als erste hinter diesen Hohen, der Herzog Ercole d'Este von Ferrara und Francesco Gonzaga von Mantua; danach die übrigen Fürsten; darunter der Herzog von Savoyen, Giuliano della Rovere, der Kardinal d'Amboise und die Gesandten großer und kleiner Höfe. Alle sind sie eingezogen in den Palast des Moro. Er selber soll zu Maximilian nach Tirol geflohen sein.

Der Bote erzählte vor versammeltem Hof, daß der Herzog von Valence, Madonna Lucrezias erhabener Bruder, unzertrennlich vom französischen Könige sei und der Größte nach ihm, ja, vielleicht der Größte, denn Ludwig tue ihm alles zuliebe und habe ihm die Hälfte seines Heeres zur Eroberung der Romagna versprochen.

Solange die Politik aus Siegesnachrichten besteht, hat Lucrezia sie gern. Alfonso sieht weiter als seine Gattin; er war still und blaß während der Siegesfeier, weiß er doch, daß Cäsar jetzt, da er die Macht hat, seine Rachelust an Neapel kühlen wird, das ihm Braut und Königsthron vorenthalten hat. Er, Alfonso, ist der nächste Aragone, der ihm erreichbar ist.

den 20. Oktober 1499

Wir sind wieder in Rom. Die Burg in Nepi wurde ein kalter Aufenthalt; Lucrezias Niederkunft steht bevor.

Manchmal, wenn ich Regierungsakten schreiben muß – die Herzogin sucht jede Gelegenheit, auch aus der Ferne zu regieren –, dann höre ich sie und Alfonso von dem Kinde flüstern, das ihnen nun bald geboren wird; sie plaudern auch von einem glücklichen Leben in Spoleto zur Sommerszeit, und wie sie das

Schloß, das vor etwa hundertundfünfzig Jahren neu erbaut wurde, vollenden, und es so bequem und wohnlich gestalten möchten, wie die neuen römischen Paläste.

Mir tut, wenn ich solches hören muß, das Herz vor Mitleid weh; sie stehen zu hoch, diese armen Kinder, als daß sie in Ruhe Glück und Frieden genießen könnten wie ein unbekanntes Bürgerpaar.

Ich habe jetzt viel freie Zeit, denn Madonna Lucrezia ist ständig von ihren Frauen umgeben, auch wird das Wochenzimmer mit großer Pracht hergerichtet. Es ist das größte Zimmer unseres Palastes. Der Heilige Vater hat uns zwei kostbare Wandteppiche geschickt, der eine stellt die Geburt der Heiligen Jungfrau dar und der andere die Begegnung der beiden erhabenen Mütter Elisabeth und Maria. Eine schöngeschnitzte Kredenz nach neuester Art steht an der einen Wand und darauf unser bestes Silbergeschirr, Fußteppiche – sie waren einst Geschenke des Prinzen Dschem –, liegen auf dem Majolikaboden, bequeme Sessel stehen für die hohen Besucherinnen bereit. Der Baldachin über dem Wochenbett ist aus dunkelrotem Brokat, in dem nicht das Wappen der Aragonen, sondern der Borgia-Stier eingewoben ist. Viele vergoldete, mit Engelfiguren und Akanthusblättern verzierte Kerzenstöcke stehen auf dem Fußboden und sind mit armesdicken Kerzen besteckt.

Die Wiege des Kindes ist aus Neapel gekommen; diese, zu Häupten geschmückt mit der Krone des Herzogs von Bisceglia. Die Wanne, in der das Neugeborene gebadet werden soll und die Krüge für das Wasser sind ein Geschenk Cesares: Silber, schwer vergoldet und nach Angabe eines Florentiner Künstlers mit einem Engelfries – oder sind es Amoretten? – geziert.

Wir sind bereit.

den 2. November 1499

O Jubel! O, das Glück! Gestern, am ersten November hat Lucrezia einen Sohn geboren. Am Abend zuvor rief sie mich; sie war sehr ruhig, zuckte die Achseln, hob die Augenbrauen und sagte in der stolzen Zuversicht, die allen Borgia eigen ist: »Jago, morgen früh darfst du meinem Sohn deine Aufwartung machen.«

»Und wenn es eine Prinzessin ist, darf ich dann auch zur Huldigung erscheinen?«

»Immer mußt du Widerstand machen, du Querkopf! Ich sage dir, ich bekomme einen Sohn, also bekomme ich einen Sohn!«

»Ich wünsche der Frau Herzogin eine rasche und leichte Entbindung.«

»Das zweitemal ist es ein Kinderspiel!«

Ich bekreuzte mich zur Vorsicht. Lucrezia lachte auf.

»Die Erfahrung, daß nur die erste Geburt eine große Qual bedeutet, ist bekannt auf der ganzen Welt, von Cristobal Colons neuen Inseln bis nach Moskowien ...«

Der Satz endete in einem entsetzlichen Stöhnen, die Frauen stürzten herein, und ich entfernte mich eiligst, um für die Wahrheit von Madonna Lucrezias Behauptung zu beten.

Die ganze Nacht blieb ich wach, ging hin und wieder zu Lucrezias Gemächern. Vanozza de Catanei amtete selber als Geburtshelferin; die kleine Angela war zu Bett geschickt, aber Hieronyma, selber hochschwanger, war im Geburtszimmer. Madonna Adriana schlief seelenruhig in einem nahen Schlafgemach. Die alte Donna Anna lachte mich mitleidig aus, wenn ein mörderlicher Schrei Lucrezias mich grün vor Angst machte.

Gegen Mitternacht erschien der Heilige Vater im Vorzimmer, gefolgt von einigen geistlichen Herren, die sich sofort in Gebete versenkten. Alexander sah so erschöpft aus und zitterte so sehr, als habe er selber ein Kind geboren. Alfonso saß zusammengekauert in einem Lehnstuhl, die Hände über die Ohren gepreßt; mir standen Tränen in den Augen; ich kniete neben den geistlichen Herren nieder und fiel in ihr Gebet der Fürbitte ein.

Wir Männer waren ein Häufchen der Verzagtheit; da ... ein Schrei Lucrezias, der uns die Stimme auf den Lippen erstarren ließ; Alexander verfärbte sich und schwankte, so daß ich an seine Seite sprang und nun ... ein triumphales Krähen, eine starke, nicht zu überhörende Stimme und als Begleitmusik ein frohes, vollkommen munteres Lachen Lucrezias.

Da lachte auch Seine Heiligkeit, wischte sich den Schweiß von der Stirn, erhob sich zu seiner ganzen Größe, öffnete die Tür zum Gebärzimmer ein wenig und schob sich trotz der Abwehr der Frauen hinein; Alfonso stieß er sanft zurück.

Schon nach wenigen Minuten erschien er wieder; strahlend, aufgeblüht und so übermütig, als hätte er nie vor dem Rätsel Geburt gezittert. Er umarmte den jungen Alfonso.

»Ein Sohn ist dir geboren, ein Sohn! Rodrigo wird er heißen; meinen Namen soll er tragen. Eine gute Frau haben wir dir gegeben, eine prachtvolle Frau, die es versteht, Söhne zu gebären!«

Ich zweifelte in meinem verstockten Herzen an Lucrezias persönlichem Verdienst, aber Alfonso bekundete bereitwillig seine Bewunderung für die Überlegenheit der Borgia auch auf diesem Gebiet.

Dann wollte er seine Gattin sehen, aber Seine Heiligkeit bedeutete ihm, morgen würde seine in Christo geliebte Tochter, die erlauchte Herzogin, in ihr Prunkgemach getragen werden, danach dürfe er, der Herzog von Quadrata und Bisceglia, der Erzeuger des erlauchten Kindes, den Reigen der Besucher eröffnen. Und sich zu mir wendend, in einen menschlicheren Ton verfallend, fuhr er fort: »Mein guter Jacobus, melde dich morgen früh bei mir, damit wir eine Schenkungsurkunde für den kleinen Herzog, den jüngsten Borgiasproß, aufsetzen ... es ist jetzt viel Land zu vergeben.«

Diese Akte wurde von Honorius und mir vor wenigen Stunden im Doppel ausgefertigt, und jetzt kann ich die Daumen drehen, bis Madonna Lucrezia wieder in voller Tätigkeit steht. Es wird nicht lange währen, inzwischen werde ich hin und wieder in das Kinderzimmer gehen, um mich der Gnade seiner Erlaucht, des Herrn Herzogs Rodrigo d'Aragón angelegentlichst zu empfehlen.

Das dritte Heft
20. Januar 1500 bis 6. September 1501

den 20. Januar 1500

Das Jubeljahr hat begonnen, aber nicht alle Menschen jubeln. Catarina Sforza hat in ihrer Burg in Forlì am 12. dieses Monats kapituliert. Ein weiterer Sieg Cäsar Borgias; wir sollten uns freuen, aber im Grunde hat jeder gehofft, die große Frau würde unbesiegbar bleiben.

Schon im November, als Lucrezia die vornehme Welt Roms in ihrem Wochenzimmer empfing, war von wenig anderem die Rede als von Catarina Sforza. Forlì, die Stadt, hatte Cesare ohne Widerstand eingelassen, aber die Burg wurde verteidigt. Auf den Zinnen stand die Herrin selber, leitete die Verteidigung und fürchtete keinen Pfeil.

Man wiederholte Gespräche zwischen ihr und ihrem Feind, in denen Cesare ihr spöttisch huldigte und Catarina ihn verhöhnte. Zwei Monate dauerte die Belagerung. Es wurden in den Palästen, auf dem Markt, in den Herbergen, überall Wetten abgeschlossen, ob die Tapfere triumphieren, oder der Hunger sie zur Übergabe zwingen würde. Ach, sie mußte sich ergeben.

Viele meinen, Cäsar Borgia hätte ihr als galanter Mann den Sieg überlassen sollen. Nun ist sie seine Gefangene. Was wird er mit ihr beginnen?

den 28. Februar 1500

Dieses Jubeljahr geht wohl im Jubel dahin, aber immer ist der Jubel des einen die Verzweiflung des andern. Ludovico il Moro ist mit Hilfe von deutschen und Schweizer Söldnern nach Mailand zurückgekehrt. Ludwig XII. besitzt nicht mehr einen Zipfel der Lombardei, und Cesare, der gerade unseres Herrn Giovanni Sforzas gute Stadt Pesaro an sich reißen wollte, ist ohne die französischen Hilfstruppen machtlos. So ist hier für uns kein Grund zum jubeln, doch schweigt jeder von dieser Wendung zur Ungunst, dem sein Leben lieb ist. Wir lassen uns vielmehr auf der Piazza Navona den Triumph des Julius Cäsar vorspielen.

Seine Heiligkeit ist halb krank vor Freude; man sagt, sein großer Sohn, den er unter Tränen und Lachen empfangen habe, werde Bannerträger der Kirche und solle die goldene Rose empfangen. Daß alle Kardinalsernennungen nun von Cäsar abhängen, daß seine Kreaturen die Engelsburg besetzt halten, daß jedes Anliegen an Seine Heiligkeit durch das Ohr seines Sohnes gehen muß, das weiß alle Welt, ebenso, daß das Leben der Mißliebigen mehr denn je in Cesares Hand gegeben ist.

Einige Tage lang waren wir sehr betroffen, daß der ganz junge Kardinal Juan Borgia plötzlich sterben mußte. Einige sagen, er sei vom Fieber dahingerafft, das Volk aber beschuldigt den Herzog de Valence, denn gar zu leicht beseitigt er, wer ihn stört. Als Lucrezia die Nachricht bekam, fürchtete sie für einen neuen Zusammenbruch ihres Vaters, weil ein zweiter Juan Borgia auf der Strecke blieb, aber Alexander schob den Bericht dieses Todes von sich; weniger und weniger will er wissen.

Cäsar Borgia ist der Held Italiens, der Stolz und die Liebe seines Vaters. Als Forlì und Imola gefallen waren, mußte ich Madonna Vanozza de Catanei eine Schenkungsurkunde über ein Gasthaus mit Weinberg, der an ihren jetzigen Besitz grenzt, überbringen.

Madonna Vanozza wird eine reiche Frau.

Ich sollte des längeren bei dem triumphalen Einzug ihres Sohnes in Rom verweilen, aber da dieser Triumphzug zugleich die Demütigung der hohen Frau, Catarina Sforza ist, will ich nur in kurzen Worten das Bild entwerfen.

Der Herzog de Valence, Cäsar Borgia, er ist jetzt dreiundzwanzig Jahre alt, war schöner denn je; zwar ist sein Gesicht an einzelnen Stellen übermalt, wie ich später aus der Nähe sah, um den verräterischen Ausschlag zu verdecken, sein Mund aber lächelt das berühmte Borgialächeln.

Er war in schwarzen Sammet gekleidet, nur der Gürtel, der von unschätzbaren Edelsteinen glänzte, die goldenen Sporen und die breite Goldkette, die ihm bis zur Taille hing, sprachen von seiner Würde und seinem Reichtum. Das Volk hätte überall bei seinem Erscheinen jubeln und schreien sollen, aber es verharrte in verbissenem Schweigen. Möchte der Governatore es nicht büßen müssen!

Hinter ihm ritt auf kostbar aufgezäumtem Roß, das zwei Edelleute führten, Catarina Sforza, die Hände in goldenen Ketten auf dem Rücken gefesselt. Ihr stolzes Gesicht war schneeweiß, sie hielt die Lider über die Augen gesenkt, kein Zug verriet die Wut, an der sie fast ersticken mußte. Ihr folgte Gemurmel des Mitgefühls.

Genug. Jetzt weilt die Fürstin in der Engelsburg, aber Madonna Lucrezia hat mir verraten, daß ihr Vater nach einem Vorwand suche, ihr die Freiheit zurückzugeben.

den 15. April 1500

Die Stadt füllt sich immer mehr mit Pilgerzügen. Herr Jakob Locher, der viele deutsche Pilger beherbergt, sagte mir, diese Männer hätten sich Rom als einen Ort der Heiligen gedacht, zu dem die Sünde keinen Zutritt habe.

Die Tollheiten des Karnevals, die Lucrezia und Sancia – die Prinzessin ist für Cäsars Triumphzug zu uns zurückgekehrt – sowie die Damen dieses Jahr erfunden haben, die Feiern für den Herzog de Valence, der Trubel im Vatikan, der offne Verkauf geistlicher Ämter, und die Freude der römischen Gesellschaft und sämtlicher Künstler über jede neuausgegrabene heidnische

Götterfigur, dazu die Mordtaten und Raubüberfälle, erscheinen ihnen wie ein blutiger Abglanz der Hölle. Zu meinem Entsetzen gehen auch unter den Pilgern die Gerüchte um, die Lucrezia so furchtbar getroffen haben.

Gestern ist die Nachricht von Ludwigs Sieg bei Novarra in die Stadt gelangt. Ludovico Sforza ist von seinen Schweizer Truppen verlassen worden, weil sie nicht gegen ihre Brüder im französischen Heer kämpfen wollten. Der Herzog und sein Bruder, der Kardinal Ascanio, sind in französischer Gefangenschaft. Jetzt prophezeien die Pilger auch Alexanders Verderben, aber dieser Hohe und seine Kinder denken an kein Unglück. Man hat das Anzünden von Freudenfeuern befohlen, denn mit Ludwigs Sieg steigt auch Cäsars Stern.

den 26. Juni 1500

Wir leben im Vatikan, Lucrezia, der kleine Rodrigo und seine Wärterin, desgleichen Sancia; und meine Wenigkeit als Bote, der zwischen unsern hiesigen Gemächern und den Palästen, wo die Ehegatten wohnen, hin und her geht.

Das Volk flüstert von einem Zeichen des Himmels. Mir steht es nicht zu, ein Urteil zu fällen, ich will nur erzählen, daß um Haaresbreite die Christenheit ihren Hirten verloren hätte.

Vorgestern, als der Heilige Vater eine Schar Pilger segnen sollte, stürzte ein eiserner Kronleuchter von großem Gewicht von der Decke hart vor die Füße Seiner Heiligkeit, und rasch, ehe noch einer der Knieenden den Gedanken an die mahnende Hand Gottes denken konnte, rief Alexander schon mit seiner tönenden Stimme aus, wie sichtbarlich die Jungfrau ihn schütze.

Lucrezia meinte nachher, sie hätte die dummen Gesichter der Pilger sehen mögen, die immer etwas zu mäkeln und zu brummen haben.

Das war vorgestern. Keine vierundzwanzig Stunden später geschah aber ein viel schlimmeres Mahnzeichen, oder ein Gnadenbeweis, wie man es nun auffassen will.

Der Heilige Vater erteilte hohen Pilgern im obersten Saal des Vatikans Audienz, als sich der Himmel plötzlich verdunkelte, ein orkanartiger Sturm losbrach, Blitz und Donner einsetzten, und ein heulendes Fauchen durch die Lüfte zog.

Noch stand alles wie erstarrt. Dann hob der Orkan das Dach über dem Saal auf, Balken wurden wie Strohhalme davongetragen, während der Schornstein mit donnerndem Getön in das deckenlose Zimmer herniederstürzte. Unter Holz und Steinen, wirbelndem Schutt und Kalkstaub lagen viele Verschüttete; die herbeigeeilten Diener kämpften sich durch die Trümmer, selber immer wieder von nachstürzenden Steinen und Balken bedroht.

Alexander lag in einer Blutlache, schräg über ihn gestellt, ein breiter Holzträger, der ihm das Leben vor den prasselnden Steinen gerettet hatte, und überdies war ein golddurchwirktes Tuch, das der Wind hatte davontragen wollen, an den Nägeln, die überall aus dem Holz ragten, hängen geblieben; so hatte der erstickende Staub ihn nicht erreichen können.

Von den Pilgern war niemand tot, aber mehrere arg verletzt.

Die Ärzte sind jetzt ständig um Seine Heiligkeit; noch ist er dem Tode näher als dem Leben. Lucrezia verläßt ihren Vater keine Minute, sie bleibt ruhig und ist eine gute Pflegerin.

den 3. Juli 1500

Die Todesgefahr ist gebannt, sofern der Heilige Vater, der siebenzig Jahre alt ist, nicht vom langen Liegen in eine Atmungskrankheit verfällt.

Der Herzog Cesare ist gestern erschienen; ihm würde der Tod seines Vaters einen bösen Strich durch die Rechnung machen. Die Romagna ist noch nicht erobert. Venedig macht Schwierigkeiten. Lucrezia sagt mir, ihr Vater hätte mit zitternder Hand ein Beistandsversprechen gegen die Türken unterschreiben müssen.

Francesco Gonzaga, der seine Dienste als Condottiere bald auf dieser, bald auf jener Seite anzubieten pflegt, ist nun mit tausend Schmeicheleien eingefangen worden. Man redet von einer Verlobung der neugeborenen Tochter Cäsars, Luisa, mit dem kleinen Federigo, dem Erbprinzen von Mantua, Francescos und Isabellas Sohn. Einzig unbesiegt und selbständig stehen noch die Este von Ferrara da, das mächtigste Fürstenhaus Italiens, seitdem die Sforza von Mailand gestürzt sind. Ferrara zu erobern ist nicht möglich.

Messer Burcardus entschlüpfte gestern ein Wort, als wir von Don Cäsars weitblickender und erstaunlicher Politik sprachen: »Man wünscht, sich dem erlauchten Hause der Este verwandtschaftlich zu verbinden.«

Aber dann schnappte sein Mund zu, als hätte er schon zu viel gesagt, ich aber konnte über diesem Ausspruch nachts nicht schlafen ... Die Hand des Erbprinzen von Ferrara ist frei; wäre auch meine Herrin Lucrezia frei, würde ein Ehebündnis zwischen diesen beiden fürstlichen Personen ein Bollwerk im Rücken und in der Flanke Cäsars bedeuten ... Aber Lucrezia ist nicht frei ... noch nicht ...

O Alfonso, du vertrauender Knabe; alle deine Angst hast du längst vergessen. Ich möchte dich warnen, du Guter, Feiner, daß du noch einmal fliehst. Aber darf ich, Jacobus Krafft, dem Schicksal in die Hände greifen, wo die Größten dieser Welt um Länder und Völker spielen?

Als ich heute mit Lucrezia und ihren Damen und Herren in Santa Maria del Popolo zur Messe weilte, habe ich den himmlischen Vater gebeten, er möchte Lucrezia die Augen öffnen, daß sie die Blicke Cäsars erfaßt, diese Spiegel seiner Überlegungen, die Alfonso prüfen und wägen, ob er bleiben oder fortgeworfen werden soll.

Rom, den 16. Juli 1500, um Mitternacht

Es ist eine drückende Schwüle; alle Fenster in Madonna Lucrezias Vorzimmer habe ich geöffnet, damit Durchzug entsteht, aber die Luft ist schwer; kein Hauch der Erfrischung dringt herein. Ja, Tag und Nacht sind so heiß, als läge die ganze Erde im Fieber.

Todesruhe herrscht in den vielen Zimmern und den langen Gängen des Vatikans nach dem Sturm der Erregung, der uns alle fast zu Boden geworfen hat. Im Nebenzimmer kauert meine Schwester wie versteinert neben dem Lager ihres jungen Gatten. Doch ich muß mir zurückrufen, wie das Schreckliche geschah.

Heute vormittag durften wir, die jetzt wegen hingebender Kindesliebe in hoher Gunst stehen, dem Hochamt beiwohnen und die feierliche Prozession an uns vorbeiziehen lassen, in der Alexander, der Genesene, sich nach Santa Maria del Popolo tragen ließ, um seiner Erretterin aus Lebensgefahr, der Heiligen Jungfrau, vom Teuersten zu opfern, was er besitzt, nämlich Dukaten.

Dreihundert Stück mußte Piccolomini angesichts des staunenden Volkes wie einen Regen über den Altar ausschütten; ein fürstlicher Anblick! Ein wahrhaft königliches Geschenk an die Kirche!

Später mußte ich von Burcardus hören, daß dieses Geld zusammengekehrt, und in den Vatikan zurückgetragen worden war, aber aus Anstandsgründen den Finanzleuten Seiner Heiligkeit nicht wieder ausgehändigt werden konnte. Was mit dem Gold geschehen sollte, wußte Messer Burcardus nicht.

Meine Wenigkeit meint die Verwendung dieses Opfergeldes zu kennen. Oder besteht kein Zusammenhang zwischen diesen dreihundert Dukaten und den zehn Ellen Goldbrokat, die wir am Nachmittag dem Florentiner Händler, der uns seit einer Woche bedrängt, abkaufen durften?

Mir war von Stund an ängstlich zumute. Als dann heute am späten Abend ein schreckliches Stöhnen im Gang vor unserer Tür ertönte, und Alfonso blutüberströmt ins Zimmer taumelte, konnte ich nur denken: Heilige Jungfrau, strafe uns nicht zu schwer!

Aus den Blutrinnsalen am Kopf schaute das Gesicht des Herzogs klein geworden hervor. Nur einen Arm konnte er seiner Gattin entgegenstrecken, und das rechte Bein, aus dem das Blut wie in Bächen rann, schleppte er nach. Lucrezia fing ihn auf, weiß vor Entsetzen; ihr Stöhnen mischte sich mit dem seinen. Ich zerrte ihn ihr aus den Armen und schleppte den Zusammengebrochenen auf das Lager, rannte davon, um Bruder Medardus zu holen, der soviel Übung im Zusammenflicken Überfallener hat. Viele Dolchstiche hatten Alfonso getroffen. Als ich zurückkam, lag Lucrezia auf den Knien am Bett, die Arme darübergeworfen, den Kopf auf die Decke gewühlt und schluchzte, schluchzte, wie ich es nie erlebt seit dem gräßlichen Brief aus Venedig. Es war jetzt nicht die Zeit sie zu trösten. Bruder Medardus hatte seine Helfer mitgebracht, er herrschte mich an, die Herrin hinauszuführen, nachdem er sich rasch vergewissert, daß der Herzog noch lebte.

Als ich Lucrezia fest am Arm packte, um sie in ihr Wohngemach zu leiten, riß sie sich los und stürmte zur Wohnung ihres Vaters; ich, wie ihr Schatten, hinterdrein. Als sie im Zimmer des Papageien verschwunden war, blieb ich wie eine Salzsäule mitten im kleinen Kabinett stehen, denn was jetzt von Lucrezias Lippen brach – es war durch die angelehnte Türe nicht zu überhören –, konnte in der Beredtheit sämtliche Furien neidisch machen.

Welch eine Wut, welch ein Haß auf ihren Bruder! Alles, was sich in Jahren angesammelt hatte an Empörung über seine Mordgier, seine lasterhaften Gelüste, mit denen er sie vor der Welt in den furchtbarsten Verdacht gebracht, sein gotteslästerliches Leben, die Erpressungen des eigenen Vaters, es schäumte und kochte von ihrem Munde. Ihre Stimme war unnatürlich tief, von Aufschluchzen unterbrochen. Ihren Vater ließ sie nicht zu Worte kommen, erst als sie über den Ausruf: Mörder, Mörder, Mörder! nicht mehr hinauskam, drang die erste Antwort des Heiligen Vaters an mein Ohr.

Mit seltsam dünner Stimme, die, wie mir schien, aus einer Lüge aufwuchs wie die Seerose aus dem Schlamm, versicherte er seine Tochter, daß er mit dem Tod des jungen Alfonso nichts, gar nichts zu schaffen habe, aber ... »es mußte wohl sein.«

»Es mußte sein?« schrie Lucrezia auf. »O, rede nicht so; du bist mitschuldig, ich fühle es, aber was hat euch der arme junge Mensch getan?«

»Das weiß nur Cäsar, frage ihn.«

»Du weichst mir mit einer Lüge aus, Vater ...«, hier entrückte eine Ohnmacht sie weiteren Lästerungen; ich wußte es im Nebenzimmer, denn ich hörte die Begleitgeräusche zu diesem, nur zu bekannten Zwischenfall: rauschende Gewänder, ein dumpfer Fall, ich hatte schon in meiner Tasche nach dem Fläschchen gegriffen und klopfte an die Türe, um dem Heiligen Vater, der ängstliche Rufe ausstieß, beizustehen.

Einige Minuten später trug ich meine Schwester, nach Art eines Feldschers, wenn er einen Verwundeten aus der Schlacht holt, über die Schulter gehängt in ihre Gemächer.

Nur kein Aufsehen, nur völliges Schweigen, lautete die Parole zu diesem neuen ›Unglücksfall‹ in der erlauchten Familie, die mir Seine Heiligkeit mit auf den Weg gab.

den 15. August 1500

Seit einem Monat pflegen wir unseren zarten jungen Gemahl. Niemand außer Lucrezia, Madonna Sancia und meiner Nichtigkeit bereitet die Speisen für den Genesenden. Da der Heilige Vater Wachen im Gang aufgestellt hat und Don Cäsar – o Hohn! – bei Todesstrafe verboten hat, daß sich irgend jemand im nächsten Umkreis des Vatikans mit Waffen zeigt, ist Lucrezia in ihrem Argwohn gegen den Bruder wankend geworden, denn er stellt sich ganz unschuldig. Aber wenn ich, den niemand sieht, der aber alles mitansieht, die Augen Cäsars beobachte, wie sie ärgerlich die Erholung des Schwagers verfolgen, dann wird mir angst für unsern jungen Herrn.

den 17. August 1500

Don Cesare war heute früh im Krankenzimmer; er wußte, daß Alfonsos Hüterinnen in der Messe waren. Mit seiner liebenswürdigsten Miene erkundigte er sich nach dem Wohlergehen seines Schwagers. Danke, es ging von Tag zu Tag besser.

O, das teuflisch-zynische Lächeln, das auf Cesares Lippen erschien, und wie weich seine Stimme klang, als er aufstehend zum Kranken hinuntersprach: »Was nicht am Abend geschah, das kann am Mittag geschehen. Lebt wohl, Illustrissimo«, und er verließ das Gemach. Die Gesichtsteile Alfonsos, die zwischen den Bandagen hervorsehen, waren noch blässer geworden, seine Augen blickten starr.

»Jacobus«, hauchte er, »liegt der Dolch unter meinem Kissen? Ich lasse mich nicht abstechen wie ein Schwein!«

»Wir wachen ja über euch, Herr«, sagte ich ruhig, aber er lachte nur bitter auf.

den 19. August, um 4 Uhr früh

Meine Hände zittern so sehr, daß ich kaum schreiben kann ... o Gott im Himmel, das Krankenzimmer ist leer, Alfonsos Bett von Blut überronnen, Lucrezia besinnungslos in der Pflege ihrer Frauen. Auch mir wollen die Gedanken schwinden ... wie geschah es doch?

Ja, seit vorgestern waren die Wachen zurückgezogen, der Heilige Vater für einige Tage verreist, Cesare unsichtbar. Etwas Unbekanntes, Drohendes umschwebte uns, auch Madonna Ursina besuchte uns nicht mehr. Lucrezias Nerven waren dermaßen überreizt, daß Sancia in Tränen schwamm, der Herzog lag wie ein Wachsbild mit zusammengepreßten Lippen im Bett, und auch ich lebte in der Erwartung eines Schlages aus dem Hinterhalt. Schließlich vermochten wir kaum noch miteinander zu sprechen, waren wir doch erstarrt wie schutzlose Vögel beim raschelnden Nahen der Schlange; sie lauerte, sie würde kommen, wir fühlten es.

Als wir dann abends um neun Uhr stumm beieinander saßen, öffnete sich leise die Türe in unserm Rücken; ich dachte, es sei eine Dienerin, aber Alfonsos Gesicht, das nahe vor mir war, bedeckte sich mit Glutröte, er riß den Dolch unter dem Kissen hervor und schnellte sich empor; Lucrezia und Sancia schrien auf, ich sprang vor den Kranken, aber drei Bewaffnete packten mich, rissen mich zur Türe, Lucrezia und Sancia, Tücher um das Gesicht geschlungen, von Soldaten aufgehoben, schlugen um sich und ächzten hinter ihren Knebeln. Cesare lachte, daß er sich den Leib halten mußte. Ich wand mich wie eine Schlange in den Armen der Männer. Das letzte, was ich sah, war der Hauptmann Michelotto, der, den bewaffneten Arm Alfonsos aufwärtsgedreht, sich mit seinem Dolch über das Bett warf.

Dann ist wohl mein Kopf auf den Fliesen des Vorzimmers aufgeschlagen, da man mich achtlos zu Boden warf, um drinnen zu helfen. Als ich erwachte – nach Sekunden, nach Minuten, ich weiß es nicht –, trug man lautlos eine verhüllte Gestalt an mir vorüber. Don Cesare sah ich nicht.

Nun haben sie ihn in einer Seitenkapelle von Sankt Peter, wie in einem Versteck vergraben, diesen wunderschönen, liebenswerten jungen Menschen, einen Königssohn, nur achtzehnjährig und Lucrezias vergötterter Gemahl. Ein Opfer mehr, das aus Cesares Weg geräumt wurde. Warum mußte es sein? Wir alle wissen es nur zu gut. Er stört das politische Gespinst Cäsar Borgias, der Lucrezias Person für eine günstigere Ehe braucht.

Ich habe meine Schwester noch nicht sehen dürfen, sie soll im Fieber liegen und schreckliche Gesichte haben. Donna Anna fragte mich, wie jene Dukaten, die Alexander der Jungfrau gespendet, mit dem Mord an Alfonso zusammenhängen, immer wieder spräche die Herzogin von diesem Pokal voll Gold.

Ich machte ein Gesicht so dumm, daß Donna Anna verächtlich die Achseln zuckte, aber in meinem Herzen beugte ich mich an Stelle meiner Schwester vor der Strafe des Himmels.

»Wenn nur Vanozza zu ihrer Tochter käme!« stöhnte die gute Donna Anna, denn Adriana Ursina ließ sich vorsichtshalber nicht blicken, um keine Partei ergreifen zu müssen. Aber Vanozza würde auch nicht kommen, denn seit der Ermordung ihres Erstgeborenen hat sie keinen Fuß mehr in den Vatikan gesetzt.

»Ich hole sie«, sagte ich bestimmt

»Es wird euch nicht gelingen, Jacobus!«

»Sie wird kommen, und wenn ich sie auf meinen Armen hertragen muss.«

Vanozza war nur zu bereit, sich überreden zu lassen; was galt ihr ein Haßgelübde, wenn Lucrezia in Lebensgefahr schwebte. Übrigens war der leere Vatikan nicht der Vatikan, der Heilige Vater war noch abwesend, er fürchtete sich wohl vor Lucrezia.

Vanozza de Catanei war gealtert, seit ich sie zuletzt gesehen, aber ihr herbes römisches Antlitz war noch schöner geworden. Ich mußte neben ihrem Tragsessel einhergehen, damit sie mich ausfragen konnte, sie wollte alles von dem letzten Überfall wissen. Ihr Antlitz wurde immer strenger, immer finsterer. »Wo mag mein Sohn Cesare jetzt sein?«

»In Rom.«

»In Rom? Hier? Fürchtet er denn keine Rache?«

»Madonna, wer sollte den jungen Alfonso rächen? Seine Verwandten küssen die Hand, die sie langsam erwürgen wird.«

»Aber das Volk verabscheut meinen Sohn, oder weiß man nicht, daß er der Mörder ist?«

»O doch. Don Cäsar erzählt es überall, daß er in der Notwehr seinen mörderischen Schwager umgebracht habe, Alfonso von Aragón hätte mit einer Armbrust aus dem Fenster nach ihm geschossen.«

»Lucrezia wird von ihrem Vater seine Bestrafung verlangen.«

»Und so wenig erreichen, wie beim Tode eures Sohnes Juan.«

Vanozza lehnte sich in die Kissen zurück und zog den dichten Schleier vor das Gesicht, und ich hatte Zeit darüber nachzudenken, was mir am Morgen der Sekretär des Gesandten Venedigs erzählt hatte: daß der Herzog de Valence sich seit Monaten mit einem neuen Eheprojekt für seine Schwester trage, man wisse auch, wer der neue Prätendent sei; hier hörte die Schwatzhaftigkeit des jungen Mannes auf, aber ich wußte ja ohnehin den Namen des Erwählten, gab es doch vor allem eine wichtige Schachfigur in Don Cesares Spiel um die Romagna: den Herzog von Ferrara.

Armer kleiner Alfonso, er war überflüssig geworden und fortgewischt. In meine Gedanken hinein ertönte das Hufgetrappel einer Kavalkade, an der Spitze ein eleganter Reiter in Maske. »Cesare«, schrie Vanozza unbeherrscht auf und winkte befehlend aus dem Tragsessel, aber der maskierte Herr schaute über sie hinweg und ritt vorbei, als kenne er sie nicht. Vanozza war wütend. »Dieser Cäsar!« brauste sie auf. »Meint der Knabe eigentlich, seine Mutter kenne ihn nicht, wenn er sich einen schwarzen Fetzen vor das Gesicht tut? Erstens hängt unten sein lockiger, brauner Bart hervor, auf den er so stolz ist, und auf dem Kopf trägt er so viele Juwelen am Barett, wie nur er sie besitzen kann. Seine Leute kennt jedes Kind in Rom, und wer außer ihm trägt am hellen Tag, mitten im Sommer eine Maske? Was soll das heißen, was denkt er sich dabei?«

Vanozza schleuderte mir, der ich wirklich nicht schuld an der Maske bin, ihre aufgeregten Worte zu.

»Don Cäsar hat ausstreuen lassen«, sagte ich, »daß sein Gesicht von den Schandtaten, die er vollbracht, so verwüstet sei, daß er es am hellen Tage nicht zeigen dürfe.«

»Der Komödiant!« Vanozza lachte vor sich hin. »Sein Jünglingsgesicht ist nicht schlimmer als das eines Buben, der zum Spaß Vögel schießt und den Fliegen die Beine ausreißt, aber er weiß, daß Grauen erregen bei vielen Weibern Wollust und bei den Männern Angst erzeugt.«

Ich hatte mich bekreuzt und murmelte vor mich hin: »Vögel, Fliegen oder Fürstensöhne, ungestraft tötet niemand Gottes Kreaturen!«

»Schweig, Giacomo«, fuhr Vanozza mich an, »willst du Unglück über meinen Sohn beschwören?«

Oh, die Mütter! Ich ging nach vorn zu den Trägern.

den 25. August 1500

Als ich am Abend des 19. August zu Lucrezia gerufen wurde, sah ich, daß der Besuch ihrer Mutter nicht von Gutem gewesen war. Wie ich aus den erregten Worten meiner Schwester verstand, hatte Madonna Vanozza wie immer in ihrer begnadeten Unlogik in einem Satz gehetzt und im andern beschwichtigt.

Cäsar müsse zur Rechenschaft gezogen werden, selbstverständlich. Aber im Grunde, was für ein Mann! Welche Furchtlosigkeit! Welch gute Nerven, und diese – so hatte Vanozza stolz behauptet – hätte er von ihr.

»Zum Teufel«, schrie Lucrezia mich, dem sie dieses Gespräch wiedergab, an, »er soll seine Nerven für anderes gebrauchen, als mir meine Männer wegzunehmen. Aber das sage ich dir, Jacobus, dieses Mal kommt er nicht ungestraft davon, und wenn ich mich mit den Aragonen gegen ihn und meinen Vater verbinden muß! Ich räche meinen süßen Alfonso und mein Kind.« Sie kehrte sich zur Wand und schluchzte in ihr Kissen.

Eine Amme kam herein und brachte den kleinen Rodrigo. Ich nahm ihn auf den Schoß und schickte die Frau fort. Er kannte mich und lachte mit dem entzückenden Lächeln seines armen Vaters.

»Lucrezia«, rief ich leise, »schaut euer Kind an.«

Sie warf sich herum. »O Gott, Jacobus, wie gleicht es meinem einzig Geliebten! Bring das Kind fort, ich kann es nicht sehen, jetzt noch nicht.«

Ich trug den Kleinen in sein Zimmer. Als ich zu Lucrezia zurückkam, saß sie steil aufgerichtet im Bett: »Jacobus«, sagte sie strenge, »es heißt, der Heilige Vater komme morgen zurück, du wirst in meinem Namen eine Audienz verlangen und Seine Heiligkeit zu mir bitten.« Sie schwieg.

»Und dann?«

»Ja, dann werde ich Seiner Heiligkeit ein Ultimatum stellen.«

Wenn Lucrezia von ihrem Vater ›Seine Heiligkeit‹ sagt, kommen ihre Unternehmungen immer schief heraus. Ich antwortete nichts und zog nur das, was ich an Augenbrauen besitze, fragend hoch.

»Du verstehst nichts von Politik, mein Lieber, aber so viel wirst du begreifen, daß bei diesem Hin und Her zwischen Frankreich, Mailand, Neapel, uns und allen den kleinen und großen Fürstentümern meine Übersiedlung zu den Aragonen ein Schlag für Cäsar sein muß … Ich, Madonna Lucrezia, Herzogin von Quadrata und Bisceglia, Regentin von Sermoneta und Nepi, die natürliche Verbündete der Aragonen!«

Lucrezia erwartete Applaus von mir, aber ich fuhr fort zu schweigen. »Mache keine skeptischen Mundwinkel, Jacobus«, sagte sie aufgebracht, »wir Frauen sind wichtige politische Pfänder!«

»Das ist richtig«, gab ich zu, »aber …«

»Was für ein albernes ›aber‹! Seine Heiligkeit ist ein großer Politiker, er kann sich meinen Drohungen nicht verschließen.«

»Schwester, macht keine Dummheiten«, sagte ich wie in unserer Kinderzeit, aber Madonna Lucrezia saß auf hohem Roß.

»Ihr dürft euch zurückziehen, Messer Giacomo.« Sie neigte fürstlich ihr zerzaustes Haupt, ich verbeugte mich und murmelte: »Erlaubt mir, Eurer Exzellenz Kammerfrauen zu rufen, ich wünsche Eurer Exzellenz eine gesegnete Nacht.«

»Schaf!« schrie Lucrezia mir nach. Ich verschwand rückwärts gehend nach Art der Höflinge, wie diese Schafe zu verschwinden pflegen.

Erst heute früh ließ der Heilige Vater sich herbei, in einen Besuch bei seiner Tochter zu willigen. »Ist sie sehr wild?« fragte er mich.

»Ja, sehr«, antwortete ich.

Seine Heiligkeit kraulte nachdenklich den Papageien. ›Setze dich nieder, meine Tochter‹, sagte das Tier täuschend mit Alexanders tiefer Stimme, und dann genau in Lucrezias Tonfall: ›Mein Vater, lieber Vater …‹

Alexander lachte Tränen, drückte das Tier an sich und küßte es auf sein silbergraues Köpfchen mit dem hellroten Schopf.

»Also, Jacobus, melde mich bei meiner Tochter, aber bitte keine Ungebührlichkeiten von ihrer Seite, ja? Ich kann mich nicht um jeden Streit der jungen Leute in meinem Hause bekümmern; sag ihr das.«

Ich wollte mich zurückziehen. »Noch eins, mein Lieber. Rufe mir im Vorübergehen den Kämmerer Aldo.«

Dieser Vortreffliche hat den Juwelenschatz Seiner Heiligkeit in Verwahrung.

Am späten Nachmittag wurde ich vor Madonna Lucrezias Antlitz befohlen. Ich war darauf gefaßt, sie in großer Erregung zu finden, sei es, daß sie ihre Drohung, ins feindliche Lager überzusiedeln, durchgedrückt hatte, sei es, daß sie hatte nachgeben müssen, in Rom zu bleiben. Daß ich meine Schwester aber in einem Zorn vorfand, wie nie zuvor, das hatte ich nicht erwartet.

Im Vorzimmer flüsterte mir zwar Donna Anna schon zu: »Es war furchtbar, sie haben sich angeschrien, als wohnten sie nicht in Palästen sondern in den Hütten vor Sankt Peter.«

Als ich Lucrezias Schlafzimmer betrat, fiel mein Blick zunächst auf ein herrliches Diamantgeschmeide, das weit fort vom Bett auf dem Fußboden lag, hingeschleudert von einer wütenden Hand; die Steine strahlten in der hereinfallenden Abendsonne in aller Unschuld, daß es eine Lust für die Augen war. Ich übersah den Schmuck und näherte mich meiner Herrin.

Lucrezias Augen waren dunkel vor Haß und Zorn.

»Mit meinem Vater habe ich gebrochen«, schrie sie mich an, »Cäsar existiert nicht mehr für mich! Man verbannt mich nach Nepi!«

»Warum das, Teuerste?«

»Welch törichte Frage! Weil ich gesagt habe, ich ginge nach Neapel, um von dort aus Alfonso zu rächen.«

»Das muß Seine Heiligkeit allerdings sehr erschreckt haben!« sagte ich ernst. Lucrezia warf mir einen mißtrauischen Blick zu.

»Natürlich! Deshalb meine Gefangenschaft in Nepi.«

»Wann reisen wir?«

»Reisen? Frage lieber, wann man mich verschleppt! Morgen in der Frühe, aber ich breche aus! Ich will nach Neapel. Jago hilf mir!«

Armes, wehrloses Kind, dachte ich, Lucrezia mußte ihren Mut wiederfinden. Was sollte ich sagen?

»Ihr seid eine Borgia«, begann ich mit Überzeugung, »Euer hoher Bruder braucht Euch; niemals würdet Ihr im Ernst gegen die Euren kämpfen wollen!«

Lucrezia sah nachdenklich vor sich hin, aber dann kam ein Zug der Pein in ihr Gesicht, und sie rief mir erregt zu: »Und wenn ich auf die Rache verzichte, soll ich dann unserm Hof eingestehen, daß ich zur Strafe weggeschickt werde?«

»Nein, erlaubt mir zu verkünden, daß Ihr Euch grollend in Eure gute Stadt Nepi zurückzuziehen gedenkt und Euch eine Heimkehr nach Rom vorbehaltet.«

»Jacobus! Für einmal hast du einen brauchbaren Vorschlag!« Ich lächelte in dankbarer Verlegenheit und murmelte etwas von unverdientem Lob. Lucrezia war schon weit fort von meiner Wenigkeit.

»Jago, mein Lieber«, sagte sie seufzend und legte sich befriedigt in die Kissen zurück, »nimm bitte den neuen Diamantenschmuck mit, er muß wunderschön zu meinen schwarzen Trauergewändern stehen.«

Ich verneigte mich so tief, daß Lucrezia mein Lächeln nicht sah, raffte im Hintergrund des Zimmers die Diamantkette auf verbarg sie in meinem Wams, schritt gemessen durch die Flügeltüre und sehe nun einer mühsamen Nacht der Vorbereitungen entgegen.

Nepi, den 29. August 1500

Da wären wir nun in unserer Residenz angekommen. Voriges Jahr noch erschien Lucrezia diese Burg als der entzückendste Ort, weil sie verliebt war; diese strengen Berge und Schluchten waren die Kulisse zu einem nimmerruhenden Liebesspiel; die langweiligen Kleinstädter der Chor in der Komödie einer ›großen Leidenschaft‹.

Und jetzt ... in Witwenschleier gehüllt jammert meine Herrin über die Fieberdünste, die in diesen glutheißen Tagen aus den Tiefen der schwarzen und roten Tuffsteinschluchten aufsteigen; man wolle sie töten, sie wisse es genau.

»Und im übrigen, Jago«, sagte sie heute morgen zu mir, »hast du auch nur einen einzigen jungen und schönen Mann in diesem verlorenen Nest gesehen? Wer hält es hier denn aus? Über wen herrsche ich eigentlich? Den kleinen Händlern, Handwerkern und Bauern ist es gänzlich gleichgültig, wer im Schloß sitzt und Regierung spielt, und der Adel ... diese Handvoll alter Leute, die zittern vor Cesare und nicht vor mir.«

Ich wollte höflich widersprechen, aber die Frau Herzogin war in ihrem Redestrom nicht aufzuhalten.

»Und was für einen Hofstaat hat man mir mitgegeben? Alles, was in meiner Umgebung jung und lebensfroh ist, blieb in Rom und genießt die Freuden des Sommers. Sicher sind Hieronyma und Fabio, Federigo und Bianca, Carlo und Beatrice und sogar die kleine Angela, alle diese heimlich Verliebten jetzt in schönen Villen und Gärten, oder die jungen Eheweiber behaupten, die Bäder benutzen zu müssen, um dort, fern ihrer Gatten, ein fröhliches Leben zu führen, und wir, Jacobus ...« sie stampfte mit dem Fuß auf den Boden.

»Wir«, sagte ich sanft, frühere Worte meiner Schwester wiederholend, »wir beweinen unsern geliebten Gatten, uns ist die Welt zum Grab geworden; diese dunkle Landschaft ist wie geschaffen, unsere Seufzer zu hören und unsere Schwüre, nie wieder zu lieben; vor zwei Monaten noch lebte Alfonso ...«

Da weinte sie und vergaß ihren Zorn.

Heute morgen konnte ich Madonna Lucrezia Tränen als Trost gegen die Langeweile von Nepi geben, aber wie lange wird es dauern, bis sie ihre Witwenschaft zum Teufel wünscht und nach neuer Liebe verlangt? Ja, sie hat Alfonso geliebt, wahrhaft und von Herzen, aber es ist ihr nicht gegeben, einen Schmerz festzuhalten, ihr ganzes Wesen stößt alles Trübe und alles Schwere von sich; ihr Lebensgefühl sucht ständig nach Freuden. Weder Sorge noch Trauer, weder Haß noch Rache können Wurzel in ihr fassen, sie ist das echte Kind ihres Vaters, und gerade wie er von einer Selbsttäuschung, die eine nie versagende Medizin ist. Lucrezia ist liebenswert, und das Wort Sünde will einem angesichts ihrer sonnenhaften Lebenskraft nicht über die Lippen.

Aber, wo war ich stehengeblieben? Bei dem unerwünschten Witwenstand. Ja, unsere alten gichtischen Hofleute und die drei oder vier Greise in ihren Palazzi am Marktplatz von Nepi können Lucrezia nichts bieten. Der einzige junge Mann in ihrer Umgebung bin ich. In der Verzweiflung wäre die Hohe imstande, mich als ihr Spielzeug auszuwählen, aber davor behüte mich der Himmel!

Es wäre gut, wenn Lucrezia einen demütigen Brief an ihren Vater schreiben würde, damit er uns zurückruft.

Nepi, den 29. September 1500

Wir kommen von einem Dankgottesdienst zurück für Erlösung aus Todesgefahr durch Langeweile. Der Brief, den ich dem Heiligen Vater überbringen mußte, hat seine Früchte getragen. Wir dürfen heimkehren.

»Weil mein Bruder Cäsar mit siebentausend Mann nach der Romagna aufgebrochen ist«, sagte Lucrezia spöttisch zu mir, als ich ihr vor einer Woche die erlösende Antwort überbrachte. »Meine alten Herren«, damit meinte sie ihre Hofleute, »reden von dem längstgeplanten Kriegszug nach Pesaro. Mein guter Giovanni wird die Stadt niemals halten können.«

»Ein Glück nur, daß wir dort nicht mehr herrschen! Der Witwenstand ist für Euch noch der sicherste.«

»Jacobus, was ist das für eine Logik? Weil mein Bruder meine früheren Ehemänner vertrieben oder ... oder umgebracht hat«, sie stieß ein kleines Schluchzen hervor, »deshalb soll ich als Witwe neben dem Leben stehen? Natürlich werde ich wieder heiraten, und wenn es Cäsars Todfeind wäre!«

Hier war der Moment gekommen, meiner Herrin von dem Gerücht zu erzählen, das im Vatikan umgeht: der Heilige Vater und Cesare würden nun bald das Eheprojekt enthüllen, für dessen Zustandekommen der arme junge Alfonso hatte verbluten müssen. Ich deutete vorsichtig an, was ich gehört.

»Jacobus!« Lucrezia schlug die Hände begeistert zusammen. »Wer ist es? Wen gibt man mir?«

»Ich weiß es nicht.«

»Aber du mußt doch irgend etwas gehört haben! Wenn du nur nicht so unbeschreiblich dumm wärest!«

Ich sah beschämt vor mich nieder.

»Wenn Alfonso – dieses geliebte Herz – weichen mußte, damit Cäsar mich neu einsetzen kann in sein Spiel, dann muss es ein hoher Herr sein, den er einfangen will.« Sie lief im Zimmer hin und her, die Wände hinauf und hinunter schauend, als stünde dort der Name ihres zukünftigen Gatten angeschrieben. »Zähle mir einmal auf, wer in Frage kommt.«

«Ein Prinz aus dem französischen Königshause.«

»Möglich. Da Ludwig XII. selber schon eine Frau hat.«

»In Venedig gibt es keine Ehemänner.« Lucrezia nickte, sie verstand meine Feststellung. »Die Mantuaner Ehe zu scheiden, würde nicht leicht sein, denn Isabella ist eine Macht. Urbino wird auf alle Fälle überrannt, da es auch nicht erheiratet werden kann.«

»Jacobus, komm hierher.« Lucrezia zog mich am Ärmel nahe zu sich. »Warum sagst du nicht, wer es sein könnte? Du weißt es doch.«

Nun ja, ich kannte den Namen des Prätendenten sehr wohl, es war der des jungen Herzogs von Ferrara, er hieß auch Alfonso, Lucrezia hätte es ebenfalls wissen können, aber sie denkt nie über den Umkreis ihres Hofstaates hinaus und hat vielleicht auch vergessen, daß der vierundzwanzigjährige Alfonso d'Este Witwer ist; von der ungeheuren Bedeutung Ferraras für Cesare gibt sie sich erst recht keine Rechenschaft.

»In Ferrara gibt es zwei Witwer«, sagte ich, »den alten Ercole und den jungen Alfonso.«

Lucrezia schlug sich vor die Stirn. »Daß ich die vergessen konnte! Alfonso d'Este, natürlich soll ich ihn heiraten! ... Alfonso!« Meine Schwester machte ein wehmütig-frommes Gesicht. »Ach, Jacobus, in der Reihe meiner Ehemänner wird er Alfonso II. sein.«

»Wir wollen hoffen, daß es nicht bis zu einem Alfonso VIII. kommt, wie in einer befreundeten Stadt.«

»Jetzt ist keine Zeit zum Scherzen, mein Lieber«, sie dachte nach und schüttelte in Erstaunen ihren hübschen Kopf ... »Ercole und Alfonso d'Este; Vater und Bruder Isabellas, die du überflüssigerweise eine Macht nennst; Isabella ist keine Macht, aber Ferrara ist eine Macht, die mein Bruder braucht.«

»Immerhin, die Este hassen uns.«

Lucrezia lächelte ihr heidnisches Lächeln: »Hast du schon den Mann gesehen, der Haß und Abschätzung nicht vergäße, wenn er vor mir steht?«

»O ja, unser Haar«, sagte ich stolz und strich über meine fuchsroten Borsten, »unsere Augen«, und ich ließ die wimperlosen Lider über meinen ausgeblaßten Augen flattern; »das Geschmeide auf meiner weißen Haut«, ich reckte meinen sommersprossigen Hals aus dem Wams hervor ... Lucrezia bog ihren schlanken Leib vor Lachen.

»Jago, mein Guter, was würde ich ohne dich sein! Sogar wenn wichtige diplomatische Fragen mich bedrängen, bringst du mich noch zum Lachen, und ich lache so gern.« ... sie erschrak plötzlich und raffte ihre Witwenschleier enger um sich. »Weißt du, wenn mein geliebter Toter auf mich herunterschauen kann, freut er sich gewiß, daß ich nicht immer nur weine.«

Nein, wir weinen nicht ›immer‹!

Und jetzt sind wir zur Abreise bereit und beben vor Ungeduld, welch neues Glück unser in Rom wartet.

Rom, den 3. Oktober 1500

Das war eine Audienz! Strahlende Augen, sprühende Erregtheit bei meiner Herrin, und ein Bündel mit Notizen bedeckter Papiere in meiner Hand sind der Erfolg.

Alexander war sanft wie ein Lamm. Lucrezia auf einem thronartigen Sessel, von ihrem schwarz-silbernen Brokatgewand umrauscht, die Perlenkette im Haar noch rasch zurechtgerückt, saß im Bewußtsein ihrer Schönheit erwartungsvoll dem Heiligen Vater gegenüber.

Zunächst langweilte Seine Heiligkeit die Frau Herzogin allerdings gehörig, denn er sprach des breiteren über Politik, das heißt über die Notwendigkeit, daß sein Sohn Cesare, der erlauchte Herzog von Valence, sich nun endlich der gesamten Romagna versichere, einen Schutzwall gegen Venedig errichte, seine Schlingen nach Florenz und Bologna auswerfe, kurz, eine Liga schaffe, der er, der Papst auch angehören würde.

»Und wer, meine Tochter, ist in diesem Spiel die wichtigste Figur, die wir an uns ketten müssen? Errätst du den Namen des Mannes?«

»Ercole d'Este«, warf Lucrezia trocken wie eine gewiegte Diplomatin ein. »Wir brauchen Ferrara.«

Der Heilige Vater lehnte sich überrascht in seinen Stuhl zurück und lachte laut auf. »Hat man je eine so kluge Frau gesehen? Alles weiß sie zum voraus, hält die Fäden der Diplomatie in ihren kleinen Händen und wird noch Maximilian und Ludwig je um einen ihrer Finger wickeln, – und dem Herzog Ercole eine unschätzbare Gattin werden.«

»Ercole?« rief Lucrezia aus, »den alten Mann, der mindestens fünfundvierzig Jahre zählt? Ah, nein! Erst gabt Ihr mir einen Jüngling von sechzehn Jahren zum Gemahl und jetzt einen Mann, der mein Vater sein könnte?«

Seine Heiligkeit schwieg einen Augenblick, dann sagte er unsicher: »So müßte es doch der Sohn Alfonso sein.«

»Natürlich Vater! Wie konntet Ihr je an den alten Herzog denken!«

»Alfonso will dich nicht …«

»O …«

»Ercole will dich an Stelle seines Sohnes heiraten, denn er braucht uns, wie wir ihn brauchen.«

»Ich brauche die Este nicht!«

»Du wirst nicht annehmen, daß Cäsar danach fragt.«

»Vater!« Lucrezia war aufgesprungen wie eine gereizte Tigerin. »Cäsar soll mich eher töten, als daß ich ihm erlaube, mich anzubieten, zu verhandeln, um mich schließlich als unerwünscht zurückzunehmen. … Der Este will mich nicht! Wahrhaftig, Vater, wie vermögt Ihr diesen Handel zu dulden?«

»Alfonso d'Este hat die Zurückweisung uns gegenüber nie aussprechen lassen, aber seine Abneigung gegen dieses Eheprojekt ist bekannt. Es liegt bei dir, mein Herz, dich zu einer erwünschten Braut zu machen. Einen verliebten Bewerber zu erringen, ist nicht schwer, aber dir einen widerspenstigen Mann zu Füßen zu zwingen, das lohnt alle Künste, die deinem Liebreiz nicht fremd sind. Daß du siegst, ist gewiß, und mit solcher Gewißheit kannst du lachend die Abwehr dieses stacheligen Herrn ertragen.«

Lucrezia schaute vor sich hin, ihr gefährliches Lächeln in den Mundwinkeln. Alexander beobachtete seine Tochter.

»Ludwig XII. buhlt um die Gunst der Este; es gilt, eine französische Prinzessin auszustechen. An Land, Geldern, Benefizien werde ich nicht sparen.«

Lucrezias Gesicht nahm einen enttäuschten Ausdruck an. »Als auserlesenes Kalb mit einem Kranz um den Hals will ich nicht zum Opfertisch geführt werden, als Siegerin will ich in Ferrara einziehen!«

Alexander sah mit Schrecken, daß er einen falschen Zug getan hatte. Ich, Jacobus, schrieb schon lange nicht mehr, damit kein Geräusch an meine Anwesenheit erinnerte, denn die Unterhaltung näherte sich ihrem Höhepunkt und durfte jetzt nicht unterbrochen werden.

»Laß mich ausreden, Tochter! ... nicht sparen«, sagte ich. »Vor allem nicht an Juwelen, Perlen, Brokatgewändern, an Samt und Seide, Brabanter Spitzen und flandrischem Leinen, an Hauben und Mänteln, die Provinzen wert sein sollen. Isabella Gonzaga, unsere Modekönigin, und Elisabetta von Urbino, die Angebetete aller Dichter, die in Ferrara vor dir gewarnt haben – ich sage ›gewarnt‹ haben, um keinen stärkeren Ausdruck zu gebrauchen –, sollen wie Krähen neben dir erscheinen, wenn du den ganzen Zauber deiner Eleganz und königlichen Pracht entfaltest.«

Lucrezia atmete tief auf, ihre Augen sahen nichts Gegenwärtiges. Ich kannte ihre zehrende Eifersucht auf Isabella d'Este-Gonzaga und ihren Zorn, daß sie, Lucrezia Borgia, nur mit Pamphleten und Satiren bedacht wurde, während die schöne Elisabetta besungen wurde wie eine Göttin.

»Wen schickt Ihr zur weiteren Verhandlung nach Ferrara?«

Alexander strich über sein Untergesicht, um ein Lächeln zu verbergen. »Giambattista Ferrari, er ist Ercole sehr ergeben und dir zur Liebe soeben zum Kardinal ernannt.«

»Gut. Und gebt ihm Jacobus mit; er soll jedes Gespräch aufnehmen und Ferrari Stichworte über mich geben.«

»Die Gesandtschaft kann sogleich abreisen.«

»Nein, Vater, wartet noch. Pinturicchio soll nochmals ein Bild von mir malen. Jacobus, bist du da?«

Ich trat vor. Lucrezia zog unter ihrem schwarzen Schleier eine gewellte goldene Haarsträhne hervor, spielte damit und sah mich unter gesenkten Lidern an. »Das Bild und ... eine Gabe meines Hauptes werde ich dir anvertrauen, damit du sie mit den rechten Worten meinem zukünftigen Gemahl, dem jungen Herzog, übergibst. Und Jacobus, erinnere Herrn Alfonso auch daran, wie wir vor sieben Jahren hier in Rom zusammen auf die Reiherbeize ritten, und wie wir in meinem Palast zusammen im Tanz dahingeschritten sind. Wir waren noch halbe Kinder, aber es waren schöne Zeiten.«

den 11. Juni 1501

Das Unternehmen der ferraresischen Ehe rollt nicht so einfach ab, wie Lucrezia und ihr Hoher Vater es sich vor einem halben Jahre noch vorgestellt haben. Seine Heiligkeit hat zwar vor kurzem im Konsistorium die neuen Eheaussichten seiner Tochter verkündet, und Madonna Adriana begann bereits vor Monaten, voreilig wie es ihre Art ist, mit Stoffwebern und Gewandschneidern zu verhandeln. Diese Ehrenwerten haben ihre Vermutungen sofort in der Stadt verbreitet, so daß auch die Goldschmiede und Wagenbauer im Vatikan erschienen, aber die blonde Haarsträhne durfte sich noch fernerhin von Lucrezias Haupte ringeln, denn Alfonso d'Este weigert sich nach wie vor mit Entrüstung, Lucrezia Borgia, die berüchtigtste Frau unserer Zeit, auf den Herzogsthron Ferraras zu erheben, sie mit Isabella und Elisabetta, den Hüterinnen aller Tugenden zu verschwägern und sie zur Mutter seiner Kinder zu machen.

Vor allem aber griff die hohe Politik nach diesem Eheprojekt, das die Macht Cäsar Borgias ins Ungemessene steigern würde. So neigt sich nun sogar in Ferrara der Familienrat der französischen Prinzessin zu.

Sehr erzürnt über diesen Widerstand sowie über die voreilige Verkündigung der Ehe im Konsistorium, erschien der Herzog de Valence und von Frankreich, der heiligen römischen Kirche Bannerträger und Generalkapitän, vorgestern heimlich in Rom, stand plötzlich vor Alexander und erschreckte den alten Mann mit seinen wütenden Vorwürfen derartig, daß er ihn beinahe einem Schlaganfall auslieferte; so sagt Burcardus.

den 13. Juni 1501

Ich habe einen schweren Tag hinter mir. Lucrezia behauptet, ich sähe grün aus und das passe nicht zu meiner Haarfarbe. Ja, sie kann spotten, aber mir war einige Stunden lang nicht zum Lachen zumute.

Gestern abend spät rief mich der Herzog de Valence in seine Turmgemächer. Ich weiß, er vertraut meiner Verschwiegenheit; es ist nicht das erstemal, daß ich für ihn schreiben muß.

Bis morgens früh um vier Uhr diktierte er mir Briefe. Den ersten an den Kardinal d'Amboise. Diesem Verehrungswürdigen wurde als Lohn für eine Vermittlung bei Ludwig XII. mit der zukünftigen Herrschaft über die gesamte Christenheit gewinkt. Sodann ein Brief an den König selber. Er, Cesare, könne ihm für seinen Zug nach Neapel den Durchgang durch päpstliches Gebiet nur dadurch bei Seiner Heiligkeit erzwingen, wenn Frankreich auf die Ehe mit Ferrara verzichte, und der französische Hof selber Lucrezia Borgia als Gattin für Alfonso d'Este vorschlage.

Drittens ein Schreiben an den Marschall Aubigny, die Ausrottung des Hauses Aragón betreffend, und schließlich ein Dekret auf Papier aus der päpstlichen Kanzlei, das Cesare Borgia zum Herzog der Romagna ernennt –, fertig bis auf die Unterschrift Alexanders.

Endlich war die lange Arbeit getan, aber ich merkte, daß Don Cäsar beunruhigt war, es könne doch durch mich von dem Inhalt der Briefe einiges durchsickern. Jedesmal, wenn ich aufgeblickt hatte, um sein Diktat zu erwarten, sah ich seine halbgeschlossenen Augen auf mir ruhen; Spalten, durch die ich in sein Inneres schaute. Dann fröstelte es mich, denn die Schönheit und Liebenswürdigkeit dieses Antlitzes war nur die Hülle, die eine wahrhaft teuflische Lust an der Grausamkeit, am Spiel mit der Qual des Opfers, verbarg.

Mein Blut wurde mir kalt. Oh, dieses Lächeln, das meine Angst schon aufgespürt hatte und sich an ihr weidete, ein Lächeln, das zu lähmen vermochte wie der Anblick einer Kobra, die schon zum Vorstoß ihr schönes Haupt hin und her wiegt.

Ich zwang meine Hände ruhig zu bleiben, während ich die Papiere ordnete, um sie dem Herzog zu überreichen. War ich nun entlassen?

»Jacobus«, sagte er, »du wartest hier. Ich gehe zu Seiner Heiligkeit hinunter, die Unterschriften zu verlangen und bin bald wieder zurück.«

Der Herzog ging zur Türe, zog den großen Schlüssel aus dem Schloß, lachte boshaft auf und verließ das hochgelegene Geheimkabinett, die Türe von außen abschließend.

So, da saß ich nun gefangen. Wir sind ja am Freitag, dem 13. Juni, ein böses Datum. Der frühe Sommermorgen war schon angebrochen. Die Sonne hauchte golden über das wellige, weite Land und entzog den Schatten in der Nähe, zwischen den Palästen und den ferner liegenden Trümmern das dunkle Blau, bis schließlich ein einziges goldenes Wogen das Auge blendete. Wie schön war die Welt! Und nun war mein letzter Tag gekommen, so dachte ich. Nicht, weil Gott mich abrief, sondern, weil ich einem hohen Herrn unbequem geworden. Ich wollte aber nicht sterben, nein, ich wollte nicht sterben, doch war ich machtlos in dieses mörderischen Menschen Hand gegeben.

Nun denn; leb wohl, Lucrezia, süße Schwester!

Ich lehnte mit dem Rücken am Fenster, die Arme verschränkt und wartete.

Nach gar nicht langer Zeit hörte ich den Schlüssel und sah Cäsar mit dem immer gleichen Lächeln über die Schwelle treten. Er trug einen Becher in der Hand, blieb einige Schritte entfernt von mir stehen und sah mich an. Es zuckte wie Ärger über sein hübsches Gesicht. Wäre es ihm zu seiner Lust lieber gewesen, mich weiß und schlotternd zu finden? Vermutlich.

»Jacobus, als Dank für deine Arbeit habe ich dir einen Morgentrunk gebracht«, sagte er sanft mit unterdrücktem Lachen. »Komm, trinke ihn auf mein Wohl.«

Kleine Leute, redete ich mir zu, müssen ruhig leben und ruhig sterben können; der Überschwang und das Pathos ist für die Großen dieser Zeit. Ich griff stumm nach dem Becher – nur jetzt kein Zittern –, setzte ihn an die Lippen, aber zog den Becher noch einmal zurück.

»Madonna Lucrezia wird euch zürnen, Illustrissime Princeps, wenn Ihr mich ihrem Dienst entzieht, und Ihr selber findet keinen zweiten so verschwiegenen Schreiber wieder«, dann hob ich den Becher von neuem.

»Gib her, Jacobus«, der Herzog lachte laut auf, setzte an und trank den ganzen Becher leer, danach lachte er noch mehr, so sehr, daß ihm die Tränen über die Backen liefen. »Oh, Jacobus, ich habe mich ja nur als Frühunterhaltung an deiner Angst weiden wollen, aber sogar zum Zittern vor Cesare Borgia bist du zu dumm und zu stumpf!«

»Ja, es reicht wirklich nur zum Nachschreiben«, sagte ich ergeben und bat entlassen zu sein. Er achtete schon nicht mehr auf mich, sondern durchblätterte mit fliegenden Händen die Papiere, die nun wohl die Unterschrift Alexanders VI. trugen.

In guter Fassung verließ ich das Geheimkabinett, aber im ersten Seitengang wurde mir schlecht, ich schwankte und mußte erbrechen. Nachher ging es mir besser.

den 25. Juni 1501

Dieser Frühsommer ist eine schwierige Zeit für mich. Lucrezia, die damit gerechnet hat, auf der Höhe des Jahres in Ferrara einzuziehen, muß erleben, daß die diplomatischen Verhandlungen sich hinziehen und sich immer von neuem ausdehnen. Ludwig XII. spielt offensichtlich ein Doppelspiel, und Ercole d'Este stellt so hohe Forderungen, daß Alexander zu zähem Markten gezwungen ist.

Zweihunderttausend Dukaten verlangt Ferrara, dazu die Streichung des Jahreszinses und damit Aufhebung der kirchlichen Lehensherrschaft; auch allerlei Vorteile für das Haus Este, ferner Gebietszuwachs und endlich eine Mitgift für die Braut, die reicher sein soll als jene, die Bianca Sforza dem Kaiser Maximilian in die Ehe gebracht hat.

Seine Heiligkeit wird schmal im Gesicht vor Aufregung über die Auftritte, die Lucrezia ihm macht, wenn er sie besucht. Er solle nachgeben, sagte sie ihm neulich, das Jahr rücke vor; falls sie im Herbst nach Ferrara ziehen müsse, würden ihre kostbaren Reisekleider von Regen und Schmutz verderben; ihr hoher Vater legt dann stöhnend die Hände an die Schläfen und schwört, er würde ihr hundert Ersatzkleider mitgeben, aber woher er denn den Landbesitz nehmen solle, den die Herzöge verlangten?

Madonna Lucrezia war natürlich um keine Antwort verlegen: »Die Colonna, Savelli, Estouteville, alle sind sie Cäsar schutzlos preisgegeben, warum entzieht Ihr ihnen nicht ihre Länder?«

»Du süßes Kind!« sagte Seine Heiligkeit bewundernd. »Ja, warum eigentlich nicht?«

Die betreffenden Besitztümer sind seit jener Unterredung beschlagnahmt wegen Hochverrats ihrer Besitzer, so ging gestern das Gerücht durch die Stadt, aber nicht in freundlichen Worten für die allmächtigen Borgia! Und nun heißt es, meine Wenigkeit solle mit Hector Bellingen nach Ferrara reisen, um ein allerletztes Angebot zu unterbreiten.

Bellingeri ist der Sekretär des Herzogs Ercole; ein angenehmer Mann und mir gegenüber von keiner Diskretion belastet.

»Alfonso wird Eure Herzogin nicht nehmen«, flüsterte er mir zu, als wir unsere Reise besprachen, »und wenn der Papst ihm einen Berg von Gold und halb Italien verspricht! Was die Welt von Madonna Lucrezia erzählt, macht ihn schaudern.«

Ich ließ Bellingeri merken, daß ich dieses Thema für durchaus ungeeignet als Gespräch zwischen ihm und mir halte. Ich fragte ihn, wann wir nach Ferrara reiten würden.

»So bald als möglich, denn das Angebot bleibt bestehen, auch wenn, wie vorauszusehen, der alte Herzog Eure Herrin heiratet.«

»Diese Ehe wird Madonna Lucrezia sich niemals aufzwingen lassen!«

»Nun, um Herzogin eines umworbenen Staates wie Ferrara zu werden, wird sie vielleicht doch Wasser in ihren Wein gießen.«

»Schwester«, sagte ich am Abend jenes Tages zu Lucrezia, »jetzt ist es Zeit, Locke und Bild zu schicken und mir ein Gespräch mit dem Herzog Alfonso aufzutragen. Setzt es durch, daß Bellingeri und ich bald abreisen.«

Ferrara, den 10. Juli 1501

Es wurde Anfang Juli bis ich endlich mit Bellingeri hierher ritt. Ferrara ist eine große, schöne Stadt, volkreicher als Rom, reich an neuen Palästen und herrlichen öffentlichen Gebäuden. Und welch strenge Justiz hier herrscht, welche Ordnung! Jeder Fremde muß sein Beglaubigungsschreiben in der Kanzlei des Herzogs abgeben, und jeder Gast der großen Herbergen steht unter Überwachung. Wie sauber sind die Straßen und Höfe, nirgends wird Abfall geduldet. Die Universität ist eine Hochburg des Geistes, auch leben die besten Ärzte in der Stadt, die bei Seuchegefahr jeden Kranken in die großen, luftigen Spitäler bringen. Aber ich nehme mir kaum die Zeit, Lucrezias zukünftige Residenz nach allen Richtungen hin zu durchstreifen, denn alle meine Gedanken gehören dem Bemühen, durch geschickte Einfalt, – denn offen darf ich nicht reden – in Alfonsos Umgebung jene verhängnisvollen Verleumdungen über Lucrezia, Juan, Cesare und Alexander zu zerstreuen. Die Tochter und Schwester der Herzöge, Isabella Gonzaga, ist Lucrezia am feindlichsten gesinnt, aber wie könnte man es auch der hohen Frau verübeln, daß sie meine Herrin nicht als Mutter der künftigen Herzöge von Ferrara sehen will, seitdem das Wort Inzest über der Borgiasippe schwebt.

Drei Tage bin ich schon hier. Im Palast aufgenommen, als sei ich ein Prinz von Geblüt. Meine Schwester habe mich in ihrem Brief als einen ihrer Nächsten eingeführt, so sagte mir der Vertraute des alten Herzogs; trotzdem habe ich das Bild und die Locke nur übersenden dürfen; zur Privataudienz bin ich noch nicht empfangen worden. Wird es mir gelingen, meine eigenste Mission, an der mein ganzes Herz hängt, anzubringen?

Bellingeri hat durchblicken lassen, Alfonso verharre bei seiner Weigerung, so werde der Herzog Ercole nun doch Madonna Lucrezia zum Weibe nehmen; damit wäre der Bund Este-Borgia geschlossen und die Gefahr der Erbfolge durch Lucrezias Kinder gebannt. Alfonso ist Erbprinz, und sein ältester Sohn wird dereinst in der Regierung folgen, denn auch Alfonso wird wieder heiraten.

Immer von neuem muß ich feststellen, daß man Lucrezia die freien, selbstherrlichen Sitten nicht verübelt, ist doch auch Isabellas Hof berühmt und keineswegs bescholten, für das lose Treiben ihrer ›Venuspriesterinnen‹, wie man die Schar ihrer schönen jungen Hofdamen in ganz Italien nennt. Aber meine Herrin ist eine Verfemte … Heilige Jungfrau, gib mir die rechten Worte ein, daß der Sinn des Herzogs Alfonso sich wende!

Wenn mir aber keine Hilfe vom Himmel kommt, dann, Carissima, wird nichts Euch davor bewahren können, die Gattin des älteren Herzogs zu werden.

den 11. Juli 1501

Die große Stunde ist vorüber. Ich war bei Alfonso d'Este; ganz allein. Er hielt mich lange bei sich zurück. Habe ich gesiegt? Ich weiß es nicht. Der junge Herzog ist ein trockner, harter Mann mit einer undurchdringlichen Miene, und doch muß er ein großes Herz haben; seine Stimme wäre sonst nicht so warm, seine Augen nicht so klar und der Blick so bestimmt und unerschrocken.

Aber ich will erzählen.

Heute vormittag, als ich in meinen verzweifelten Ungeduld überlegte, ob ich es wagen dürfe, um eine Audienz zu bitten, klopfte es an meine Türe; ein Diener aus dem Vorzimmer riß sie auf, und zwei Pagen von elf oder zwölf Jahren standen auf der Schwelle, gleich gekleidet, in den Farben Ferraras; sie trugen Kränze aus Sommerblumen auf dem Haupt, verneigten sich nebeneinander wie eine Person, sprachen gemeinsam ihren Auftrag, schwenkten um und schritten mir im gleichen Takt ihrer leichten Schnitte voran. Doch was erzähle ich von wohlerzogenen Pagen, – fürchte ich die Unterredung wiederzugeben, aus Angst, alle meine Worte seien vergebens gewesen? Nun denn: ich sah nichts vom Palast, den Marmorhöfen und luftigen Gängen und Treppen, die wir durchschritten; ich wiederholte meine hundertmal überlegte Rede.

Plötzlich fand ich mich in einem fürstlich ausgestatteten Gemach. In der Nähe des Fensters stand ein junger Mann mit verschränkten Armen, und neben ihm auf einer Staffelei, gut im Licht, das Porträt Lucrezias. Ich entsinne mich nicht der Begrüßung; mein Erinnern beginnt mit dem Erfassen eines ironischen Lächelns um den strengen Mund des Erbherzogs.

»Eure hohe Milchschwester und Herrin ist eine schöne Frau geworden! Als ich Madonna Lucrezia in Rom sah, war sie noch ein schmales Mägdlein. Das sind nun sieben Jahre her; seitdem ist Lucrezia Borgia einen weiten Weg gegangen.«

»Die Frau Herzogin hat schwere Schicksalsschläge ertragen müssen.«

»Schwere Schicksalsschläge? Diese Augen sehen nicht aus, als kennten sie die Tränen des Kummers, auch sehe ich nicht, daß die Frau Herzogin von Bisceglia die Witwenkleidung trägt. Aber der Tod d'Aragóns ist auch schon recht lange her.« Alfonso d'Este erlaubte sich ironisch aufzulachen.

»Das Trauern ist meiner Herrin nicht gegeben.«

»Ja, Bellingeri und unser Gesandter sprechen von ihrer immer fröhlichen Laune trotz den vielen ›schweren Schicksalsschlägen‹. Ein Übermaß an Fröhlichkeit scheint mir stets ein beredtes Zeugnis für das geringe Maß eines Gewissens zu sein.«

»Oder für ein gutes Gewissen, Eure Erlaucht.«

»Ihr seid ein gutgläubiger junger Mann, Messer Jacobus!«

Ich schüttelte entmutigt den Kopf. »Herr, Ihr kennt Madonna Lucrezia nicht.«

»Ich kenne die Taten der Borgia!«

Nun flammte aber der Zorn in mir auf, daß ein Geschwätz stärker sein sollte als die Wahrheit. »Die Frau Herzogin hat nie würdelos, nie schlecht gehandelt«, sagte ich fest. »Zwar ist sie eine eigenwillige Frau und greift in selbstgewählter Freiheit nach allen Genüssen, die sie locken, aber stets handelt sie wie eine echte Herrin, deshalb auch sind ihre Anmut und ihr Lachen so frei und unbeschwert!«

Alfonso d'Este, der ein Sohn unserer Zeit ist, schien meine Darstellung Madonna Lucrezias tief in sich aufzunehmen. Einen Augenblick schaute er aus dem hochgelegenen Fenster auf den Po und die hitzeflimmernde Ebene hinaus, aber der beginnende Schimmer eines Verstehens verdüsterte sich von neuem. Fast zornig wandte er sich dem Bilde zu, sich nahe den Augen zuneigend, die Pinturicchio in ihrem ganzen Strahlen wiedergegeben hat.

»Und doch sollten Frauenaugen weinen können … haben diese Augen je geweint?«

»Sie haben viel geweint, Eure Erlaucht.«

»O ja, über das gestörte Liebesspiel mit dem Knaben d'Aragón!«

»Nein, nein, diese Augen haben am schmerzlichsten in einem abgründigen Gram geweint, in tiefster Erniedrigung und in der Zerschlagenheit, der sie die Gehässigkeit der Menschen preisgegeben hatte, ja, in der Hilflosigkeit vor einer Beschuldigung, die sie nicht verdient hatte. Ich habe diese Augen weinen sehen; stunden- und tagelang! Ich weiß: das Herz, dem die Tränen entströmten, wird für alle Zeiten eine Wunde tragen.«

»Warum hat Eure Herrin sich nicht verteidigt?«

»Serenissimus, wie ich es schon zu sagen wagte: Lucrezia Borgia ist eine Herrin; nie wird sie sich mit Geschwätz befassen, so tief sie auch in der Stille leiden mag.«

Der Herzog schien nicht verstehen zu wollen; seine Miene war verschlossen und ablehnend. »Ich weiß nicht, wovon Ihr sprecht, Messer Jacobus.«

Alfonso d'Este ging mit raschen Schritten von mir fort, als wolle er mich meiden, hob ein Buch auf, blätterte darin, warf es auf den Tisch zurück und sank auf einen Stuhl. Mit nervösen Fingern zog er seinen Dolch halb aus der Scheide und stieß ihn wieder zurück.

»Es ist nicht meines Amtes, in Worte zu fassen, was auch meiner Herrin nicht über die Lippen will.« Ich hatte so laut und heftig gesprochen, daß ich mich meiner Respektlosigkeit schämte. Aber der Herzog schien mir nicht zu zürnen; er war selber im tiefsten erregt; nur zu gut wußte er, was auf dem Grunde unserer Wechselrede gelegen hatte. Er sprang auf und trat nahe vor mich hin.

Eine peinvoll lange Weile schaute der Herzog mir in das Gesicht; ich hielt seinen Augen stand.

»Messer Jacobus, Ihr entstammt einem Volk, das Ehrbarkeit und Tugend über alles stellt, Ihr seid auch ein gottesfürchtiger Mann; es wurde mir berichtet, daß Ihr viel in unsern Kirchen weilt. Ich will Euren Worten glauben wie dem Evangelium; so sagt mir, als berühre Eure Hand im Schwur das Allerheiligste: würdet Ihr ein Weib wie Lucrezia Borgia zur Mutter Eurer Kinder machen wollen?«

»Ja! Weiß Gott! Mit kniefälligem Dank für die hohe Ehre, die jedem Geschlecht damit geschehen würde!« Ich rief es aus, als müsse ich alle Heiligen zu meinen Zeugen machen.

Der Herzog schaute mich mit ernsten Augen an; dann senkte er das Haupt und wanderte wieder durch den großen Raum, hin und her, hin und her. Welch eine fürstliche Gestalt, dachte ich, wenn er davonschritt, und wandte er mir sein schönes, versonnenes Gesicht zu, wurde mein Herz jedesmal um ein weniges froher, denn es mußten gute Gedanken sein, die seine Züge immer heller erscheinen ließen.

Einmal nahm er Lucrezias Locke auf, die wie ein goldenes Schmuckstück auf einem Seitentisch lag, wog sie in der Hand und legte sie dann mit einem so tiefen Aufatmen nieder, als sei eine unendlich schwere Last von seinen Schultern gehoben.

Wiederum zu mir tretend, erkundigte er sich in einer völlig veränderten, frohen Stimme, ob man mich gut untergebracht, ob ich die Stadt durchstreift, die neuen Bauten betrachtet und das Arsenal und die Festungen besucht hätte. Es gäbe auch mancherlei Kurzweil in Ferrara; er wolle mir einen fröhlichen jungen Kammerherrn schicken, der mir zur Nachtzeit »manches – nun sagen wir – Erfreuliche zeigen könne«.

Ferrara, den 12. Juli 1501

Der ›erfreuliche‹ nächtliche Ausflug fand statt. Wenn es mir dabei gelang, meine schwerfällige deutsche Art abzustreifen, zu trinken, zu lieben, zu tollen, wie ein Sohn des Südens, so war die Nachricht daran schuld, die mir mein eleganter Begleiter gleich zu Anfang, als wir an einer Gasttafel in der Stadt für vornehme Reisende ein üppiges Mahl einnehmen sollten, atemlos berichtete: »Unser Herr Alfonso wird Eure Herrin, Lucrezia Borgia, ehelichen. Es hat ein Familienrat stattgefunden, und keine Stunde später ist ein Bote zur Stadt hinausgejagt, der die Einwilligung und ein kostbares Geschenk in Eilritten nach Rom zu bringen hat.«

Ich konnte nichts essen. Ich saß stumm vor Glück. Oh, Lucrezia, süße Schwester, jetzt wirst du aus deiner Unehre aufgerichtet werden vor aller Welt! Fließt nun Balsam in dein armes Herz? Haben meine Worte etwas ausrichten können? Nein, nein, ich habe ja keine Erklärung zu geben vermocht, kaum ein Wort habe ich anbringen können, und was gilt einem großen Herrn mein Glaube an Lucrezias Unschuld an den sieben Todsünden? Sicherlich war der Herzog schon zur Ehe mit Madonna Lucrezia entschlossen, bevor er mich kommen ließ.

Wie immer es auch gewesen sein mag, ich war gestern abend glücklich, oh, so glücklich! »Wein her, und getrunken!« rief ich aus.

Mein neuer Freund lachte vor Vergnügen, daß er einen lebensfrohen Genossen gefunden hatte. Es wurde eine tolle Nacht, ach die schönen Frauen von Ferrara! Heute morgen bin ich nicht mit einem grämlichen Jammer aufgewacht, o nein! Mein erster Gedanke war: in wenigen Tagen schon weiß meine Herrin, daß sie als Herzogin von Ferrara in die Reihe der höchsten Frauen Italiens, deren Tugend, Klugheit und Schönheit weit über unsere Grenzen berühmt sind, aufgenommen wird.

Es drängt mich heimzureiten. Ach möchten doch die Akten, die Briefe, die Geschenke bald bereit sein!

Rom, den 2. August 1501

Während ich auf meiner Reise nach Ferrara abwesend war, geschahen hinter meinem Rücken abermals Dinge, die ich durchaus nicht gutheiße. Man kann Seine Heiligkeit und Madonna Lucrezia auch nicht einen Tag lang aus den Augen lassen! Immer sind diese Hohen bereit, sich durch exzentrische Launen ins Gerede zu bringen.

Aber so sind die Borgia; und nicht nur sie. Alle unsere Fürsten, der Adel, die Herren und Damen messen sich ein Recht über Sitte und Moral an, das nicht nur mich, sondern auch andere kleine Leute zwischen Entrüstung und Bewunderung hin und her wirft.

Man spielt mit den heiligsten Dingen, vor denen das Volk in die Knie sinkt, man mißachtet das Leben seines Nächsten, die Ehe und die angestammte Herrschergewalt des Nachbarn.

Das Geld wird genommen, wo man es bekommen kann, Familienbande sind ein Spinnenwebe für dieses selbstherrliche Geschlecht. Dabei bewundert es sich so sehr, daß es in unsern Künstlern vor allem die Verherrlicher ihrer Macht, ihres Reichtums und ihrer Schönheit sieht.

Die Frauen wollen mit ihren Brokatkleidern und Edelsteinen in die Nachwelt eingehen; die Gewalttaten der Männer sollen Gegenstand für die Dichter sein und ihre stolzen Leiber mit Roß und Rüstung und Schwert den Bildhauern zum Thema dienen.

Oh, es geschieht auch viel Gutes in unserer Zeit. Man sammelt und kauft und baut und bestellt mehr, als unsere Meister hervorbringen können. Viele Fürsten pflegen die Kunst in wahrhaft königlicher Weise, auch fehlt es nie an Geld, das herrliche Altertum aus dem Schutt der Jahrtausende zu befreien, und eine glanzvolle Reihe von Städten wird ewig die Ruhmeskrone tragen, der Kunst eine großartige Heimstätte geboten zu haben.

Und doch; zwischen diesen hellen Sonnenflecken gesegneter Taten liegt das tiefe Dunkel unmenschlicher Grausamkeit, der Habgier, der Zügellosigkeit und der Herrschsucht, wie wohl noch keine Zeit sie kannte.

Man hat mir erzählt, das Rom der Kaiserzeit sei ähnlich und doch auch wieder anders gewesen; gerade so kunst- und prachtliebend wie unsere Epoche, aber verrottet und krank bis in das Mark. Nein, das ist unsere Zeit nicht! Strotzt sie doch trotz allen Mängeln von Jugend und Kraft und Gesundheit. Deshalb können bescheidene Zuschauer wie ich dem gewaltigen Ausmaß unserer Epoche letztlich auch nicht gram sein. Mich dünkt, sie gleicht dem David des Verrocchio, den ich vor zwei Jahren in Florenz sah, diesem herrlichen Jüngling, in dem geistige und körperliche Kräfte sich die Waagschale halten. In voller Frische und Fruchtbarkeit steht er triumphierend, seiner Unüberwindlichkeit bewußt, und dennoch in wunderbarer Unbefangenheit da.

Desgleichen unsere Großen, seien sie Fürsten oder Künstler. Möchte doch Meister Michelangelo einmal den Menschen unserer Zeit darstellen; er kennt es, dieses denkende, handelnde, alles vollbringende, aber dämonische Geschöpf unserer gewaltigen, atemraubenden Zeit!

Doch ich bin abgeschweift von meinem Bericht. Seine Heiligkeit ist schon vor einiger Zeit mit großem Gefolge nach Sermoneta gezogen, und Messer Burcardus erzählte mir, ohne mit der Wimper zu zucken, daß Madonna Lucrezia als Regentin im Vatikan eingesetzt sei. Ihr unterstünden alle Geschäfte, sie habe Vollmacht, sämtliche Briefe zu öffnen, mit den Gesandten zu verhandeln, kurz, die junge Frau regiere an Stelle Alexanders VI., zwar nur in weltlichen Geschäften, aber es verursache ihm, dem Zeremonienmeister des Vatikans, doch gewisse Bedenken.

Ich entsinne mich, daß ich einen Augenblick erschrocken schwieg, denn ich konnte nicht umhin, meine Herrin vor mir zu sehen, wie sie ihr Ja oder Nein je nach Jugend und Kühnheit ihrer Geschäftspartner aussprach.

»Warum mußte das geschehen?« fragte ich Burcardus. »Haben wir nicht schon genügend unliebsames Aufsehen erregt?«

»Als die Eilbotschaft aus Ferrara kam und diese uns sagte, daß der spröde Herr Alfonso d'Este die Werbung des Vatikans anzunehmen gedenkt, geriet Seine Heiligkeit in eine solche Freude, daß er seine Tochter vor allen Frauen der Christenheit zu erhöhen wünschte. Er selber aber war es seiner strahlenden Laune schuldig, mit einer Handvoll Bewaffneter die guten Leute seiner Stadt Sermoneta in ihren Geschäften aufzuhalten und zu plagen.«

»Was wird der erlauchte Herzog der Romagna erst in seinem Triumphe anstellen?« gab ich zu bedenken.

den 26. August 1501

Don Cäsar triumphiert durchaus nicht. Wie wir vernehmen, ist er wütend über die Voreiligkeit seines Vaters. Es trafen schon kurz nach meiner Rückkehr Briefe über Briefe von ihm ein: noch sei ja kein Kontrakt unterschrieben, ob man denn im Vatikan nicht wisse, daß der Kaiser neuerdings dringend von der Verbindung Este-Borgia abrate? Auch Florenz, Venedig, Bologna schickten Gesandte zu Ercole, um ihn umzustimmen. Frankreich und Spanien, die ja sagten und nein meinten, würden im Grunde auch aufatmen, wenn diese Heirat nicht zustande käme; alle Höfe fürchteten die Stärkung der päpstlichen Macht. Seine Heiligkeit solle bitte unverzüglich die Bedingungen Ferraras annehmen, bevor der Este, gestärkt durch den Kaiser, neue Forderungen stelle.

Lucrezia geriet über diese Briefe, die man ihr, dank der neuen Regierungstätigkeit vorlegte, in nicht geringe Aufregung. Da ihr Hoher Vater ihre Klagebriefe unbeantwortet ließ, befahl sie vorgestern, am 24. August, die Pferde zu satteln und ritt, von zwei Kammerherren und mir begleitet, ihrem Vater entgegen, der gemächlich von Sermoneta her kam. Nicht weit von Rom fanden wir ihn in der Villa des jungen Orsini, ein frugales Mahl verspeisend.

Lucrezia nahm neben ihm Platz, aß keinen Bissen, obgleich ich, hinter ihrem Stuhle stehend, ihr eine Hühnerbrust verschnitt, die heiße Suppe kühlte und ihr zuflüsterte: »Teuerste, eßt! Es tut Euch gut.«

»Laß mich in Ruhe«, zischte sie über die Schulter zurück und erzählte dann ihrem Vater, der lächerliche kleine Gemüse aß, von Cäsars Briefen, ihn beschwörend, sich mit der Unterschrift des Ehekontraktes zu beeilen. »Ihr schlagt nicht mehr heraus, Vater«, sagte sie halb in Tränen, »wenn der Kaiser sich einmischt, ist Ercole stärker als wir und kann jeden Druck ausüben.«

»Das ist richtig«, meinte Alexander, ohne sich in seiner Mahlzeit stören zu lassen; er war gerade im Begriffe, mit einigem Mißtrauen eine Frucht zu nehmen, die Banana heißt und mit einer Geschenksendung aus Spanien gekommen ist; immer wieder müssen wir uns wundern, welch seltsame Tiere und Pflanzen aus den neuentdeckten Inseln eintreffen.

Heute morgen früh, um fünf Uhr, wurde nach einem Tag und einer Nacht der letzten Beratungen vor Zeugen der Heiratsvertrag von unserer Seite unterschrieben. Die Bedingungen Ferraras sind angenommen.

Ich hatte Madonna Lucrezia zu dieser Zeremonie begleiten dürfen; sie stand neben ihrem Vater, die Hände öffneten und schlossen sich in nervösem Spiel. Seitdem sind Ferrari und die

Prokuratoren der Este auf die Reise nach Ferrara geschickt worden, damit man raschestens auch dort unterschreibe.

den 29. August 1501

Auf schäumendem Roß ist ein Bote Ercoles eingetroffen. Als wir zum Frühbesuch im Vatikan erschienen, wurde meine Herrin länger als üblich im Zimmer ihres Hohen Vaters festgehalten. Ich wartete besorgt im Vorzimmer. Nach einiger Zeit wurde ich hereingerufen, um für Lucrezia die Abschrift des Briefes vorzunehmen, der heute früh vom Herzog Ercole eingetroffen ist, er hat sich mit dem unsern gekreuzt.

Dieser Brief erscheint wie beschwert von dem Druck des Kaisers auf Ferrara. Leider, leider, so schreibt der Herzog, müsse man sich diesem Druck fügen, wodurch das Eheprojekt, wenn nicht zunichte gemacht, so doch wieder zu seinem Anfangsstadium zurückgeführt sei. Trotz diesen bedrohlichen Worten wirbelte Lucrezia mit dem Brief in erhobener Hand im Zimmer umher. »Herr Herzog, Eure Bedingungen sind erfüllt! Zu spät, Illustrissime, zu spät! Der Kontrakt ist schon auf dem Weg.«

Messer Burcardus, der Gefühlsausbrüche höchst npassend findet, wäre beinahe eingeschritten. Alexander und die zwei geistlichen Herren vom Dienst waren weniger pedantisch; sie lachten zu Lucrezias Übermut. Seine Heiligkeit ließ sich gern von ihrer Zuversicht anstecken.

Er befahl Lucrezia, sie solle mit ihren Basen Hieronyma und Angela Borgia sowie mit allen Hofdamen, festlich geschmückt, zur Feier der kommenden Unterschrift im Vatikan erscheinen, um vor ihm zu tanzen.

Jetzt ist es spät, Tanz und Spiel sind vorüber. Alexander war von bestrickendem Witz und Geist und bezauberte seine Gäste einmal mehr durch das humane und große Wesen, das ihm eigen ist. Madonna Adriana, die in dem unglücklichen Alter steht, da Frauen kaum noch eines ungetrübten Vergnügens fähig sind – ich kenne diese Erscheinung an allen unsern älteren Hofdamen –, verfehlte nicht zu bemerken, daß dieses Fest noch verfrüht sei; der Herzog de Valence werde wieder Grund haben zu schelten.

»Noch hat Ercole d'Este nicht unterschrieben«, hörte ich sie achselzuckend zu ihrem Sohne sagen. »Wer triumphiert auch über einen einseitig unterschriebenen Kontrakt?« Sie stieß ein kleines verächtliches Lachen aus und rauschte davon, um ihrem Vetter und hohen Gastgeber zu versichern, wie innig sie sich mit ihm über ›seine‹ Unterschrift des Ehekontrakts freue; ihr Spott war mit Händen zu greifen.

den 1. September 1501

Seine Heiligkeit und Madonna Lucrezia haben seit dem Fest einen gehörigen Katzenjammer. Ja, es fehlt noch die Unterschrift aus Ferrara. Wann kann sie eintreffen? Würde Alexanders Unterschrift Zwang genug sein?

Heute morgen mußte ich Lucrezia zum hundertsten Male vorrechnen, wieviel Zeit für den Hinweg und den Rückweg vorgesehen ist, dazuzurechnen sei das Studium des Kontrakts, eine letzte Beratung, die Zeremonie der Unterschrift. Am dritten September könne der Bote frühestens in Rom sein.

Meine hohe Schwester ist von einer Geschäftigkeit, um die Zeit hinzubringen, die mich fast unter den Boden schafft. Madonna Adriana, die viel zu oft mit spöttischem Gesicht in unsern Gemächern erscheint, muß ich meiner Herrin fernhalten; Vanozzas Bote, der Lucrezia zu ihr rief; mit Ausreden abspeisen, denn vor diesen allessehenden Augen zu erscheinen ist uns durchaus nicht lieb, so fällt die ganze Unruhe wie ein Gewitterregen über mich her.

Immer neue Beschäftigungen muß ich erfinden. Vormittags zum Beispiel wider Willen Meister Antonio da Sangallo stören, der in Baupläne für Seine Heiligkeit vertieft ist und durchaus keine Lust verspürt, Madonna Lucrezia fachmännische Erklärungen zu erteilen; nachmittags meine Herrin in dieses oder jenes Atelier führen, wo große Damen ihre Aufträge zu vergeben pflegen.

Einmal betraten wir die Werkstätte Meister Peruginos; es schwirrt dort von Schülern und Mitarbeitern, ein wahres Bienenhaus! Kunstverständige wollen ein Nachlassen seiner einst so hochgepriesenen Kunst erkennen, seitdem dort, an Stelle Apolls, Hermes über die Musen herrscht. Lucrezia betrat Peruginos Werkstatt in bester Laune mit der Absicht, dem Meister einen Auftrag zu geben: eine Madonna, eine Heilige, einen Engel, was er wolle, wenn es nur eine Figur sei, der er ihre, Lucrezia Borgias, Züge und goldenen Haare gäbe. Bevor meine Schwester jedoch dazu kam, ihren sinnigen Vorschlag auszusprechen, wurde ihr ein Karton mit Entwürfen für ein Gemälde gezeigt, das Isabella Gonzaga bei dem Meister bestellt hatte; ›der Kampf zwischen Keuschheit und Liebe‹.

Es schwebte mir auf den Lippen, vorzuschlagen, daß Meister Perugino der Liebe Lucrezias Züge verleihe, und der Keuschheit Isabellas Antlitz, aber ich hütete mich wohl, solche Worte laut werden zu lassen, denn bei der Nennung der Herzogin von Mantua und gar noch im gleichen Atem mit dem Worte Keuschheit, war meine Fürstin zornig errötet und erklärte das Thema für ganz und gar töricht. Von einem Auftrag war dann keine Rede mehr.

Auf dem Heimweg sagte die Frau Herzogin zu mir: »Jacobus, ich ärgere mich über Isabella und Elisabetta! Ich sage dir, um diese Hohen in den Schatten zu stellen, wäre ich fähig, das tugendhafteste Weib zwischen Sizilien und der Alpenkette zu werden!«

»Das wird Euch schwerfallen, Serenissima!«

»Ja, das wird es ...«, sie lachte, »aber weißt du, Jacobus, sogar in der Tugend kann man sein Vergnügen finden. Wenn ich bedenke, wie diese Isabella Gonzaga besungen und gefeiert und abgemalt wird, nur weil sie nie einen Geliebten hatte, aber anstatt dessen Bilder und Skulpturen zusammenkauft wie ein gewiegter Händler, und welches Aufhebens man von Elisabettas Musenhof macht, dann dünkt es mich, solchen Ruhm sollte ich als Herzogin von Ferrara auch erringen können.«

Ich beeilte mich zu erklären, daß ich nicht daran zweifelte.

In unsern Palast heimgekehrt, wurde Madonna Lucrezia sofort zu ihrem Vater gebeten. Meine Herrin blieb mehrere Stunden im Vatikan. War der unterschriebene Kontrakt eingetroffen? Ich wartete in größter Spannung auf meine Schwester.

Sie kam zurück; mit geröteten Wangen, strahlenden Augen. Der Kontrakt war zwar nicht angekommen, aber es wurden mir drei Schriftstücke in die Hand gegeben, die Zukunft des kleinen Rodrigo d'Aragón und des Knaben Giovanni Borgia betreffend.

»Lies die Akten, Jacobus, und verschließe sie in meiner Geheimschatulle, die mit nach Ferrara reisen wird. Du wirst dich mit mir freuen zu sehen, welche große Herren meine Söhne, Giovanni und Rodrigo, geworden sind!«

Dann trennten wir uns, weil es schon spät am Abend war.

den 2. September 1501, zu Beginn des Tages

In der vergangenen Nacht habe ich kein Auge geschlossen. Als meine Schwester sich gestern abend zur Ruhe begab, setzte ich mich an meinen Tisch, um die drei Akten in Ruhe zu studieren. Die erste betraf die Belehnung Rodrigos, Alfonso d'Aragóns Sohn, mit dem Herzogtum Sermoneta, das Lucrezia ihrem Söhnchen überläßt. Ich freute mich für das Kind und legte die Schrift beiseite.

Ruhig griff ich zum zweiten Pergament, aber als ich verstand, was ich las, stieg mir vor Schreck das Blut in den Kopf. In dieser Akte erklärte sich Don Cäsar Borgia als der Vater des kleinen Giovanni, der doch der Sohn Perottos ist. Mir wurde heiß und kalt. Ohne zu Ende zu lesen, griff ich nach dem letzten Schriftstück, und nun sanken mir die Hände kraftlos vom Tisch.

Tief über das Pergament gebeugt, las ich wieder und wieder, was mir unfaßlich schien, nämlich, daß Alexander VI. selber sich als Vater des Kindes Giovanni Borgia bekannte. Der Knabe wird der ›Infant von Rom‹ genannt, die Mutter als eine ›unbekannte, ledige Römerin‹ bezeichnet.

Was bedeutete diese doppelte Vaterschaftserklärung? Vor allem bedeutete sie die scheinbare Bestätigung der entsetzlichen Gerüchte, die Giovanni Sforza von Pesaro über die Borgiasippe unter die Menschen gebracht hatte. Aber ich muß versuchen, Klarheit in diesen Vorgang zu bringen.

An diesem 1. September 1501 erklärt Seine Heiligkeit, Alexander VI., daß der Edle Johann de Borgia, römischer Infant, ein unehelicher Sohn Cäsar Borgias sei. Er, Alexander gibt dem Kinde dann aus apostolischer Macht alle Vorrechte eines Blutsverwandten.

Im zweiten Schriftstück erklärt Alexander, unter dem gleichen Datum, dem 1 .September 1501, daß nicht Cäsar, sondern er selber der Vater des Kindes ist.

Ich weiß, daß Seine Heiligkeit nach kanonischem Gesetz ein Kind nur ›adoptieren‹ kann. Da dieses Adoptionskind aber ein Borgiasproß sein mußte, damit er es zum Herzog ernennen und mit Reichtümern ausstatten konnte, so hatte es Cäsars Sohn zu sein.

Das Unheil, das für Lucrezias Ruf aus diesem Wust von Lügen entstehen kann, ist nicht abzusehen! Es seien Geheimakten! Auch die geheimsten Akten kommen einmal vor die Augen der Welt.

Im zweiten Aktenstück sagt Alexander zum Infanten von Rom: »Weil Du aber den Mangel der legitimen Geburt nicht von dem genannten Herzog Cäsar, sondern von Uns und der genannten ledigen Frau trägst, was Wir aus guten Gründen in der vorausgegangenen Schrift nicht haben ausdrücken wollen, so wollen Wir, daß jene Schrift niemals als Null erklärt werde, und, damit Dir nicht im Laufe der Zeit daraus eine Beschwerde erwachse, dem in Gnaden vorsehen. Wir bestätigen Dir aus unserem freien Entschluß, aus unserer Großmut und Machtvollkommenheit durch das Gegenwärtige die volle Gültigkeit von allem, was in jener Schrift enthalten ist.«[8]

Die beiden Akten sind da; sie liegen neben meiner Hand als eine greifbare Wirklichkeit, und Akten bleiben; doch der Mensch vergeht und mit ihm die Stimme, die die Wahrheit hätte reden können. Gerüchte jedoch sind unsterblich. Je gräßlicher sie lauten, je lieber schleppt die Zeit sie mit von Generation zu Generation.

Wie blind sind die Großen dieser Welt! Ach, warum hat das Schicksal mich als kleinen Mann zur Welt kommen lassen; so ist es mir versagt, das Rad anzuhalten, das hier ins Rollen kommt. So tief hat Lucrezia unter den grauenhaften Beschuldigungen

Giovanni Sforzas gelitten, und dennoch nimmt sie beglückt zwei Schriftstücke entgegen, die ihrem Verleumder scheinbar recht geben.

Meint sie, ihre Ehre sei gedeckt, weil man von einer ›ledigen, unbekannten Römerin‹ als der Mutter des Kindes spricht? Sie weiß doch, daß vor drei Jahren schon der Gesandte Ferraras die Geburt ihres unehelichen Kindes dem Herzog Ercole gemeldet hat.

Nur dieses Kind kann in den Augen der Welt ›der Infant von Rom‹ sein[9], denn kein zweiter Borgiaknabe ist zu dieser Zeit geboren worden. Und wenn auch Eingeweihte Perotto als seinen Vater ansehen, so wird diese Wahrheit untergehen vor dem aufpeitschenden Gerücht einer abgründig sündhaften, naturwidrigen Vaterschaft, das neuigkeitslüsterne Menschen einander mit wohligem Grauen weitergeben werden.

Was soll ich tun? Was könnte ich tun? Ein Schriftstück, vom Papst unterschrieben, kann keine Menschenmacht mehr rückgängig machen. Lucrezia geht dahin wie eine Schlafwandlerin; es wäre gefährlich, sie jetzt, in dieser Zeit der höchsten Erregung, zu wecken. Ich kann nur den Himmel anflehen, daß nie der Beweis erbracht werden kann, daß sie die Mutter des ›Infanten von Rom‹ ist.

Und doch ... wenn diese Akten nicht vernichtet werden, so wird man sich später fragen, warum Lucrezia Borgia sie in ihrer Geheimschatulle aufbewahrte und mit sich nach Ferrara nahm.[10]

Manchmal scheint es mir, als zwinge Gott die Borgia, ihre Strafe selber auszusäen, denn wie ein wucherndes Unkraut wächst eine Tat aus der andern hervor. Aber meine Herrin, Lucrezia, ist keine Sünderin; sie macht sich ja nur des Leichtsinns schuldig, warum muß sie in den Höllenwirbel hineingezogen werden?

den 4. September 1501, abends spät

Gestern, am 3. September, als immer noch kein Bote aus Ferrara eingetroffen war, sah ich mich am Ende meiner Kunst der Zerstreuung. Ich saß in Lucrezias Arbeitskabinett am Schreibpult, tatenlos, mit unausgesprochenen Worten kämpfend. Meine Schwester ordnete mit fliegenden Händen ihr wahrhaft königliches Geschmeide und fand, es sei Lumpenzeug, was sie besäße.

»Nur das besitze ich an Perlen, nur das an Juwelen!« Und sie hielt Ketten, Spangen, Agraffen, Ringe mit vollen Händen in die Höhe.

»Wenn Ihr erst Herzogin von Ferrara seid«, sagte ich beschwichtigend, »werden Euch Maximilian und Ludwig XII. mit Geschenken überhäufen, um Eurer Gunst sicher zu sein.«

Plötzlich schlug Lucrezias Laune vollkommen um; sie warf sämtliche Geschmeide auf den Polstersitz eines Sessels; die spielerische Entrüstung verschwand aus ihrem Gesicht und enthüllte einen schmerzlichen Ernst um den Mund und eine Reife, die sie sonst nie zu zeigen pflegt. Ihre Augen hatten sich mit Tränen gefüllt, und in leiser Stimme sagte sie zu mir: »Jago, es ist ja nicht der umworbene Thron von Ferrara, den ich will, auch ist mir Alfonso d'Este so gleichgültig«, sie schnippte die Finger, »aber die Bereitschaft dieser strenggesinnten Este, mich zur Herzogin ihres Landes und zur Mutter eines Erbprinzen zu machen, das soll der Welt beweisen, daß ich nicht das Ungeheuer bin, zu dem die Pamphletisten und Giovanni Sforza mich gestempelt haben.«

»Madonna!« stieß ich hervor, »jetzt erlaubt mir ein freies Wort zu sagen! Ein Wort, das ich nur mit Mühe zurückgehalten habe. Ihr offenbart mir, was Euch unablässig quält, und gleichzeitig duldet Ihr, daß Euer Hoher Vater handschriftlich auf Pergament für alle Zeiten das, was jetzt noch ›ein Gerücht‹ ist, als Wahrheit darstellt!«

»Um Gottes Willen, Jacobus, ich verstehe dich nicht! Was deutest du mir an?«

»Ich deute nicht an! Ich sage es Euch in krassen Worten, und wenn Ihr mich dafür in den tiefsten Kerker der Engelsburg werfen laßt, jene zwei Dokumente, die Euren Sohn Giovanni zum Herzog erheben, könnten Euren Namen vor der Nachwelt für alle Zeiten schänden! Ihr ersehnt einen Beweis für Eure Unschuld und tragt den Gegenbeweis in Eurer Geheimschatulle mit Euch!«

»Es geht um die Erhöhung und Belehnung eines jungen Borgia, nicht um mich.«

»So laßt die Papiere in Rom, rührt sie nicht an.«

»Wo liegt die Gefahr für mich?« fragte Lucrezia leichthin, »ich kenne jene ›ledige, fremde Römerin‹ nicht, deren Kind der ›Infant von Rom‹ ist.«

»Weshalb müssen dann die Papiere dieses fremden Knaben in Eurer Hut sein?«

»Er ist mein Neffe ... nein, er ist mein Bruder! Wenn mein Vater sterben sollte, und Cesare fern ist, so muß ich seine Rechte wahren.«

»Ach, Carissima, würdet Ihr doch diesen Knaben arm und unbekannt aufwachsen lassen! Aber nicht ...«

»Genug, Jacobus. Du weißt nicht, welch unermeßlicher Wert für den Menschen in einer hohen Stellung und im Reichtum liegt.«

Ich wollte Madonna Lucrezia eben erwidern, daß es in der Heiligen Schrift anders stünde, als die Frauen erschienen, die meine Herrin für die Abendtafel umzukleiden hatten.

Mein Herz war nach diesem Gespräch nicht leichter geworden. Unter dem Vorwand, dem Boten aus Ferrara entgegenreiten zu wollen, entfernte ich mich aus dem Palast. Mein schwerfälliges Gemüt konnte nur eines denken, daß meine Schwester sich nun doch mitschuldig gemacht hatte. Auf Taten, die um Geld und Gut begangen werden, liegt kein Segen.

den 5. September 1501

Als ich gestern, am 4. September, nachdem ich auf weiter Strecke keinem Boten begegnet war, ängstlich den Gemächern meiner Herrin zustrebte, hörte ich sie laut und schallend lachen, dazwischen ertönte das dröhnende Gelächter ihres Vaters.

Hatten diese Allerhöchsten einen Tag mit Lachen zugebracht? O nein, ich erfuhr sehr bald nach der Begrüßung, daß Stürme getobt hatten. Vasen waren zertrümmert und Briefe zerfetzt worden; Hofdamen waren beleidigt und Kämmerer entlassen worden. Aber jedesmal, wenn die Laune auf einen Tiefpunkt gesunken sei, hätte Carlotto, der Narr, sein Spiel mit dem Papagei vorgeführt: er, in der Rolle Ercole d'Estes und der Papagei als Alfonso, und von einer so unübertrefflichen Satire sei der eingeübte Dialog gewesen, daß Alexander sich die Seiten gehalten, und Lucrezia, die Tränen abwischend, dem Narren das Festgewand versprochen habe, in dem sie zum Dankgottesdienst schreiten würde, wenn endlich der Ehekontrakt in ihren Händen sei.

Zu sehr später Stunde, nachdem ich mich hatte beurlauben dürfen, öffnete sich die Türe zu meinem Arbeitszimmer, und, ein Windlicht in der Hand, stand die Herzogin auf meiner Schwelle. Sie sah kindlich jung in ihrem losen, weißen Gewande aus, aber ihre Stimme war die einer verzweifelten Frau, als sie zu mir herüberrief: »Jago, wenn die Herzöge inzwischen doch noch zurückgetreten sind? Was soll dann geschehen? Den Schimpf vor allen Thronen Europas würde ich nicht ertragen! Oh, lieber sterben, ... oder Cäsar die Rache überlassen, denn er würde unsere Sippe rächen! Ja, nur daran allein könnte ich gesunden!«

»Madonna, wenn Ihr solche Gedanken hegt, vertreibt Ihr Gottes Hilfe!«

Ich will nicht wiederholen, was der Zorn meiner Herrin für Worte eingab. Ich bat den Himmel um Verzeihung, nachdem die Türe sich hinter Lucrezia geschlossen hatte.

Mir wurde keine gesegnete Nacht von gestern auf heute beschieden. Am Vormittag getraute ich mich kaum vor das Angesicht meiner Herrin, aber dann mußte ich neben ihr auf der Bank sitzen, sie lehnte ihren Kopf an meine Schulter und schluchzte so herzbrechend, wie nur ich es sehen darf.

Der Buffo, der ganze Hofstaat waren verbannt; kein Schachspiel, kein Ballwerfen, kein Musizieren. Wir waren allein, meine Schwester und ich. Alle Trostworte hatte ich schon vergeben und flehte nun Gott in meinem Herzen an, er solle sich seines Kindes Lucrezia erbarmen, da ertönten Böllerschüsse von der Engelsburg ... ich hatte mitgezählt ... zehn, elf, zwölf, immer noch mehr? Atemlos sahen wir uns an. Was bedeutete das?

Nun riß auch schon unser Narr die Türe auf und schrie hinein: »Euer Festkleid ist mein! Sprecht Euer Dankgebet, Fürstin!«

Aber diesmal hörte niemand auf ihn, denn den Gang entlang kam der Heilige Vater in seinem eiligen, straffen Schritt, gefolgt von Kardinälen und den höchsten Herren im Vatikan; sein Gesicht strahlte, und er breitete die Arme nach seinem Kinde aus; in der Rechten hielt er ein Papier.

Lucrezia stürzte mit einem Schrei an seine Brust, aber er schob sie nach einem raschen Kuß gleich ein wenig von sich: »Frau Herzogin von Ferrara, meine Bundesgenossin auf dem höchsten Thron unsres Landes, ich beglückwünsche Euch!«

den 6. September 1501

Die gestrige Nacht verging mit der Gratulationskur im hellerleuchteten Vatikan. Lucrezia in ihrem lichten Festkleide und den Blumen aus Edelsteinen im Haar, war schön wie eine heidnische Göttin in ihrem Triumph.

Heute vormittag, während ich helfen mußte, eine besonders festliche Kavalkade zusammenzurufen, schlief die Holde, aber gleich nach dem Mittagsmahl setzte man sich in Bewegung: vier Bischöfe, zwei und zwei an Lucrezias Seite, gefolgt von dreihundert Reitern, die eine Schar vornehmer Frauen in die Mitte genommen hatten, darunter Madonna Adriana als Fürstin-Mutter.

Lucrezia hatte sich sehr kostbar kleiden lassen; sie wollte ihr Wort ohne Geiz an den Narren einlösen. Nachdem sie in Santa Maria del Popolo ihr Dankgebet verrichtet hatte und in ihren Palast zurückgekehrt war, mußte ich das Kleid mit der schweren Goldstickerei an Carlotto überbringen. Der war noch närrischer als sonst vor Glück und lief, das Kleid wie eine Fahne schwingend, und Lucrezia Borgias Ruhm verkündend, durch die Gassen Roms.

Als ich zu gleicher Zeit Madonna Lucrezia an die Piazza Pizzo di Merlo geleitete, hörten wir seine Stimme von den Häusern widerhallen. Vanozza empfing uns mit dem trocknen Wort: »Ich hätte es nicht mit Böllerschüssen und Illumination, Kavalkade und Dankgottesdienst allem Volk deutlich gemacht, daß man im Vatikan überglücklich ist, weil ein Herzog endlich geruht hat, die Tochter zu sich zu erheben, aber seitdem ich aus dem Familienrat verbannt bin, hat sowohl Seine Heiligkeit wie Ihre Exzellenz, meine Frau Tochter, gänzlich den Kopf verloren.«

Lucrezia ließ sich in ihrem Glück nicht beirren; sie küßte ihre Mutter herzhaft und strich ihr begütigend über die Schulter, dann bat sie, man möge Käse, Brot und Wein von Vanozzas Landgut auftragen, sie hätte seit Tagen nichts gegessen und verspüre einen Hunger wie ein Bauernknecht.

Das vierte Heft
20. September 1501 bis 1. Februar 1502

Rom, den 20. September 1501

Gott Lob und Dank, daß der Ehekontrakt unter Dach ist! Es war ein Kampf! Seine Heiligkeit soll endlich besser schlafen, endlich nach Wochen; der Hof wird aufatmen.

Von Cesare, der herbeigeeilt ist, tuschelte man heute morgen in den Vorzimmern, er hätte in seiner Triumphesfreude mit Genossen und Bravi einen spaßhaften Angriff auf ein Freudenhaus unternommen, um einen ›Raub der Sabinerinnen‹ zu spielen. Ein Dummkopf von Türhüter, der den Scherz nicht verstand, sei dabei ins Jenseits geraten.

Ja, so sind die Scherze des Valentino. Lucrezia, der ich soeben die Liste ihrer Aussteuer und der Geschenke Ercoles vorlesen mußte, hat sehr gelacht über die Abenteuer ihres Bruders; jetzt ist sie wieder zu Bett gegangen, denn es wurde bis drei Uhr früh getanzt und gespielt. Der Himmel gebe ihr Schlaf bis in den Nachmittag hinein, denn auch ich habe es nötig, einige Stunden zu ruhen.

Am Abend: Nun sitzt meine Kleinigkeit erholt und befriedigt, als wäre ich das Haupt der Borgia selber, am Schreibpult mit dem Befehl, den Punkt ›Juwelen‹ auszuarbeiten. Gott verzeihe es Madonna Lucrezia, daß sie Geschmeide zu den wichtigsten Dingen ihres Daseins zählt, aber sie weiß warum. Funkelnde Ketten in ihrem Goldhaar machen den Glanz für Männeraugen erst vollends verwirrend; Perlen um ihren weißen Hals zwingen jeden Verehrer zu dem nicht mehr neuen Ausruf: »Oh, glanzlos sind die Perlen gegen den Schmelz Eurer Haut!«

Solche Worte hört meine Schwester immer wieder gern. Zum Glück bin ich von der Fron solcher Huldigungen befreit.

Es ist ein saures Geschäft, diese Heirat. Noch bei keiner Eheschließung hat Lucrezia ihre Schönheit so hoch veranschlagen müssen; die früheren Bewerber lagen ja ohnehin schon als Verlobte wehrlos zu ihren Füßen, aber der Este, der sich mit Händen und Füßen gegen diese Ehe gewehrt hat, muß noch bezwungen werden, und er wird bezwungen werden, das sagen mir die funkelnden Augen und die grübelnde Miene meiner Herrin, wenn sie ganze Stunden über ihren Einzug in Ferrara nachsinnt.

Aber was sie auch erdenkt, es bleibt ein schweres Unterfangen, denn Männer, die lieber im Arsenal als im Schlafgemach weilen, die selber Kugeln gießen, anstatt über immer neue Geschenke an die Geliebte nachzudenken, die Bastionen und Laufgräben zeichnen, anstatt Verse zu schmieden, solch rauhe Patrone sind nicht leicht in Abhängigkeit zu bringen. Vor Alfonso d'Estes Augen muß Schönheit von weiblicher Demut begleitet sein und der äußere Glanz eine Huldigung für den Gebieter bedeuten. Vor allem aber, Teuerste, beschafft viel Geld, um Kanonen herzustellen.

Lucrezia ärgerte sich, als ich gestern so zu ihr sprach, denn mit dem Geld hapert es.

»Glaubst du, ich wisse mir nicht zu helfen, Jacobus?« rief sie heftig aus. »Der Himmel hat mir blonde Haare verliehen, und wie viele erfolgreiche Frauen waren nicht blond! Von Lilith über Eva zu Danaë und Poppäa – deren Haar war allerdings gefärbt, sagt man, aber gleichviel, alle Hexen und alle Engel sind blond ... Alfonso d'Este ist auch nur ein Mann.«

Ich seufzte.

Aber nun zu den wichtigsten Teilen unserer Mitgift; sie seien hierher gesetzt, denn ich muß mir einen Überschlag machen, wie viele Maulesel wir für die Lasten brauchen, wie lang die Kolonne sein wird und wie viele Bewaffnete ich zu ihrer Sicherung verlangen muß. Auch die Reiseroute sollte genau entworfen, die Stunden und Tage der Rast berechnet werden. Für Unterkunft in befreundeten Villen, Kastellen und Städten habe ich zu sorgen, den genauen Ankunftstag in Bologna und die Ankunft in Ferrara auf die Stunde rechtzeitig dem Este zu melden. In Bologna werden wir zu Schiff gehen, um auf dem Kanal den Po zu erreichen.

Also das mitzuführende Heiratsgut als Inventar, wie der Notar Beneimbene es von mir als Sicherung gegen Diebstahl und Verschleuderung zuhanden des Heiligen Vaters verlangt, es wird eine lange Liste werden.

100 000 Dukaten bringt Madonna Lucrezia in bar nach Ferrara, ferner:

silbernes Tafelgeschirr	30 000 D.
feinstes Leinen aus Flandern	2 000 D.
silbernes Zaumzeug für Pferde und Maulesel	8 000 D.
200 Hemden aus Seide	2 000 D.
12 Prunkärmel	3 600 D.
ein Hut mit Perlenbordüre	10 000 D.
ein edelsteinbesetztes Kleid	15 000 D.
ein Pelzmantel, goldbestickt	20 000 D.
24 Sammetkleider	

Nichts von Inventar! Soeben war Lucrezia bei mir. Wie ein Wirbelwind kam sie zur Türe herein und wischte sich die Lachtränen aus den Augen.

»Oh, Jacobus!« stieß sie hervor, »ich habe unsern alten Beneimbene in solche Empörung versetzt, daß ich dachte, er würde mir vor den Augen zu Staub zerfallen, samt seinen moderigen Akten und Inventaren. Nichts wird aufgeschrieben werden, nichts; ich kann verschenken und verkaufen und verschleudern, was ich will.«

»Muß denn das sein, Illustrissima Domina?«

»Besitz ist nur Macht, wenn man ihn verteilen kann wie Geld!«

Ich wiegte bedenklich den Kopf. »Aber Seine Heiligkeit wollte doch gerade Eurer Verschwendungssucht Ketten anlegen.«

»Aber ich wollte es anders!« Sie trat nahe zu mir und legte mir schmeichelnd die Hand auf die Schulter. »Kennst du nicht die Verse Homers, wo Pallas Athene sich an die Knie ihres göttlichen Vaters schmiegt, um von ihm den Sieg für ihre Schützlinge zu erbetteln? ... Genau so habe ich es gemacht. Ich weiß nicht, wie lange Pallas Athene bitten mußte, für mich genügten zwei Minuten.« Und damit beugte sich das holde Kind über meinen halbbeschriebenen Bogen, hob ihn auf und zerriß ihn mit ihren immer sanften und liebreizenden Bewegungen. Dann hieb sie mir mit der Faust leicht auf den Kopf und entschwand meinen Protesten und Ermahnungen.

Was werde ich auf der Reise erleben müssen?

den 18. Dezember 1501

Ich bin im vergangenen Vierteljahr von Kräften gekommen, und auch Lucrezia ist schlank wie eine Gerte und oft sehr blaß, denn die Este weigerten sich, das Hochzeitsgeleit abzusenden, bevor nicht jede Bedingung erfüllt war. Aber bei allem guten Willen hatte Alexander große Schwierigkeiten zu überwinden; endlich stand ihm das Kardinalskollegium hilfreich bei, sodaß wir Weihnachten mit den neuen Schwägern aus Ferrara feiern können.

Der November wird mir ewig in furchtbarer Erinnerung bleiben: in den ersten Tagen des Monats kam eine Nachricht aus Ferrara, Ercole, der regierende Herzog, mit dem Lucrezia die zärtlichsten Briefe wechselt, läge im Sterben. Lucrezia und ihr Vater waren wie zerschlagen, denn da nicht ein einziger freundschaftlicher Brief zwischen Lucrezia und ihrem zukünftigen Gatten Alfonso hin und her gegangen war, mußte man fürchten, daß mit dem Tode Ercoles die Eheschließung von neuem in Frage gestellt würde.

Lucrezia, die sehr kirchlich gesinnt ist, betete viel in dieser Zeit, und wirklich, Ercole gesundete und blieb ihr als Schutz erhalten. Aber nun legte sich der Heilige Vater nieder, und die Ärzte machten besorgte Gesichter. Wieder verbrachten wir viele Stunden mit Anflehung des himmlischen Beistandes, und auch dieses Mal wurden unsere Gebete erhört und der Heilige Vater genas.

Das waren schwere Prüfungen für Madonna Lucrezias Fassung. Es ist, als halte das Schicksal ihr einen Versöhnungstrank hin, der sie mit der Welt neu verbinden soll, aber entziehe ihn ihr immer noch einmal. Ja, es liegt Lucrezia viel, alles an dieser Ehe, in der ihre Menschenwürde wiedererstehen soll. So ist denn die Ehe mit Alfonso d'Este im Vordergrund all unserer Gedanken, unserer Gebete, unseres Hoffens; nur so kann ich es verstehen, daß sie selbst wünscht, ihr Söhnchen Rodrigo möchte in Rom zurückbleiben; und doch liebt sie das Kind, es ist fast immer um sie, oft bricht sie in Tränen aus und reißt es in ihre Arme. Aber sie weiß, daß sie auch dieses Band an die Vergangenheit durchschneiden muß, wenn sie in Ferrara ein neues Leben antreten will.

Rodrigo d'Aragón, der, wie sein armer ermordeter Vater, Herzog von Quadrata und Bisceglia ist, erhält ein Jahreseinkommen von fünfzehntausend Dukaten; er ist ja nun auch Herzog von Sermoneta geworden. Zwei Kardinäle sind zu seinen Vormündern eingesetzt, und die alte Donna Anna, die uns schon aufgezogen hat, soll bei ihm bleiben. Der kleine Herzog ist nur zwei Jahre alt und schön wie ein Engel.

Auch der ›Infant von Rom‹, Giovanni Borgia, der unselige Knabe, ist gut versorgt. Er bezieht jetzt große Einkünfte aus seinem Herzogtum Nepi, das sechsunddreißig Ortschaften umfaßt.

den 23. Dezember 1501

Heute mußte ich das Kind, Giovanni Borgia, den Infanten von Rom, einen schüchternen, feinen Knaben von beinahe vier Jahren, meiner Schwester bringen. In aller Heimlichkeit. Einmal, nur einmal wollte sie ihren Sohn sehen und umarmen, der ihr in all den Jahren ferngehalten worden war. Sollte jemand Fragen stellen, so hätte ich zu sagen, der Kleine sei *mein* Sohn.

Ich holte das Kind nur mit Sorgen, aber ich vermochte meiner Schwester die flehentliche Bitte nicht abzuschlagen, doch als ich dann mit dem Knaben, einer erhabenen Szene gewärtig, bei meiner Herrin eintrat, fand ich sie in strahlender, jubelnder Aufregung: das Hochzeitsgeleit aus Ferrara war inzwischen in Castell Montuosi eingetroffen.

Während Lucrezia das verschüchterte Kind geistesabwesend, aber herzlich streichelte, zählte sie mir auf, welche römische Persönlichkeiten dem Führer des Hochzeitsgeleites, dem Kardinal Hippolyt d'Este, ihrem Schwager, und drei ferraresischen Prinzen entgegenziehen würden.

»Hippolyt d'Este ist mir seit Jahren zugetan«, sagte sie angeregt, »Cesare war hier; er will mit großem Gefolge, Pagen und Edelleuten zu Pferde, dem Kardinal entgegenziehen. Mein Vater gibt ihm zweihundert seiner Schweizer für die Kavalkade mit.«

»Ich habe sie gesehen«, rief ich aus, »ich wußte nicht, warum sie in solcher Pracht auszogen: in schwarzem und gelbem Samt. Sie trugen die neuen Federbarette und die Hellebarden.«

»Hast du auch die Musikanten gesehen, Jacobus?«

»Nein.«

»Nun, diese Leute holen, so viel ich weiß, den französischen Gesandten ab, der neben Cesare reiten soll. Mein Vater hat auch den Senatoren und dem Stadtgouverneur, dem Polizeihauptmann und dem Adel befohlen, sich dem Begrüßungszug anzuschließen, und neunzehn Kardinäle haben sich an die Spitze begeben. Das Gefolge aller dieser Herren und die Bewaffneten eingerechnet, werden sich mehr als tausend Mann vor der Porta del Popolo ausbreiten.«

Lucrezia schlug in die Hände: »O herrlich, herrlich, Jago, jetzt wird jeder Tag ein Fest sein!«

»Ihr müßt Euch kleiden lassen, Madonna. Ihr werdet doch den Kardinal Hippolyt und die Prinzen und Herren nicht im Hausgewand empfangen wollen!«

»Bis die Zeremonie am Tor durchgekämpft ist – die Armen werden viele Gedichte und Ansprachen hören müssen –, bin ich gekleidet und meine Damen auch. Jago, du ziehst dein bestes Gewand an und stehst auf der äußeren Treppe. Wir gehen den Herren unter das Portal entgegen.«

»Wer wird Euch führen?«

»Der Fürst Alberto Orsini; er ist ein schöner alter Mann. Hinter mir sollen Hieronyma und Angela Borgia stehen, meine Basen, und hinter denen die junge Barbara Farnese und Cäcilia Orsini … Oh, ich freue mich auf Hippolyto, man sagt, er lebe galanter denn je.«

»Bitte, Carissima, vergeßt nicht, daß Ihr den Bruder heiraten sollt, vermeidet es, das Abenteuer Ferrara mit einer Familientragödie zu beginnen!« so sagte ich zu Lucrezia und ergriff den kleinen Giovanni bei der Hand, der unbeachtet mit großen Augen zuhörte.

»Ja, nimm das Kind fort«, Lucrezia steckte ihm rasch einige Süßigkeiten in die Hand. Ihre Wangen glühten, ihre Augen strahlten, sie war wie ein gespannter Bogen, der eine neue Sehne erhalten hat und nun klingt und schwirrt vor Frische und Neuheit.

»Rufe mir meine Frauen, sie sollen in das Kleiderzimmer kommen«, Lucrezia lief eilig der Türe zu, das Kind war vergessen.

Jetzt ist es nach Mitternacht, ich bin sehr müde und möchte schlafen, denn die folgenden Tage werden anstrengend sein, aber ich weiß, ich werde den Schlaf nicht finden, denn die Verknüpfungen sind schon geschlungen, die nie ausbleiben, wenn Madonna Lucrezia schönen Männern begegnet.

Erst um 6 Uhr, als es schon dunkel war, erreichte die Kavalkade, die von der Porta del Popolo bis zum Vatikan reichte, diesen Palast. Lucrezia hatte mich abgesandt, alles zu beobachten, um ihr jede Einzelheit wiedergeben zu können.

Der Heilige Vater stand an einem Fenster und spähte auf den nahenden Zug hinunter; seine Lippen bewegten sich in frohem Selbstgespräch, seine schönen Herrscheraugen strahlten genau wie die seiner Tochter an diesem Tage strahlten. Als der Kardinal Hippolyt, von Cesare geleitet, und die Prinzen des Hauses Ferrara zwischen den Gesandten und den hohen römischen Persönlichkeiten im Palast verschwanden, kehrte ich rasch nach Santa Maria in Porticu zurück, denn Alexander würde uns die fremden Gäste bald zusenden, ungeduldig, daß sein Kind sie bezaubere.

Lucrezia vermochte an diesem Tag die Menschen zu bezaubern, wahrhaftig! Ich hatte sie noch nie so schön gesehen, schön in ihrer herrlichen Lebendigkeit, in ihrem sieghaften Selbstbewußtsein, ihrem Glück und nicht zum mindesten in ihrer Geneigtheit, jeden schönen Mann in Gunst aufzunehmen. Die Farbe ihrer Wangen, ihrer tiefblauen Augen, die Röte ihrer Lippen und der Schimmer ihres Haares waren in der Beleuchtung unzähliger Kerzen von einzigartigem Reiz.

Der hauchdünne grüne Schleier, der von einer feinen Kette um die Stirn gehalten wurde, ließ das hervorquellende Haar doppelt golden erscheinen. Das weiße, schwergestickte Tuchkleid und die spanischen Ärmel in Goldbrokat hoben sich scharf von dem schwarzen Sammetgewand des greisen Orsini ab, auf dessen Arm sie lehnte. Um den entblößten Hals trug Lucrezia eine Perlenschnur mit einem einzigen großen Rubin, ein Geschmeide, das ich noch nicht an ihr kannte. Ist es das vielbesprochene Geschenk des Dogen von Venedig, das aus dem fernen Indien gebracht wurde? Wir alle haben nur davon reden hören, aber niemand hatte bis jetzt diese großen märchenhaft schimmernden Perlen und den herrlichen Ruhm gesehen.

Lucrezias Damen waren fast so reizend wie sie selber. Zum Erschrecken schön war die junge Angela Borgia; sie ist nur fünfzehnjährig. Man hatte sie in dunkelroten Brokat gekleidet und ihre nachtschwarzen Haare in einen dicken, mit Silberband umwobenen Zopf geflochten. So adlig und gütig der Ausdruck ihres Gesichtes ist, so hart und lauernd ist Hieronymas Antlitz; sie erschien in tiefblauem Sammet, und Cäcilia und Barbara in den braunen Tönen herbstlicher Blätter. Pinturicchio hatte die Farben der Kleider sorgfältig abgestimmt; und damit Lucrezias weißgoldenes Gewand sich nicht zu scharf von den dunklen Farben ihrer Damen abhob, hatte er ihr einen Mantel von sanftem Grün mit Zobelbesatz vorgeschrieben, der rückwärts von ihren Schultern fiel.

Der eigentliche Grund, aus dem Madonna Lucrezia alle erdenkliche Mühe auf die Festkleidung verwandt hatte, war die Nachricht, daß ein Beobachter sich in Rom aufhalte, den ihre

Schwägerin, Isabella d'Este, aus Mantua mit dem Auftrag hierher geschickt hatte, jede Einzelheit der Kleider, die von der neuen Herzogin von Ferrara und ihren Damen getragen würden, zu beschreiben.

Doch zurück zum Moment des Empfanges. Lucrezia hatte kaum das Portal und die äußere Treppe erreicht, als ihr Schwager Hippolyt, herrlich schön im vollen Kardinalsornat, die Stufen hinaufeilte, Messer Burcardus, unser Zeremonienmeister, nahe neben ihm. Ich glaube, Hippolyt und seine Brüder hätten Lucrezia gerne geküßt, aber es war vorgeschrieben, daß man nach französischer Sitte die Gesichter nur nahe zueinander neigte.

Hippolyt schien überrascht von Lucrezias Liebreiz und Anmut; ich sah, daß ein Kompliment auf seinen Lippen schwebte, aber dann schien es zu gefrieren. Sein Auge sah auf die Damen, die hinter ihr standen. Meine Herrin hat es bemerkt, aber sie mußte sich um die andern Schwäger bekümmern; ich aber wandte den Kopf, um zu sehen, wer den Blick des Kardinals gefesselt hatte.

Oh, ... es war Angela, das schöne Kind. Sie stand tief errötet mit gesenkten Augenlidern neben Hieronyma, die den Kardinal ebenfalls beobachtete.

Es ging alles sehr rasch; die jüngeren Brüder Alfonsos wurden den Damen vorgestellt, da mußte ich mich zum zweitenmal verwundern: Donna Angela atmete sichtlich unter den freundlichen und freimütigen Worten des Prinzen Giulio d'Este auf. Der Kardinal stand ungeduldig daneben; Lucrezia biß sich auf die Lippen, weil ihr die Aufmerksamkeit Hippolyts entzogen war, und Madonna Adriana Ursina, die mit den älteren Hofdamen den Saal betrat, in den wir uns inzwischen begeben hatten, erfühlte sofort die Gewitterstimmung. Als erfahrene und gewandte Wirtin verscheuchte sie die Wolken mit leichtfertiger Betriebsamkeit, die jeden Mitspielenden ablenkte, wenn auch durch gänzlich unwichtige Beschäftigungen.

Meine Herrin verteilte sodann Geschenke an ihre Schwäger und das Gefolge, dazwischen erschienen die Diener mit spanischem Wein und Konfekt, und schließlich erbat der Gesandte Ferraras die Vorstellung bei seiner neuen Herrin durch den Kardinal Hippolyt. Dieser Gesandte, Messer Giovanni Lucas Tozzi, ist der älteste der fremden Herren, wohl schon dreissig Jahre alt; der Kardinal soll fünfundzwanzigjährig sein, zwei Jahre älter als Don Cesare; die drei andern Prinzen sind zwischen siebzehn und zweiundzwanzig Jahren.

Der Prinz Giulio bewarb sich den ganzen Abend um die Gunst der kleinen Angela. Hippolyt mußte sich Lucrezia widmen, aber er war zerstreut und schaute immer wieder zu seinem Bruder hinüber.

Als ich vor zwei Stunden von meiner Herrin die letzten Aufträge für heute erhielt, sagte sie resigniert: »Gottlob soll ich nicht Hippolyt heiraten, sonst wäre jetzt das beste Eifersuchtsdrama im Entstehen begriffen.«

»Findet Ihr den Kardinal so bezaubernd?«

»Ja ... Welche Frau würde sich nicht in diesen Adonis verlieben, der zudem noch geistreich ist wie Sokrates?«

»Vielleicht tun wir besser, an unsern Herrn, den Herzog Alfonso, zu denken.«

»Könntest du es nicht für mich tun, Jacobus? Du mußt heute abend auch an meiner Stelle die Gebete sprechen, ich bin zu müde ... Übrigens, Angela ist ein dummes kleines Vögelchen, sie wird den Kardinal sehr bald langweilen.«

So, und jetzt, Prinz, Kardinal, Herzog, Gift und Dolch, es ist mir alles gleichgültig, ich will schlafen.

den 24. Dezember 1501

Am späten Nachmittag rief mich der Herzog de Valence, Cäsar Borgia, zu sich in seine Gemächer im Vatikan. Es wohnt bei ihm der Gesandte Ferraras mit kleinem Gefolge, diese Einrichtung war Don Cesares besonderer Wunsch. Jetzt weiß ich den Grund.

Der Herzog läßt Messer Sarazeno, den Sekretar des Gesandten, genau überwachen und sämtliche Briefe nach Ferrara, die er, Cesare, in seiner großen Liebenswürdigkeit von eigenen Eilboten zu besorgen verspricht, vorher erbrechen und abschreiben. Diese Arbeit muß schnell und von einem zuverlässigen Mann gemacht werden. Ich habe immer noch die Ehre, als ein solcher beim Herzog de Valence zu gelten.

Bevor ich die Abschrift des ersten Briefes an Ercole d'Este sowie die Kritik über meine Herrin an Don Cäsar abliefere, will ich beides in dieses Tagebuch abschreiben. Meine hohe Schwester hat in Ferrara Gnade gefunden, aber noch scheint das Mißtrauen gegen sie nicht geschwunden. Habe ich denn Alfonso d'Este nicht überzeugen können? Immerhin, man spricht nur von dem ›Schlimmen‹, dessen man sie für fähig hält; das eine, das Furchtbare wird nicht ausgesprochen. Doch nun der Brief:

> Mein Erlauchtester Herr,
> heute nach dem Abendessen begab ich mich mit Messer Sarazeno zur Erlauchtesten Madonna Lucrezia, um derselben im Namen Eurer Exzellenz und Seiner Herrlichkeit Don Alfonso aufzuwarten. Bei dieser Gelegenheit hatten wir ein langes Gespräch über verschiedene Dinge. Sie gab sich hier in Wahrheit als sehr klug und liebenswürdig und von guter Natur zu erkennen, Eurer Exzellenz und dem Erlauchten Don Alfonso höchst ehrerbietig ergeben, so daß man wohl urteilen darf, daß Eure Hoheit und Don Alfonso eine wahre Genugtuung über sie empfinden werden.
> Sie besitzt eine vollkommene Grazie in allen Dingen, nebst Bescheidenheit, Lieblichkeit und Sittsamkeit. Nicht minder ist sie eine gläubige Christin und zeigt sich gottesfürchtig. Ihre Schönheit ist schon an sich hinreichend groß; aber die Gefälligkeit ihrer Manieren und die anmutige Weise sich zu geben, lassen sie noch weit größer erscheinen: kurz und gut, ihre Eigenschaften dünken mich solcher Art, daß man von ihr nichts Schlimmes zu argwöhnen hat, vielmehr stets nur die besten Handlungen zu erwarten berechtigt ist.
> Ich hielt es für passend, durch dieses Schreiben der Wahrheit gemäß Eurer Hoheit davon Zeugnis zu geben, und Dieselbe möge versichert sein, daß gleicherweise, wie ich in meiner Pflicht leidenschaftslos die Wahrheit schreibe, dies

> mir als Eurer Exzellenz ergebenem Diener zu ganz besonderer Freude gereicht.[11]

Dann folgt der vorgeschriebene Schluß mit mancherlei Komplimenten.

den 29. Dezember 1501

Immer wieder muß ich unterschlagene Post abschreiben; es ist ein verabscheuungswürdiges Geschäft, aber Don Cäsar zu widersprechen kostet das Leben, und ich möchte ja mit nach Ferrara reisen. El Prete an seinen Herzog Ercole: Nur kurz die Hauptbeschreibungen in diesem Brief:

> ›Die Erlauchte Madonna zeigt sich wenig, weil sie mit ihrer Abreise beschäftigt ist. Abends, am Sonntag den 26. Dezember, ging ich noch rasch in ihre Wohnung. Ihre Herrlichkeit saß dort neben dem Bett. In der Ecke des Gemachs standen etwa zwanzig Römerinnen, alle mit den hergebrachten Tüchern auf dem Kopf. Dann waren zugegen ihre Hofdamen, zehn an der Zahl.
> Den Tanz begann ein Edelmann aus Valencia mit einem Hoffräuleim. Dahinter tanzte sehr schön und mit viel Anmut Madonna mit Don Ferrante.‹

Nun folgt eine eingehende Beschreibung der Kleidung meiner Herrin bis zum Putzbesatz und dem goldgestreiften Schleier, als sei diese geringe Kleidung für einen Abend in der Familie des Erzählens wert. Die Herzöge werden erstaunen, wenn erst die Gewänder der Aussteuer enthüllt werden! Der Herr Gesandte fährt dann fort:

> ›Ihre Hoffräulein sind noch nicht ausstaffiert, die unsrigen können sich, was Aussehen betrifft, dreist neben sie stellen. Zwei oder drei sind graziös. Eine, Angela Borgia, ist reizend. Ohne daß sie es merkt, habe ich sie zu meinem Liebling erkoren.

Gestern abend, den 28., ging der Kardinal Hippolyt mit dem Herzog de Valence und Don Ferrante maskiert durch die Stadt, und dann abends zur Herzogin, wo getanzt wurde. In Masken sieht man nur Kurtisanen in Rom, von morgens bis zum Abend; denn mit dem Glockenschlag vierundzwanzig dürfen sie sich nicht mehr außer dem Hause sehen lassen, weil es sonst schlimme Händel gibt.‹[12]

Soweit der Brief. Gottlob, daß die Gesandten nur Gutes zu berichten haben, sonst könnte Don Cäsar ihnen jetzt böse Tage bereiten!

den 31. Dezember 1501

Jetzt ist meine Herrin per procura mit Alfonso d'Este verheiratet; sie ist die Gattin des Erbprinzen von Ferrara; wir sind am Ziel!

Dieser Winter ist von einer strahlenden Klarheit, so war es ein herrliches Bild, als Lucrezia zwischen den Prinzen Ferrante und Sigismondo zum Vatikan hinüberschritt. Fünfzig Ehrendamen folgten ihr. Angela und Cäcilia trugen die lange Schleppe des dunkelroten Mantels, der ganz mit Hermelin gefüttert ist; sie selber war in Brokat gekleidet, so steif und schwer von Goldfäden, daß man nicht sehen konnte, wie ihre Knie und Füße sich bewegten; es schien, als schwebe sie. Die kostbaren Ärmel, über dem Ellenbogen geschlitzt und mit Perlenschnüren abgebunden, hingen vom Unterarm bis zum Boden hernieder. An der Kette um ihren Hals hingen ein Rubin, ein Smaragd und eine Perle; diese sowie die beiden Edelsteine von niegesehener Größe, ein Geschenk des Herzogs Ercole, von dem Sigismondo galant sagte, die drei Preziosen bedeuteten die drei Prinzen von Ferrara, Hippolyt, Ferrante und Sigismondo, die der neuen Schwägerin zu eigen gegeben seien.

Der Prinz Giulio ist ein Bastardsohn Ercoles und nimmt nicht den gleichen Rang ein wie seine legitimen Brüder.

Auf der Palasttreppe standen rechts und links Musikchöre; der Hofstaat Seiner Heiligkeit eilte uns entgegen und führte meine Herrin und ihr Gefolge in den Saal St. Paulus, wo Alexander VI. thronte. Zur Rechten und zur Linken standen der Kardinal Hippolyt und Don Cäsar. Viele hohe Kleriker waren anwesend. Von meinem Standort aus überzählte ich die Botschafter. Es waren vertreten: Frankreich, Spanien, Florenz, Venedig, Mantua, Bologna, Urbino. Der Kaiser hatte keinen Gesandten geschickt.

Wir, die Schreiber, standen, neun an der Zahl, rechts an der Wand auf einem Podest, so daß wir den freien Blick auf die Zeremonie hatten, denn es lag uns ja ob, Bericht zu erstatten; es waren auch einige Malerschüler anwesend, die mit ihren Rötelstiften die Grundzüge für ein späteres Gemälde festzuhalten hatten.

Der uralte Bischof von Adria hielt die Traurede; aber er fing immer wieder von vorne an und fand den Schluß nicht. Die Gäste wurden verlegen, die jungen Hoffräulein waren einem Lachkrampf nahe, auch Lucrezia preßte ihren Mund gewaltsam zusammen; Hippolyt benutzte die Zeit, nicht mehr aufzupassen, sondern Angela zu betrachten, die Gesandten machten steinerne Gesichter, der alte Mann verwirrte sich immer mehr, da hob Alexander lächelnd die Hand auf, dankte für die erhabenen Worte und befahl kurzerhand, man solle den Tisch für die Zeremonie bringen.

An diesen herantretend, sprach der Prinz Ferrante die vorgeschriebenen Worte, Lucrezia antwortete, was ich mit ihr auswendig gelernt hatte, dann steckte Ferrante ihr einen kostbaren Ring an den Finger, und die Notare überreichten die gleichlautenden Protokolle zur Unterschrift.

Etwas später folgte jene Zeremonie, auf die Lucrezia sich am meisten gefreut hatte: die Öffnung der Schmuckschatullen, die der Herzog ihr gesandt. Meine Herrin hatte mich in den letzten Tagen immer wieder gedrängt, ich solle herausfinden, was sie enthielten, aber ich weigerte mich. Ebensowenig verriet ich Madonna Lucrezia, daß in einem aufgefangenen Brief des Herzogs Ercole an seinen Sohn Hippolyt geschrieben stand, die Juwelen in der Schatulle dürften weder von ihm, Hippolyt, persönlich, noch im Eheprotokoll als ›Geschenke‹ angeführt werden, ›aus Vorsicht, im Falle Madonna Lucrezia Alfonso untreu würde‹.

Wenn es einmal nötig sein sollte, werde ich meine hohe Schwester von diesem Passus unterrichten.

Der Kardinal Hippolyt hat eine Grazie und einen Reiz, der alle Menschen gefangennimmt, auch ist er ausnehmend schön; er trägt den langwallenden Kardinalspurpur mit kaiserlicher Würde. Wie betörend müssen diese langen, schmalen und doch kräftigen Hände den zuschauenden Frauen erschienen sein, als sie die Ohrgehänge, die Halsketten, den Kopfschmuck, Kronreifen und Ringe sowie große Meermuscheln voll loser Perlen vor dem Heiligen Vater auf einem schwarzen Tuch, das zwei kniende Pagen straff hielten, ausbreiteten.

Zum Schluß legte der Kardinal ziselierte und dicht mit Edelsteinen bedeckte Kreuze und Amulette, die von der heiligen Frau in Ferrara gesegnet waren, als seine eigenen Geschenke dazu.

Am Nachmittag wurden auf dem Petersplatz allerlei Wettkämpfe und allegorische Spiele aufgeführt. Ich weiß von den Mühen der Vorbereitung, den Proben, der Aufregung der Spielenden. Nun war der gefürchtete Tag gekommen, aber unsere hohen Damen und Herren traten nur hin und wieder an ein Fenster, schauten einen Augenblick zu, applaudierten mitten in einem Monolog oder einer Szene, wie es ihnen gerade paßte; denn im Grunde ist es ihnen völlig gleichgültig, wer bei den Schaukämpfen siegt, oder ob in den Theaterstücken ›die Tugend‹ mit ›der Schönheit‹ Dialoge führt, oder Ares sich mit Apoll unterhält, noch rührt es unsere Hohen, daß ein kleiner Eros ununterbrochen mit Pfeilen schießt.

Bei uns im Tanzsaal schienen Aphrodite und Eros persönlich anwesend zu sein und die Fäden gehörig durcheinander zu bringen. Ares hat bei uns nicht das Wort, Apoll wird freundlich geduldet, ›die Tugend‹ hält sich bescheiden im Hintergrund, dafür mischt sich Eris ungebeten zwischen die tanzenden Paare; sie scheint ihren Zankapfel zwischen den Kardinal Hippolyt, Angela Borgia und den Prinzen Giulio d'Este geworfen zu haben.

Lucrezia, die mit Don Cäsar in meiner Nähe tanzte – beide wurden in den öffentlichen Aufführungen als Lieblinge der ›Virtus‹ gepriesen –, schienen sich mit ironischen Worten über den

Wettstreit der beiden Brüder um die süße kleine Angela zu unterhalten. Meiner Wenigkeit dünkt es, man sollte Angela Borgia in Rom zurücklassen, das Kind wird täglich schöner und hat seine Macht über die Männer begriffen.

Alexander hatte seine Familie zu einem Hochzeitsessen gebeten; es waren in seinen Privatgemächern anwesend: Seine Heiligkeit, Madonna Adriana, Julia Farnese – von neuem in Gunst –, Madonna Lucrezia, Sancia, Hieronyma und Angela, die geladenen Herren waren: die vier Prinzen von Ferrara, Don Cäsar Borgia, Jofré und Hieronymas Gatte, Fabio Orsini. Acht Herren und sechs Damen. Es muß ein schönes Bild gewesen sein. Seine Heiligkeit soll der fröhlichste unter diesen fröhlichen jungen Menschen gewesen sein; er habe die ganze Zeit gelacht und Späße gemacht.

den 3. Januar 1502

Heute war der Tag der Stierkämpfe. Cäsar Borgia ist ein wahrer Herkules! Er hat gleich im ersten Gefecht dem Stier mit einem einzigen Hieb den Kopf abgeschlagen. Das Volk tobt vor Begeisterung bei solcher Kraftleistung und vergißt alle Schandtaten, die man diesem Borgiasohn nachsagt. Don Cäsar kämpft zu Roß mit der Lanze, aber auch zu Fuß, von einem Schwarm von Matadoren umgeben.

Alexander kann sich nicht satt sehen an diesen blutigen Spielen, aber der Kardinal Hippolyt ließ sich entschuldigen; er macht lieber die Runde in den Werkstätten unserer Meister, oder läßt sich zu den römischen Trümmern und den Neubauten führen; es sind herrliche Paläste im Entstehen! Der Kardinal soll Kenntnisse wie ein gewiegter Baumeister haben.

Es ist köstlich, die Berichte an den Herzog Ercole zu lesen; Gottlob stehen nur schmeichelhafte Worte darin. In einem Briefe heißt es: ›... je länger wir mit Madonna Lucrezia verkehren, und je genauer wir ihr Leben betrachten, um so größer wird unsere Meinung von ihrer Güte, ihrer Sittsamkeit und Diskretion. Wir bemerken auch, daß das Leben in ihrem Hause nicht nur ein christliches, sondern auch ein religiöses ist‹.[13]

Heute wurde der Rest der Mitgift an die Prinzen ausbezahlt; auch die Bullen, die Ferrara so große Vorteile und Freiheiten bringen, sind endlich unterschrieben. So können wir denn abreisen.

Seine Heiligkeit hat unsere Reiseroute vorgeschrieben: Castelnuovo Civitacastellana, Narni, Terni, Spoleto, Foligno. Guidobaldo und Elisabetta von Urbino, die verehrungswürdigen, werden uns selber in ihre Hauptstadt geleiten, die Cäsar ihnen noch nicht genommen hat; danach reisen wir weiter durch das neueroberte Gebiet: über Pesaro, unsere einstige Stadt, Rimini, Cesana, Forlì, Faenza, Imola nach Bologna, das noch frei ist.

In Bologna werden wir einige Tage bleiben. Die Borgia sind kühne und hochmütige Menschen! Von den schon Bedrohten, den Todfeinden Cäsars, werden wir uns feiern lassen und vertrauensvoll in der Höhle des Löwen schlafen.

Von Bologna fahren wir auf dem Kanal zu Schiff zum Po, wo uns die Markgräfin Isabella von Mantua, Lucrezias Schwägerin, entgegenkommen wird.

Wenn man von diesem Punkt der Reise redet, wird meine Schwester unruhig; denn über jenem feierlichen Moment schwebt nur eine Frage: was ziehe ich an? Der erste Eindruck auf die Modekönigin Italiens, in deren Auftrag sogar ein Leonardo Brokatmuster entwirft, ist von großer Wichtigkeit, denn jede Einzelheit im Auftreten meiner Herrin, ihre Kleidung, die Begleitung, die Begrüßungsworte, alles wird von den anwesenden Berichterstattern für die fremden Höfe aufgeschrieben.

Lucrezia Borgias Hochzeitszug ist schon jetzt das Gespräch der großen Welt. Von der Üppigkeit ihrer Ausrüstung und der Vornehmheit ihres Gefolges, Kirchenfürsten, Prinzen, Adligen, sollen Gerüchte umgehen, die alle Fürsten der Christenheit in wißbegierige Aufregung versetzen.

den 5. Januar 1502, am Vorabend der Abreise

Heute morgen durfte ich in der Kammer des Papageien im Hintergrund stehen, während Seine Heiligkeit eine kleine rührende Abschiedsszene vorzunehmen gedachte ... ›gedachte‹, denn er hatte nicht mit Madonna Vanozzas robuster Trockenheit gerechnet.

Alexander sprach große Worte von der väterlichen Liebe und Milde, seiner Aufopferung für das eigene Fleisch und Blut und dem Schmerz in seiner Brust, abermals seine zarte Tochter in rauhe Arme legen zu müssen, aber der beglückte Gatte, ... hier räusperte sich Vanozza, obgleich die Stimme Seiner Heiligkeit vor Bewegung zitterte und Lucrezia in Tränen schwamm, um zu bemerken, daß es ein lebensgefährlicher Beruf sei, Madonna Lucrezias Gatte zu sein.

Alexander und seine Tochter fuhren auf und äußerten sich wortreich und empört zu dieser taktlosen Bemerkung. »Es liegt alles beim Herzog von Ferrara selber«, sagte Alexander abschließend in seiner ganzen Majestät. »Wenn er das Glück einer Verbindung mit den Borgia immer von neuem ... äh ...« »bezahlt«, half Vanozza aus, »nun gut, bezahlt, wird der Himmel ihm ein langes und gesegnetes Leben verleihen.«

Lucrezia, die immer ein Lachen im Hinterhalt bewahrt und Szenen zwischen ihren so verschiedenen Eltern besonders liebt, barg ihr Engelsgesicht in den Händen, und der Ton, der hinter den Fingern hervordrang, konnte ebensogut ein Schluchzen des Abschiedsschmerzes wie ein prustendes Lachen sein.

Ich, der ich in Gedanken die blutenden Leiber Perottos und des Jünglings Alfonso vor mir sah, senkte die Augen und murmelte ein Gebet, denn einer von uns muß ja auch den Weg zum Himmel aufrechterhalten.

Alexander hatte jetzt keinen Mut mehr zu feierlichen Ermahnungen, er konnte nur noch über die Trennung von dem geliebten Kinde jammern und es ermahnen, oft, sehr oft zu schreiben, damit er ihm auch aus der Ferne helfen könne. »Und du, Jacobus«, – ich trat einen Schritt aus dem Schatten hervor, »du wirst mir nach jedem Reisetag Bericht schicken und beschreibst mir Wort für Wort den Empfang Unserer Tochter durch die Montefeltre und die Bentivoglio, auch wie die Markgräfin Isabella Gonzaga und die übrigen Gäste sich verhalten haben, vor allem aber wie Madonna Lucrezia auf diesen Stockfisch von einem Alfonso gewirkt hat!«

Lucrezia lächelte zu diesen Worten. Ich kenne dieses Lächeln; die Männer, denen es gilt, haben mir immer leid getan.

Castelnuovo, den 7. Januar 1502

Nur bis hierher sind wir gelangt. Alles hat sich zur Ruhe begeben, so kann ich einiges nachtragen.

Gestern war der Tag der Abreise, ein strahlender Wintermorgen war angebrochen. Ganz Rom strömte zusammen, um Lucrezia Borgia, die gefeiertste Dame der Stadt, davonziehen zu sehen. Man kennt die Prachthiebe Alexanders und seiner Nachkommen, aber was sich gestern den Augen des Volkes darbot, war von niegeschautem Glanz.

Welch eine Versammlung hoher Persönlichkeiten! Die Prinzen des Hauses Este, ein Kardinal, drei Bischöfe, der Herzog de Valence und der Romagna, umgeben von zweihundert Reitern, Söhnen des Adels in silbernen Rüstungen, die vornehmsten Frauen Roms und die Hofdamen Lucrezias, in einer Pracht der Kleidung, als ginge es zu einem großen Fest und nicht auf eine winterliche Reise; ferner die elegantesten spanischen Herren aus Alexanders Hofstaat, darunter Granden aus der Verwandtschaft Ferdinands und Isabellas; junge Adlige aus Urbino, Mantua, Bologna, die Gesandten Frankreichs, Venedigs und von Florenz, jeder mit dem eigenen Gefolge; sie stellten sich, nicht ohne Wortwechsel und einigem Hin und Her, in der Rangordnung auf, die unserm guten Messer Burcardus schon seit Wochen schlaflose Nächte bereitet hat.

Hinter diesem Ehrengeleit sammelte sich Lucrezias Hofstaat: Ärzte, Dichter, Beichtiger, Sekretäre, Musikanten, Zwerge, Buffos – darunter Don Cäsars beste Narren, die er uns für die Reise ausgeliehen hat –, dann folgten die Lieblingshunde, Papageien und Äffchen. Von der Mitnahme der Leoparden hatte Seine Heiligkeit abgeraten, denn diese Tiere haben keine Menschenliebe und verursachen nur Schwierigkeiten.

Für die Kleidung all der unentbehrlichen Leute hatte meine Herrin neuntausend Dukaten von ihrem Vater erhalten; da war mancher Ballen feinstes Tuch in den verschiedensten Farben und manche Elle Silbertresse verarbeitet worden. Die Zunft der Schneider könnte meine Herrin zu ihrer Schutzpatronin erheben!

Das niedrige Gefolge, Köche, Diener, Mägde, Knechte, Tierwärter folgten dem Zug der hundertundfünfzig Maulesel, die das Reisegepäck und die Aussteuer: Hausrat, Geschmeide, Silber- und Goldgeschirr, Seiden- und Leinenballen, auf den Rücken trugen. Den Schluß machten einige hundert Bewaffnete.

Unser Zug ist lang, denn er umfaßt mehr als tausend Menschen. Leider sind die neuartigen gepolsterten Wagen mit gläsernen Fenstern, die man in Paris bestellt hatte, nicht rechtzeitig eingetroffen, so müssen unsere Damen auch bei schlechtem Wetter auf die althergebrachte Weise zu Pferde reisen, das ist in der schweren Winterkleidung bei aufgeweichten Straßen und Schnee- und Regenschauern eine mühsame Aufgabe. Nur für die älteren Damen haben wir überdeckte Tragsessel.

Alexander stand in voller Pracht am offnen Fenster des Belvedere, von der er den Kavalkaden, die seine Tochter zu begleiten pflegen, zuzuschauen liebt. Lucrezia war schön in der Erregung ihres Reisefiebers, das Pferd, das sie ritt, schneeweiß, ihr Reisekleid dunkelrot, der Mantel aus Hermelin. Auf ihrem zusammengerafften Blondhaar trug sie einen Federhut, der mit einer Goldschnur unter dem Kinn befestigt war.

Die Prinzen Ferrante, Sigismondo und Giulio ritten in ihrer nächsten Nähe. Hippolyt bleibt noch in Rom und wird später auf kürzestem Wege nach Ferrara reisen und wohl lange vor uns eintreffen.

Ich ritt zuäußerst links einen Grauschimmel und war wie immer grau gekleidet; wahrscheinlich hat niemand meine Anwesenheit bemerkt, aber ich gewahrte alles; auch die vielen erlauchten Zuschauer, denn jeder, der Seiner Heiligkeit schmeicheln wollte, vor Cäsar Borgia zittert und einen Blick aus Lucrezias blauen Augen erhoffte, hatte sich eingefunden.

Alexander aber beachtete niemanden; er ging von Fenster zu Fenster, um seine Tochter immer noch einmal zu erblicken. Als wir uns endlich in Bewegung setzten, schimmerten Tränen in Lucrezias Augen, sie liebt den alten Mann und weiß, daß er unter der Menge seiner Kreaturen sehr einsam ist. Vanozza schilt ihn aus, Julia Farnese erscheint nur noch hin und wieder bei festlichen Gelegenheiten, und Cäsar hält ihn unter dem Daumen.

Als Lucrezia zum letztenmal zurückgeschaut hatte, schüttelte sie die Tränen mit einer kleinen übermütigen Kopfbewegung ab, richtete sich höher auf und gab ihrem Zelter einen Schlag. Eine leichte Wendung des Hauptes zu mir und ein Blick, der sagte: Jacobus, jetzt kommt ein neues Abenteuer!

Terni, den 15. Januar 1502

Unsere Tagereisen sind nicht lang; wenn es so weitergeht, erreichen wir Ferrara nicht vor Anfang Februar. Man nächtigt in Burgen, Villen, kleinen Städtchen oder Klöstern. Unser Zug hat sich geteilt, um die Gastgeber nicht für Jahre hinaus arm zu machen, denn nirgends wird auch nur eine Dukate Entgelt gegeben. Cesares Rache schwebt über jedem Gastgeber, der uns nicht üppig genug bewirtet und mit Ehrenpforten und Festvorstellungen ehrt.

Der Heilige Vater hat weit voraus den Reiseweg entlang saftige Befehle erteilt. Einer der Briefe, den ich schreiben mußte, lautete: ›Geliebte Söhne, Gruß und den apostolischen Segen. Weil bei der Reise Unserer in Christo geliebten Tochter, der edlen Frau Herzogin Lucrezia Borgia, vierhundert Reiter den Nebenweg zu euch nehmen werden, so befehlen Wir Euch, falls Ihr Unsere Ungnade vermeiden wollt, daß Ihr die genannten Reiter aufnehmet und sie ehrenvoll traktieret, denn so wird Euch aus Eurer Bereitwilligkeit bei Uns ein verdienter Beifall erwachsen.‹

Die Buffos und Zwerge haben schwere Tage. Meine hohe Schwester ist viel zu nervös, dank den ewig bohrenden Gedanken: wie wird Alfonso mich empfangen, als daß sie an den mancherlei Späßen Freude haben könnte. Wir haben in der langen Zeit dieses Kampfes um die Ehe mit Ferrara noch nicht einen einzigen Brief mit dem Erbherzog gewechselt, so lebhaft unsere Korrespondenz mit dem regierenden Herzog Ercole war.

Ist meine Verteidigung Lucrezias an dem harten Herzen Don Alfonsos abgeglitten, und hat er nur aus politischen Gründen eingewilligt; wird er seine Gemahlin durch Kälte vor aller Welt demütigen?

Don Ferrante, dieser liebenswürdige Schwachkopf, zwingt die Hofpoeten, anfeuernde Gedichte zu verfassen, damit die hohe Frau von Ungeduld erfaßt wird, Ferrara zu erreichen. Man läßt die Poeme sogar von den bezauberndsten jungen Kavalieren überreichen, denn man weiß, daß Lucrezia Männer gern hat und stets zu Abenteuern aufgelegt ist. Aber sogar die honigtriefenden Gedichte und die Komplimente der jungen Männer ärgern meine Herrin nur.

Madonna Lucrezia erträgt meine Wenigkeit noch am ehesten, denn vor mir kann sie schelten, weinen und die immer gleichen Fragen stellen. Sie läßt sich gerne von mir trösten; ich darf auch im Zimmer bleiben, wenn sie betet. Meine Schwester fühlt, wie fern sie im Grunde allen Menschen ist; ihr Vater und Cäsar haben eine Mauer des Hasses, der Abscheu, der Angst um die Sippe der Borgia gezogen. Lucrezia trägt ihre Mitschuld in echtem Borgiastolz, aber es mag ihr wie ein Halt erscheinen, wenn sie in den Stunden, da sie klein und schwach vor Gott niedersinkt, einen Bruder neben sich weiß, der mit ihr fühlt und bangt und hofft.

Pesaro, den 21. Januar 1502

Wir sind in Pesaro, in der geliebten Stadt an der Adria, dem gleichen Ort, der Lucrezias Glück mit Giovanni Sforza sah, jetzt gehört das Fürstentum Cäsar Borgia, und Herr Giovanni weilt in Mantua bei Isabella Gonzaga.

Aus Urbino, wo Guidobaldo und Elisabetta Montefeltre uns mit großen Ehren empfangen haben – hoffen die Verehrten immer noch, der Herzog der Romagna werde sie verschonen? – aus Urbino ist Madonna Lucrezia in der bequemen Doppelsänfte mit Elisabetta hierher gereist.

Ich stehe noch unter dem tiefen Eindruck, den Herzog Guidobaldo unter den Seinen gesehen zu haben. Wieviel Liebe wird ihm von hoch und niedrig entgegengebracht! Er ist eine einzigartige Gestalt unter unsern Zeitgenossen. Alles, was diese Epoche an Edelsinn, an Liebe zur Kunst, an Reinheit der Moral, an Güte unter so viel stachlichtem Gestrüpp hat hervorbringen können, scheint sich in seiner Person, wie schon in der seines Vaters, gesammelt zu haben. Wie schlicht ist er in seinem Wesen! Elisabetta, die Schwägerin Isabellas, ist seine würdige Gefährtin.

Welche Klarheit auf diesem Antlitz, welcher Adel in jeder ihrer Handlungen. Urbino dünkt mich ein lichter Wasserspiegel inmitten eines wilden Forstes zu sein, ein Wasser, zu dem die durstigen Hirsche streben, die sich nach einem Trunk frischen Wassers sehnen.

Ich hatte gefürchtet, meine Herrin würde sich an der Tugend Elisabettas ärgern und deren weitgerühmte Ehrbarkeit als einen Vorwurf empfinden, aber keineswegs. Lucrezia ist so vollkommen überzeugt von dem Recht ihrer freien Lebensart, daß sie ohne die geringste Regung ihres Gewissens dieser sehr streng denkenden Frau eine zärtliche Freundschaft und neidlose Bewunderung entgegenbringt. Madonna Lucrezia behandelt Elisabetta wie ein unschuldiges Kind, das sie vor der rohen Welt bewahren muß.

Die Herrin von Urbino wird bis Ferrara bei uns bleiben; Guidobaldo jedoch wagt sein gefährdetes Land nicht zu verlassen. Mir zieht sich das Herz zusammen, wenn ich daran denke, daß dieser junge Fürst schon geopfert ist. Ich kann nicht umhin, vieles zu hören. Zum Glück weiß Lucrezia nichts von dem bevorstehenden Verrat an den Montefeltre, sonst vermöchte sie nicht so fröhlich mit Elisabetta zu plaudern und zu lachen.

Hier in Pesaro lacht meine Schwester nicht, sobald wir alleine sind. Während ich schreibe, ist nicht weit von Lucrezias Gemächern Tanz im großen Saal und allerlei Kurzweil. Elisabetta vertritt Lucrezia.

Mit welcher Begeisterung und Freundschaft wurde Madonna Lucrezia hier vor wenigen Stunden empfangen! Das einfache Volk, dessen Nöten sie sich als Herrin von Pesaro so großmütig angenommen hatte, umringte sie lachend, schluchzend, jubelnd. Die Magistraten und der Adel begrüßten meine Herrin, als hätte man all die Zeit auf ihre Wiederkehr gewartet.

Cäsars Name wird nicht ausgesprochen, ebensowenig der des früheren Herrn Giovanni Sforza. Niemand will Lucrezia in eine peinvolle Lage bringen.

Ich sitze im Vorzimmer meiner Schwester, während ich schreibe; ach, wie oft unterbrochen, denn immer wieder werde ich an das Ruhebett gerufen, auf dem die Verehrte liegt, die Hände im Nacken verschlungen, gepeinigt von Gedanken, die sie zu anderer Zeit weit von sich weist.

Faenza, zu sehr später Stunde, den 27. Januar 1502

Wir blieben nur einen Tag in Pesaro, dann führte unser Triumphzug uns weiter. Überall nahmen wir die Schlüssel der Städte in Empfang, die Cesare für die Kirche bezwungen hat. Oft machen wir überdies noch Ruhepausen, die recht unnötig erscheinen; das bedeutet Verzögerungen, auf die unsere Reiseordner nicht gerechnet hatten. Jeder unvorhergesehene Halt verursacht große Verwirrung und ratlose Aufregung, denn sowohl der kleine Adel wie die Bürger fürchten sich, die Fürstlichkeiten und ihr anspruchsvolles Gefolge in ihren schlichten, jetzt eiskalten Häusern aufzunehmen, obgleich sie wissen, daß die Herzogin sie beim Abschied königlich beschenken wird.

Lucrezias Unruhe wächst, je näher wir Ferrara kommen. Schon zweimal ist unser Einzug auf Tag und Stunde festgesetzt worden und mußte wieder hinausgeschoben werden. Der Gesandte Ferraras, der mit uns reist, gerät dann jedesmal in Verzweiflung; die Prinzen Sigismondo und Giulio haben uns verlassen, um bei dem Einzug ihren Bruder Alfonso zu umgeben, Ferrante bleibt bei uns.

Donna Angela Borgia scheint traurig, daß ihr vielgeliebter Giulio sie verlassen mußte. Sie ist es, die ihre Base Lucrezia antreibt, weiterzureisen; so verging das Kind fast vor Ungeduld, weil die Frau Herzogin in Forlì ein heißes Bad wünschte. Nach einem solchen Unternehmen getraut sich Lucrezia aber einen Tag lang nicht in die Winterkälte hinauszutreten.

»Warum jetzt ein Bad? Was für eine lasterhafte Laune!«, so fuhr Madonna Adriana mich an, die auch endlich in einem Palast von Ferrara zur Ruhe kommen möchte.

Forlì werde ich nie vergessen; gleich am ersten Abend wurde Madonna Lucrezia davon unterrichtet, daß in der hiesigen Gegend ein berühmter Bandit, Giambattista Carraro, sein Wesen treibe. Lucrezias Augen leuchteten auf, sie war höchlichst interessiert. Wie er aussähe, fragte sie ihren Gastgeber. Nicht wie ein Bandit, hieß es. Er sei groß, schön und schwerreich durch seine Raubzüge; man werde der Frau Herzogin eine stark bewaffnete Bedeckung von tausend Mann mitgeben, damit sie furchtlos reisen könne.

Lucrezia mußte sich wohl oder übel bedanken, aber am späten Abend, als wir unsern täglichen Brief an den Heiligen Vater schrieben, sagte sie mitten im Diktat zu mir: »Jago, ich will diese Bedeckung gar nicht! Zum Teufel der ganze Brautschatz, wenn ich mich nicht einmal zu meiner Unterhaltung von einem eleganten Räuber entführen lassen darf.«

»Und der Einzug in Ferrara?«

»Mein Vater und der Herzog Ercole würden mich sehr bald auslösen.«

»Dürfte ich bei der Entführung inbegriffen sein?«

»Nein, du würdest tugendhafte Anwandlungen haben; es ist besser, du weißt nichts und schreibst verzweifelte Briefe nach Rom und Ferrara.«

Ich mußte lachen, denn ich glaubte Lucrezia kein Wort, aber diesem Buch will ich es anvertrauen, daß Madonna Lucrezia nach unserer Abreise aus Forlì immer wieder ihrem Zug weit voraus sprengte, nur von einigen Herren begleitet, die des Banditen wegen ihr nahes Ende voraussahen. Aber Carraro, der Held, erschien nicht. Lucrezia sagte ›schade‹, ich sagte ›zum Glück‹.

Die Laune der Frau Herzogin verdüsterte sich nach dem verpaßten Abenteuer, und da man sie überdies noch hier in Faenza mit einem mythologischen Spiel ehren wollte, in dem die Lucrezia des römischen Altertums, der Inbegriff aller Keuschheit, vor Lucrezia Borgia und ihren Tugenden zu einem Nichts zusammenschrumpfte, sprühte sie, als man zur Ruhe ging, vor Wut in meiner Gegenwart.

»Die Strohköpfe!« rief sie aus. »Als wenn die Tugend ein Vergnügen wäre! Kein Bandit, nichts als Respekt! Jacobus, es bleibt mir nichts übrig, als meinen neuen Gemahl so gründlich zu bezaubern, daß er Bomben nicht mehr von Granaten unterscheiden kann, noch Culevinen von Falkaunen. Ich möchte morgen in Imola noch einen Ruhetag einschalten.«

»Madonna, das ist nicht möglich!«

»Ich muß meine Haare waschen lassen, das ist von großer Wichtigkeit.«

Nach diesem Ausspruch veruneinigten meine Herrin und ich uns zum erstenmal seit unserer Kindheit so ernstlich, daß ich sie mit einer eisigen Verbeugung verließ. Ich hatte sie nicht zur Vernunft bringen können.

Imola, den 29. Januar 1502, kurz vor unserer Abreise nach Bologna

Wir wohnen im Castello, einem Bau, der wohl vierhundert Jahre alt ist. Der Kommandant war sehr verstört; er hat das ganze Städtchen aufgeboten, alles zur Bequemlichkeit der Damen und ihres Hofstaates herbeizuschleppen. So brachte ein langer Zug von Männern, Frauen, Kindern Brennholz für die riesigen Kamine, Pechfackeln, Wachskerzen, Fleisch, Wein, Honig, Brot, Decken und Kissen; sogar riesige Tonkrüge voll Wasser wurden herangeschleppt, damit die Damen sich waschen können, denn während der beiden letzten Tage hat es geregnet, und der Schlamm spritzte uns manchmal bis in das Gesicht hinein.

Die Damen sind sehr erschöpft. Trotzdem hätten wir besser getan, die kurze Strecke bis Bologna zurückzulegen, wo unserer warme, bequeme Quartiere warten; vor allem aber hätten wir nicht noch einen kostbaren Tag verloren. Ich war am frühen Abend schon schrecklich müde; die Damen hatten sich zurückgezogen, aber die peinlichen Gedanken, was die Herzöge zu dem abermaligen Aufschub des Einzuges sagen würden, ließen mich nicht zur Ruhe kommen.

Der Gesandte unseres neuen Herren, Messer Tozzi, der erst kurz vor Imola wieder zu uns stieß – er hatte persönlich in Ferrara Bericht erstattet –, hatte mich nach der Ankündigung des allerhöchsten Wunsches unter Türenschmettern verlassen, war aber noch einmal zurückgekehrt, um mich wütend zu fragen, in welche Worte er die leidige Angelegenheit in seiner Depesche kleiden solle.

»Die Fürstin wünscht, daß man sage«, erwiderte ich in stoischer Ruhe, »sie habe seit mehr als acht Tagen die Haare nicht gewaschen, weshalb sie an Kopfschmerzen zu leiden beginne.«[14]

Erneutes Türenschmettern. Das goldene Haar war in Lucrezias Kriegsplan von äußerster Wichtigkeit, wer sollte das nicht begreifen? Resigniert blieb ich auf dem großen Sessel am brennenden Kamin sitzen, da, wohin mein Gastwirt mich hingesetzt hatte.

Ja, was werden die Herzöge Ercole und Alfonso sagen? In Gedanken sah ich Ferrara in emsigem Festtrubel; die Hunderte von zugezogenen Hilfsleuten, die nun ohne Beschäftigung umherstanden und doch ernährt und bezahlt werden mußten! So oft hatte ich geholfen, Empfänge für meine Herrin vorzubereiten; ich kannte die Nervosität der Gastgeber, die ihr gutes Geld davonfließen sahen.

Und nun erst die Vorbereitungen zu einem Brauteinzug! Natürlich waren die Transparente schon über die Gassen gezogen, die Eintagstriumphbögen angemalt, die Pfosten mit Papierblumen umwickelt, wie sollte das jetzt, im Januar, halten? Bei dem Nebel! Es konnte auch jeden Tag von neuem Schnee und Regen kommen. Der Hof wird in eine schöne Wut geraten, und Lucrezia, das Engelskind, glaubt, es könne sich alles erlauben … so viel kann Schönheit nun auch nicht ausrichten! Ihr Haar sei strähnig, der Nebel habe es schwer gemacht, es sei ganz dunkel und glanzlos – lächerlich!

Dann öffnete sich die schwere Eichentüre, und schwatzend, lachend, plaudernd kamen die Frauen in das Gemach: Madonna Adriana, Lucrezia, Hieronyma und Angela Borgia sowie zwei Dienerinnen, alle in lose Hauskleider gehüllt, Lucrezia mit tropfnassen Haaren.

Ich sprang auf, verneigte mich und wollte mich entfernen.

»Kleiner Bruder«, tönte es da sanft schnurrend an mein Ohr, »warum willst du gehen? Hast du mich noch nie im Hauskleid gesehen? Bleib, schüre das Feuer heller an. Bitte, mein Lieber, und sprich mit mir, während meine Haare trocknen, es dauert so lange.«

Ich schob Madonna Lucrezia schweigend den Lehnstuhl vor den offnen Kamin, die Rückenlehne zum Feuer gewandt; sie ließ sich nieder. Adriana, Hieronyma, Angela und ich nahmen auf den Bänken rechts und links innerhalb des Kaminaufbaues Platz.

Die Damen gähnten verstohlen hinter ihren Fächern, mit denen sie sich gegen die Glut schützten, während Lucrezia in ihrem schlechten Gewissen allerlei Aufgeregtes und Überflüssiges sagte; ich antwortete einsilbig, um ihr meinen Zorn zu zeigen.

Die Dienerinnen standen mit Palmblättern rechts und links hinter der Fürstin und fächelten warme Luft gegen die Haarsträhnen, die an der Rückwand des Sessels niederhingen. Mein Blick begleitete geistesabwesend das monotone Geschäft, aber nach und nach nahm ich wahr, wie die Wärme auf Lucrezias Haarflut zu wirken begann.

Immer heller wurde das lange Geringel, immer lichter und welliger; jedes Haar schien zu leben oder wieder lebendig zu werden, der helle Glanz kehrte zurück. Der Fackelschein, der von den Wänden fiel und die auf und nieder zuckenden Flammen spielten rötlich um das Haupt der jungen Frau. Nun ruhten die Palmblätter, dafür strichen zwei Bürsten mit sanftem Zischen durch die goldene Fülle.

Einmal hob Lucrezia ihre Hand, an der nur das kleine Reisegeschmeide funkelte: ein Siegelring und der mit dem langgesuchten Saphir ... solch ein Blau in solch einem Gold, und wir besaßen ja den großen Saphirschmuck für die Haare! Ich seufzte auf. Ja, es hatte den Aufenthalt mit Zank und Ärger und reitenden Boten gelohnt. Auch ein trockner Kriegsmann wie Alfonso, dessen Kanonen bisher seine Geliebten gewesen, würde diesem losen, duftenden Zaubergespinst unterliegen. Lucrezia hatte meinen Seufzer gehört. Sie wandte mir langsam den Kopf zu, ohne ihn den Dienerinnen zu entziehen; ihre Mundwinkel hoben sich, die Grübchen erschienen, und mit einem mitleidigen Blick, der meiner männlichen Torheit galt, sagte sie leise: »Nun? Gib zu, daß es sich lohnte.«

Bologna, den 29. Januar 1502

Es war uns allen nicht wohl zumute, als wir uns gestern von Imola nach Bologna zu in Bewegung setzten.

»Ob wir wohl geradeswegs in eine Falle gehen, Jacobus?« fragte mich Lucrezia, als ich ihr Füßchen im Steigbügel zurechtrückte und die innere Schlaufe ihres Reitkleides darüberstreifte.

»Die Herren haben zu viel Angst vor Eurem Bruder und vor Seiner Heiligkeit; auch haben wir unsere Vettern Orsini und genügend Bewaffnete bei uns, und überdies haben Eure Schwäger sich uns ja wieder angeschlossen.«

Lucrezia ist keine ängstliche Natur, deshalb konnte ich sie leicht beruhigen. Vielleicht dachte sie in ihrer Abenteuerlust aber auch: den verführerischen Banditen Carraro hat man mir ferngehalten, dann sollen wenigstens einige Fürstensippen sich meinetwegen die Köpfe blutig schlagen. Denn im Grunde ihres Herzens war sie sich darüber ebensowenig klar wie ich, ob die Bentivoglio sich nicht mit einem Handstreich einer so kostbaren Geisel, wie sie eine darstellte, versichern würden; dann aber mußten die Prinzen von Ferrara und deren Leute für sie kämpfen.

Giovanni Bentivoglio ist ein Schützling Ludwigs XII., dem allein er die Verschonung seines Landes vor den Borgia verdankt. Daß aber der König immer noch sein Doppelspiel nicht aufgegeben hat, ist ein offenes Geheimnis. Bei dem Gespinst von politischen Intrigen um uns her hätte es mich gar nicht gewundert, wenn Ludwig XII. während unserer Reise Ercole d'Este nicht doch noch zur Annahme der französischen Prinzessin überredet hätte und wir ahnungslos inmitten eines großen Komplottes ständen, das jetzt aufbrechen sollte.

Daß Alexander nicht ruhig ist, bis er von einem guten Empfang seiner Tochter in Ferrara Bericht hat, weiß ich aus Gesprächen mit Ferrari. Und nun waren wir auf dem Wege zu den Todfeinden der Borgia.

Etwa eine Stunde von der Stadt entfernt, sahen wir eine starke Reiterschar uns entgegenziehen; Waffen und Rüstungen blitzten in der Sonne ... eine leichtbewegliche, gutgerüstete Männerschar, während wir mit Hunderten von Frauen, alten Hofherren, Wagen, Tragsesseln, einem unendlichen Troß, der langen Maultierkolonne und nur dreihundert Bewaffneten langsam daherzogen.

Lucrezia allerdings auf einem eleganten Pferd, gefolgt von den Brüdern ihres Gemahls, ritt fröhlich weit voraus. Ich sprengte in ihre Nähe und rief ihr zu: »Madonna Adriana wünscht Euch zu sprechen, wartet bitte auf ihren Wagen!« Ich wollte Lucrezia hinter den ersten Bewaffneten wissen.

Meine Schwester sah mich ärgerlich und fragend an: jetzt sollte sie zurückreiten, gerade, wo man ihr feierlich entgegenzog? Ich bedeutete ihr durch mein Mienenspiel, daß es wichtig sei, sie hinten in der Umgebung der Unsern zu sehen. Da begriff sie mein Mißtrauen, sann einen Augenblick nach, warf dann aber den Kopf zurück und sah mich an mit einem Blick, der mir deutlich sagte: sie sollen es wagen, mich anzutasten!, hieb ihrem Roß leicht auf die Flanke und galoppierte davon, die Fürsten dicht hinter ihr.

Auch diese hatten mein Anliegen richtig durchschaut; ich hörte den Klang ihrer Stimmen, als sie sich bewundernde Worte für ihre kühne Schwägerin zuriefen.

Meine Sorge war unbegründet gewesen. Als ich Lucrezia erreichte, hielt sie lachend und plaudernd unter den zahlreichen Söhnen und Bastarden des Bentivoglio, dieser – der Tyrann von Bologna – neigte sich gerade von seinem Roß zu ihr hinüber, um sie herzlich zu küssen.

Ich finde, daß die empfangenden Herren die hübsche Sitte des Willkommkusses gar zu ergiebig ausnutzen, aber Lucrezia wehrt sich durchaus nicht dagegen; ich hätte schon lange ein Wort mit ihr darüber geredet, wenn ich nicht wüßte, daß ich mich damit wegen ›deutscher Schwerfälligkeit‹ unbeliebt machen würde.

Übrigens haben die Bentivoglio unsern Besuch doch nicht in kindlicher Harmlosigkeit hingenommen; die Art, wie sie ihre Stadt uns zu Ehren geschmückt haben, sah deutlich nach Spott aus. Es hingen nämlich in allen Straßen an einer Seite, nicht das Wappen der Este, sondern die Lilien Ludwigs und an der andern die Embleme Alexanders, Cäsars und Lucrezias. Wir zogen gewissermaßen zwischen zwei befeindeten Reihen dahin.

Lucrezia übersah geflissentlich diese seltsame Anordnung und dankte entzückt für die Huldigungen Bolognas; sie würde nicht verfehlen, ihrem Hohen Vater und dem erlauchten Bruder eine genaue Beschreibung der reich dekorierten Stadt zu geben.

Der alte Fürst verneigte sich stumm, die Söhneschar sah sich, die Augenbrauen hochziehend, betreten an, und die jungen Este lächelten. Auf den äußeren Stufen des Palastes stand die Fürstin Ginevra, eine stolze und schöne Frau, weit berühmt in ganz Italien, hinter ihr die vornehmsten Damen der Stadt.

Madonna Ginevra ist die Tante Giovanni Sforzas von Pesaro, Lucrezias verstoßenem Gemahl. Wieviel Zündstoff lag zwischen den beiden Frauen, und wie zärtlich sie sich begrüßten!

Bologna, den 31. Januar, früh morgens

Über kurzem werden wir uns auf die Schiffe begeben, die Ercole bis hierher sandte. Sobald der Nebel über dem Kanal sich gehoben hat, verlassen wir diese Stadt. Mir wird erst leichter zumute sein, wenn wir ferraresisches Gebiet erreicht haben. Leider sollen wir die Nacht noch im Grenzkastell Bentivoglio auf feindlichem Boden zubringen, und zwar nur meine Herrin und ihr nächster Hofstaat; der Troß und die Bewaffneten ziehen über Land nach Ferrara.

Die beiden Tage in Bologna waren ein einziges rauschendes Fest, aber ich sah, daß Lucrezias nimmermüde Vergnügungslust überschattet war von der nieruhenden Sorge, wie Alfonso, ihr Gemahl, sie empfangen würde; kalt, ablehnend, dessen war sie gewiß, aber wie weit würde es ihr gelingen, ihn für sich zu gewinnen?

Aus jedem Brief, den wir abends Seiner Heiligkeit zu schreiben pflegen, tönt diese Sorge hervor. Wir haben nämlich inzwischen erfahren müssen, daß Isabella Gonzaga sich zuerst mit Heftigkeit geweigert hatte, im Palast von Ferrara für ihren Vater und ihren Bruder als Wirtin zu amtieren, und sich schließlich nur widerwillig bereit erklärt hätte. Oh, wie mochte sie ihren Bruder gegen seine neue Gemahlin eingenommen haben! ›Aufgehetzt‹, sagte Lucrezia erbittert.

Die Signale zum feierlichen Abschied ertönten. Nun, das bedeutet zum mindesten noch eine Stunde, bis unsere Festbarke, die ganz nahe liegt, abfährt, aber ich muß dennoch zusammenräumen.

den 1. Februar, auf unserm Schiff

Wir haben das Kastell Bentivoglio glücklich hinter uns. Es ist ein herrlicher Morgen. Wie lieblich sind die flachen Ufer dieses schmalen Kanals mit Schilfbändern, aus denen Enten schnatternd auffliegen, wenn der Zug unserer Barken unter Musik dahergezogen kommt; die stolzen Reiher treten ein wenig zurück in den Schutz der raschelnden Halme, aber die zierlichen Rohrdommeln wiegen sich furchtlos an ihren Spitzen und schauen uns neugierig nach. Weit in der Ferne ist schon die Einmündung in den breiten Po zu sehen.

Der Himmel ist silberblau, denn die Sonne vermag den Dunst nicht ganz und gar zu durchdringen, doch ist es nicht kalt, wie eine Ahnung von Frühling liegt es schon in der Luft.

Von meinem Platz am Heck des Bootes sehe ich Lucrezia in ihrem Sessel lehnen, ihr Gesicht beschattet von dem ausgespannten Schutzsegel; sie trägt zur Verblüffung ihrer Hofdamen das schlichte, schwarze Sammetkleid und keine Juwelen, nur Perlen, obgleich wir zur Mittagszeit in Malalbergo ihre Schwägerin Isabella, die Gefürchtete, treffen sollen. Kluge Lucrezia! Ich wundere mich nicht über diesen Schachzug.

Die Frau Herzogin hat gebeten, allein bleiben zu dürfen. In einer Ehrfurcht, die ihr bisher in solcher Weise noch nie bezeugt wurde, zogen sich Adriana Ursina, die Basen und die anderen Hofdamen auf das zweite und dritte Schiff zurück.

Der Madrigalsänger, der die Herzogin mit Huldigungsliedern unterhalten sollte, sitzt, fortgeschickt, in meiner Nähe und spielt nur leise auf seiner Laute, ohne zu singen. Es geht von Lucrezia ein Frieden aus, den niemand zu stören wagt; sie hält ihre Hände in den wappengestickten Handschuhen gefaltet, und ich weiß, daß sie in ihrem Herzen Gott dankt für den ersten ruhigen Tag, den er ihrer Seele seit langer Zeit geschenkt.

Doch ich muß erzählen, was sich ereignet hat. Als wir gestern abend in dem düsteren Kastell zu unsern Wohnräumen geführt waren – die Kamine brannten hell, und viele Fackeln leuchteten von den Wänden –, erklärte die Herzogin, früh zur Ruhe gehen zu wollen. Ihre Umgebung war ihr dankbar dafür und zog sich gern zurück, nur ich blieb noch, um den täglichen Brief an Seine Heiligkeit aufzunehmen.

Meine Herrin war sehr unruhig; schon bald unterbrach sie das Diktat und trat vor den altertümlichen Metallspiegel, der lang und schmal zwischen zwei Spitzbogenfenstern hing. Dieser Raum mochte in alter Zeit die Kemenate der Burgherrin gewesen sein, jetzt stand Lucrezia Borgia hier, ein Kind unserer neuen Epoche, und schaute in die polierte Fläche; sie trug einen schlichten Wollenumhang, die Haare unter einem Tuch hochgebunden.

»Bringe mir das neue Hauskleid, Jago«, rief sie mir zu, »und die Haarbürste; danke.«

Sie hatte Tuch und Wollenmantel abgerissen und schlüpfte in das lose Gewand aus enzianblauem Sammet mit den goldenen Rosen, die in erhabener Stickerei Saum und Schleppe umranden; als zierliche Girlande umgeben sie den Abschluß am Hals und die weiten Ärmel. Der Gürtel ist eine dreifache, schwere Goldkette, an der eine lange Klunker aus vielerlei Edelsteinen hängt, diese allein ein Fürstentum wert.

Ich mußte meiner Schwester die Haare ausbürsten, aber schon nach wenigen Strichen trat sie wieder vor den Spiegel.

Sie hatte einen Leuchter mitgenommen und betrachtete aufmerksam ihre Gestalt von Kopf bis zu Füßen ... eine Hauptprobe wahrscheinlich, so dachte ich, denn nur noch zwei Nächte, und sie würde ihrem Gemahl in diesem Gewande gegenübertreten.

Es klopfte an die Türe; zugleich wurde sie geöffnet. »Ein Bote aus Ferrara«, sagte ein Diener, auf der Schwelle stehend. Lucrezia, den Leuchter immer noch in der erhobenen Hand, hatte sich umgewandt: »Jacobus, empfange du den Mann draußen; ich will niemanden sehen, es müßte schon der Herzog selber kommen.«

»Es ist der Herzog selber, Erlauchteste ...« eine tiefe, warme Stimme ertönte über die Schulter des Dieners hinweg; der sprang erschrocken zur Seite, und ein hochgewachsener Mann, Kapuze und Überwurf eines Boten abwerfend, eilte ins Zimmer, blieb aber einige Schritte entfernt von Lucrezia erstaunt stehen und schaute sie an.

Ich war rasch aufgestanden, um hinauszugehen, und sah nur noch beim Schließen der Türe, daß der Herzog ihr den Leuchter aus der Hand nahm. Dann ging ich in das zweite Vorzimmer und sank hier auf einen Stuhl ... Lucrezias Schicksalsstunde ... Gott steh ihr bei!

›Stunde‹ habe ich geschrieben? Es waren fast drei Stunden. Als der Herzog gegen Mitternacht durch das Zimmer, in dem ich wartete, schritt, sah er nichts um sich her; der Ausdruck seines schönen jungen Gesichtes erschien mir sehr glücklich und voll freudigen Erstaunens. Ich leuchtete ihm hinunter in den Hof, wo seine Knechte auf ihn warteten; Alfonso d'Este warf sich auf sein Pferd und jagte davon in die Dunkelheit.

Meine hohe Schwester sah ich erst heute morgen wieder. Ich hätte mich ihr nicht genaht, aber sie verlangte nach mir.

Mit Stift und Papier, bemüht, ein geschäftlich-nichtssagendes Gesicht zu machen, trat ich bei ihr ein.

»Leg die Sachen fort, Jago, du trockner Geselle, und komm zu mir.« Sie stand am Kamin, die Arme auf das Sims gelegt. Erstaunt sah ich in ihre Augen, die mich anblickten, als hätten sie mich noch nie gesehen, dann faßte sie meinen Kopf in beide Hände und küßte mich auf die Stirn. »Kleiner Bruder«, sagte sie in ihrer wärmsten Stimme, »du hast in Ferrara gut für mich gekämpft, ich danke dir. Oh, ich danke dir!«

Ich war sehr bewegt. So waren meine Worte doch in Herrn Alfonsos Herz gedrungen, und er hatte meine Herrin in aller Ehrfurcht in seine Arme nehmen können; ja, nun durfte Ruhe über sie kommen.

»Jetzt erst können wir uns auf den Einzug und die Hochzeitsfeierlichkeiten freuen«, rief ich entzückt aus.

»Ja, mein guter Lieber, denn du hast die erste Schlacht um Ferrara für mich gewonnen«, noch einmal erschien eine reine Dankbarkeit in ihrem Blick, aber gleich danach ihr ganzer holdseliger Übermut, »und ich gedenke heute die zweite Schlacht um Ferrara zu gewinnen!«

Danach schrieben wir einen sehr zufriedenen Brief an den Heiligen Vater.

Wir nähern uns Malalbergo, wo die Markgräfin Isabella, unsere schöne Feindin, uns als erste auf dem Boden der neuen Heimat begrüßen soll. Wie wird dieser feierliche Augenblick ablaufen? Ach, wir sind glücklich! Alles wird gut und recht sein.

Das fünfte Heft
4. Februar 1502 bis 15. Januar 1504

Ferrara, den 4. Februar 1502

Lucrezia, unsere Herzogin, ruht. Niemand wird heute vor dem Nachmittag empfangen. Nicht einmal ich; so gehören endlich einige Stunden mir, in denen ich nachtragen kann, was sich in diesen übervollen Tagen ereignet hat, seitdem wir uns auf der Barke dem Ort Malalbergo näherten.

Isabella, die Markgräfin von Mantua, war überaus prächtig gekleidet, als sie ihrer neuen Schwägerin zur Begrüßung beide Hände entgegenstreckte; vielleicht ein wenig zu üppig gekleidet, denn sie trug zu dieser frühen Stunde eine goldene Krone und einen Halsschmuck, der von Diamanten funkelte. Lucrezia, ein mädchenhaftes Goldhäubchen auf den Haaren, in dem ernsten schwarzen Gewand, der gekünstelten Freundlichkeit Isabellas mit ihrem ganzen fröhlichen Liebreiz begegnend, schien die Markgräfin beinahe aus der Fassung zu bringen, sie dann aber mit Entzücken zu erfüllen.

Nach der Vorstellung der Höfe und einem Imbiß zogen sich die beiden jungen Frauen in ein Nebenzimmer zurück. Wie mir meine Schwester später erzählte, habe ihre Schwägerin sie aufgefordert, sich kostbarere Gewänder bringen zu lassen, denn bei

Torre della Fossa würden ihr Vater und ihr Bruder sie willkommen heißen.

So war es denn geschehen, wie Lucrezia es gewünscht: Isabella, die über viel weniger Reichtum verfügt als meine Herrin, hat diese gebeten, alle Pracht zu entfalten. Isabella d'Este ist eine so kluge und vorzügliche Frau, daß sie Lucrezias Handlungsweise durchschauen mußte; sie hat es – so schien es mir – der Borgiatochter hoch angerechnet, daß sie die erste Frau Italiens nicht mit Glanz überstrahlen wollte.

Es war keine gespielte Herzlichkeit mehr, als Madonna Isabella meine Herrin eine Stunde später in ihrer Pracht bewunderte. Ich hatte jene Truhe bringen lassen, in der drei Kleidungen in abgestuftem Reichtum lagen; von den Schuhen bis zum Kopfputz samt den Hemden und dem Geschmeide.

Wir wählten das grün- und goldgewirkte Kleid, den Rubinschmuck und den Zobelmantel, der lang auf den Boden schleift. An diesem warmen Tag konnte er offen von den Schultern hängen, so daß die Innenseite, sandfarbener Sammet, sichtbar war. Das Häubchen aus Golddraht wollte Lucrezia nicht wechseln.

Dem Herzog Ercole, einem Mann von achtundvierzig Jahren, strahlten die Augen, als er seine schöne Schwiegertochter in Torre della Fossa empfing. Bevor er sie umarmen konnte, hatte sie ihm die Hand geküßt. Alfonso war totenblaß; er berührte nur Lucrezias Finger, wie es auch die Gesandten und die übrigen Herren taten.

Madonna Lucrezia Borgia schien Erstaunen, beinahe Verwirrung zu erwecken. So viel natürlichen Liebreiz, so viel Einfachheit und Bescheidenheit hatte man von Alexanders VI. Tochter und Cäsars Schwester nicht erwartet. Und auch Witz und Geist Lucrezias schienen den ferraresischen Hof mit Erleichterung zu erfüllen, denn mit Lachen waren die kommenden Tage endloser Zeremonien viel leichter zu ertragen.

Wir fuhren auf prachtvoll geschmückten Schiffen, die von einem Schwarm kleiner Barken voller Musikanten und Sänger begleitet wurden, in sehr fröhlicher Stimmung zum Borgo Santa Luca. Der Herzog besitzt hier ein bequemes Landhaus, dort sollte meine Herrin übernachten, bis man sie am kommenden Mittag, dem zweiten Februar, für den feierlichen Einzug in die Stadt abholte.

Alfonso und Lucrezia wechselten in sichtlicher Scheu kaum ein Wort miteinander, aber der Herzog Ercole war ständig um seine Schwiegertochter bemüht; er hatte jene heißersehnten französischen Wagen erhalten und schenkte meiner Herrin fünf an der Zahl; jeder wurde ihr mit einem Vierergespann vorgeführt.

Von den Herren der Begleitung hörte ich, daß Ferrara überfüllt sei von Gästen des Herzogs und von neugierigen Fremden; der Einzug solle von niegeschauter Pracht sein. Es macht mich lächeln, wenn der fremde Hof mir, dem Vertrauten Madonna Lucrezias, schmeichelt; sie meinen, ich könne jede Bitte bei der neuen Herzogin durchdrücken. Wenn man wüßte, wie meine verehrte Schwester mich unter dem Daumen hält! Kaum eine sanfte Ermahnung darf ich wagen!

Bevor der Hof von Ferrara sich zurückzog, sah ich, wie Alfonso rasch einige leise Worte zu seiner Gemahlin sagte, wie sie aber verneinend den Kopf schüttelte; noch einige Worte von seiner Seite, und nun neigte Lucrezia gnädig das Haupt. Wenn dieses Neigen ein Versprechen bedeutete, so galt es nicht unserem Aufenthalt in der herzoglichen Villa, denn kein unerwarteter Besuch störte die nächtliche Ruhe meiner Herrin.

Der zweite Februar 1502 begann unter leichtem Nebel, aber es war kein Zweifel, die Sonne würde durchbrechen. Den ganzen Vormittag waren Damen und Herren mit ihrer Kleidung beschäftigt. Man aß sehr früh, denn Madonna Lucrezia wollte noch eine Weile allein sein. Um zwei Uhr sollten die Herzöge und die Gesandten uns abholen. Lucrezia war ein Bild in ihrer Freude und ihrem Triumph, dem sich jedes Auge immer wieder zuwandte. Wieviel angeborene Majestät sie doch besitzt, ein Erbteil ihres Vaters; in Schwarz und Gold scheint sie erhaben wie eine spanische Königin.

Sie trug den Schmuck der Herzoginnen von Ferrara, den ihr am frühen Morgen ein Page Ercoles, begleitet von zwei Kammerherren, kniend überreicht hatte, eine dreifache Halskette aus Saphiren. Lucrezia hatte jede Unruhe und Sorge verloren; als erfahrene Frau wußte sie, daß Alfonso, ihr Gemahl, im Meer der Verliebtheit untergesunken war.

Gut so.

Der Festzug war von Ercoles berühmten Theaterregisseuren angeordnet worden, natürlich mit Unterstützung der Zeremonienmeister. Es dünkt mich sehr geschickt, daß man drei Höhepunkte vorsah: Alfonso, Lucrezia, den regierenden Herzog. Jeder weit vom andern durch festliche Gruppen getrennt; so wurde die Erwartung der Zuschauer auf den Tribünen und des Volkes auf der Straße, an den Fenstern, auf den Balkonen und auf den Dächern zu immer neuer Begeisterung entfacht.

Alfonso, der junge Ehemann, ritt nicht etwa an der Spitze des Zuges, nein, ihm voran gingen als erste die Bogenschützen zu Pferde, dann folgte Musik. Hier muß ich einschalten, daß ich erst heute erfuhr, daß Alfonso eine elegische Musik bestellt hatte; nun aber, seitdem er Lucrezia im Kastell Bentivoglio besucht hatte, die sanfte Musik abgesagt und an ihrer Stelle triumphierend-schmetternde Hörnerklänge befahl, so, wie sie des jungen Herzogs strahlender Laune angenehm waren.

Es folgte der Adel Ferraras sowie der Hofstaat der Markgräfin von Mantua und der Herzogin von Urbino; die beiden Fürstinnen waren zum Empfang im Palast zurückgeblieben. Dann erst erschien Alfonso, mit lautem Jubel vom Volk begrüßt. Er war eine hervorragende Erscheinung, in seiner Jugend, seinem Glück, seiner Eleganz.

Die acht schönsten Knaben aus den Adelsfamilien, weiß und rot, in den Farben der Este gekleidet, gingen neben seinem Pferde her, einem Araber aus dem berühmten Stall Francesco Gonzagas. Herrlich hoben sich das Gold und Rot der Satteldecke und des Zaumzeuges von dem glänzend schwarzen Fell des Tieres ab; es wurde beinahe ebensosehr bewundert wie sein Reiter. Don Alfonso war nach französischer Mode gekleidet; in roter Seide und schwarzen Sammetschuhen; außer der goldenen Kette trug er nur am Barett eine Edelsteinagraffe.

Der Erbherzog ritt der Kavalkade seiner Gattin voraus. Ach, was hatte es nicht in Rom für Beratungen gegeben über die Zahl der Bischöfe, die meine Herrin begleiten sollten, über die Farbe der Gewänder der Pagen, der Damen und Herren des Hofes. Madonna Adriana wollte in einem Blau erscheinen, das im Ton nicht zu den Kleidern der andern Damen paßte; wochenlang wurde debattiert, ob man spanische Kavaliere mitnehmen solle, oder nur Herren vom italienischen Adel; welche Persönlichkeiten die Stadt Rom vertreten sollten, und wer die von Alexander befohlenen schweren Goldmäntel bezahlen würde. Das Nebeneinander oder Nacheinander der nie fehlenden Gesandten, die Lucrezia voranschreiten sollten, hatte mehrere diplomatische Zwischenfälle hervorgerufen.

Madonna Adriana hatte eine ganze Schauspielertruppe in ihrem Gefolge haben wollen, aber es waren schließlich nur die Lieblingsbuffos, die uns so hingebend während der langen Reise erheitert hatten, zugelassen worden; sie folgten Lucrezias Schimmel inmitten ihrer Musik.

Auch ihr Pferd war wunderschön aufgezäumt. Meine Herrin ritt unter einem Baldachin, dessen Stangen und Schnüre die Doktoren der Universität trugen. Lucrezias Kommentar zu dieser Ehrengarde sehr trockner Herren soll nicht hierher gesetzt werden. Es war selbstverständlich nichts als hohe Politik, daß sie den elegantesten Lebemann an ihre Seite rief – den Gesandten Frankreichs; er durfte zu ihrer Linken reiten, allerdings außerhalb des Baldachins.

Der Herzog Ercole war sehr würdig schwarz in schwarz, nur das große Schwert und die fünffache Kette sprachen von seinem hohen Rang. Die Prinzen ritten neben unsern Hofdamen. Angela in ihren nachtdunklen Haaren, in einem Kleid aus zartfarbenem grau-rosa Sammet mit Perlen bestickt, wurde wie eine zweite Lucrezia vom Volke begrüßt. Der Kardinal Hippolyt befindet sich mit dem hohen Klerus bei den Fürstinnen im Palast, so konnte Don Giulio sich ungestört dem Dienst seiner Auserwählten hingeben.

Dann folgten die neuen Viergespanne, danach zwei weiße Maultiere und zwei Schimmel, Geschenke des Herzogs von Mantua; den Beschluß machten die 150 Maultiere, alle rot aufgezäumt, beladen mit dem Brautschatz der Herzogin. Unsere Bewaffneten in geschlitzten Wämsern umgaben diese kostbare Fracht.

Man hatte mir mit vielen andern Schreibern und Malern einen guten Platz auf einem Belvedere angewiesen, denn es lag uns ob, noch am gleichen Tag die Darstellung des Zuges zu verfassen, damit sie mit den raschesten reitenden Boten an alle Höfe getragen würden. Daß unser Herzog Alfonso von den Türmen donnernde Schüsse erschallen ließ, ist begreiflich, obgleich weder die Damen noch die Pferde, noch die Musikanten davon beglückt waren. Lucrezias zarte, nervöse Schimmelstute war kaum zu beruhigen, und meine Herrin wäre gestürzt, wenn nicht der Doktor der Rechte, Ercole Strozzi, sie aufgefangen und wieder zurechtgesetzt hätte; ein symbolisches Bild, so dünkt es mich!

Ach, die Allegorien! Immer neue Vorführungen dieser Art hielten den Triumphzug auf; ich hatte den Belvedere verlassen und ging, mit den übrigen Schreibern, unser Erlaubnispapier hochhaltend, vor der Menschenmauer entlang, um immer wieder einen neuen Standort zu finden.

Einmal, als man einen leuchtend braunen Stier, das Wappentier der Borgia, daherführte, geruhte meine Herrin ›nichts zu verstehen‹, der Stier trug nämlich auf seinem mächtigen Rücken eine Nymphenkönigin, umgeben von Satyrn. Man schien Lucrezias Klugheit und Geistesgegenwart zu kennen, sonst hätten sich die Festordner diesen herausfordernden Scherz nicht erlaubt.

Meine Schwester soll entzückt ausgerufen haben, wie schön der Gedanke sei, die Genien des mächtigen Poflusses und seiner Ufer mit dem Stier der römischen Campagna zu vereinen.

Der Einzug mit Festansprachen und Vorführungen hatte Stunden gedauert; Lucrezia mußte zutode ermüdet sein. Der frühe Winterabend war hereingebrochen, als der Zug auf dem Domplatz anlangte, der von Fackeln hell erleuchtet war. In diesem Augenblick glitten auf Seilen, die von zwei Türmen zur Erde gespannt waren, Seiltänzer hernieder.

Ich stand in Madonna Lucrezias Nähe, der Zwang, immerwährend lächeln und loben zu müssen, schien ihr beschwerlich zu werden, und doch stand der Höhepunkt dieses Tages noch bevor.

Im Marmorhof des Palastes wurde die Herzogin vor der äußeren Treppe von ihrem Pferde gehoben, unter dem geöffneten Portal stand Isabella d'Este, ein wenig vor ihrem Vater und ihrem Bruder Alfonso, um Madonna Lucrezia Borgia in das Fürstenhaus von Ferrara aufzunehmen.

Es wurde viel in Andeutung und in Wirklichkeit geküßt, zum Schein oder in echter Herzlichkeit umarmt. Zum Glück wurde meine Herrin sehr bald in ihre Gemächer geführt, wo sie sich ihres schweren Gewandes entledigen und ausstrecken durfte. Sie hatte mich rufen lassen, aber wir sprachen nicht miteinander. Meine hohe Schwester ruhte mit geschlossenen Augen; ich saß auf der Kante eines Stuhles und schaute das geliebte Gesicht an. Plötzlich sickerten Tränen unter den geschlossenen Lidern hervor.

»Was ist, Carissima?« fragte ich leise.

»Ich mag mich selber nicht mehr.«

»Teuerste! jetzt ist nicht der Moment, um mit Euch zu hadern.«

»Ich weiß es, Jago; wenn ich sie heute nicht alle im Banne halte, bin ich verloren, aber ich fühle mich sehr müde, und es wird mir schwer, dieses Fest zu Ende zu feiern.«

Die Aufregung von anderthalb Jahren um den heutigen Tag, die Reise, der unerwartete Liebesüberfall ihres Gatten, dieser Einzug, das neugierige Forschen von Tausenden von Augen in ihrem Antlitz, diese Flutwelle brach plötzlich über ihr zusammen und wollte sie erdrücken.

»Denkt an das Lächeln und den Stolz Eures Hohen Vaters, mit dem er der Welt begegnet.« Lucrezia schwieg; ich dachte, sie schliefe, ich bewegte mich nicht.

»Jago«, kam es leise, aber mit der gewohnten festen Stimme zu mir herüber; »Diego soll die Krone aus dem Juwelenschrein nehmen und das Kränzchen aus Goldblumen, das ich gewählt hatte, wieder einschließen.«

Ich erhob mich erleichtert, denn nun wußte ich, daß Lucrezias Unangreifbarkeit für den kommenden mühsamen Abend gerettet war.

Wer hätte nicht vor meiner Herrin in die Knie sinken mögen, als sie gekrönt, stolz aufgerichtet und doch voller Anmut neben Alfonso auf dem Throne saß. Scheinbar ohne Ermüdung, mit immer neuen freundlichen Worten nahm sie die Vorstellung des gesamten Hofes und des Adels entgegen, und kaum war diese Mühe überstanden, als die Dichter ihre Hochzeitscarmina und die Oratoren ihre Festreden zum besten gaben.

Auch jetzt war viel von Musen, Göttern und Heroen die Rede. Lucrezias Lächeln drohte einzufrieren, aber dann trat ein junger Dichter auf, mit einem so hinreißend fröhlichen Gesicht, und zitierte ohne Pathos ein sehr anmutiges Huldigungsgedicht, so daß Lucrezia wie gelabt und erfrischt aufatmete und schlagfertig in ihrer berühmten scherzhaften Art antwortete. Die Herzöge und ihr Hofpoet brachen in ein ganz unzeremonielles Gelächter aus. Der junge Dichter heißt Ariost und soll schon über Ferrara hinaus bekannt sein.

Darnach mußte Madonna Lucrezia ein Festessen über sich ergehen lassen und einem Ballett zuschauen. Ich stand in dem riesigen Saale so entfernt, daß ich das Gesicht meiner Herrin kaum erkennen konnte, aber ich gewahrte, daß ihr Schwiegervater sich besorgt zu ihr neigte, mit ihr und mit Alfonso einige Worte wechselte und sehr bald darnach, seine Schwiegertochter an der Hand führend, nach allen Seiten grüßend, aus dem Saale schritt. Gottlob, er geleitete Madonna Lucrezia in ihre Gemächer.

Die Herzogin durfte nach diesem anstrengenden Tag noch eine Nacht alleine bleiben. Ich weiß, daß sie ihrem Gatten für diese menschliche Rücksicht von Herzen dankbar war. Aber der Hof, der sich darauf vorbereitet hatte, unter Vorantritt Isabellas den üblichen ›Morgenbesuch‹ am Ehebett abzustatten, konnte sich nicht genug verwundern.

Den ›Morgenbesuch‹ durfte ich abstatten, und zwar um meiner Herrin das offizielle Bulletin über den Eindruck, den sie gemacht, vorzulesen. Der Chronist Ferraras, Bernardino Zambotto, hat ihn verfaßt, und Kopien des Schriftstückes gehen an alle Höfe. Es ist ein langer Bericht, hier sollen nur die Worte stehen, die der Person meiner Herrin gelten: »Die Braut ist zweiundzwanzig Jahre alt, sehr schön von Antlitz, mit lebhaften fröhlichen Augen, schlank von Gestalt, scharfsinnig, sehr klug und verständig, heiter, anmutig und human. Sie gefiel diesem Volk so sehr, daß alle die höchste Befriedigung empfinden und Schutz und gutes Regiment von ihrer Herrlichkeit erwarten.«

An diesem dritten Februar gingen im Palast und in der Stadt die Festlichkeiten weiter, aber Alfonso sorgte dafür, daß seine Gattin von der einen oder der anderen Vorführung entschuldigt werde. Ja, als am Abend nach der Mahlzeit ein Stück des Plautus aufgeführt wurde, der Stolz des theaterbegeisterten Herzogs Ercole, war es Alfonso, der seine Gattin nachher nicht in den Tanzsaal führte, wo die Lustbarkeiten sich bis zum Morgen ausdehnen sollten, sondern sie in ihre Gemächer geleitete.

Die ihm folgenden Hofdamen soll er etwas rauh aufgefordert haben, sich dem Tanze zu widmen.

Nun, und jetzt ist der vierte Februar angebrochen. Meine heutige Eintragung schließt sich wie ein Ring: Die Herzogin gedenkt erst am Nachmittag in ihren Gemächern Besuche zu empfangen. Der Herzog, der so strahlend wie dieser strahlende Vorfrühlingstag sein soll, ist mit einer Schar Herren aus Rom zu seinen Bastionen, Laufgräben und Kugelschmieden gegangen.

Ich bin derart tief eingesponnen in mythologische Dinge, daß ich meiner hohen Schwester heute vormittag eine improvisierte Rede hielt, den Triumph des Hephaistos über Apoll im Kampfe um Aphrodite betreffend, so daß Lucrezia nicht aus dem Lachen kam und ihrerseits allerlei gewagte Anmerkungen zu machen hatte. Es ist ein Fest für mich, meine Herrin so glücklich zu sehen.

Der Hof lächelt zurückhaltend und verzichtet nun endgültig auf den im Programm vorgesehenen Morgenbesuch.

den 5. Februar 1502

Wenn nur der Herzog Ercole nicht ein derart zäher Theaterfreund wäre! Sogar seine Tochter, die Markgräfin Isabella, stöhnte gestern nachmittag, als sie und Elisabetta von Urbino in unserem Saal der Wandteppiche erschienen. Heute abend soll der Bacchides gegeben werden. Unser Herzog Ercole hat persönlich die Neuinszenierung überwacht, und ich muß sagen, er versteht sich auf alle Fragen des Theaters.

Die jungen Frauen wollen natürlich lieber tanzen, plaudern und sich hofieren lassen. Meine Wenigkeit kann nicht genug des Theaterspiels haben, nicht des Plautus, des Terenz oder des Menanders wegen, so verehrungswürdige Dichter sie sind, aber der Theatersaal des Herzogs, der auf amphitheatralischen Sitzen mehr als tausend Personen faßt, nur auserwählte Gäste in ihren herrlichen, juwelengeschmückten Gewändern, ist ein Anblick, wie wenige Höfe ihn zu bieten vermögen.

Vorn auf der Szene, die mit einem niedrigen Zinnenkranz abgeschlossen ist, sitzen die Fürstlichkeiten: die Herren rechts; und links die drei berühmtesten Frauen unserer Zeit: Lucrezia Borgia, Isabella d'Este und Elisabetta Gonzaga; hinter ihnen die nächstverwandten Frauen und Mädchen.

Ich bin nicht der einzige, den die Zuschauer mehr interessieren als die Stücke, die gespielt werden; man kann sich nicht sattsehen an den Farben und der Erlesenheit der Stoffe und Geschmeide, und alle diese Pracht wird von den Fürsten und Fürstinnen, den hohen Geistlichen, den fremden Gästen und dem einheimischen Adel so leicht und spielend getragen, wie es nur Herren und Herrinnen vergönnt ist.

Wenn das Stück nicht enden will, plaudert man ungeniert und stärkt sich an den Erfrischungen, die immer wieder von Pagen angeboten werden.

Heute nachmittag wurde ich mit drei anderen Berichterstattern in Madonna Isabellas Gemächer befohlen. Es war ein zwangloses Beisammensein mit den fremden Gesandten. Isabella und Lucrezia wechselten einander ab im Lautengesang. Die Stimme der Markgräfin ist tief und warm, die Stimme meiner Herrin hell und beschwingt. Später trug Elisabetta nach langem Bitten, sie ist scheu und kühl wie ein Engel, Gedichte vor.

Alfonso und die fremden Herren waren wieder im Arsenal. Ob Lucrezia ahnt, daß ihr Bruder Cesare ständig auf den Lippen dieser Männer ist? In den Festgedichten huldigt man ihm als dem römischen Cäsar und schmeichelt ihm auf alle Weise, aber in Isabellas Hauptstadt, Mantua, haben sich die von ihm vertriebenen Fürsten gesammelt. Man sagt, sehr bald werden auch Elisabettas Gatte und die Bentivoglio von Bologna sich nach Mantua flüchten müssen.

den 6. Februar 1502

Lucrezia scheint eine warme Neigung zu Isabella gefaßt zu haben, aber die erste Herzlichkeit ihrer neuen Schwägerin hat sich in eine hohle und frostige Höflichkeit zurückverwandelt.

Meine Herrin sieht klar, wie sprungbereit die Feindschaft sie umlagert; nur die Angst vor Cesare und ihrem Vater läßt die anwesenden Gesandten und viele der Gäste in huldigender Demut verharren. Einzig die Herzöge Ercole und Alfonso scheinen in Wahrheit bezaubert von Lucrezias Wesen. Ja, sie ist anmutig in ihren entwaffnenden Offenheit – und es braucht Mut zur Offenheit in einer solchen Umgebung!

den 14. Februar 1502

Ich werde immer wieder zu meiner hohen Schwester gerufen, um Briefe an ihren Vater zu schreiben; sie hat nach der gewohnten Umgebung, nach ihrem Vater, vor allem aber nach ihrem Kind Rodrigo Sehnsucht. Nur ich weiß, wie schwer es ihr wird, die Rolle der strahlend glücklichen Frau aufrechtzuerhalten.

Vor mir legt sie die Maske beiseite, und immer wieder fragt sie mich, ob ich keine Nachricht aus Rom hätte; und doch treffen fast täglich Briefe aus dem Vatikan ein, aber nie kann sie genug von den Ihren hören.

Die Verliebtheit Alfonsos ist ihr der beste Trost, erlebt sie doch einen größeren Triumph, als sie je zu hoffen gewagt hat. Der Herzog ist ihr angenehm, und es fällt ihr nicht schwer, ihm in jeder Weise gefällig zu sein. Aber sie liebt ihn nicht als den höchsten Besitz ihres Lebens, das kann sogar meine Unerfahrenheit sehen.

Als ich Madonna Lucrezia heute zu der Liebe ihres Gatten beglückwünschte, die schon mit gerührtem Lächeln von dem devoten Hof besprochen wird, wurde ihr Antlitz nachdenklich: »Ach Jago, – Verliebtheit ist nicht Liebe«, sagte sie, »wie lange wird sie dauern?«

»Teuerste, es ist an Euch, sie in die echte Liebe umzuwandeln.«

»Die echte Liebe ... du redest wie von unserer Bühne herab. Meinst du, eine Liebe, die kein Ende hat? Werde ich diese je kennenlernen, Jago?«

»Ich wünsche es Euch von Herzen, Madonna. Aber Ihr dürft nur Herrn Alfonso lieben.«

»Dürfen! ... wie wenn das Herz nach Erlaubnis fragte.«

»Schwester, Ihr seid erst seit zwei Wochen verheiratet; Ihr kanntet Euren Gatten ja kaum; jetzt sollt Ihr erst beginnen, ihn zu lieben.«

»Ich liebe, wenn mein Gefühl mich hinreißt! Verstand und Wille können mich nicht zur Liebe zwingen. Es muß ein Gewitter in mir ausbrechen, eine Naturkatastrophe, die mich zu dem Geliebten hintreibt und ihn zu mir. Du hast solche Ausbrüche erlebt, du Guter, und um mich gezittert. Mein Borgiablut wird Alfonso d'Este in Freundschaft dulden, aber in gefährliche Wallung wird es seinetwegen nicht geraten.«

»Wenn Ihr Euch nur seine Neigung zu erhalten wißt, dann will ich zufrieden sein!«

Lucrezia rupfte mich spielerisch an meinem roten Schopf.

»Ich sage dir ja, der Herzog ist mir lieb, ich ehre ihn, seine Neigung erfreut mich, ich selber möchte, daß sie dauert.«

»Ihr werdet Eurem Gatten viele Söhne und Töchter schenken und darüber die ziellosen Gefühle der Jugend vergessen.«

... »Die ziellosen Gefühle der Jugend?« Madonna Lucrezias Augen funkelten mich an. »Jammervoll, ein Leben, das nur in wenigen Jugendjahren Leidenschaft zu empfinden vermag!

Du wünschest mir ein frühes Erlöschen, und nennst dieses Erlöschen wohl gar noch Tugend!«

»Carissima, Ihr dürft Euch um Lebens oder Sterbens willen nicht mehr von dem schmalen Weg entfernen, der Euch jetzt vorgezeichnet ist!« Ich faltete beschwörend meine Hände.

Ein hochmütiges Lachen meiner Schwester. »Messer Jacobus, verderbt mir nicht die Laune! Ihr seid ein Philister! Ich habe Euch rufen lassen, damit Ihr mich fröhlich stimmt.«

»Vielleicht wäre es am Platze die Spaßmacher der Frau Herzogin zu rufen?« sagte ich beleidigt.

Lucrezia sah mich einen Augenblick belustigt an, wahrscheinlich, weil ich eine menschliche Regung gezeigt hatte. Dann meinte sie ernst und geschäftlich: »Komm, wir wollen meinem Vater schreiben; ich möchte mich über dich beklagen.«

Wir schrieben aber, anstatt Klagen über den völlig unwichtigen Jacobus Krafft, Klagen über Madonna Adriana und Hieronyma Borgia.

Diese Damen und ihr Hofstaat gedachten nicht abzureisen. Es gefiel ihnen in der großen Stadt Ferrara, und da Alexander ihnen aufgetragen hatte, die Ankunft Charlotte d'Albrets, der Gattin Cesares abzuwarten, hatten sie einen guten Grund zu bleiben. Charlotte, die Tochter des Königs von Navarra, schien aber keine Lust zu verspüren, ihren Gatten wiederzusehen. Lucrezias Hochzeit hatte sie zu einer Reise nach Italien zwingen sollen.

Gestern überbrachte der Kardinal d'Albret eine erneute Absage seiner Schwester; Madonna Adriana und Hieronyma lächeln unbefangen und bleiben. Einige Höflinge des Herzogs der Romagna sind schon kurzerhand nach Hause geschickt worden, weil sie das großstädtische Leben Ferraras gar zu ungeniert auskosteten, die Damen jedoch … wie soll man sie veranlassen heimzukehren?

Rom, den 28. Februar 1502

Der Herzog Ercole hat Lucrezia gebeten, mich nach Rom zu schicken, um ihrem Vater die peinliche Affäre zu unterbreiten. Seine Heiligkeit nahm mich, da ich geradeswegs von seiner Tochter kam, wie einen Sohn auf. Manche Stunde habe ich ihm erzählen und immer wieder bestätigen müssen, daß sie glücklich sei, daß man ihr alle Ehren erweise, und das Volk ihr zujuble, sobald sie auf den Straßen oder in den Kirchen erscheine.

Mein Auftrag interessierte den Heiligen Vater gar nicht, und ich mußte schließlich die Worte Ercoles wiederholen, die mir nur für den äußersten Fall mitgegeben waren: Die Lebensmittel der Stadt seien nach dem riesigen Zustrom an Gästen aufgezehrt; einen unnützen Hofstaat von vierhundertundfünfzig Menschen und dreihundertundfünfzig Pferden um der Hartnäckigkeit zweier Frauen willen zu unterhalten, sei dem Herzog unerträglich. Man habe fünfundzwanzigtausend Dukaten für die Hochzeitsfeierlichkeiten ausgegeben; jetzt möge Seine Heiligkeit die Damen zurückrufen. Die Prinzessin Charlotte d'Albret würde Frankreich nicht verlassen.

Nun fügte sich Alexander, jedoch sehr besorgt, wie Cäsar seine Nachgiebigkeit aufnehmen würde. Er wolle mir Briefe mitgeben, sagte er, inzwischen solle ich meine alten Freunde in Rom besuchen und mich vom Wohlergehen des Kindes Rodrigo überzeugen.

Wie leer erscheint mir diese Stadt ohne meine Herrin. Jeden Tag dränge ich die Schreiber des Heiligen Vaters, mir die Briefe auszuhändigen, damit ich nach Ferrara zurückreisen kann. Aber von Tag zu Tag und von Woche zu Woche werde ich vertröstet.

Cäsar befindet sich nämlich im Aufbruch, seinen Siegeszug fortzusetzen. Verschwägert mit den Este, die ihm freie Hand lassen, und dem König von Frankreich nahe verwandt, sind ihm Schutz und Hilfe von zwei Seiten gewiß.

Der Heilige Vater vertraut so sehr auf den Triumph dieses zweiten römischen Cäsars, daß er Siegesfeiern in Ferrara in Anwesenheit Cäsars und seiner Gattin voraussieht. Sie soll und wird kommen. Deshalb hat er seine Nachgiebigkeit zurückgezogen und befiehlt, daß der römische Hofstaat in Ferrara versammelt bleibt.

den 15. April 1502

Heute wurde ich zu Seiner Heiligkeit gerufen; Alexander war den Tränen nahe. Große Nachrichten sind aus Ferrara eingetroffen: Madonna Lucrezia befindet sich in gesegnetem Zustand. Wir sprachen gerührt vom Erbprinzen, der geboren würde; Alexander denkt schon an die Taufgeschenke und an die Paten. In Santa Maria del Popolo sollen in regelmäßigen Abständen Bittgottesdienste gehalten werden. Am Schluß der Audienz hieß es wie nebensächlich: »Du kannst reisen, Jacobus. Ich lasse Dir die Briefe ausstellen, die den römischen Hofstaat zurückrufen. Die beiden Damen machen unsere Tochter nervös, sie mag sie nicht mehr sehen.«

Von der Wichtigkeit des Empfanges der Herzogin von Valence, Cesares Gattin, war jetzt keine Rede mehr.

Am Nachmittag mußte ich Vanozza de Catanei die frohe Botschaft überbringen und durfte die Verehrte nach Santa Maria del Popolo begleiten, wo wir beide – von mir weiß ich es, von Madonna Vanozza nehme ich es an – den Himmel anflehten, Lucrezia den Sohn zu schenken, der ihr die Gnade und die Liebe ihres Gatten erhalten würde.

den 20. April 1502

Ich wollte, ich wäre schon gestern abgereist, gleich nachdem ich die Briefe und Geschenke für Lucrezia erhalten hatte, dann wäre ich dem blutigen Schein ausgewichen, der neu über dieser Stadt aufgelodert ist.

Der junge Astorre Manfredi, der sein Land freiwillig in Cesares Hand gegeben hatte und dann von diesem verräterischen Gönner in die Engelsburg gesetzt wurde, ist dort erwürgt worden. Es geschah schon vor mehreren Tagen in aller Heimlichkeit, aber dic Wahrheit ist dennoch unter das Volk gedrungen. Es herrscht die gleiche Unruhe in der Stadt wie sie nach früheren Mordtaten des Borgia auszubrechen pflegte, aber jetzt sprechen die Leute mit Inbrunst offen davon, daß die Geduld des Himmels nicht ewig dauern möge.

Ferrara, den 10. Oktober 1502

Eine lange Zeit ist vergangen, seitdem ich in mein Buch geschrieben habe. Nachtragend muß ich sagen, ›wir‹ waren in Erwartung, so anfechtbar diese Behauptung ist. Aber, ob ich wollte oder nicht, ich mußte mit meiner hohen Schwester alle Qualen der Ungewißheit und das ewige Auf und Nieder der Stimmung einer Schwangerschaft teilen ... ja, es waren bewegte Monate! Madonna Lucrezias Gesundheit war ausgezeichnet, aber das Herz war ihr schwer, und ihre Stellung in Ferrara schien ihr wie auf gleitenden Sand gebaut.

Cäsar Borgia, der Herzog der Romagna, hatte Guidobaldo von Urbino und die süße Elisabetta vertrieben. Jetzt weilt das Herzogspaar in Mantua bei Madonna Isabella. Auf Urbino folgte das Gemetzel von Camerino, wo so viele adlige Häupter fielen. Cäsar war einmal mehr der Schrecken Italiens; noch schmeicheln ihm Ferrara und Mantua, aber wehe, wenn er straucheln sollte, dann würde eine gewaltige Meute über ihn herfallen.

Das Lächeln Alfonsos, mit dem er seiner Gattin zu den Siegen ihres Bruders gratulierte, verbarg nur schlecht den Haß auf diesen Usurpator, der versucht, ein Königreich in Mittelitalien mit Blut zusammenzuschweißen.

Lucrezia flüsterte mir damals nach dem Besuch ihres Gemahls zu: »Jacobus, es muß Don Cesare gelingen, das erträumte Reich zu gründen!«

»Warum sollte es ihm nicht gelingen, Carissima?«

»Man hat mir zugetragen, daß Cesare seiner Condottieri nicht sicher ist; manche der Signoren von Varano, die er hat töten lassen, waren diesen Condottieri verwandt. Der einzige des Adels, der aus dem unseligen Gemetzel entkam, schürt den Haß gegen meinen Bruder.«

»Don Cesare vermag jede Erhebung niederzuschlagen, das weiß Euer Gatte so gut wie alle Welt.«

»Nein, nein Jacobus; du hast immer noch keine Gabe für die Politik. Alfonso rechnet mit Cesares Fall.«

»Woraus schließt Ihr das?«

»Mein Gemahl läßt sich schöne Mädchen kommen, jetzt, da er sich mir nicht nähern darf; Alfonso fürchtet weder mich, noch meinen Vater mehr.«

»Unser Herzog lebt nicht anders als fürstliche Herren in seiner Lage zu leben pflegen.«

»Gleichviel, ich muß einen Sohn gebären! Oh, der Himmel wird mir helfen, damit ich meinen Gemahl wieder ganz in meine Hand bekomme.« Ich schwieg. »Du glaubst doch, daß ich einen Erbprinzen zur Welt bringe?«

»Ich bete darum, Serenissima!«

»Fahre darin fort, mein Lieber. Und nun geh und schicke mir Angela.«

Dieses Gespräch wurde am 4. September 1502 geführt. Ich hatte damals einige Mühe, Angela zu finden. Der Park von Belriguardo ist groß, und nur zu gern spaziert das schönste unserer Fräulein mit ihrem prinzlichen Verehrer in den entferntesten Teilen.

Wenn Lucrezia es ungern gesehen hätte, daß die Este sich dem Hause Borgia zweifach verbinden, würde das Hofzeremoniell Donna Angela schon lange die Freiheit beschnitten haben, aber zugunsten ihrer geheimen Wünsche hält meine Herrin die Hand über ihre Base Angela.

Ich fand unsere Allerschönste an jenem Spätnachmittag in hingebendem Gespräch mit Don Giulio, – wenn man eine derartige Unterhaltung noch ein Gespräch nennen kann.

Es war der letzte freundliche Anblick, den ich bis heute erlebte.

In jener Nacht begann die langgefürchtete und doch herbeigesehnte Geburt. Am Morgen früh war uns allen das Unglück bekannt: Die Herzogin hatte eine tote Tochter geboren; sie selber schien wie eine armselige kleine Kerze erlöschen zu wollen.

Alfonso war außer sich; er ist seiner Gattin doch innig zugetan! Feierlich verkündete er das Gelübte, ein Kloster bauen zu wollen, wenn die Herzogin gesund würde, auch ließ er Messen lesen, schickte seine Lieblingsmädchen fort und aß nicht und trank nicht. Ja, er wollte nicht schlafen, bis Lucrezias Leben gerettet sei.

Ercole, der zu Cäsar gereist war, kam, von diesem begleitet, auf schäumendem Pferde dahergestoben. Acht Tage dauerte nun schon Lucrezias langsames Erlöschen. Die Todesschatten lagen in dem geliebten Antlitz; ich war wie erstarrt.

Am zehnten Tage erschien der berühmte Arzt des Heiligen Vaters. Er verbot augenblicklich, daß man der Kranken auch nur ein einziges Mal noch zur Ader lasse, wie es mehrmals am Tage zu geschehen pflegte, und ihr die Nahrung entziehe. Er ließ starke Säfte aus Fleisch, aus Gemüse, aus Früchten herstellen und flößte sie meiner Herrin jede Stunde ein. Lucrezia blühte mit der Raschheit einer Blume auf, die man vergessen hatte zu begießen.

Ich, in meinem geringen Verstande, glaube, daß unsere Ärzte ihr das Leben abgezapft und sie hätten verhungern lassen.

Jetzt wohnen wir mit unsern Damen im Kloster Corpus Domini; meine Herrin erholt sich rasch. Sie ist schöner denn je, und ihre Lebenslust sprudelt auf wie ein Springbrunnen.

Nonnen und alte Hofdamen reizen ihre Spottlust. Ich sehe, der Moment ist gekommen, da wir nach Ferrara zurückkehren können, um die Bezauberung des Gemahls und aller Männlichkeit, ob sie am Hofe dient, dichtet, malt oder der Weisheit lebt, mit gewohnter Willenskraft aufzunehmen.

den 25. Januar 1503

Madonna Lucrezia möchte fröhlich sein, Feste feiern, sich an den Huldigungen der Künstler freuen, aber es fällt ihr schwer.

Es erreichte uns eine Nachricht, ein Brief aus Machiavellis Kanzlei, an Lucrezia gerichtet; er spricht in unbegrenzter Hochachtung von dem ›unergründlichen Herzog, der wenig spricht, aber handelt‹ und erzählt, der Aufstand der Condottieri gegen Cäsar Borgia sei niedergeschlagen, aber dann folgte eine Aufzählung der Hinrichtungen.

Hieronyma Borgias Schwiegervater, Paolo Orsini ist darunter und – Juan de Centelles, Herzog von Gravina. Jener Mann, dem

Lucrezia erstmals mit elf Jahren verlobt wurde. Meine Herrin zählte gedankenvoll an den Fingern nach und sprach das große Wort: »Jago, mein Lieber, ich bin zum zweitenmal Witwe, denn das Eheversprechen mit Don Juan de Centelles war damals unterschrieben worden, später wurde mir ein Geliebter getötet, £außerdem bin ich einmal geschieden und schließlich in erfreulicher Weise verheiratet.«

Lucrezia erinnerte mich in diesem Moment an einen Generalissimus, der die Schlachten seiner kriegerischen Laufbahn rekapituliert.

Cäsar hat sich inzwischen wie ein niederfahrender Blitz auf Perugia und Siena geworfen; die Fürsten sind geflohen; wiederum nach Mantua zu Isabella. Wen dürfte es wundern, daß dort der Haß gegen die Borgia brodelt?

den 5. Februar 1503

Am zweiten Februar feierten wir die Erinnerung an unsern Einzug vom vorigen Jahr, und heute erhielten wir mit einem Gratulationsschreiben aus Mantua ›die sehr beglückende Nachricht‹, daß die Verlobung zwischen den Kindern Federico Gonzaga, Isabellas und Francescos Söhnchen, und Cäsars Tochter, Luisa, demnächst in Rom vor Zeugen rechtskräftig besiegelt wird.

Oh, wie sie alle vor dem Borgia zittern und ihm schmeicheln! Zähneknirschend! Lucrezia hat recht, die geringste Schwächung in der Tyrannis ihres Bruders zu fürchten.

Der Verlobungsnachricht lag die Kopie eines Briefes Isabellas an Lucrezias furchtbaren Bruder bei. Ich will mir die Mühe nehmen, ihn in dieses Buch abzuschreiben:

›An Cesare Borgia von Frankreich, von Gottes Gnaden Herzog der Romagna und von Valence und Urbino, Fürst von Andria, Herr von Piombino, Bannerträger und Generalfeldhauptmann der Kirche.

Erlauchtester!

Über die glücklichen Fortschritte Eurer Exzellenz, welche Sie uns in einem liebevollen Schreiben mitteilten, haben wir alle die

Freude und Genugtuung empfunden, die dem wechselseitigen Wohlwollen entspricht, welches zwischen Ihnen und unserm Erlauchten Herrn Gemahl besteht, und so beglückwünschen wir Sie in seinem und in unserm Namen, wegen des Glückes, das Ihnen geworden ist, und wir danken Ihnen für das Anerbieten, uns die ferneren Vorgänge kundzutun, wir bitten Sie, in dieser Güte fortzufahren.

Denn da wir Sie so lieben, wie wir es tun, wünschen wir des öfteren von Ihren Unternehmungen zu hören, um uns über das Wohl und die Erhöhungen Eurer Exzellenz freuen zu können. Da wir nun glauben, daß Sie nach den Anstrengungen, welche Sie bei Ihren ruhmvollen Unternehmungen erduldet haben, auch der Erholung eine Stelle geben wollen, so schien es mir gut, Ihnen hundert Masken zu schicken. Wenn sie nicht so schön sind, wie es sich gebührte, so möge Eure Hoheit es auf Rechnung der Meister von Ferrara setzen. Denn weil dort verboten ist, öffentlich maskiert zu gehen, so haben sie aufgehört, solche zu machen. Mag daher unser guter Wille und unsere Liebe das Mangelnde ersetzen.‹[15]

Dann folgen einige Linien über die Verlobung der Kinder und die ergebene Unterschrift der Markgräfin.

Dieser Brief hätte Lucrezia beruhigen sollen, aber sie ist zu klug, um nicht gerade das Übermaß an Schmeichelei von der Frau, die Cäsars wichtigsten Feinden Asyl verleiht, zu durchschauen.

»Hundert Masken hat sie ihm geschickt!« rief Madonna Lucrezia aus, als ich ihr den Brief Isabella Gonzagas vorgelesen hatte. »Welch eine Ironie auf Cäsars Wesen! Trägt er doch nicht nur seidene Masken, nein, er liebt es, sein Gesicht unter kunstvoll hergestellten Larven zu verbergen. Sein ganzes Wesen besteht aus Masken; bald trägt er die eine, bald die andere, und nicht Freund und nicht Feind vermag ihn zu durchschauen!«

Lucrezia hat recht. Wie wären ihm sonst seine Todfeinde in Sinigaglia so vertrauensvoll ins Netz geflattert.

Zu besagtem Erinnerungsfest unseres Einzuges hat der Richter und Poet Ercole Strozzi meine Herrin in einem überschwenglichen Lobgedicht als die frömmste und tugendhafteste aller Frauen gefeiert. Lucrezia nahm diese Huldigung angesichts des Hofes als bare Münze an, aber vor mir krauste sie die Nase und lächelte ihr Lächeln einer schönen Teufelin, doch war ihre Stimme weich und lieblich wie immer, als sie mich fragte: »Glauben die Leute eigentlich, ein Mensch könne sich vollkommen ändern, nur weil seine Lebensumstände nicht mehr die gleichen sind? Du weißt, daß ich auch in Rom eine gläubige Christin war und keine fromme Pflicht vernachlässigt habe; den Armen half ich auch in unserm Palast Santa Maria in Porticu, und nun werde ich als eine Heilige, das heißt, als eine Maria Magdalena, gefeiert! Das gefällt mir gar nicht, Jacobus!«

»Teuerste, es ist anbetungswürdig, daß Ihr jede Heuchelei verschmäht, und doch flehe ich Euch an, gebt nicht aus Wahrheitsliebe Darbietungen Eures ... Eures ...«

»Teuflischen Wesens, wolltest du sagen. Nein, das werde ich nicht tun. Wenn Ferrara darin glücklich ist, mich als Spiegel aller Tugenden zu sehen, so werde ich dieses Vergnügen nicht stören.«

»In Wahrheit nicht, Carissima?«

»Du sagst das so besorgt, Jago, als stände ich im Begriff eine große Teufelei auszuführen!«

Ich wagte nicht zu sagen, was ich dachte, aber Lucrezia wußte genau, wie es in meinem Herzen aussah.

»Du denkst an unsern bezaubernden Venezianer.«

Ich tat es. Dieser junge Nobile, Pietro Bembo mit Namen, ein dreiunddreißigjähriger Mann, wie er schöner und eleganter, geistreicher und gebildeter nicht zu denken ist, lebt jetzt an unserm Hof seitdem Urbino von Cäsar genommen ist. Messer Pietro ist halb krank vor Liebe zu Lucrezia, und meine Herrin spielt nicht mit ihm wie mit Strozzi und Nicolo da Corregio; sie lacht nicht mit ihm wie mit Ariost; sie vermag Bembo in einer Angst anzuschauen, als sähe sie ein Schicksal voraus, das sie beide nicht glücklich machen kann.

Ich wollte, unser Herr Alfonso würde sich mehr um seine schöne Frau bemühen, aber da er sie besitzt, läßt er sich gehen; in der Kleidung, in den Lebensgewohnheiten, in den Rücksichten auf seine Gattin. Er ist zu seinem Arsenal und in seine Schmiede zurückgekehrt, überläßt Madonna Lucrezia die höfischen Dinge und die Pflege der Künste und meint, es genüge, wenn er sie hin und wieder nachts besuche. Seine Verliebtheit, die ihm so gut stand, ist verflogen.

Meine Herrin ist aber noch nicht dreiundzwanzig Jahre alt, sie hat kaum den Höhepunkt ihrer Schönheit erreicht; das spielerische Liebesverlangen, das ungehemmt Triebhafte des Borgiablutes ihrer früheren Jugend hat sich in eine wunderbar triumphierende Lebenskraft verwandelt, in eine Kraft, die schenken, die sich verschenken will. Wehe, wenn dieser ›Stockfisch von einem Alfonso‹, wie der Heilige Vater zu sagen pflegte, seine Gemahlin gar zu sehr langweilt, und es stehen Männer wie Bembo bereit, ihr ein Meer der Liebe zu bieten.

Belriguardo, den 2. Mai 1503

An unserm Hofe langweilt man sich nie. Die vielen schönen Frauen und Mädchen, die Kavaliere und Dichter, das bringt ein ewiges Hin und Her von Binden und Lösen in Verliebtheit, Begehr und Abwehr, in Eifersucht und Versöhnung.

Hier in Belriguardo, wo wir den Frühling genießen, wird so viel gelacht, wie meine Herrin es in Ferrara noch nie erlebt hat. Wenn Ariost in unserm Kreise weilt und seine tollen Geschichten erzählt, und Lucrezia in ihrer ironisch-spaßhaften Art Erlebnisse aus Rom oder von der denkwürdigen Brautreise zum besten gibt, dann fließen Lachtränen.

Ein immer neues Thema für Lucrezias Ironie ist meine angebliche ›Keuschheit‹, und doch weiß sie so gut wie die Herren unseres Hofes, denen ich manchmal bei galanten Ausflügen begegne, daß ich die Freuden dieser liebesfrohen Stadt keineswegs meide, aber ich spiele meine Rolle, und übertreibe sie noch gar, und es wird mir nicht einmal schwer, weiß ich doch von Jahr zu Jahr mehr, daß mein Herz einzig und allein meiner Herrin gehört. Wie gut, daß sie es nicht ahnt, denn über solche Torheit würde sie nun mit Recht lachen. Genug davon.

Obgleich nichts Denkwürdiges geschieht, muß ich ein Wort über den Zauber dieser schönsten Jahreszeit niederschreiben, denn drei Früchte will unser blütenübersäter Baum tragen.

Zum ersten: eine neue Hoffnung meiner Herrin, die sie jubeln ließ, als sie ihres gesegneten Zustandes sicher war. Zum andern das wachsende Manuskript Bembos, das er ›Liebesgespräche‹ überschrieben hat und meiner Herrin widmet, und zum dritten die Fruchtbarkeit Ariosts, die unter Lucrezias Anteilnahme immer stärker und größer wird.

Heute morgen, als ich zu meiner Herrin befohlen wurde, lag sie auf einem Ruhebett in der Loggia, von der man einen weiten Blick über den Po und die jetzt so frisch-grüne Ebene hat. Noch schwebte ein goldener Dunst über der Niederung, aber er hob sich mehr und mehr, als wolle ein geschickter Theaterregisseur die Spannung des Zuschauers durch die langsame Enthüllung der Szene erhöhen.

Die Frau Herzogin war in strahlender Laune; sie streckte mir ein Papier entgegen, das mit Versen bedeckt war. »Schau, Jago, von Ariost.«

Ich nahm den Text und sah, daß keine Unterschrift darunterstand, dann las ich die zwei ersten Verse:

Frau, ihr seid schön, so schön, ich glaube nicht,
daß jemals ich begegnet schönrer Sachen.
du siehst die Stirne, unter ihr entfachen
die beiden Sterne ihr gepriesnes Licht;

du siehst den Mund, wie er zu süßem Lachen
sich öffnet und mit süßer Zunge spricht;
das Goldhaar, daraus Amor Netze ficht,
die ganz und gar mich zum Gefangnen machen.

»Könnte es nicht auch von Bembo sein?« unterbrach ich mein Vorlesen.

»Nein, lies bis zum Schluß, das Ende ist die unverkennbare Art Ariostens: zuerst huldigt er mir, und dann lacht er über mich und sich. Fahre fort, Jacobus.« Ich las:

Von blankem Alabaster Hals und Brüste
Und Arm und Hand und was noch weiter dann
man von Euch sehn, und was man ahnen kann.
Alles ist wunderbar; und dennoch wüßte
ich Eines Euch zu rühmen stets aufs neue,
das noch viel wunderbarer: meine Treue![16]

Ich lachte laut auf: »Wahrhaftig, Madonna ..., etwas, das noch viel wunderbarer': die Treue eines Ariost!«

»Dichter müssen lieben, aber sie sollen sich nicht binden«, sagte Lucrezia bestimmt. Plötzlich wurde ihr Gesicht sorgenvoll. »Jacobus, was hältst du von der Leidenschaft, die Angela mit meinem Schwager Giulio verbindet?«

»Die Donna sollte vorsichtiger sein!«

»Sie vermag ihre Gefühle nicht mehr zu verbergen.«

»Aber sie reizt den Kardinal Hippolyt mit ihrer Bevorzugung Giulios auf gefährliche, – sehr gefährliche Art!«

»Ich weiß es ... ach, und Hippolyt hat eine wilde, rachgierige Natur«, und leise setzte sie hinzu, »wie alle Este.« Ein Erschauern lief trotz der Sonnenwärme über Lucrezias Leib.

»Wäre es nicht besser, den Prinzen Giulio mit Angela Borgia zu verheiraten?«

Lucrezia schüttelte den Kopf. »Angela als Gattin in Giulios Armen ... ich weiß nicht, was der Kardinal in seiner Eifersucht täte!«

»Dann schickt Eure Base nach Rom zurück und laßt sie dort verheiraten. Warum tatet Ihr es nicht längst?«

»Weil ich das Herz nicht habe, sie unglücklich zu machen. Wo ich echte Liebe sehe, bin ich schwach.«

»Nur vor der ›echten‹ Liebe?« fragte ich und erlaubte mir zu lächeln.

»Jacobus, mein Guter, du verstehst nichts von der Liebe. Ich weiß, du denkst an meine raschen, tollen Verliebtheiten aus früheren Jahren. Nein, nein, das waren keine falschen Gefühle. Laß dir sagen, daß die vorüberziehenden Verliebtheiten kleine Kunstwerke sein können, sofern man es versteht, die Zügel in kräftigen Händen zu halten. Um dem Geliebten und sich selber ein reines Vergnügen zu schaffen, das dereinst eine Blume im Kranz der Erinnerungen zu bilden vermag, muß man das ganze Herz in ein solches Abenteuer hineinwerfen, furchtlos und verschwenderisch, und überdies großmütig genug sein, keinen Anker an das Herz zu knüpfen, der ein rasches und leichtes Zurücknehmen hindern würde. Nie darf man außer acht lassen, daß es ja nicht um die Ewigkeit geht.

Im weiteren braucht es für diese niemals bindende und doch so beglückende Art der Liebe gute Nerven, denn man tanzt leichtfertig auf einem Vulkan, ist doch kein Mensch ohne Pflichten, die ihn mit der Welt verknüpfen, und diese Welt liebt es, störend einzugreifen ... So viel von der leichten Art der Liebe, die von der holdesten der Musen, Erato, besungen wird.

Aber die große Liebe, Jacobus, die mit dem Dornenkranz, – ach, mein Lieber, wem sinken nicht die Hände vor einem Glück, das strahlend ist wie die Sommersonne und ebenso tiefe Schatten schafft wie diese? Nicht daran rühren! O nein. Nur eine einzige unbedachte Bewegung könnte eine Kette von Schicksalsschlägen auslösen.«

Ich antwortete nichts, sondern kramte in den mitgebrachten Papieren. Lucrezia hatte nicht mehr an Angela gedacht, als sie diese letzten ahnungsvollen Gedanken aussprach, sondern an sich selber und – an den schönen, geistreichen, qualvoll liebenden und in Schmerzen geliebten Bembo.

Gott schütze uns, wenn Lucrezia ihm nicht zu widerstehen vermag![17]

den 10. Juni 1503

Madonna Isabella Gonzaga, die hohe Schwägerin, ist seit drei Wochen unser Gast. Lucrezia behandelt die Markgräfin mit Zärtlichkeit und Verehrung, und Madonna Isabella läßt es nicht an Freundlichkeiten fehlen, aber im Grunde geht es für beide Frauen nur um das eine: Cäsar Borgia. Die Gonzaga müssen sich seine Gunst erhalten und hassen ihn wie den Tod. Unter seinem Druck haben Isabella und Francesco der geliebten Schwester, Elisabetta, und dem herrlichen Guidobaldo den Schutz entziehen müssen; die Armen sind nach Venedig weitergeflohen; nur durch ein Wunder ist Guidobaldo den Häschern Cäsars entgangen.

Der Herzog machte sich in Verkleidung allein auf den Weg; tagsüber im dichten Schilf oder in leeren Hütten verborgen; nachts Venedig zuwandernd. Mit Spürhunden jagten Cesares Henker hinter ihm drein, aber Gott hielt seine Hand über dem Unglücklichen.

Elisabetta hatte die Erlaubnis in Mantua zu bleiben, aber sie zögerte nicht, zu ihrem Gatten nach Venedig in die Verbannung zu ziehen, wo sie, ohne eigene Mittel, von der Gnade des Dogen leben.

Und nun muß Isabella der Schwester ihres Erzfeindes Zärtlichkeiten erweisen! Die Fürstinnen sind gute Schauspielerinnen, alle beide! Wie ›erfreut‹ sie sich über das Verlöbnis zwischen Isabellas Söhnchen und Cesares kleiner Tochter unterhalten!

Ich meine manchmal, den Teufel lachen zu hören.

Isabellas Gemahl, Francesco Gonzaga, befindet sich auf dem Weg nach Rom, wo er als Heerführer zu Ludwigs XII. Armee stoßen soll. Ich weiß aus Gesprächen, wie der Markgraf das undurchsichtige Spiel Alexanders mit Frankreich und Spanien haßt; gottlob hat der Papst eine eiserne Gesundheit und wird noch lange die Bestien, die die Borgia sprungbereit umschließen, in seinem Banne halten.

Unsere Herzöge Ercole und Alfonso gehören auch zu den lauernden wilden Tieren, da ist es ein wahrer Gottessegen, daß meine Herrin endlich dem Lande den Erben – ja, möchte es ein Knabe sein! – schenken wird.

den 2. Juli 1503

Wenn wir glückliche Zeiten haben, weiß ich nichts zu schreiben, denn das Glück scheint den undankbaren Menschenkindern eine Selbstverständlichkeit; aber wenn die Schläge des Schicksals uns zu Boden schmettern, dann erheben wir unsere Stimme und beklagen uns beim himmlischen Vater für die ungerechte Behandlung; doch in der Heiligen Schrift steht ein Wort: Auge um Auge, Zahn um Zahn, dieses sollte der Mensch nie vergessen!

Nun, solche Gedanken verschweige ich vor meiner Herrin; sie leidet unsagbar und braucht allen Zuspruch, den ich nur erfinden kann.

Madonna Lucrezia hat durch eine Fehlgeburt abermals ein Kind verloren; es war ein Knabe. Ich fand den Herzog Ercole gestern, wie er auf dem Bettrand meiner Herrin saß, während sie an seiner Brust schluchzte wie ein Kind. Der alte Herzog streichelte ihr die Haare und sah sehr besorgt aus. Er winkte mir mit den Augen, näher zu treten, ließ Lucrezia in die Kissen sinken und ging rasch auf Zehenspitzen davon.

Herr Alfonso ist mit seinen Artilleristen in die Ebene hinausgezogen, um Versuche zu unternehmen. Er kampiert dort in einem Zelt und wird wochenlang ausbleiben.

Unser Herr Ercole hat Mitleid mit Madonna Lucrezia, weiß er doch so gut wie sie, daß nicht nur das Herzogshaus, sondern das ganze Land sich besinnt, ob sich die Verbindung mit den Borgia gelohnt hat, da die Herzogin scheinbar nicht fähig ist, lebendige Kinder zu gebären.

Wenn Cesare ein weniger gefährlicher Mann wäre und nicht unter dem Schutz des Königs von Frankreich stände, wer weiß, wie Lucrezias Schicksal sich jetzt gestalten würde.

den 28. Juli 1503

Meine hohe Schwester hat ihre Andachtsstunden, in denen sie aus ehrlichem Herzen zu Gott und der Jungfrau um einen Sohn fleht, von der Palastkapelle in die ehrwürdige Kirche San Domenico verlegt, denn nach ihrem Unglück hat das Volk darüber zu flüstern begonnen, daß Gottes Hand nicht auf der Borgiatochter ruhe, daß wohl der Teufel Tribut nach Tribut einziehe.

Lucrezia will, daß das Volk sieht, daß sie betet, und wer ihr Gesicht betrachtet, wenn sie sich ganz dem Himmlischen zuneigt, der muß sehen, daß sie keine Heuchlerin ist, sondern ihr ganzes Herz dem Allmächtigen darbietet.

Nur das weiß niemand, daß sie fordert und bittet, anstatt Stück um Stück ihres Selbstbewußtseins zu opfern, daß sie gute Werke verspricht, aber Reue und Schuldbewußtsein ihrem Herzen fremd sind.

Zum Glück bin ich weder ihr Beichtvater, noch ihr Bußprediger und darf somit meine Gedanken für mich behalten, denn wenn ich auch der Meinung bin, meine holdselige Herrin müsse Einkehr in sich selber halten, freue ich mich im Grunde doch, daß ihr Stolz und ihre Lebenskraft ungeschwächt sind und so leicht kein Unglück sie zerbrechen wird.

den 10. August 1503

Die Flut unseres Unglücks scheint noch zu steigen. Gestern trafen Nachrichten ein, die ähnlich wirkten, als wäre, wie es hin und wieder geschieht, eine der Versuchsbomben unseres Herzogs vorzeitig zur Explosion gekommen. Bei solchen Ereignissen pflegt der ganze Boden Ferraras und die Mauern unseres Palastes zu beben, obgleich Alfonso seine Experimente in einem geräumten Kastell vor den Toren der Stadt anstellt. Es wundert mich oft, daß unser Herr noch am Leben ist. Die gestrige Botschaft hat auch den Boden unter unsern Füßen erheben lassen: Seine Heiligkeit und Cesare Borgia sollen vergiftet sein; beide liegen todkrank darnieder. Madonna Lucrezia, die kaum wiederhergestellt ist, hat einen schweren Rückfall erlitten; sie wurde zweimal von tiefen Ohnmachten befallen. Die Herzöge Ercole und Alfonso bezeugen ihr ›ergebenstes Mitgefühl‹ und sprechen innige Wünsche zur raschen Wiederherstellung aus, aber Lucrezia fühlt eine neue Luft wehen; ich auch!

Der Bote aus dem Vatikan erzählt, daß dort die größte Verwirrung herrscht; alle Anhänger der Borgia raffen zusammen, was sie nur mitschleppen können, um sofort nach dem letzten Atemzug des Heiligen Vaters zu fliehen.

Der Vertraute Francesco Gonzagas berichtet von der Erregung des Volkes. Die Malaria ist in diesem sehr heißen Sommer besonders stark aufgetreten, so gibt es täglich viele Todesopfer, vor allem im Vatikan selber. Nun raunen ängstliche Leute vom Teufel und seinen Helfern, die Alexanders Seele und seinen ganzen Hofstaat von Verdammten holen wollen.

Der venezianische Gesandte schreibt, der Papst und sein Sohn hätten am 5. August mit vielen Geladenen auf der Villa des Kardinals Adriano gespeist. Alle Gäste seien erkrankt, aber der Gastgeber auch. Der venezianische Gesandte meint, es sei Malaria und nicht Gift, was die Borgia niedergeworfen habe.

Sogar ich muß die Schadenfreude der Borgia-Feinde schlucken; aus ›kollegialer Freundschaft‹ zeigte man mir heute in der herzoglichen Kanzlei die Abschrift eines Briefes, der mit Nachrichten aus Mantua gekommen ist, wo Giovanni Sforza von Pesaro als Vertriebener lebt; er schrieb an Francesco Gonzaga nach Rom:

> ›Ich danke Eurer Exzellenz für die gute Botschaft, welche Sie mir durch Ihre Briefe gegeben haben, nämlich von dem Zustand des Valentinus. Denn ich habe darüber eine so große Freude empfunden, daß ich hoffe, meinem Unglück nun ein Ende zu machen. Ich versichere Sie, daß wenn ich in mein Land zurückkehre, ich mich als das Geschöpf Eurer Exzellenz betrachten will, denn Sie sind mein Gebieter in allem und auch über meine eigene Person. Ich bitte Sie, mir Nachricht zu geben, wenn Sie mehr über den genannten Valentinus, zumal von seinem Tode hören, denn Sie würden mir dadurch eine besondere Freude bereiten‹ ...[18]

Ja, vielen Fürsten und den wutentbrannten Orsini und Colonna wird Cesares Tod ein inniges Vergnügen bereiten; aber noch lebt er und Seine Heiligkeit auch.

den 17. August 1503

Die Nachrichten aus Rom sind schlecht; Alexander soll zwar Befehl gegeben haben, Gerüchte über seine Wiederherstellung auszustreuen, aber die Wahrheit sickert auch durch die dicksten Mauern und sagt, daß der Tod bereit ist, beide Borgia mit einem Griff an sich zu reißen.

Lucrezia verläßt ihre Gemächer nicht; sie wandert unruhig hin und her. Ich halte mich bereit, nach Rom zu jagen, um ihre Söhne, Rodrigo und Giovanni, in Sicherheit zu bringen. Wenn ich noch nicht abgereist bin, dann nur deshalb, weil Lucrezia ihre Sorgen verstecken will; auch wissen wir nicht, wohin ich die Kinder bringen soll; sie sind in Italien nirgends sicher. Man wird die Borgiasprößlinge vernichten wie Teufelssamen, wo immer man sie aufspürt.

den 22. August 1503

Der Schlag ist gefallen. Alexander VI. ist tot. Cesare aber lebt, wenn auch immer noch in Todesgefahr. Meine Herrin liegt im verdunkelten Zimmer. Sie weint um ihren Vater, den sie von Herzen geliebt hat, aber die Sorge, ob Ercole und Alfonso sie vor der Wut des Volkes, das den Borgia wie der Höllenbrut flucht, schützen werden, oder ob sie ihr Leben in Schmach verlieren wird, das quält sie namenlos.

Als ich zu Mittag versuchte, ihr ein wenig Nahrung einzuflößen, sagte sie: »Jacobus, erinnerst du dich an den Ausspruch Ludwigs XII., den man mir vor zwei Jahren hinterbracht hat?«

Ich sagte nein, in der Hoffnung, sie entsinne sich nicht genau, aber sie wiederholte ihn Wort für Wort: ›nach dem Tode Alexanders VI. werde ich nicht mehr wissen, wer die Dame ist, mit der Alfonso d'Este sich vermählt hat‹. Mein Vater und mein Bruder haben Giovanni Sforza und Alfonso d'Aragón, den einen vertrieben, den andern umgebracht, wenn jetzt Herr Alfonso mich verstößt, weil der König von Frankreich ihm rät, sich besser zu verheiraten?«

»Der Herzog liebt Euch.«

»Ich habe ihm aber den heißersehnten Erben nicht gegeben.«

Hier klopfte es leise an die Tüte; ich ging und öffnete. Pietro Bembo stand auf der Schwelle; er erschrak sichtlich, als er mich sah, ging dann aber ruhig an mir vorüber. Ich zog mich zurück, doch ein Schrecken breitete sich in mir aus wie eine Eiseskälte ... Messer Pietro geht unangemeldet, ohne Begleitung einer Hofdame in das Zimmer der Herzogin? Hat das unselige Kind die Gefahr, in der es schwebt, selber noch ins Hundertfache gesteigert?

Im Gang traf ich auf den Sekretär des Herzogs Alfonso, seinen Vertrauten; dieser Mann war auf dem Wege zu Madonna Lucrezia, um Erkundigungen über ihr Befinden einzuziehen. Ich hielt ihn mit Geschwätz auf, es kam zu einem Hin und Her von Worten, durch das ich seine Rückkehr in das herzogliche Vorzimmer erreichte und sogar triumphierend aufgefordert wurde, einen Blick in den eben diktierten Brief des Herzogs zu tun, er wurde mir allerdings bald in erwachtem Schuldbewußtsein wieder entzogen, aber ich entsinne mich gelesen zu haben: ›... um dich über das aufzuklären, ob nämlich der Tod des Papstes Uns Kummer bereitet, so geben wir dir zu wissen, daß er Uns in keiner Weise unlieb ist. Vielmehr zur Ehre Gottes, Unseres Herrn und zum allgemeinen Besten der Christenheit haben wir schon früher gewünscht, daß Gottes Güte und Vorsehung für einen guten und musterhaften Hirten sorgen möge, und daß von seiner Kirche ein so großer Skandal genommen werde.‹[19]

Dann folgte eine robuste Kritik an dem Erlauchten Herzog der Romagna. Eine andere Meldung, die heute in der herzoglichen Kanzlei einlief und von Francesco Gonzaga stammt, ist auch nicht für die Ohren meiner Herrin bestimmt: es ist die grauenhafte Beschreibung des Zustandes, in den die Leiche des Papstes gleich nach dem Tode geriet und einer ganz unwürdigen Bestattung. Gonzaga wiederholt den Glauben des Volkes von Rom, der Teufel habe Alexander genau zwölf Jahre nach dem Konklave geholt, weil er ihm als Kardinal seine Seele gegen das Papsttum verkauft habe.

den 23. August 1503

So früh es möglich war, erschien heute Messer Pietro Bembo in meiner Wohnung. Er trug einen Brief in der Hand; ob ich ihn der Frau Herzogin vorlesen wolle. Es schien ihm sehr daran zu liegen, daß ich seine Vertrautheit mit meiner Herrin nicht falsch deute. Wollte Gott, mein Erschrecken sei eine verkehrte Regung gewesen! Ich verbeugte mich wortlos und trug den Brief sogleich zu meiner hohen Schwester, ließ sie verstehen, daß sie ihre Damen fortschicken sollte, und als wir allein waren, fragte ich sie um die Erlaubnis, ihr einen Brief vorzulesen.

»Fang an, Jago«, sagte sie recht gelangweilt, denn sie wird in diesen Tagen mit Zuschriften überschüttet, die alle das gleiche sagen und alle das Gegenteil meinen.

So begann ich, ohne zu sagen, von wem der Brief stammt.

›Ich kam gestern zu Eurer Herrlichkeit, teils um Ihnen die Größe meines Kummers um Ihr Unglück zu erkennen zu geben, teils um Sie so gut ich konnte zu trösten und Sie zu bitten, sich zu beruhigen, da ich vernahm, daß Sie einem unmäßigen Schmerz sich hingeben.‹

Hier unterbrach mich Lucrezia; ihre schmerzverkrampften Züge lösten sich in Frieden und Erleichterung: »Der Brief ist von Pietro Bembo«, sagte sie leise und seufzte tief auf: »Fahre fort, mein Lieber.«

›Doch weder das eine noch das andere vermochte ich. Denn nicht so bald sah ich Sie in dem verdunkelten Gemach, in schwarzem Gewande traurig und weinend daliegen, so preßte sich auch mein Herz so stark zusammen, daß ich lange dastand ohne reden zu können. Eher bedurfte ich selber des Trostes, als daß ich Trost geben konnte, und so ging ich davon. Ich kann Ihnen nichts anderes sagen, als Sie möchten eingedenk sein, daß die Zeit jeden unserer Schmerzen lindert. Denn obwohl Sie jetzt Ihren Vater verloren haben, der so groß war, daß Fortuna selber Ihnen keinen größeren geben konnte, so ist das doch nicht der erste Schlag, den Sie von einem feindlichen Geschick erhalten haben. Denn so viel Schweres haben Sie zuvor gelitten, daß Ihre Seele jetzt gegen das Unglück gestählt sein muß‹.[20]

»Gib mir den Brief, Jacobus, ich will den Schluß selber lesen.« Sie nahm den Brief und schaute auf die Schrift, als sähe sie in des geliebten Mannes Antlitz. Sie liebt ihn und trägt den Dornenkranz … gehören sie sich an? Ich weiß es nicht und will es nicht wissen. Ach, möchte Gott meine Schwester leiten! Pietro Bembo ist ein zu wertvoller Gast auf Erden, als daß sich Perottos Schicksal an ihm wiederholen dürfte.

den 29. August 1503

Soeben kommt die Nachricht von der Wiederherstellung Cesare Borgias. Lucrezia atmet auf, als hätte man ihr neues Leben gegeben, aber da wir zugleich Beschreibungen der Wut der Orsini erhalten haben, die sich vor aller Welt verschwören, die Borgia bis zum letzten Sprößling zu vernichten, zittert sie für Cesares Leben und das ihrer kleinen Söhne Rodrigo und Giovanni.

Bericht über Bericht trifft ein, daß die vertriebenen Fürsten in ihre Länder zurückgekehrt sind. Cäsars Reich zerfällt so rasch wie es gegründet wurde. Nur die Romagna hält noch aus, aber wird Cäsar seine einmal erschütterte Macht zurückgewinnen?

Madonna Lucrezia schläft nicht mehr. Wird nicht auch sie fallen, wenn Cäsar fällt? Alfonso meidet sie; Ercole ist unerreichbar hinter einer Mauer von Geschäften, aber mit dem Weinen ist es zu Ende, Lucrezia überlegt.

den 7. September 1503

Meine Herrin ist doch eine kühne Frau! Sie geht keiner Gefahr aus dem Wege, sondern wählt wie ein guter Generalissimus selber das Schlachtfeld: Es geht ihr um Hilfeleistung an Cäsar Borgia, den Verfemten. Sie selber greift an.

Madonna Lucrezia hat die beiden Herzöge Ercole und Alfonso zu einer Unterredung – nicht in ihre Gemächer, sondern in den Beratungssaal für wichtige politische Geschäfte – gebeten, in dem Frauen, der Etikette entsprechend, keinen Zutritt haben. Zwei Geheimschreiber und ich durften das Protokoll aufnehmen.

Madonna Lucrezia, in einem hochgeschlossenen schwarzen Sammetkleid, den weiten, wallenden Schleier von einer Perlenschnur auf ihrem Haupte festgehalten, blaß vor Erregung, war von einer Schönheit, die jedem Manne die Rede verschlagen könnte. Sie hatte ihr Auftreten sorgfältig vorher studiert.

Die Herzöge trugen noch das Erstaunen und die Bewunderung der Überrumpelten in ihren Mienen, als meine Herrin mit der ganzen Natürlichkeit, die ihr eigen ist, den Hochsitz zur Rechten des regierenden Herzogs einnahm. Alfonso, sprachlos vor Verblüffung, saß auf einem gewöhnlichen Sessel zur Linken seines Vaters, den er für sich selber hatte bringen lassen.

Die anwesenden Räte waren mit Stummheit geschlagen und schienen sich zu fragen, wo hinaus es solle mit dieser nie dagewesenen Einberufung. Die Richter, Titus und Ercole Strozzi, Vater und Sohn, beide Dichter und beide leidenschaftliche Verehrer ihrer Herzogin, konnten kaum ein Lächeln über Lucrezias Selbstherrlichkeit verbergen.

Die Herzogin ergriff das Wort, sobald Ercole die Begrüßung ausgesprochen hatte: ja, sie kam offensichtlich einer ausführlichen Rede ihres Schwiegervaters zuvor. Ich will hier nicht die dreistündige Verhandlung wiederholen. Die Akten liegen im Archiv; nur das Resultat soll vermerkt sein:

Die Herzöge verpflichten sich, die Völker der Romagna zu ermuntern, Cäsar Borgia, ihren Herzog, fernerhin als Herren anzuerkennen. Auf Urbino allerdings, wo Guidobaldo und Elisabetta soeben unter dem frenetischen Jubel der Bevölkerung eingezogen sind, müsse Don Cäsar verzichten. Desgleichen auf Pesaro.

Bei diesem Punkte der Debatte schaute Ercole, eingedenk der früheren Ereignisse in Lucrezias Leben, vor sich nieder, um sie nicht ansehen zu müssen. Pesaro ist ebenfalls von seinem Fürsten Giovanni Sforza zurückgewonnen.

Der Rat Pandolfo Collenuccio wurde beauftragt, sich sogleich in die Romagna zu begeben, um dort den Willen der Herzöge von Ferrara zu verkünden. Ercole wollte sich erheben, aber Madonna Lucrezia bat mit ihrer sanftesten Stimme, als wisse sie gar nichts von der Ungeheuerlichkeit ihres Auftretens, doch jetzt gleich in ihrer Gegenwart den Brief an die Magistraten, mit denen Messer Collenuccio verhandeln würde, aufzusetzen.

Ich sah, wie Alfonso seine Gemahlin mit hochgezogenen Augenbrauen betrachtete, dann schmunzelte er anerkennend, und auch Ercole, der sich leicht verneigte, schien sich in erfreulichen Gedanken über die Willenskraft und Klugheit seiner Schwiegertochter zu wiegen. Der Brief wurde besprochen, diktiert, gesiegelt und dem Rat Collenuccio überreicht.

Danach hob man die Sitzung auf, nicht ohne vorher höflich um Madonna Lucrezias Erlaubnis zu bitten. An der ehrerbietigen Art, in der Ercole meine Herrin an der Hand aus dem Saale geleitete, sah ich, daß sie einen entscheidenden Sieg errungen hatte, und mir summt seither das treffliche Wort durch den Sinn:

wer sich selbst hilft, dem hilft Gott.

Nepi, den 15. September 1503

Madonna Lucrezia hat mich hierher geschickt, damit ich mich mit eigenen Augen vom Wohlergehen ihrer Verwandten überzeuge; denn es sind hierher geflüchtet: Cesare, der Herzog der Romagna, Jofré, jedoch ohne Madonna Sancia, Vanozza de Catanei, körperlich gealtert, aber frischen Geistes, die kleine Luisa, die Don Cäsar hat holen lassen, denn auch das Leben dieses Kindes war in Gefahr; ferner Lucrezias Söhne: Rodrigo, Herzog von Bisceglia und Giovanni Borgia.

Fünf Borgia und ihre Ahne. Es schützen uns französische Heeresteile, die nicht weit entfernt sind, gegen bewaffnete Überfälle, aber gegen das Gift, diesen allmächtigen Herrn, gibt es keine Abwehr.

Die Orsini haben geschworen, uns auszurotten; Cäsar Borgia hat die Welt gelehrt, wie man solche Schwüre zur Wahrheit macht. In meinen Briefen an Madonna Lucrezia beschreibe ich ihr, daß kein Diener mein Vertrauen vollkommen besitzt, und ich selber am Quell in einem Krug, den ich nie von mir lasse, das Wasser hole. Auch erzähle ich ihr, wie Madonna Vanozza und ich, Fleisch, Eier und Milch weit in der Umgegend, bald bei diesem, bald bei jenem Bauern einkaufen und selber zubereiten.

Das Brot schneiden wir, nachdem die Diener es angebrochen haben, von deren großen Broten ab.

Die Kinder lassen wir nicht aus den Augen. Ich beruhige meine Herrin so gut ich es vermag, aber völlig geschützt sind wir nicht gegen heimliche Angriffe.

Wir erwarten mit Ungeduld die Erhebung des Kardinals d'Amboise zum Papst, damit er seine Hand über Don Cesare und die Seinen halte. Sobald die Wahl verkündet ist, eile ich mit der frohen Botschaft nach Ferrara.

den 24. September 1503

Wir sind wie vernichtet. Piccolomini ist gewählt. Als Pius III. thront er nun auf dem Stuhle Petri; das heißt, er ›thront‹ nicht. Dieser sterbenskranke alte Mann liegt zu Bett und vermag die Feierlichkeiten seiner Einsetzung nicht auf sich zu nehmen.

Don Cäsar zerspringt fast vor Zorn. Er hat dem alten, kranken Mann einen drohenden Brief geschrieben, er solle ihm seinen Schutz verleihen, wenn er nicht Cäsar Borgias Rache fühlen wolle. – Ein Schlag in die Luft! Desgleichen buhlt Cäsar um die Freundschaft Francesco Gonzagas, Isabella d'Estes Gatten; er braucht diesen großen Kriegsmann wie keinen andern. Es wurde ihm, Francesco, im Namen des Herzogs der Romagna, eine Koppel herrlicher französischer Jagdhunde ins Hauptquartier nach Campagnano geschickt und dem Überbringer die schmeichelhaftesten Briefe mitgegeben.

Auch mußte ich meiner Herrin im Namen ihres Bruders auftragen, sie solle alles Erdenkliche tun, um mit Isabella und Francesco liebevolle Beziehungen aufrechtzuerhalten; Don Cäsar zittert, daß man die Verlobung zwischen derem kleinen Sohn Federico und seiner Tochter, Luisa de France, aufheben könnte.

Ach, es fehlt mir die Lust, meine Zeit auf diese ängstlichen Berechnungen zu verschwenden. Erfreulicher ist es, mit den Kleinen, die wie Kletten an mir hängen, zur Quelle zu gehen; ich habe Kinder sehr lieb.

Rom, den 6. Oktober 1503

Die Engelsburg wurde unser Quartier. In der Stadt ist kein Borgia und kein Borgiaanhänger mehr seines Lebens sicher; der neue Papst liegt auf den Tod krank; er kann uns nicht mehr schützen. Es ist mir unmöglich, eine Botschaft nach Ferrara zu senden; jede Verbindung mit uns könnte meiner Herrin unabsehbaren Schaden bringen.

Rom, den 18. Oktober 1503

Pius III. ist heute in der Frühe gestorben. Wir bleiben weiterhin in der Engelsburg wie in einer Festung zur äußersten Verteidigung bereit. Don Cäsars Zuversicht ist bedeutend gestiegen, denn nun muß Amboise den Stuhl Petri besteigen, dann aber stehen wir wieder in vollem Flor.

Rom, den 27. Oktober 1503

Cäsar Borgias Todfeind, der Kardinal della Rovere, hat ihm die Versöhnung angetragen, sofern er ihn bei der Papstwahl unterstütze. Cäsar hat zugesagt, denn Amboise hat nicht genügend Anhang. Er hofft, damit den zukünftigen Papst in die Hand zu bekommen.

den 2. November 1503

Wir sind frei, Gott Lob und Dank, und wohnen in unserm Palast Santa Maria in Porticu. Welche Erinnerungen auf Schritt und Tritt! Immer meine ich, Lucrezia als Kind oder Jungfräulein durch die Zimmer gehen zu sehen, oft höre ich ihr Lachen und ihre fröhliche Stimme ganz deutlich im Ohr, aber wie darf ich mich solchen Erinnerungen hingeben!

Von meiner Herrin treffen Briefe voller Angst um das Leben ihrer Kinder ein; sie fleht mich an, sie mit meinem Leibe zu beschützen, sie auch nachts nicht von mir zu lassen. Aus anonymen Briefen und den letzten Pamphleten weiß sie, daß ihre Söhne auch in Ferrara nicht sicher sein würden; oder will Alfonso ihre Kinder nicht sehen, da sie ihm selber keinen Erben gibt? Die Qual ihrer Unfruchtbarkeit steht zwischen allen ihren Zeilen.

Aber nicht davon ist jetzt die Rede. Julian della Rovere, der grimmigste Feind der Borgia, hat als Julius II. den Stuhl Petri bestiegen, eine Herrschergestalt, von der alle Welt große Taten erhofft. Wird der Herzog der Romagna seiner Rache entgehen? Man sagte mir, Cäsar sei auf der Flucht nach Spanien begriffen.

Wenn es mir nur gelingt, Lucrezias Söhne zu retten. Ich sitze und schreibe, weil ich nicht schlafen kann. Morgen beginnt das Wagnis; ich werde, verkleidet als Landedelmann, mit den Knaben, beide als Mädchen angezogen, in Begleitung einer jungen Kammerfrau, die als meine Frau gelten soll, nach Neapel entfliehen. Dort werden die Kinder unter spanischen Schutz gestellt.

Nicht vor Ende des Jahres kann ich in Ferrara sein.

Bei all den Aufregungen und Sorgen, die mich hier umgeben, schweifen meine Gedanken ständig nach Ferrara. Ich bin nicht glücklich fern von meiner Schwester, auch habe ich die törichte Hoffnung, ich könne Lucrezias dahinjagenden Lebenswagen aufhalten und sie vor einer Katastrophe bewahren, die ihr von Pietro Bembo droht. Kein Brief Lucrezias ohne immer neue Worte, die von dem Dichter handeln. Noch nie hat sie von einem Manne in dieser Weise gesprochen.

Aber ich muß mich auf meine gefährliche Reise gen Süden machen, immer weiter entferne ich mich von Lucrezia.

Ferrara, den 15. Januar 1504

Ich bin zurückgekehrt. Viel hätte ich von meiner Reise und der Versorgung der Kinder unter spanischen Schutz zu schreiben, von Lucrezias Erleichterung, ihrer Dankbarkeit, die mich im Innersten erwärmt hat, und der Genugtuung, daß ihr Bruder fliehen konnte; aber alles das weicht wie im Nebel zurück vor dem Wunder, dem ich in Lucrezia begegnet bin.

Es liegt eine Würde über ihr, aber zugleich ein tiefer Schmerz; ich sah es mit Erstaunen, als ich ihr vor einer Woche, nach drei Monaten der Abwesenheit zum erstenmal gegenübertrat. Ich beugte das Knie vor ihr, aber sie hob mich auf und küßte mich; sie sagte viele Worte des Dankes, aber die Freude über die Rettung ihrer Kinder gab ihrem Mund nur ein kleines Lächeln, ihre Augen blieben wie verhängt von Kummer.

Ich erfuhr sehr bald von Lucrezias Umgebung, daß Pietro Bembo ihren Hof verlassen habe. Er ist nach Urbino zurückgekehrt. Hat der Herzog ihn verbannt, ist etwas geschehen? – Nein, keinerlei Gerücht begleitete diese Nachricht.

Lucrezia selber belehrte mich über Bembos Fortgehen. Mit einer Stimme, die nicht mehr den Klang der früheren Zeit besitzt, sagte sie: »Jago, sein Leben war in Gefahr. Der Herzog Alfonso ließ die Augen nicht mehr von ihm und von mir, wenn wir im gleichen Raume waren. Wir vermieden es zwar, miteinander zu sprechen, aber er fühlte dennoch das unsichtbare Gewebe, das Pietro und mich verbindet.«

»War er denn in den Augen des Herzoges nicht ein Verehrer unter vielen andern?«

»Nein, die Eifersucht ›weiß‹ ohne zu wissen. Schau, Jago, daß die Strozzi sich vor Verliebtheit nicht lassen können, und Ariost mich mit Huldigungen überschüttet, nimmt Alfonso als den mir schuldigen Tribut an, von den Lobeshymnen unserer Professoren gar nicht zu reden. Aber Pietro Bembo ist ihm ein Stachel im Herzen.«

»Ließ der Herzog Euch überwachen?«

»Ja. Schließlich konnte ich Bembo nur noch außerhalb unserer Landesgrenze treffen.«

»Madonna! Wo, um des Himmels Willen?«

»Auf Ercole Strozzis Landgut, in seiner Villa Ostellato; er führte mich, Angela und Giulio dorthin; man ist zu Pferd in einer knappen Stunde dort.«

»Und Giulio und Angela?«

»Ach, diese Kinder sehen nichts, als sich selber.«

»Ein gefährliches Spiel, Teuerste!«

»Gewiß, aber ich hatte Pietro ein letztes, allerletztes Wort zu sagen.«

»Ihr macht mich zittern, Schwester, wenn ich bedenke, in welcher Gefahr Ihr schwebtet.«

»Nein, Jago, mich hätte Alfonso geschont, auch wenn ihm dieses Stelldichein zu Ohren gekommen wäre, denn niemals würde er die Schadenfreude der andern Höfe herausfordern, aber Bembo ...«

»Ja, Pietro Bembo als Euer Günstling; Folter und Rad wären ihm sicher gewesen!«

Lucrezia erschauerte: »Was du sagst, stand seit Wochen als Drohung in Alfonsos Augen. Deshalb ging Bembo fort. Aber ich wußte, er würde wiederkommen. Dort in jenem Paradies eines einzigen Tages habe ich dann Pietro beschworen, angefleht, nicht mehr nach Ferrara zurückzukehren. Er versuchte mich zu beruhigen, aber ich blieb fest. Da geriet er wie außer sich: keine Gefahr könne ihn mir fernhalten. Ach, Jago, es war ein schwerer Kampf bis er mir versprach, Ferrara für immer fernzubleiben, denn es war auch ein Kampf gegen mich selber.«

»Und welche Erklärung erhielt der Herzog über Bembos plötzlichem Wegbleiben?«

»Pietros Bruder ist in Venedig gestorben, Erbschaftsangelegenheiten.«

Hier wurde unser Gespräch unterbrochen, denn die Damen holten meine Herrin, um mit ihr in die Kirche zu gehen.

Ich blieb sehr nachdenklich zurück: Lucrezia Borgia, die auf ein Glück verzichtet, um ein Leben zu retten, das war eine Wandlung in der Tiefe ihres Wesens. Meine Herrin muß Pietro Bembo mehr lieben, als sie je einen Menschen liebte. Oh, wie betrübte mich der Gedanke, daß Herr Alfonso ein so trockener Kriegsmann ist; auch er hätte meine Herrin gewinnen und zu voller Blüte bringen können. Aber keine Frau ist für unsern Herzog mehr als ein gelegentliches Spielzeug. Doch ist Lucrezia ein junges Weib, gereift durch manchen Kummer. Sie kann sich nicht mehr damit begnügen, ein kleiner Zeitvertreib zu sein, noch kann es ihren Lebenshunger sättigen, die erste Dame des Landes darzustellen; sie will geliebt sein ganz und gar.

Ich seufzte über meine Schwester; neben meiner Hand lag auf dem Tisch eine kaum erblühte Rose und ein Vers in Ercole Strozzis Schrift.

Ich stellte die Rose in eine Majolikavase, die noch aus unserer Zeit in Pesaro stammt, und nahm dann die Huldigungsverse auf, um sie zu den vielen andern, die ich aufzubewahren hatte, in die Mappe ›Verehrer‹ unter ›S‹ zu legen. Die Gedichte von Vater und Sohn Strozzi liegen dort friedlich beieinander; eigentlich sagen diese Verse stets das gleiche, immer heißt es von neuem: goldene Haare, blaue Augen, weiße Haut, Tugend und Frömmigkeit.

Nun ja, aber dieses letzte Gedicht schien mir von einer gelebten Erfahrung durchblutet, dem Wissen um die Strahlen, die Lucrezias liebesfrohes Wesen aussendet. Ich schreibe es ab:

Rose, dem Boden der Freuden entsproßne, vom Finger gepflückte,
Warum scheinet als sonst schöner dein farbiger Glanz?
Färbt' dich Venus aufs neu? hat eher Lucrezias Lippe
Dir im Kusse so hold schimmernden Purpur verliehen?

Das sechste Heft
5. August 1504 bis 1. September 1508

den 5. August 1504

Der Herzog Ercole ist ein kluger Mann mit einem großen Herzen; er liebt Lucrezia wie eine Tochter. Ich glaube, er hat Mitleid mit ihr. Sein Sohn Alfonso erscheint immer seltener bei den Hoffesten, es langweilt ihn, sich umzukleiden, die Schönheit seiner Frau beachtet er nicht, und ihr Musenhof macht ihn ungeduldig. Er lebt ganz der Politik und den Vorbereitungen für eine unvermeidliche Verteidigung des Landes.

Daß sein Schwager, Cäsar Borgia, nun in spanischer Gefangenschaft lebt und weder der Papst noch Ferdinand von Spanien den Befehl dazu erteilt haben wollen, macht ihn nur lächeln. Lucrezias Flehen, ihrem Bruder zu helfen, wischt er rücksichtslos beiseite. Das treibt meine Herrin – ach, ich beklage es – nur noch weiter von ihrem Gatten fort.

Am verhängnisvollsten aber dünkt es mich, daß Don Alfonso die Kinderlosigkeit seiner Gemahlin zum Vorwand ergreift, Favoritinnen zu nehmen, um einen Bastardsohn zum Erben heranzuziehen, wenn meine Herrin wirklich unfruchtbar bleiben sollte.

Ercole beobachtet seine Sohnesfrau mit einiger Sorge, denn daß Lucrezia Borgia nicht, wie das entzückte Volk behauptet, ihre Zeit in frommer Beschaulichkeit zubringt oder sich geduldig mit ihres Gatten Untreue abfindet, das weiß er. Aber er ahnt nicht, daß sie einen sehr verliebten Briefwechsel mit Pietro Bembo unterhält, wenn auch unter falschem Namen. Ich wüßte auch nicht von dieser Heimlichkeit, wenn ich nicht schon mehrmals achtlos verstreute Liebesbriefe noch rechtzeitig an mich hätte nehmen können, bevor die Damen oder Dienerinnen sie fanden. Wenn ich diese Schriftstücke meiner Herrin mit vorwurfsvollem Blick zurückgebe, klopft sie mir dankend auf die Schulter und lächelt wie ein Engel der Unschuld.

Manchmal frage ich mich, ob der Herzog Ercole die Entschädigung, die meine Herrin sich selbstherrlich für ihres Gatten Untreue nimmt, übel vermerken würde; ich glaube nicht. Ich vermute sogar, er sähe es lieber, daß sie einen großen Mann wie Bembo, der Geist und Takt besitzt, zu sich erhebt, als irgendeinen hübschen Taugenichts aus dem Hofstaat. Aber der alte Herzog kennt, wie wir alle, die Eifersucht und Rachgier seines Sohnes, er darf seiner Schwiegertochter nicht helfen.

Vor einigen Tagen begegneten wir dem Herzog Ercole, der sich mit seinen Räten zur Besichtigung der neuen Schanzen begab, als wir aus Strozzis Villa Ostellato heimkehrten – es war wieder ›das letztemal‹ gewesen, daß Madonna Lucrezia ihren geliebten Freund hatte sehen müssen.

Wie nahe Pietro Bembo und Ercole Strozzi miteinander befreundet sind, weiß jedermann. Der Herzog fragte Lucrezia geradezu, ob Pietro Bembo auf dem Landgut gewesen sei. Meine Herrin schien die Frage nicht gehört zu haben; ihr Pferd wurde unruhig, sie mußte die Fliegen vertreiben und sprach dann von diesem heißen Sommerwetter, und daß man wirklich hoffen müsse, daß ein reinigendes Gewitter komme.

»O nein, das wollen wir nicht hoffen, erlauchte Tochter!« Ein wissendes Lächeln schwebte um Ercoles Mund. Meine Herrin bat, sich verabschieden zu dürfen, die Pferde seien heute so unruhig.

Ich fand, daß der Herzog sehr nachdenklich aussah, als er sich von meiner Herrin verabschiedete. Und nun hat Herr Alfonso uns heute verkündet, er werde auf Wunsch seines Vaters eine lange Studienreise antreten; nach Frankreich und von dort über Flandern nach England an den Hof Heinrichs VII.

Es fällt Lucrezia schwer, ihre Freude zu verbergen, atmet sie doch jetzt schon auf bei dem Gedanken, von der ewig wachen Eifersucht Alfonsos befreit zu sein.

Ich durfte heute am späten Nachmittag anwesend sein, als meine Herrin für ein Fest – einen Dichterwettstreit und eine Disputation unserer Professoren – angekleidet wurde.

Madonna Lucrezia ist nun vierundzwanzig Jahre alt und trägt die Haare nicht mehr wie eine ganz junge Frau herniederhängend, sondern unter einem turbanähnlichen Kopfputz zusammengerafft. Sie erscheint sehr groß darin. Ich betrachtete die Schönheit meiner Schwester aufmerksam: Das neue Gewand läßt Schultern und Hals entblößt, aber die Arme stecken bis zum Handgelenk in engen Ärmeln aus schwerstern Brokat, mehrfach von edelsteinbesetzten Streifen abgebunden, wie es jetzt von Mantua her als Mode vorgeschrieben wird. Der Rock ist sehr weit und gewichtig.

Tizian, ein junger Künstler, von dem viel geredet wird, den wir aber noch nicht haben erobern können, soll Isabella d'Este, die Frau Schwägerin, in der neuen Art der Kleidung malen, sofern es ihr gelingt, Meister Tizian den Venezianern zu entreißen; so schrieb die Markgräfin meiner Herrin, als sie ihr Zeichnungen zur neuen Mode sandte.

Ich wartete ungeduldig, daß die Dienerinnen meine Herzogin freigaben, und benutzte den kurzen Moment vor dem Erscheinen der Damen, Lucrezia ergebenst zu bitten, die Freude über die bevorstehende Freiheit nicht gar zu offen zu bezeugen. Lucrezia lachte auf.

»Du unverbesserlicher Pedant! Natürlich freue ich mich! Herr Alfonso freut sich auch auf seine Reise.«

Wir hörten die Damen kommen.

»Laßt unsern Herzog Ercole nicht in ein Unrecht hineingleiten; er gönnt Euch ein Aufatmen, aber ...«, ich mußte abbrechen.

Den Fächer aus meiner Hand entgegennehmend, flüsterte Lucrezia: »Aber er ist kein Kuppler. Ich weiß, was ich diesem geliebten Vater schuldig bin.«

den 1. September 1504

Herzog Alfonso ist in Frankreich, und meine Herrin nimmt den Besuch Francesco Gonzagas, ihres Schwagers, an Ercoles Seite entgegen.

Der Markgraf Francesco ist von Aussehen noch weniger schön als früher, aber seine Häßlichkeit wirkt nicht abstoßend, sie drückt viel Männlichkeit, Klugheit und eine überragende Bedeutung aus.

»Das ist ein Mann nach meinem Herzen«, sagte Lucrezia in den ersten Tagen seiner Anwesenheit zu mir, »ein Zeitgenosse, der nicht darauf besteht, daß ich mich in das Abbild aller Tugenden verwandelt hätte.«

»Er ist ein Kriegsheld und Weltmann!«

»Und stellt unsere sämtlichen Dichter in den Schatten.«

»Aber er lacht mit Ariost, daß es durch die Gänge hallt.«

»Ariost wird ihm Geschichten erzählen, die einen Landsknecht zum Erröten brächten.«

»Und im übrigen, Carissima, ist der Markgraf auf dem besten Wege, sich in Euch zu verlieben.«

»So, hast du das gemerkt, du Allweiser? Ich freue mich darüber; Francesco muß mir helfen, Cesare zu befreien, wenn man hier keinen Finger für ihn rühren will.«

Wenn meine Herrin nicht so stark an Pietro Bembo gefesselt wäre, ich weiß nicht, ob sie in Francesco Gonzaga nur den Befreier Cäsars sähe. Lucrezia hat einen Gegenbesuch in Mantua versprochen. Francesco wird Ende Oktober wieder kommen und uns selber in seine Hauptstadt führen. Inzwischen soll dort für Lucrezia ein eigenes Haus eingerichtet werden.

Mir ist das gar nicht lieb. Denn Francesco Gonzaga wird niemals den Herzog der Romagna befreien helfen! Den Wolf zurückholen, jetzt, da alle Fürsten sich mit ihren Lämmerherden wieder in Ruhe eingerichtet haben? Nein, und meine Herrin wird Gonzaga mehr und mehr versprechen um Cäsars willen.

den 5. November 1504

Wir haben nicht nach Mantua reisen können, weil unser Herzog Ercole schwer erkrankt ist. Ein Bote mußte auf schnellstem Wege nach England reisen, aber es kann zwei Monate dauern, bis Herr Alfonso zurückgekehrt ist.

Lucrezia steht nun auch bei mir im Geruche der Heiligkeit, denn, obgleich wir bei Strozzi in Ostellato zur Reiherbeize weilten und meine Herrin durch Bembos Liebe in ein Meer des Glücks versunken schien, ist sie ohne zu zögern nach Ferrara heimgekehrt und weicht nun nicht vom Krankenbett ihres Schwiegervaters.

Sie liebt den alten Herrn und schont sich nicht, um ihm seine Leiden zu erleichtern, aber er schwindet rasch dahin. Der Kardinal Hippolyt ist eingetroffen, auch erwarten wir Madonna Isabella aus Mantua.

den 18. Januar 1505

Herr Alfonso ist heimgekehrt. Sein Vater lebt noch, aber kennt ihn nicht mehr; wir erwarten täglich den Tod des Herzogs.

Alfonso gleicht einer Gegend vor Gewitterausbruch. Der kommende Regierungswechsel verlangt jetzt schon vielerlei Entscheidungen. Der Kreis seiner Nächsten beunruhigt ihn. Wie wir alle, sieht auch er die alte Eifersucht zwischen Hippolyt und Giulio um Angela Borgias Gunst aufflammen.

Hätte meine Herrin ihre Base doch dem Prinzen verheiraten dürfen, wie sie es nach langem Zögern beschlossen hatte, aber Ercole wollte bei aller Liebe zu Lucrezia keine zweite Borgia zur Schwiegertochter haben, jetzt, da der Stern dieser hohen Familie erloschen scheint. Es dünkt mich auch, man habe Alfonso schon hinterbracht, daß seine Gattin häufig Gast in Ostellato gewesen ist. Er behandelt Ercole Strozzi mit eisiger Kälte. Gottlob, daß der alte Strozzi diese Ungnade nicht mehr sehen kann.

Meiner Herrin hat der Herzog sich noch nicht ein einziges Mal genähert, aber Barbara Torelli besuchte er schon zweimal. Und doch weiß er, daß Ercole Strozzi um die schöne Torelli wirbt; auf alle Weise versucht er den Dichter zu demütigen.

Wenn der Herzog nur davon nicht Kenntnis bekommt, daß Strozzi auch der Vermittler einer lebhaften Korrespondenz zwischen meiner Herrin und Francesco Gonzaga ist. Was diese Briefe enthalten, weiß ich nicht, doch zweifle ich, daß es nur um Don Cäsars Befreiung geht. Nach alter Gewohnheit – diesem ungeschriebenen Gesetz zwischen meiner Herrin und mir – bin ich der Pflicht enthoben, illegitime Liebesbriefe zu schreiben oder zu vermitteln ... ich bin immer noch zu dumm dazu.

Aber ich wollte erzählen, daß der Boden unter unsern Füßen, trotz dem sterbenden Herzog, der Andacht und Besinnlichkeit fordern dürfte, wie mit Sprengstoff durchsetzt ist. Niemand vermag mehr frei zu atmen; es ist wie damals in Rom, wenn um uns her Mord und Verrat lauerten.

den 15. Februar 1505

Der Herzog Ercole ruht nun nach langen Trauerfeierlichkeiten in der Gruft bei seinen Vätern, aber Alfonso hat keine Muße, seinen Vater zu betrauern.

Venedig möchte Ferrara von der Pomündung abschneiden, Julius II. steht im Begriff, Bologna zu erobern, und Francesco Gonzaga, der zu den Trauerfeierlichkeiten nach Ferrara kam, meint zu wissen, daß der Papst auch Gelüste auf ferraresisches Gebiet habe.

Wir reden nur noch vom Guß der Kanonen, den neuen Befestigungen und der Vergrößerung der Heeresmacht.

Lucrezia, die ihren Gatten versöhnen möchte, erscheint oft in seiner Dreherwerkstatt oder in der Gießerei, stellt törichte Fragen und hält ihn auf. Francesco Gonzaga, der sie zu begleiten pflegt, führt sie dann rasch wieder davon und begleitet sie bis in ihre inneren Gemächer.

den 12. Mai 1505

Das reinigende Gewitter will nicht kommen; die Gemüter unserer Großen sind übererregt. Lucrezia lebt in verliebten Briefen mit Pietro Bembo und spielt mit Francesco Gonzaga. Dieser große Condottiere befindet sich so oft in den Gemächern der Herzogin, daß Alfonso ihm die Abreise nahegelegt haben soll. Barbara Torelli scheint sich ganz Ercole Strozzi zugeneigt zu haben. Der Kardinal Hippolyt und der Prinz Giulio möchten sich zweifellos gegenseitig aus dem Wege räumen, um Angela allein zu besitzen und Ariost steht in den ungeeignetsten Momenten vor dem Herzogspaar, um seinen Orlando furioso vorzulesen; er beglückt den Hof auch mit Satiren; eine beginnt so:

Im Käfig geht's der Nachtigall nicht gut,
Stieglitz und Hänfling läßt er ungeschoren,
Die Schwalbe stirbt am ersten Tag vor Wut.

Wer sich verdienen Kappe will und Sporen,
Der diene Fürsten, Päpsten, Kardinälen.
Ich nicht! Ich habe nichts dabei verloren!

Unsere Professoren scheinen ähnlich zu denken, jedenfalls zeigen sie sich selten am Hof, um nicht in das Räderwerk der Intrigen zu geraten; meine Geringheit aber schaut zu und zittert für die Herrin.

den 3. Juni 1505

Es hat sich folgendes ereignet: Francesco Gonzaga ist abgereist, da ihm die Gastfreundschaft, wie man mir zutrug, nach einem furchtbaren Ausbruch unter den Schwägern, gekündet worden war. Es hieß, er begäbe sich zu Julius II.

Madonna Lucrezia – die wohl wieder einmal ›ein Kunstwerk der kleinen Liebe‹ zu schaffen Lust hatte – erklärte eines Tages, einen Ausflug nach Reggio machen zu wollen. Mir wurde nicht befohlen, mitzukommen ... als Symptom äußerst beunruhigend für meine Wenigkeit! Nur Angela und Ercole Strozzi sollten von der Partie sein.

Man reiste ab, aber nach zwei Tagen erhielt der Herzog einen Brief, seine Gattin beabsichtige, die neuen Befestigungen in

Brescello am Po zu besichtigen, und von dort über Stellata nach Belriguardo heimzukehren. Jeder weiß, daß der Weg von Brescello nach Stellata über mantuanisches Gebiet führt.

Don Alfonso ging mit gekrauster Stirne umher und war rauh mit seiner Umgebung. Ich erhielt einen Brief von Madonna Lucrezia, in dem viel von den Naturschönheiten bei Borgoforte die Rede war. Francesco Gonzaga, der durch die Lüfte geflogen sein muß, wenn er vorher bei Julius II. weilte, nahm sie dort in Empfang. Man blieb zwei Tage an dem idyllischen Ort, dann beschloß meine Herrin, mit ihrem Schwager Francesco nach Mantua zu reiten, um Madonna Isabella einen Besuch abzustatten. Ich solle bitte dem erlauchten Herrn Alfonso den Brief übermitteln, der dem meinen beigelegt sei.

Ich tat es; man verlangte, daß ich das Schreiben sogar vorlese. Bei den Sätzen: »Der Markgraf hat mich so dringend aufgefordert und genötigt, morgen die erlauchte Markgräfin zu besuchen, daß mir alles Sträuben nichts nützte und ich gehorchen mußte, so muß ich also morgen auf alle Fälle dahin gehen«[21], verschluckte ich mich beinahe.

Als ich geendet, sagte der Herzog kurz: »Ich danke.« Wir befanden uns in dem gleichen schönen Gemach, in dem ich einst meine Herrin vor ihrem zukünftigen Gemahl verteidigt hatte.

Es wurde mir weh ums Herz, wenn ich bedachte, daß diese beiden Hohen, die ich verehrte, sich im Gestrüpp ihrer Leidenschaften verstrickt hatten und keinen Weg mehr zueinander fanden.

Das Antlitz Don Alfonsos war dunkel vor Zorn. Plötzlich herrschte er mich an: »Warum ließet Ihr Eure Herrin allein gehen?«

Ich stammelte, ich sei nicht bereit gewesen bei der Abreise.

Alfonso blieb nahe vor mir stehen. Er öffnete den Mund, um etwas zu sagen, schwieg dann aber; doch legte er seine Hand mit einer Freundlichkeit auf meine Schulter, als sei ich ein Verwandter und kein unbedeutender Hofmann: »Geht, mein lieber Jacobus, und laßt uns allein ... obgleich Ihr unsern Augen immer erfreulich seid.«

Wohin treiben wir alle?

den 1. Dezember 1505

Lucrezia ist schwer krank, und Angela muß bewacht werden, damit sie sich kein Leid antut. Unser großer Arzt, der berühmteste unserer Zeit, der Bischof von Venosa, geht machtlos zwischen den beiden Frauen hin und her.

»Wenn die Seele zutode verwundet ist, Jacobus«, sagte er zu mir, »dann kann nur die Zeit helfen.«

Oder unser Herzog Alfonso, dachte ich. Aber der versteinert immer mehr.

Warum bestraft er seinen Bruder, den Kardinal Hippolyt, nicht? Ich muß es hierher schreiben, obschon ich es nicht schwarz auf weiß sehen mag: dem eigenen Bruder, dem Prinzen Giulio hat Hippolyt die Augen ausstechen lassen. Das ist schlimmer als Mord! Und der Kardinal geht frei umher, aber sein schönes, lasterhaftes Gesicht ist zu einer Maske erstarrt.

Giulio hat seine Augen verlieren müssen, weil Angela sie vor dem eifersüchtigen Kardinal herausfordernd gepriesen hat. Oh, so sicher fühlte sie sich im Schutze ihres Geliebten, und nun ist sie schuld daran, daß diesem frohmütigen Jüngling, der ihr ganzes Glück war, ein Leben in der Finsternis bevorsteht.

Er soll wie rasend vor Verzweiflung sein. Angela hat sich Alfonso zu Füßen geworfen, er möge ihr gestatten, Giulio zu ehelichen oder als seine Dienerin bei ihm zu bleiben, aber der Herzog hat – so glaube ich – einen schwelenden Zorn auf die Borgiasippe geworfen, der ihn innerlich verbrennt. Und doch vermag er sich von Lucrezias Reizen nicht zu befreien, obgleich ihm ihre Unfruchtbarkeit unter den Einflüsterungen seiner Umgebung, die ich nur zu gut kenne, als eine Strafe Gottes, und der Zauber, den sie über alle Männer um sich her wirft, wie eine Gabe der Hölle erscheinen müssen.

Und wer vermöchte ihn eines Besseren zu belehren? Wo immer die Borgia ihren Fuß hinsetzen, dort sprießt nach kürzester Zeit Haß, Verrat, Tod und jede Art von Unglück wie giftiges Unkraut. Drei Männer haben Lucrezias wegen sterben müssen, und Giovanni Sforza, ein liebenswerter, ritterlicher Mann, wurde durch die Borgia zu einem grausamen Hasser; er ist, seitdem

Cesare in Gefangenschaft ist, in sein Fürstentum Pesaro zurückgekehrt und hat dort furchtbar mit Strang und Beil unter denen gewütet, die dem Herzog der Romagna gehuldigt haben.

Die herrliche Isabella d'Este in Mantua mußte unter den Drohungen Cesares ein falsches Spiel über das andere spielen; seit Lucrezia in Ferrara ist, breitet sie einen Feuerring der Gefahren für andere um sich her. Jetzt ist dieses Schloß, in dem vier Brüder aus und ein gehen, die einst innig verbunden waren, ein Vipernnest geworden.

Der Schwager, Francesco Gonzaga, getraut sich nicht mehr, in Ferrara zu erscheinen, seit er in einer fessellosen Leidenschaft zu Lucrezia entbrannt ist.

Wie oft schon hat meine Schwester sich, unter dem Eindruck des Verhängnisses, das in immer neuen Schrecken von ihr ausgeht, bemüht, in der Frömmigkeit Hilfe und Zuflucht zu finden. Auch in diesen schrecklichen Tagen, da das blutende Antlitz Giulios ihr immerdar vor Augen schwebte, rief sie mir einmal in Tränen zu: »O Jacobus, kann ich denn nicht eine andere werden, kann Gott, der alles vermag, mich nicht noch einmal neu erschaffen? Warum geht kein Segen von mir aus, nur Unsegen, nichts als Verderben, warum hatte ich nicht die Kraft, Angela rechtzeitig fortzuschicken?«

»Weil Ihr seid, wie Ihr geschaffen wurdet. Mit keiner Gewalt kann der Mensch sein angeborenes Wesen ändern. Nur das vermag er: sich selber zu erkennen und sich selber zu beherrschen.«

»Nein, nein, Jago, die Frommen können sich in der Buße ganz zerbrechen!«

»... sich zerbrechen, um nie wieder heil zu werden. Seht um Euch her, Geliebteste, Ihr seid umgeben von Menschen wie Löwen.«

»Von Bestien!«

Ich überhörte den Einwurf. »Ihr wurdet unter ihnen geboren, Ihr mußtet unter ihnen leben. Seid wie Ihr seid, ein ganzer Mensch ohne Riß; es steht Euch nicht an, schwach zu werden und zu Kreuze zu kriechen!«

»Jago, du bist der unmoralischste Mensch, der mir je begegnet ist! Anstatt in die Kerbe zu schlagen, wenn ich mich einmal nach Reue und Buße sehne, fütterst du meinen angeborenen Hochmut mit deiner gotteslästerlichen Philosophie.«

»Ich bitte Euch nur, stark zu sein, denn ich fürchte, wir sind noch nicht am Ende dieser Schrecken angelangt.«

den 20. Februar 1506

Lucrezia pflegt zur Karnevalszeit wie ein Feuerwerk des Übermutes zu sein; kein Schabernack und kein witziger Einfall ist ihr dann zu toll. Jahr um Jahr war der Hof, dem sie zu dieser Zeit vorstand – sei es in Rom, in Pesaro oder hier in Ferrara –, in Lachen, Lieben, Küssen, Tanz und Ausgelassenheit versunken. Sogar Alfonsos trockne Miene heiterte sich dann auf; er lachte, wenn Lucrezias sprühende Laune alle Männer um den Verstand brachte, und bemühte sich selber um seine Gattin wie in den ersten Zeiten ihrer Liebe.

Aber in diesem Jahr sind der Hof, der Adel, die Studenten, die Bürger, alle, im Banne des Schrecklichen, das geschah. Kein Fremder zeigt sich als Gast am Karneval von Ferrara. Wie den unseligen Ort des Hochgerichts flieht man unsere Stadt.

Madonna Lucrezia wollte jede Fröhlichkeit verbieten, aber der Herzog besteht darauf, daß das Leben weitergehe, als sei nichts geschehen. Die drei großen Bälle im Palast werden stattfinden, und Madonna Lucrezia ist gezwungen, sich kostümiert unter die Menge zu mischen. Giulio und Angela Borgia werden fehlen. Der Prinz verläßt seinen Palast nicht, und Angela hat sich in das Kloster Corpus Domini zurückgezogen, ein für immer gebrochenes Leben. Der Kardinal ist sehr still; er, der mit seinem Witz und seinen Reizen eine ganze Gesellschaft zu unterhalten vermag. Was geht in ihm vor? Und was bedrückt den Prinzen Ferrante? Er ist von Natur ein seltsamer, fahriger Mensch, aber so verstört wie jetzt erschien er mir noch nie. Sigismondo befindet sich auf einer Gesandtenreise.

Morgen abend ist der letzte große Ball im Palast, an dem über tausend Gäste sich in allen Sälen drängen werden.

den 23. Februar 1506

Nun weiß ich es, was den Kardinal zu einem stummen Beobachter und Don Ferrante unruhig machte. Oh, die Torheit!

Die Prinzen Giulio und Ferrante haben mit Hilfe dreier Adliger eine Verschwörung gegen den Herzog angezettelt. Von Giulio wurde in seiner Wut, daß der Herzog den verbrecherischen Kardinal nicht bestraft, ein Mörder gedungen, der Alfonso im Gedränge der Masken erstechen sollte.

Die Gäste im Palast haben nicht gemerkt, daß in der Stadt die Verschworenen gefaßt und in Gefangenschaft gesetzt wurden. Das Komplott ist sehr ungeschickt vorbereitet worden. Don Ferrante, der an Stelle Alfonsos Herzog werden wollte, hat nicht einmal die Möglichkeit zur Flucht benutzt, die der Kardinal ihm gelassen. Giulio soll mit seinem Beichtvater und einigen Dienern auf dem Wege nach Mantua sein.

Heute ist die Stadt in wogender Aufregung; vor dem Palast hat das Volk sich angesammelt, ruft den Herzog immer wieder an das Fenster und huldigt ihm; die Gesandten, die nimmermüden, sind zur Gratulation erschienen, und Lucrezia weicht ihrem Gatten nicht von der Seite.

Das Herzogspaar ist einander doch tiefer verbunden, als es den Anschein hat. Angela erschien, den Herzog um Gnade für Giulio anzuflehen, aber sie wird an seiner harten, von Zorn entstellten Miene gesehen haben, daß er seine Brüder furchtbar strafen wird.

Das Gericht tagt in Permanenz. Eine Abordnung wurde nach Mantua gesandt, um Isabella den Befehl unseres Herzogs zu überbringen, ihren blinden Bruder auszuliefern. Wird sie sich dem Befehl Alfonsos fügen? Sie ist auch seine Schwester. Im Dezember hat die Markgräfin die Tat Hippolyts öffentlich verdammt; sie liebt ihren Halbbruder, Giulio, von Herzen, und nun will man sie zwingen, das Asylrecht zu brechen, das sie in ihrem Staat für so viele Verfolgte geschaffen hat.

Madonna Isabella soll ihren Gatten, Francesco, zur Hilfe nach Mantua gerufen haben.

den 20. April 1506

Wir alle, hoch und niedrig, leben seit zwei Monaten in der Spannung, ob Francesco und Isabella Gonzaga dem Befehl Alfonsos widerstehen werden. Zweimal hat Lucrezia mich heimlich nach Mantua gesandt, um ihre Verwandten um Festigkeit anzuflehen, ein gewagter Schritt meiner Herrin, denn Alfonsos Wut würde sie furchtbar treffen, wenn er von ihm erfahren würde. Aber meine Schwester lebt nur in dem einen Bemühen, daß nicht abermals durch Borgiaschuld zwei Menschenleben vernichtet werden. Sie möchte auch Ferrante zur Flucht verhelfen, aber gegen kein Gold der Welt wagt es hier ein Mensch, sich gegen das Gebot des Herzogs zu vergehen.

Donna Angela wurde von ratlosen Nonnen aus dem Kloster zu uns in den Palast gebracht. Die Unglückliche hat versucht, sich ein Leid anzutun. Jetzt läßt meine Herrin sie nicht aus den Augen, Angela schläft in ihrem Zimmer.

Ich fürchte, die Gonzaga müssen sich dem mächtigeren Este beugen. Was gilt Alfonso Geschwisterblut? Ich sah die Markgräfin Isabella in Verzweiflung, Francesco in ohnmächtigem Zorn und den blinden Prinzen, mager und weiß im Gesicht vor Spannung, was mit ihm geschehen wird. Dieses arme, zerstörte Antlitz, in dem die Augenhöhlen ständig von einem Tuch umwunden sind.

den 4. August 1506

Schon vor einem Monat ist Giulio freiwillig in Ferrara erschienen; mit seinem Vertrauten ist er heimlich in Mantua fortgeritten, um Schwester und Schwager von einer Qual zu erlösen, die sie kaum noch zu ertragen wußten.

Jetzt wird das Urteil schnell vollzogen werden – das Todesurteil. Während ich schreibe, höre ich, wie im Hof das Schafott gezimmert wird. Der Adel ist eingeladen, auf einer Tribüne Platz zu nehmen, um das Schauspiel zu verfolgen, wie zuerst drei Edelleute und danach zwei herzögliche Prinzen enthauptet werden. Für den Hof ist eine Estrade errichtet, sammetüberzogen, mit Emblemen geschmückt und von einem Baldachin überdeckt.

Lucrezia hatte heute morgen eine tiefe Ohnmacht; alle ihre Bitten, alle ihre Verführungskünste dieser letzten Wochen waren vergeblich. Einmal hörte ich, wie sie ihrem Gatten verzweifelt zurief: »Du ziehst Gottes Zorn auf dich hernieder«, und er in seiner Eiseskälte antwortete: »Der Buchstabe des Gesetzes spricht von Majestätsverbrechen; ich war stets bemüht, Recht und Gesetz in meinem Lande mit meiner Hand zu schützen.«

den 5. August 1506

Lucrezia hatte Befehl, neben ihrem Gatten zu thronen, während die Häupter der Verschworenen fielen. Ihr Beichtiger und ich durften sie auf dem Weg zur Estrade stützen; sie ging wie eine Schlafwandlerin dahin, totenblaß, in Schwarz gekleidet, wie eine Witwe.

Sie ließ sich auf ihren Sessel nieder, steil aufgerichtet, die Hände um den Rosenkranz gefaltet, die Augen weit geöffnet, dem Schafott zugewandt.

Die Zeremonie begann, Priester und Henker walteten ihres Amtes, ohne eine Bewegung ihrer Miene sah Lucrezia die drei Köpfe der Adligen vom Block springen. Dann wurden Giulio und Ferrante zur Richtstätte geführt. In diesem Augenblick legte sie ihre Hand auf Alfonsos Hand, sie wandte ihm ihr Gesicht zu, ihre Augen waren von einem tödlichen Ernst erfüllt. Ich, der ich hinter ihrem Stuhl stand, hörte die hervorgestoßenen Worte: »Wenn du deinen Brüdern Gnade erweist, wird Gott uns einen Sohn geben; ich weiß es.«

Die Prinzen stiegen mit festem Schritt zum Schafott hinauf, der Priester wandte sich ihnen mit dem Kreuz zu, er wollte reden, aber da erhob sich Alfonso, und mit seiner tiefen, kräftigen Stimme verlangte er das Wort, und dann kam es von seinen Lippen, was ein Schluchzen und Stöhnen von rings umher gen Himmel steigen ließ: der uralte Spruch der Begnadigung, der den Verurteilten von der Schwelle des Todes in das Leben zurückruft.

Die Prinzen, denen unter dieser Wendung die Kraft entwich, wurden von Dienern davongeführt, in den Turm, der ihr lebenslängliches Gefängnis sein wird.

Mir liefen die Tränen über die Backen bei dem Jubel des Volkes und den Huldigungen des Adels. Ich hielt Lucrezia, die den Schleier dicht vor ihr Gesicht gezogen, an den Schultern, damit sie nicht umsinke.

den 15. Oktober 1506

Die furchtbare Erregung jenes jetzt schon fernen Vormittags, die Hinrichtungen, das Versprechen, einen Sohn zu gebären, die Begnadigungen, es hätte Lucrezia niederwerfen können, aber es drängte sie, Angela zu sehen, die man, seitdem das Schafott gezimmert wurde, in einen entfernten Flügel des Schlosses gebracht hatte. Sie lag zwischen Leben und Tod; Lucrezia wußte es. Sie liebt ihre junge Base wie eine Schwester. Ich durfte meine Herrin in Angelas verdunkeltes Zimmer führen, dann zog ich mich zurück.

Als Madonna Lucrezia mich schon nach kurzem mit angstvoller Stimme rief, fand ich sie, Angela mit zitternden Händen streichelnd, die sich in wildem Schluchzen wand. »Er lebt ja, er lebt ja«, sagte sie immer wieder, selber in Tränen.

»Leben! Ist das Leben, wenn man in einem engen Turm eingeschlossen ist, bis an des Daseins Ende? Und er ist noch so jung! Doppelt eingeschlossen: in der Nacht seiner Blindheit und in der Gefangenschaft.«

»Ferrante ist bei ihm. Alfonso kann in späterer Zeit die Gefangenschaft aufheben, wenn es ihm beliebt. Aus dem Tod wäre kein Wiederkommen.«

»Ich weiß, du, Verehrteste, hast ihn und Ferrante gerettet, und doch wollte ich, der Kardinal hätte eher mich getötet in seiner Wut; – aber einem Menschen die Augen nehmen …« Angela wand sich in Tränen der Verzweiflung.

Ich sah Lucrezia schwanken, die Kräfte wollten sie verlassen. Ich rief nach der pflegenden Nonne und führte meine Herrin rasch hinaus. Halb trug ich sie in ihre Gemächer, wo ich ihre Frauen zusammenrief.

Seitdem war Lucrezias Kopf für Wochen verwirrt, das Fieber stieg und fiel. Die entsetzlichsten Bilder ihres Lebens zogen an ihr vorüber wie ein Geisterheer; es bedrohte ihren Verstand, denn sie mußte mit ihm ziehen wie eine Verdammte.

Der Herzog ertrug es nicht mehr, seine Gemahlin wie im Wahnsinn zu sehen; er reiste zu seinen Truppen ab, die er Julius II. geschickt hatte.

den 20. November 1506

Lucrezia gleicht einem Schatten, der aus der Unterwelt zurückgekehrt ist. Noch wird es ihr schwer, zu gehen. Der stillen Hochzeitsfeier Angelas vermochte sie nur in einem Sessel beizuwohnen.

Meine Herrin hat ihrer unglücklichen Base den Grafen Alessandro Pio Sassuolo zum Gemahl gegeben. Er ist ein alter Mann, der viel im Leben gesehen hat, ein sehr gütiger Herr. Während der Zeremonie sah er mehrmals mit der Sorge eines Arztes in das starre, totenblasse Antlitz seiner Gemahlin. Er will sie auf sein Landgut führen. Wird er dieses zerbrochene Leben je wieder aufrichten können?

Lucrezia hat Hochzeit und Abreise in die Zeit der Abwesenheit Alfonsos gelegt, damit sie Angela eine Abschiedsstunde mit Giulio verschaffen könne. Der Herzog weilt im eroberten Bologna. Alessandro Sassuolo hat seine junge Gattin selber in den Turm geführt. Er soll bei Don Ferrante, der nicht mehr bei klarem Verstande ist, geblieben sein, während die Liebenden für dieses Leben Abschied nahmen.

Es ist eine Erleichterung für uns alle, die wir um unsere Herzogin sind, Angela entfernt zu sehen. Wir hoffen, daß nun die Genesung rasch vorwärtsschreitet.

In Madonna Lucrezias nächster Umgebung munkelt man, die Herrin trage das härene Cilicium auf ihrer zarten Haut. Ich darf mir keine Frage darüber gestatten; als aber meine Herzogin sich gestern während eines Briefdiktates erhob, und sich ein deutliches Unbehagen, ja ein gewisser Ärger auf ihrem schmalen Antlitz zeigte, zog ich meine Augenbrauen mitleidig und fragend in die Höhe. Serenissima verstand die stumme Frage.

»Ja, es ist so, Jacobus. Ich trage das Cilicium, es kratzt schauderhaft auf der Haut, aber was tut man nicht, um eine Bitte an den Himmel noch zu betonen!«

Ich legte die Feder nieder und antwortete kein Wort. Aber so gut kennen wir einander, daß meine hohe Schwester mit einem Anflug ihres früheren Witzes sagte: »Du meinst, für mein Versprechen vom Hinrichtungstage sei Herr Alfonsos Rückkehr wichtiger als ein Büßerhemd?«

Ich mußte lachen und nahm die Feder wieder auf, glücklicher als ich sie hingelegt hatte; denn seit Monaten war zum erstenmal wieder ein kleiner Sonnenstrahl durch das Gewölk gebrochen.

den 1. Dezember 1506

Cesare Borgia ist aus der spanischen Gefangenschaft entflohen! Vor wenigen Tagen erhielten wir die Nachricht. Madonna Lucrezia ist in solcher Erregung, daß wir alle einen Rückfall fürchten.

Ich mußte sofort einen Brief an den Markgrafen Francesco Gonzaga schreiben, er solle den Herzog der Romagna schützen. Nun müßte Lucrezias verliebtes Spiel mit Gonzaga seine Früchte tragen, aber wird der Markgraf Cäsar Borgia helfen können, selbst wenn er es wollte?

Von unserm Herzog kamen mehrere Briefe nacheinander; sie sprechen von der Bestürzung des Papstes, daß dieser Unheilstifter wieder auftreten soll. Unter den vielen wiedereingesetzten Fürsten herrsche Verwirrung, denn nicht wenige hätten sich bei ihrer Rückkehr – unter ihnen Giovanni Sforza von Pesaro – als derart rachgierige Tyrannen gezeigt, daß Don Cäsars Regiment nun in einzelnen Staaten als ein wahrhaft mildes gelte, hatte er es doch durch Schmeichelei verstanden, in den unterworfenen Ländern die Soldaten und das einfache Volk für sich zu gewinnen. Jetzt muß man fürchten, daß die Massen ihm entgegenjubeln.

So Herr Alfonso.

den 3. Januar 1507

Der Sekretär Don Cäsars ist bei uns eingetroffen. Nur meine Wenigkeit durfte bei seiner ersten Unterredung mit der Herzogin anwesend sein.

Ludwig XII. will Cäsar, den Herzog von Valence, nicht mehr anerkennen, er hat ihm das Erscheinen an seinem Hof verboten. Auch die Fürsten Italiens dulden ihn nicht mehr auf dem heimatlichen Boden. Cäsar verlangt von seiner Schwester, sie solle ihren Gatten Alfonso für ihn einnehmen, aber zum erstenmal sah ich Lucrezia den Wünschen ihres Bruders nicht geneigt; sie bemüht sich, jeden Schatten aus ihrer Ehe zu verbannen.

So setzten wir denn einen Brief an Don Cäsar auf, mit dem Ratschlag, sich zunächst zu seinem Schwager nach Navarra zu begeben. Dort könne auch seine Gattin für ihn wirken.

Unser Herzog Alfonso wird nichts für Cäsar Borgia tun; er muß die Hände frei haben, denn wie wir aus vertraulichen Briefen erfahren, zeichnen sich die ersten Bemühungen um eine Liga ab, deren Ziel die Vernichtung der Macht Venedigs ist. Alfonso ist in Rom, um mit dem Papst über den Beitritt Ferraras zu verhandeln.

den 2. April 1507

Vor wenigen Stunden bin ich nach Ferrara zurückgekehrt; die Reise, auf die Madonna Lucrezia mich gesandt, ist nicht mehr nötig. Cäsar Borgia ist tot, im Kampf für seinen Schwager Navarra gefallen. Der Herzog der Romagna war 31 Jahre alt. Als die ersten Gerüchte über Cäsars Tod zu uns drangen, wurde ich eiligst abgesandt, um irgendwo, im Feldlager der Päpstlichen oder in Bologna, wenn nötig in Frankreich, zu erfahren, ob nicht die böswilligen Hoffnungen seiner Feinde den Grund dieser Gerüchte bildeten.

Kaum war ich fort, so erhielten Lucrezias Räte die Bestätigung des Todes. Niemand soll gewagt haben, der Herzogin die Trauerbotschaft zu überbringen, denn ihre Gesundheit ist noch keineswegs hergestellt. Endlich habe der Kardinal Hippolyt den Mut gehabt, seiner Schwägerin das Ende ihres Bruders zu gestehen.

Wider Erwarten sei Madonna Lucrezia sehr ruhig geblieben. Meine Herrin weiß, daß für das ganze Land, jetzt, da Ferrara Kriegszeiten drohen, Cäsars Erscheinen die politische Verwirrung nur noch größer gemacht hätte.

Wie leidenschaftlich hat sie sich um seine Befreiung bemüht, und jetzt muß sie dem Himmel danken, daß er ihn abgerufen hat.

Ich habe Madonna Lucrezia noch nicht gesehen. Sie lebt im Kloster Corpus Domini, um für die Seele ihres Bruders zu beten. Oder will sie den neugierigen Augen des Hofes ausweichen, die in ihren Mienen nach der Erinnerung an die entsetzlichen Taten suchen, mit denen Cäsar Borgia so furchtbar in ihr Schicksal eingegriffen hat?

Im Gang begegnete ich bei meiner Rückkehr Ercole Strozzi. Mit einem zynischen Lächeln erzählte er mir von seinem Entwurf zu einer Totenklage um Cäsar Borgia, dem Ebenbild des römischen Cäsar.

Ercole Strozzi gefällt mir nicht; mehr und mehr scheint es mir, er sei der böse Geist an diesem Hof.

Belriguardo, den 12. Juni 1507

Der Herzog ist zurückgekehrt, jünger und frischer, als er fortging, und auch Lucrezia blüht wie die Rosen ihres Parks. Die Schatten des letzten Jahres sind geflohen. Es ist unter uns zum ungeschriebenen Gesetz erhoben, daß niemand die Namen der gefangenen Prinzen, Angelas oder Cäsar Borgias erwähnt, noch von Ercole Strozzis bevorstehender Vermählung mit Barbara Torelli spricht, dieser Frau, die sich eine Zeitlang wie eine schwere Bedrohung zwischen Alfonso und Lucrezia zu stellen schien.

Eine Schar von Künstlern und Dichtern ist uns gefolgt. Ariost erhebt uns, oder er macht uns lachen, die Sonne scheint, und kein gefährlicher Liebhaber meiner Herrin bereitet mir Sorgen: Bembo ist in Rom, Francesco Gonzaga im Kriegsdienst. So falte ich denn die Hände, daß der Himmel meine Schwester segne, damit sie ihr großes Versprechen einlösen kann.

den 23. September 1507

Nur dieses Wort: Lucrezia hat mir verkündet, daß der Himmel ihre Gebete erhört hat. Im Frühling des neuen Jahres wird sie – denn kein Zweifel dämpft ihr Glück – dem Herzogshaus der Este den Stammhalter schenken.

Wie werden wir alle den Himmel bestürmen, daß er den Glauben unserer Herrin nicht zum Gespött macht! Das ganze Land wird beten. Der Herzog ist in einer ständigen zärtlich-ängstlichen Sorge um seine Gemahlin bemüht.

Ach, der Friede, die Freude, die uns endlich nach so langer Qual in diesen herrlichen Herbstwochen umschweben!

Gott im Himmel, verlasse meine geliebte Herrin nicht!

den 4. April 1508, abends spät

Unser Tag begann heute kurz nach Mitternacht. Die Wehen hatten eingesetzt; der Hof wurde zusammengerufen. Ich weiß nicht, wer in der Stadt die Nachricht verbreitet hat, aber als ich um zwei Uhr aus dem Fenster des großen Vorzimmers schaute, sah ich den Hof voller Menschen. Das leise Gesumme ihrer Stimmen war bis zu uns hinauf zu hören.

Der Herzog erschien hin und wieder, totenblaß; das einzige, was er zu sagen vermochte, waren die Worte: »Es geht gut, es geht sehr gut.«

Wir, die wir draußen vor dem Geburtszimmer warteten, genau so erregt und ängstlich wie Alfonso, glaubten seinen Worten nur halb, denn seit Monaten prophezeiten die Ärzte eine schwere Geburt. Die Herzogin hatte wegen der zwei Fehlgeburten fünf Monate lang im Bett liegen müßen; das war bei der unerträglichen Gereiztheit und Ungeduld unsere Herrin eine schreckliche Zeit für den ganzen Hof gewesen. Das tatenlose Dasein des Wartens und der Langeweile hatte sie fast um den Verstand gebracht.

Auch empörte ›die Dummheit‹ der Ärzte sie – unserer Hochgelehrten! –, denn diese behaupteten, nicht wissen zu können, ob Madonna Lucrezia einen Sohn oder eine Tochter gebären würde. Unser Hofastrologe schwand zu einem Schatten dahin, weil es kaum noch Nächte des Schlafes für ihn gab. Die Sterne versprachen einen Sohn, ebenso die verwirrendsten Berechnungen, durch die er die Absichten des Schicksals herauszufinden versuchte, aber wehe unserm Weisen, wenn die Sprache der Sterne und die Berechnungen sich später als falsch erweisen sollten!

Einmal erschien ein Eremit in Ziegenfellen bei uns und sagte aus, daß eine himmlische Stimme ihm die Geburt eines Erbprinzen verkündet habe. Dieser Vorzügliche wurde mit dem Versprechen entlassen, er würde Abt des neuen Klosters werden, das Alfonso seit einigen Jahren bauen ließ, wenn seine Worte sich bewahrheiten würden.

Ich dagegen hatte Träume von neugeborenen Prinzessinnen, Visionen, die mich vor Schreck aus dem Schlafe auffahren ließen, doch schwieg ich von derart unseligen Vorzeichen.

Heute früh, als der erste Tagesschimmer dämmerte, hatten wir noch keinen Schrei, kein Stöhnen aus dem Geburtszimmer gehört. Lag unsere Herrin in tiefer Ohnmacht, wollte die Geburt nicht vorwärtsrücken? Von allen Kirchen läuteten die Glocken zum Gebet, denn der Herzog hatte eiligst Bittgottesdienste befohlen. Er selber erschien nicht mehr unter uns.

Die älteste der Hofdamen getraute sich nicht einmal, Einlaß bei ihrer Herzogin zu verlangen. Die Herren gingen mit langen Schritten hin und her, die Damen knieten an den Sesseln und hatten die Gesichter auf die gefalteten Hände gedrückt, ich schaute in den Himmel hinauf, als könnte ich Gott, Auge in Auge, seine Gnade entreißen.

Die Spannung der Angst und der Hoffnung wurde schier unerträglich; die Stimmen der Glocken schwiegen. Da … der bekannte Schrei, der befreiende Ton, wie ich ihn aus jener Geburtsstunde aus Rom kannte, als Alexander VI. und Alfonso d'Aragón vor dem erlösenden Moment zitterten.

Die Damen sprangen auf, wir liefen alle zueinander, auf den Lippen schon das Lächeln eines Glückwunsches, aber dann lähmte uns aufs neue die Frage: ist es ein Sohn? Wie Marionetten, die plötzlich von keiner Hand mehr bewegt werden, standen wir da.

Nun öffnet sich die Tür, und auf der Schwelle steht Alfonso, das harte Gesicht von Tränen gebadet. Wortlos hält er dem Bischof ein nacktes Menschlein hin. Mit seinen kurzsichtigen Augen beugt der alte Mann sich über den winzigen Körper: »Ja, es ist ein kleiner Mann«, sagt er beschaulich, »in der Tat, es ist ein Erbprinz. Wenn mein Gedächtnis mich recht berichtet, soll dieser Erlauchte Knabe den Namen unseres seligen Herzogs Ercole tragen.«

Der greise Bischof holte zu einer langen Ansprache aus, aber seine Erlaucht, der Erbherzog Ercole II. schien sich, der gewohnten mütterlichen Wärme entrissen, und noch keineswegs bekleidet, äußerst unbehaglich zu fühlen. Mit starker Stimme unterbrach er die erste Rede, die man ihm hielt ... ein Ausbruch der Rührung unter dem versammelten Hof, Frauenhände streckten sich aus, aber Alfonso schlang seinen kurzen Mantel so gut es ging um das Kind und trug es in das Wochenzimmer zurück.

Ich erinnere mich nicht genau, was dann geschah; die Freude und die Erregung waren wie eine Flutwelle, die uns alle hob; ich sehe mich nur noch auf Geheiß des Herzogs, der wieder in das Vorzimmer zurückgekehrt war, das Fenster aufreißen, sehe den Bischof herantreten und höre ihn mit seiner alten, zitternden Stimme, so laut er es vermochte, die Geburt eines Prinzen verkünden.

Das gab ein Geschrei und ein Gebrause im Schloßhof und von jenseits der Gräben, die von einer Menschenkette umzogen waren. Durch die geöffnete Türe, die einige bevorzugte Damen einließ, sah ich Lucrezia auf ihrem Lager, ein wenig matt, aber so strahlend, als hätte die Sonne, die eben aufging, sie in ihren leuchtenden Mantel gehüllt.

Dann begannen Alfonsos größte Geschütze zu böllern; die Glocken aller Kirchen läuteten von neuem, die helleren Töne von Kapellen und Klöstern mischten sich darein, es klang, als sei der Ostertag angebrochen.

Die Herren Gesandten, die niemals fehlen, so wenig wie der Chor in einem griechischen Drama fehlt, die Gesandten umringten den Herzog, aber unser Herr schien jetzt kein Vergnügen an geschrobenen Komplimenten zu empfinden; er winkte ab, er müsse dem ersten Bad seiner Erlaucht beiwohnen, wandte sich um, öffnete die Tür zu Madonna Lucrezias Gemach, und unser aller neuigkeitslüsterne Augen erblickten für einen Moment die silberne Wanne, von knienden Engeln getragen, in die aus den schönsten goldenen Krügen des Hausschatzes der Este warmes Wasser gegossen wurde.

den 1. Juni 1508

Wenn ich erzählen wollte, was seit der Geburt unseres Erlauchten Prinzen Ercole an Festen über Ferrara dahingerauscht ist, ich könnte ein ganzes Heft alleine damit füllen.

Es begann mit den Empfängen im Wochenzimmer, das von einer niegesehenen Pracht an den neuesten geschnitzten Möbeln, an Wandteppichen, Gold- und Silbergeschirr, gewirkten Bettdecken und Baldachinen war.

Madonna Lucrezia, die diese Geburt wirklich wie im Spiel durchkämpft hatte, blühte wie eine Rose. Nie habe ich sie so schön gesehen. Die Freude an ihrem kräftigen Sohn, das Entzücken, bald wieder in das Leben zurückkehren zu dürfen, der Stolz auf den Jubel des Volkes und die Huldigungen vom Kaiser, den Königen fremder Staaten und den Fürsten unseres Landes, die tiefe Befriedigung über Alfonsos Dankbarkeit und ihr eigener Dank gegen Gott, alle diese hellen Ströme gingen durch ihren Geist und ihren Körper hindurch und machten sie zur schönsten Frau weit und breit.

Die Markgräfin Isabella war gleich nach der Geburt von Mantua gekommen; sie empfing jetzt im Wochenzimmer die Fürstinnen, die sich von weither zur Gratulation eingefunden hatten.

Die Taufe wurde zu einem großen kirchlichen Fest. Alfonso, dieser Sohn des waffenschmiedenden Hephaistos, hatte beschlossen, daß sein Erbe zu einem großen Kriegsherrn erzogen werden müsse; um diese seine hohe Absicht allem Volke darzutun, trug der zehntägige Erbprinz während der Tauffeierlichkeit – er war in eine starre gold-schwarze Brokatrobe gehüllt – einen winzigen silbernen Panzer auf seinem zwei Spannen hohen Oberkörperchen.

Das erlauchte Kindchen hätte sogar einen kleinen Helm tragen sollen, aber Madonna Lucrezia erhob Einspruch: mit einem Helm bekleidet, würde man ja den hohen Prinzen aufrecht tragen müssen, aber er konnte sein Köpfchen doch noch nicht halten ... »Jacobus, die Männer! Sie sind und bleiben Kinder, einer wie der andere! Unter einem Helm würde dem Säugling ja sein Köpfchen abknicken.«

Deshalb schritten der hohen Frau Isabella, die den Täufling auf den Armen trug, vier kindliche Pagen voraus, einer von ihnen war der sechsjährige Federico Gonzaga; dieser trug das kleine Schwert des Neugeborenen, ein zweiter den Helm, ein dritter die winzigen Sporen und ein Vierter das Wehrgehänge.

Nach den Tauffestlichkeiten wurde der Geburtstag unserer Herzogin begangen wie nie zuvor. Das Osterfest, das ja in diesem Jahr sehr spät fiel, sah meine Herrin frisch und gesund in einem Sessel thronend; noch durfte sie ihre Gemächer nicht verlassen, aber der Ostersonntag war ein Jubeltag für das ganze Volk.

Im Mai feierten wir die Hochzeit Ercole Strozzis mit Barbara Torelli. Am Tage vorher war Lucrezias erster Kirchgang gewesen mit einem Umzug durch die Stadt, der fast so prächtig war wie ihr Einzug als Braut vor sechs Jahren.

Die Hochzeit Barbara Torellis war, was viele ahnten, aber niemand aussprach, ein Friedensschluß zwischen Alfonso und Lucrezia, denn die Leidenschaft des Herzogs für die schöne Torelli hatte meiner Herrin manche schwarze Stunde gebracht.

Und nun gehen wir nach Belriguardo mit unserm Prinzen, den seine Mutter kaum von sich läßt. Außer dem hohen Vater darf kein Mann ihn auf die Arme nehmen, nur meine Wenigkeit, weil Madonna Lucrezia weiß, daß ich ein Kindernarr bin.

den 10. Juni 1508

Der Herzog ist in den Krieg gezogen. Der Abschied von seiner Gemahlin war von vielen Ermahnungen und Ratschlägen wegen der Regentschaft überschattet. Für meine Herrin, die nach den langen, dürren Monaten nach Liebe lechzt wie eine Blume in regenloser Zeit, hätte ich gewünscht, unser Herr wäre fähig, hin und wieder die Rolle eines Geliebten zu spielen, aber nun, da der Sohn geboren ist, schenkt er den Liebesdingen abermals keine Gedanken mehr. Das ist nicht gut. Die Liga, die Julius II. geschaffen hat, bricht nun gegen Venedig auf. Liebe, oder keine Liebe, wir werden einen ruhigen Sommer haben, Gott Lob und Dank!

Belriguardo, den 5. August 1508

Ich lese die letzten Worte meiner Eintragungen und muß sagen, daß wir keine Ruhe gefunden haben! Madonna Lucrezias Lebensgeister brausen gen Himmel auf wie unser größter Springbrunnen unten vor der Terrasse. Seitdem meine hohe Schwester ihre alte Frische wieder erlangt hat und ihr brennender Wunsch in Erfüllung ging, sucht sie, ob sie es nun weiß oder nicht, nach Abenteuern.

Ich bin verzweifelt! Lucrezia weiß ihr Glück nicht zu halten. Das Borgiablut in ihren Adern, dieses unbändige, sinnenfrohe Blut, haßt die Ruhe und verachtet jeden Verzicht. Wer soll ihr zur Hilfe kommen?

Unser Gespräch vor wenigen Stunden ging so: »Jacobus, du mußt persönlich einen Brief in das Hauptquartier zum Markgrafen Francesco Gonzaga tragen.«

Ich verneigte mich. »Soll ich ihn gleich jetzt schreiben?«

»Er ist schon geschrieben.« Eine leichte Röte war in Lucrezias Wangen gestiegen.

Ich dachte verstört an ihre Zusammenkunft mit Herrn Francesco in Borgoforte, über die allerlei Geschwätz entstanden war, an das Haus, das der Markgraf für meine Herrin in Mantua eingerichtet hatte, das sie aber, dem Himmel sei Dank, noch nie betrat, an Isabellas Spott über die närrische Verliebtheit ihres Gatten in seine schöne Schwägerin. Ich hatte gehofft, das neue Glück, das das Schicksal meiner Herrin geschenkt hatte, würde ihr alle Wünsche für ein Liebesgetändel weit entrücken.

»Carissima«, sagte ich beschwörend, »muß der neue Friede mit Eurem Gatten denn allsogleich wieder zerschmettert werden wie eine billige Tonvase?«

»Er wird nicht zerschmettert werden. Aber glaubst du, ich wolle die Gaben, die der Himmel mir verliehen hat, Glück zu schaffen und Glück zu nehmen, in all den vielen schönen Jahren meines Lebens, die noch vor mir liegen, unter Schloß und Riegel halten? O nein! Herr Alfonso hat seine Kriegsfreuden, ich habe die meinen!«

»Euer Gatte liebt Euch auf seine Art. Ihr habt einen Sohn, Ihr werdet, will's Gott, noch mehr Kinder haben; Ihr seid die Regentin des Staates, das Volk verehrt Euch ...«

»Und das alles ist nichts, ich sage dir, nichts, wenn das Leben ohne den Zauber der Liebe dahingeht! Was du mir erzählst, ist wie ein Tanz ohne Musik!«

»Madonna, Ihr seid undankbar!«

»Wofür sollte ich dankbar sein? Meine Ehe ist eine Pflicht, das Schaffen einer Familie ist eine Pflicht, das Regieren ist eine Pflicht; eine jede werde ich erfüllen, aber nur dann mit voller Kraft und zum Segen der Meinen, wenn die Liebe wie ein unterirdischer Strom lebenspendend durch mein Dasein zieht. Ohne Liebe verdorren meine Wurzeln, die tief in der Mutter Erde gründen. Ich will nicht lebendig tot sein! Mit vollen Händen will ich Genuß verschenken und Genuß empfangen! Alfonso aber verlangt nicht nach meinen Gaben.« Lucrezias Augen glühten, sie war außer sich, furchtbar und herrlich wie das Leben selber.

»Jacobus, man hat mir Pietro Bembo genommen, den Mann, den ich geliebt wie keinen in meinem Leben. Francesco Gonzaga ist ihm nicht gleich, aber der Markgraf ist eine Kraftnatur, ein überragender Mann; er vermag meine Lebensstärke und Daseinsfreude zu einem gewaltigen Strom anschwellen zu lassen. Er soll mir bleiben, und wenn die ganze Welt wider mich ist!«

»Gott wird Euch strafen!« entfuhr es mir.

Lucrezia gab mir einen kalten, hochmütigen Blick. »Der Herr über dem Erdkreis will, daß es Löwen und Lämmer gibt, auch unter den Menschen; ein jeder soll ganz und voll das sein, wozu er geschaffen wurde. Du selber hast mir diese Weisheit gepredigt.«

»Aber auch für die Löwen gibt es Gruben und Fallen! Schwester, ich flehe Euch an ...«

»Nein, flehe nicht. Du gehörst zu den Lämmern.« Und auf mich zutretend mit ihrer süßesten Stimme: »Aber ich weiß, du wirst trotzdem den Brief zu Francesco Gonzaga tragen; ich lade ihn darin nach Belriguardo ein, damit er unsere Flotte auf dem Po besuchen und prüfen kann.«

»Verzeiht, Serenissima, Ihr müßt einen andern Boten suchen, meine Hände tragen diesen Brief nicht ins Hauptquartier.«

Da schrie Lucrezia wütend auf: »Geh, geh, du bist nicht mehr mein Bruder und mein Freund!«

Jetzt sitze ich in meinem Zimmer, schaue in den mondbeschienenen Park hinaus und bin traurig und ratlos. Tat ich Lucrezia Unrecht? Darf irgendein Mensch von ihrer Jugend ein Nonnenleben verlangen, das ihrer Lebenskraft unerträglich ist? Wie steht es denn mit mir? Ich liebe doch auch schöne Stunden, die ein holdes Mädchen mit mir vertändelt. Nein, ich möchte nicht ohne das süße Spiel der Liebe sein. Wie würde ich mich auflehnen, wenn man mir heute schon, da ich achtundzwanzig Jahre zähle, für die Dauer meines Lebens verbieten würde, die Freuden der Verliebtheit zu genießen!

Aber ich bin ein unabhängiger Mann. Lucrezia ist Fürstin, Gattin, Mutter; sie muß verzichten können, und wenn es sie die halbe Lebenskraft kostet ... fügt sie sich nicht, so wird sie sich und einen ganzen Kreis von Menschen ins Unglück reißen.

Wohin führt der Weg meiner Schwester?

Nicht heute erst bewegt mich der Gedanke, daß Lucrezia Borgia, wäre sie nicht eines Papstes Tochter und die Gattin eines Herzogs, zu jenen großen Hetären gehören würde, deren Namen in die Zeitgeschichte eingegangen sind; sie hätte eine Aspasia überstrahlen können. Lucrezia ist nicht mehr das Kind, das mit der Bildung spielte. Längst hat sie es gelernt, den höchsten Lebensgenuß im harmonischen, beglückenden Zusammenspiel von geistiger und körperlicher Liebe zu erkennen.

Ich habe es erlebt, wie tief sie Männer zu beglücken und sie zu befreien vermag! Ja, sie wurde an den falschen Platz gestellt, und ihre innerste Natur feilt an den Ketten, die sie gefangen halten wollen. Wie ganz und gar begreift mein Herz, daß ihre besten Kräfte brachliegen, und dennoch wird meine Hand ihr niemals helfen, den schönen Rahmen ihres Lebens zu zertrümmern!

Kein Mensch vermag aus dem Ring seines Schicksals hinauszutreten, nur der Tod kann die Befreiung bringen.

Venedig, den 15. August 1508

Ich bin in der Verbannung. Noch nie ist meine Seele in eine solche Tiefe gesunken; oder haben Geschöpfe wie ich, die fortgeschleudert werden wie altes Eisen, kein Recht auf eine Seele?

Ich fühle mich nicht mehr, ich bin nicht mehr. Es gibt nur noch eins; die Bilder der letzten Woche.

So war der Beginn: ein im Schreck erstarrter Menschenkreis, den ich in ungewissen Ahnungen durchteile. Mein Herz setzt aus ... zu meinen Füßen, in seinem Blute liegend, Ercole Strozzi.

Unser Freund, unser Dichter, der eben vermählte Ehemann, Lucrezias Vertrauter! Ercole Strozzi, aus unzähligen Wunden blutend, auf dem Straßenpflaster nahe unserm Palast hingestreckt!

Ich mußte mich an die Schultern des Nächststehenden klammern. »Oh, Messer Jacobus«, flüsterte der Mann, den ich nicht kannte, aber jeder in der Stadt kennt mich, »warum mußte das sein?«

»Ich weiß es nicht, mein Guter«, stotterte ich. Aber im Grunde ahnte ich, warum dieser Mann hier vor meinen Füßen im Tode zusammengebrochen lag. »Tragt ihn in den Palast, in die Loggia der Wache, nicht in seine Wohnung.«

Mir schwindelte, ich ließ mir mein Roß geben und jagte nach Belriguardo, meine Herrin vorsichtig von dem Entsetzlichen zu benachrichtigen.

Die folgende Stunde brachte mir übermäßige Schmerzen; bis an mein Lebensende wird sie mir vor Augen stehen. Lucrezia wußte das Furchtbare schon, ja, sie wußte noch mehr als Strozzis Tod. Sie war maßlos in ihrem Zorn auf mich.

»Du, du, Jacobus, trägst die Schuld an diesem Unglück«, schrie sie mir in das Gesicht. »Ercole Strozzi ist dem Herzog seit Jahren als mein Liebesbote verdächtig. Hättest du den Brief zu

Francesco getragen, wie ich es verlangte, so wäre er niemals aufgefangen worden! Strozzi hat man unterwegs durchsucht, der Brief wurde ihm fortgenommen; noch unangefochten gelangte der Freund in die Stadt zurück; erst heute am frühen Morgen hat man ihn überfallen und erstochen. Zwanzig Dolchstiche haben ihn niedergeworfen. Er muß sich wie ein Held gewehrt haben! Über dich kommt sein Blut, du Feigling, der nicht imstande ist, mir einen einzigen kühnen Dienst zu erweisen!«

Lucrezia sprang auf mich zu, als wolle sie mich ins Gesicht schlagen, aber als ihr wütender Blick den meinen traf, sanken ihr die Hände nieder.

»Geh, geh, rufe in Ferrara die Justizräte in den Palast und lasse mir ein Pferd satteln, ich breche sogleich auf.«

Ich schüttelte den Kopf, ich glaube, ich habe auch laut »nein« gesagt. Keine Verneigung war mir möglich; ich wandte mich und ging aus der Türe, meiner Herrin den Rücken zukehrend. Das stand mir nicht zu, es bedeutete einen unerhörten Verstoß gegen die Etikette, aber es war etwas geschehen, das alle höfischen Bande zerrissen hatte. Lucrezias Schweigen hing drohend über meinem Rückzug.

Wie ich die nächsten Stunden verbrachte, weiß ich nicht. ›Meine Schuld? Meine Schuld?‹ hämmerte es in meinem Hirn. Durch den Gang des Palastes in Ferrara, wo ich in einer Fensternische sitzend, zu mir kam, eilten Ärzte und die Frauen Barbara Torellis. Man rief mir Worte zu, ich hörte nichts. Dann rauschte Lucrezia daher mit geröteten Wangen und in Zorn blitzenden Augen.

»Komm in mein Gemach, Jacobus, ich befehle es.«

Ich erhob mich und begleitete die Herzogin. Noch war es mir unbekannt, daß ich verstoßen war. Ich glaubte, meine Schwester wolle eine Brücke der Versöhnung finden.

In ihrem Zimmer setzte Madonna Lucrezia sich auf einen Sessel am Fenster, hochaufgerichtet, mit zitternden Lippen, die Brauen drohend zusammengezogen. Keine Trauer lag in ihren Zügen, kein Bedauern, nur die ohnmächtige Wut gegen einen Willen, der sich dem ihren entgegenzustellen wagte. Alfonso war fern – sie wäre ihm jetzt keine demütige Gemahlin gewesen! –, doch ich war nah. Da brach noch einmal, wie so oft seit unsern Kindertagen, der eine und einzige Streit darüber zwischen uns aus, daß Lucrezia meinen bedingungslosen Dienst verlangt, und ich mich weigere, ihr Kuppler zu sein. Oh, wie sie versuchte, mich mit scharfen, höhnischen Worten zu geißeln! Sie warf mir Hochmut vor, Tugenddünkel, deutsche Schwerfälligkeit, Feigheit, Angst vor dem Tod. Das erste meiner Opfer sei der junge Sänger Franceschetto gewesen, das letzte der Dichter Strozzi.

»Laßt mich gehen, Serenissima«, sagte ich, als sie Atem schöpfte, und kannte meine eigene Stimme nicht.

»Ja, geh, geh! So weit fort, wie deine Füße dich tragen können. Dein Gesicht und deine hochmütigen Augen sind mir ein Greuel; nie, nie will ich dich wiedersehen!«

Dieses Mal ging ich in der höflichen Art hinaus, mich tief verneigend, denn ich verneigte mich nicht vor dieser wutentstellten Frau, sondern nahm Abschied von dem, was mir das Leben bedeutet hatte.

Ich mußte meine Hände bezwingen, daß sie sich nicht auf das Herz preßten, denn es war mir, als zerrisse dort etwas. Als ich zwischen den verblüfft starrenden Dienern hindurchschritt, die unserm Justizminister die Türe öffneten, senkte ich die Stirne nicht. Wie hätte ich es auch tun dürfen, fürchtete ich doch, die Tränen, die ich zurückzuhalten versuchte, möchten über meine Augenränder hinüberlaufen.

Aus meinem Zimmer, das meine Heimat ist, denn ich besitze ja keine andere, nahm ich nichts mit als meinen Mantel und die Dukaten, mit denen das Herzogspaar mich überschüttet hat, damit ich von niemandem Geld entleihen muß. Im Marstall gab man mir bereitwillig ein Pferd, und dann ritt ich aus den Toren, ohne mich umzuschauen.

Nun bin ich hier in Venedig, in Feindesland, aber der Krieg kümmert Bürger und kleine Leute wie mich nicht, und warte, bis ich mit einem Warenzug nach Norden in das Land reisen kann, aus der meine Vorväter nach Italien zogen, und das auch ihre Rückkehr sah.

Ja, darauf warte ich.

den 21. August 1508

Nein, ich warte ja gar nicht auf den Warenzug, der nordwärts geht, ich warte, daß Madonna Lucrezia einen Boten nach Venedig jagt, mich zurückzuholen, denn ich war so schwach, es dem Stallmeister zu verraten, daß ich hierher reiten ›müsse‹, ich würde ihm das Pferd mit der nächsten Gesandtschaft zurückschicken.

Könnte ein Bote mich finden? O ja, jeder Fremde muß seinen Namen aufschreiben, und das Woher und Wohin; auch die Signoria überwacht alle ihre Fremden, und gar wenn sie aus dem feindlichen Ferrara kommen.

Ich warte, ich warte.

Gestern, als das Meer wie verblichener roter Sammet dalag, und der Himmel gelb und kupferfarben war, ein Schlechtwetterzeichen, fuhren noch Karavellen aus, stolze, große Schiffe, die keinen Sturm fürchten; Ägypten, Arabien, Indien sei ihr Ziel, sagte mir ein Einheimischer. Warum fahre ich nicht mit und lasse mich über Bord spülen bei dem ersten Unwetter? So nutzlos bin ich wie die zerlumpten Gestalten, die hier in dieser Meeresstadt gestrandet sind und um die Treppen der Reichen lungern. Ja, nutzlos bin ich, aber mir steht es frei, wie ein Herr eine Gondel zu besteigen, in den seidenen Kissen zu lehnen und durch die Kanäle zu fahren. Oft tue ich also, wenn die Sterne schon ihren nächtlichen Reigen begonnen haben. Aber über den hohen Mauern der Palazzi und Häuser schwebt nur ein schmales Stück Himmel. Lautlos gleiten die Gondeln dahin, nur an den Ecken ertönt der seltsame, uralte Ruf der Gondoliere, damit nicht eines auf das andere Fahrzeug stößt. Zu dieser späten Stunde schäumt in den hellerleuchteten Palazzi das Leben; dann fließen Musik und Lachen und Singen über den Rand dieser Gefäße der Lebenslust. An den großen, offenen Fenstern sieht man die Hohen in all ihrer Pracht vorübergehen, oder sie treten maskiert und in schwarzseidenem Umhang aus Toren, die sich zu den Stufen öffnen, an denen das Wasser der Lagune leise anschlägt. Die Gondel liegt bereit, und ein Liebespaar gleitet davon zu einem holden Abenteuer.

Mir ist es lieber, wenn das Wasser schwarz und still ist, leer von Glück und Lachen, und meine Gondel wie ein Sarg über den

Styx fährt, aber der Lethe fließt nicht hier, der mir Vergessen bringen könnte.

den 30. August 1508

Heute war ich im Hause des Gesandten von Ferrara. Ich kenne ihn gut, auch alle seine Sekretäre. Sie ließen mich fühlen, daß man davon unterrichtet ist, warum ich hier bin. Daß mich der nächste Warenzug nach Norden führen würde, verschwieg ich den Herren nicht. Unaufgefordert gab man mir Bericht, daß der Herzog für kurze Zeit nach Belriguardo gekommen sei.

»Wurde der Mörder Strozzis gefaßt?«

»Nein, man wird ihn auch nie fassen. Ein befohlenes Schweigen breitet sich über diese Tat.«

Einer der Schreiber, der mir befreundet ist, fragte schüchtern: »Warum geht Ihr nicht heim, Messer Jacobus?«

Ich dachte: soll ich denn wie ein geprügelter Hund zurückschleichen und die Hand küssen, die mich geschlagen hat? – Nein.

»Wenn meine Herrin mich ruft, gehe ich«, antwortete ich meinem Freund. »Ansonst reise ich übermorgen über die Berge nach Norden.«

»Wartet noch, Messer Jacobus.«

»Nein.«

den 1. September 1508

Alle meine Gedanken kreisen unablässig um die Frage: war ich denn schuldig? Mußte es sein, daß Lucrezia mich verstieß? Oder hat sie mich längst als Hemmschuh an ihrem Lebenswagen zum Teufel gewünscht? Wird mir in meinem Leben noch Antwort auf diese Fragen; werde ich noch einmal die geliebten Hände küssen dürfen? Ach, was soll ich von diesen Dingen schreiben? – Nichts mehr darüber, genug.

So werfe ich den Deckel dieses Buches zu, rasch, wie man eine Türe hinter sich in das Schloß fallen läßt, nicht wissend, ob man sie je wieder öffnen wird, denn unser Schicksal liegt in Gottes Hand.

Und nun, auf die Reise!

Fortsetzung im siebenten Heft

Augsburg, am Weinplatz, den 18. Dezember 1518

Heute, am späten Nachmittag, durfte ich wieder, wie im Oktober dieses Jahres, mit Herrn Anton Fugger am brennenden Kamin weilen.

Mein Herr hatte das Buch der Erinnerungen, das frisch und weiß auf dem Tische lag, und die sechs vergilbten Tagebuchhefte zu Ende gelesen. Ich sollte Herrn Fugger ja alle Hefte vorlesen, aber ich hatte ihn gebeten, mich dieses Versprechens zu entheben, denn meine Zunge und meine Stimme wären nicht fähig gewesen, in trockner Ruhe vorzutragen, was mich heute, nach so vielen Jahren noch, bis in den Grund meiner Seele erschüttert. Nie hat die Wunde sich geschlossen, die mir von der geliebten Verehrten zugefügt wurde. So las Herr Fugger denn selber, was ich aufgeschrieben hatte.

Als ich nach dem bekannten Klingelzeichen in das große, dunkel getäferte Zimmer eintrat, war mir Anton Fuggers schönes, kluges Gesicht mit ganz verändertem Ausdruck zugewandt; ein tiefer Ernst lag darüber, ein großes Verstehen und eine Freundlichkeit für mich, den einfachen Schreiber, daß sich mir das Herz erwärmte.

»Setzt Euch nieder, Messer Jacobus«, sagte Herr Fugger in seiner vornehmen Höflichkeit, »und laßt Euch bedanken, daß Ihr das Buch Eures Lebens vor mir aufgeschlagen habt.«

»Verzeiht, Herr, nicht *mein* Lebensbuch; es handelt von dem Leben einer Großen dieser Welt, deren Schatten ich war.«

»Mein Freund, überlaßt es Gott, zu richten, wo die Größe ist; wer das Licht, und wer der Schatten ist.«

Meine Abwehr und Verwirrung gewahrend, brach Herr Fugger ab; er sieht die Dinge mit seinem Blick, aber er begann nun vielerlei Fragen zu stellen, bald über dieses, bald über jenes Ereignis.

Er hatte heißen Würzwein bringen lassen, so mußte ich denn wie ein geehrter Gast mit ihm trinken und plaudern.

Nachdem vieles besprochen war, strich Herr Fugger wie in Verlegenheit über sein glattes Kinn und sagte leise: »Jene junge, schöne Beate, die in Eurer Jugend Eurem Herzen nahestand ... zog sie wirklich mit ihrem Gatten nach Augsburg, hierher in unsere Stadt?«

»Ja, Herr Fugger. Beate Vischer lebt als Witwe auch heute noch hier, nicht weit vom Weinplatz.«

Herr Fugger setzt sich geradeauf, öffnete seine blassen Augen weit und schlug heftig mit der Hand auf die Armlehne seines Sessels.

»... und Ihr seid noch nicht mit ihr verheiratet?«

Ich schüttelte lächelnd den Kopf.

»Starb ihr Gatte erst vor kurzem?«

»O nein. Als ich vor zehn Jahren nach Augsburg kam, war Beate schon allein.«

»Aber Ihr gingt bei ihr aus und ein?«

»Soweit es die Klatschsucht der Nachbarn zuließ.«

Herr Fugger schlug die Hand vor die Stirn vor Ärger über meine Torheit.

»Dann heiratet Frau Beate. Aber sofort! Natürlich liebt sie Euch noch! Worauf wartet Ihr?«

Ich hätte über Herrn Fuggers freundlichen Eifer lachen mögen, aber seine letzte Frage: ›worauf wartet Ihr‹, rührte geradeswegs an meine verborgene Wunde.

»Worauf ich warte, Herr Fugger? Darauf, daß meine Herrin Lucrezia Borgia mich zu sich zurückruft.«

»Nach zehn Jahren! Um dieser sinnlosen Hoffnung wegen versäumt Ihr das Glück an der Seite einer liebenswerten Frau; denn sicher ist Frau Beate Vischer liebenswert. Ihr hättet sonst nicht um sie gelitten, wie es in Eurem Tagebuch steht.«

»Nein, Herr, nicht der ›sinnlosen Hoffnung wegen‹, wie Ihr sie nennt, verzichte ich auf die Ehe, denn weder Beate noch eine andere Frau werde ich heiraten. Ihr habt meine Tagebücher gelesen, Ihr seid ein Weiser, Ihr kennt die Menschen. Oh, Herr Fugger, glaubt Ihr, daß ein Mann, dessen Dasein mit einer Lucrezia Borgia so eng verknüpft war wie das meine, der sich neunundzwanzig Jahre lang unter den kraftvollen Gestalten unserer Zeit – Bestien, wie meine Herrin zu sagen liebte – durchschlagen mußte, noch fähig ist, in einer beschaulichen Ehe, umgeben von kleinen biederen Bürgern, umgeben von einem Ring der Klatschsucht, niederzusitzen? Bei aller Güte und aller Feinheit der lieben Frau Beate, das kann nicht sein!«

Nach einem langen Schweigen sagte Anton Fugger: »Messer Jacobus, mein Freund, trinkt auf das Wohl der hohen Frau, der Euer Herz gehört, sie ist es wert! Jetzt weiß ich es, obgleich sie die sündhafte Torheit beging, Euch von sich zu lassen.« Der alte Mann schaute mir prüfend in die Augen. »Nein, Ihr könnt Euch nicht teilen, aber es ist schön, ungeteilt zu sein, ein Ganzes zu sein, es ist ein Leben wert! Ich beneide Euch.«

Ich sprang auf und hob meinen Becher Anton Fugger dankend entgegen; auch er erhob sich, seine gichtischen Glieder zwingend, ergriff seinen Wein und leerte ihn, wie ich den meinen leerte.

Als er sich ächzend wieder niedergelassen hatte, sagte er: »Einmal möchte ich Euch fröhlich sehen, mein lieber Jacobus.«

»Es ist nicht mein Los, fröhlich zu sein ...«

Dann dankte ich Herrn Fugger für diese Stunde und bat, entlassen zu sein.

Augsburg, den 2. April 1519

›Einmal möchte ich Euch fröhlich sehen‹, dieses Wort meines Herrn Fugger ging oft durch meinen Sinn seit jener Winterstunde am Kamin, da mir der alte, weise Mann so freundlich nahekam. Aber es ist mir in den zehn Jahren, seitdem Madonna Lucrezia mich verstieß, nie gelungen, meinen Schmerz, der unablässig schwärte in demütiger Bescheidung wie in einer Kapsel zu verwahren ... Doch, was muß ich Tor heute von diesen Dingen schreiben? Ich bin ja fröhlich! ›Fröhlich‹ ist ein blasses Wort – ich bin glücklich! Nein, auch dieses Wort ist ein Schatten. Wäre ich doch ein Dichter, um die Wonne, die Gehobenheit, das Schweben über dem Erdboden ausdrücken zu können!

Zehn Jahre sind mir von den Schultern genommen; nicht einmal der Gedanke, daß dieser Tag nicht früher kam, kann mich betrüben. Dieser Tag, an dem ein Brief auf meinem Tische lag, als sei es nichts. Ein Brief aus Ferrara, in der Handschrift der geliebtesten Frau überschrieben! Ich glaubte zu träumen, lehnte mich an den Ofen, um einen Halt zu haben, erbrach das Siegel und las und las immer wieder, bis ich den Sinn begriffen hatte.

Madonna Lucrezia, die Erlauchte, meine hohe Schwester, ruft mich zu sich. Sie sei krank, sie sähe ihr Ende voraus, es laste auf ihr, daß sie mir Unrecht getan ... Was sie getan, ich wäge es nicht mehr, und an ihren Tod vermag ich nicht zu glauben. Der Ton ihres Schreibens verrät die alte ungeduldige Kraft, die sich beengt fühlt von der Umwelt.

Dem Herzogspaar soll ein sechstes Kind geboren werden, aber die hohe Frau wird noch in diesem Monat neununddreißig Jahre alt, da darf es sie nicht wundern, wenn ihr Körper sich bei einer zehnten Schwangerschaft ermattet fühlt.

Hat Madonna Lucrezia wirklich schon neunmal geboren? Ja: die zwei Söhne, die ich nach Neapel rettete, zwei totgeborene Kinder, als ich noch in Ferrara war; den Erbprinzen Ercole, dessen Geburt ich miterlebte. Ein Jahr später den Prinzen Hippolyt, dann den kleinen Alessandro, der mit zwei Jahren starb, die Prinzessin Eleonore und das Knäblein Francesco.

Alles, alles weiß ich von meiner Herrin, was ihr und Herrn Alfonso in den vergangenen zehn Jahren an Schönem und Schwerem auferlegt wurde.

Und nun soll ich noch einmal an ihrer Seite stehen, sie ruft mich in der alten Güte, in dem alten fröhlichen Spott. Vergessen sind alle bösen Worte.

Genug geschrieben. Nun zu Herrn Fugger, damit ich ihn um Urlaub bitte. Oh, Gott im Himmel, noch einmal über die Berge reiten, hinunter in das Land der Sonne, nach Ferrara, der gelobten Stadt!

den 5. April 1519

Morgen in der Frühe reise ich mit Herrn Fuggers Leuten. Es war ein schwerer Abschied von diesem Verehrten; wie ein Vater hat er mich gesegnet. Es schien ihm schmerzlich zu sein, daß ich seine Dienste verlasse. Er sagte: »Jetzt, da ich Euch fröhlich sehe, wie ich es mir vor kurzem noch gewünscht habe, jetzt verlaßt Ihr mich. Wenn es möglich ist, kommt wieder, mein lieber Jacobus Krafft.«

»Herr, wie ein Nebel liegt die Zukunft vor mir. Ich weiß nicht, was mit mir geschehen soll.«

»Was auch immer sein wird, Gott schütze Euch, mein Sohn.«

Er ist ein liebenswerter Mann, mein Herr Anton Fugger. Ach, warum bedeutet unser Dasein Abschied, immer wieder Abschied, bis einmal das letzte große Scheiden kommt?

Ferrara, den 27. April 1519

Noch scheint es mir unfaßlich, daß ich wieder in meinem Zimmer lebe, als sei ich nie fortgewesen. In zehn Jahren ist nichts in diesem Raum verändert worden; die Herzogin habe es so befohlen.

Ich wollte, ich könnte mich dieses Zeichens ihrer unbeschwerten Herzenstreue freuen, aber auf die nächsten Blätter dieses siebenten Heftes wird nur der Schmerz noch schreiben. Lucrezia Borgia, meine geliebte Schwester, steht schon auf der Schwelle zu einem andern Dasein, niemand wird sie davor bewahren können, uns zu verlassen. Sie ist sehr krank.

Vor einundzwanzig Tagen ritt ich aus Augsburg fort. Herr Fugger hatte mir sein bestes Pferd und eine gute Begleitung gegeben. Er stöhnte, daß ich in dieser Jahreszeit über den Brenner reisen wollte, aber er begriff, daß ich nach Madonna Lucrezias Ruf weder Schnee noch Eis, noch Stürme fürchtete.

Solange wir in der Ebene waren, ritten wir fast Tag und Nacht. Der Übergang über den Paß, der uns als ein gewaltiges, wenn nicht endgültiges Hindernis vor Augen gestellt worden war, zeigte sich als weit weniger grimmig, als wir es geglaubt hatten.

Auf dem Abstieg, dem blühenden, warmen Italien entgegen, ritt ich wie im Traum dahin, die Wirklichkeit würde erst vor den Toren Ferraras neu beginnen.

Meine Begleiter seufzten über die Hast, zu der ich sie antrieb. Nur drei Tage brauchten wir von den rauhen Höhen des Gebirges, bis wir in die Stadt einritten, in der ich zehn Jahre lang im Wachen und im Träumen geweilt hatte.

Der greise Torhüter kannte mich noch und war der erste von manchem Bürger auf der Straße, der mich mit freudigem Zuruf begrüßte. Auch im Palast eilten mir alte Hofleute und Diener wie einem heimgekehrten Freund entgegen. Ohne Anmeldung führte man mich zum Herzog, der Herr sei vor kurzem aus Frankreich zurückgekommen, er erwarte mich. Lucrezia war mir noch fern wie das Innerste des Heiligtums.

Dann stand ich vor dem Herzog. Sein Haar ist ergraut. Viel Not und Sorge ist über den Erlauchten und seinen Staat Ferrara dahingegangen. Noch herber ist dieses Antlitz geworden, aber die Augen verraten eine scheue Güte des Herzens. Es trieb mir die Tränen in die Augen, wie dieser harte Kriegsmann mich begrüßte. Es war ihm wichtig, daß ich seine Kinder sähe; wie mit einem Blutsbruder seiner Gattin redete er mit mir.

Lucrezias Kinder sind schön und voller Leben. Eleonora, ein liebreizendes Mägdlein von fünf Jahren, goldblond wie seine Mutter. Es schien mir, als sähe ich meine Schwester zur Zeit, da wir – fünfjährige Kinder – in den Palast der Madonna Adriana gebracht wurden.

Der Herzog sprach in gedämpftem Ton von der Hinfälligkeit seiner Gattin.

»Eine neue Geburt steht bevor. Ich weiß nicht ... die Ärzte sagen, die Herzogin sei sehr schwach«, hier brach Alfonsos Stimme. »Geht, mein lieber Jacobus, geht zur Herzogin, sie ist ungeduldig, Euch zu sehen.«

Ich nahm Eleonora und Francesco an der Hand, um den Herzog in seinem Schmerz ohne Zeugen zu lassen. Ercole und Hippolyt folgten, ohne daß ich sie rief. Ich brachte die Kinder zu ihren Wärterinnen und Erziehern. Dann kam der Augenblick, auf den ich zehn Jahre lang gewartet hatte: Ich kniete neben den Sessel meiner Schwester und küßte ihre Hände; ich mußte mich bezwingen, nicht aufzuschluchzen. Oh, wie ich dieses Menschenwesen liebte, die Frau, in deren Dasein ich so tief verstrickt war. So leicht, als wäre ein Blatt auf meine Haare gefallen, legte sich Lucrezias Hand auf mein Haupt.

»Deine roten Borsten werden grau, mein lieber Jago«, sagte sie mit leiser, fremder Stimme, »und wir sind doch erst neununddreißig Jahre alt.«

Ich schaute in das schöne, vorgeneigte Gesicht. Noch hatte das Alter es nicht gezeichnet, nur die Krankheit machte es zart und blaß; auch war ihr Haar so blond wie je, aber die Augen, das waren nicht mehr Lucrezia Borgias Augen, sprühend von Lebens- und Abenteuerlust, glänzend von nie gestillten Wünschen, herausfordernd und unbekümmert.

Während ich auf ihre Willkommensworte hörte, sah ich ein Bild vor meinem geistigen Auge, das sich mir auf einer Kirmes geboten hatte: Gaukler, die eine gefangene Löwin in einem Käfig auf Rädern dem staunenden Volke zeigten. Das stolze Tier lag wie leblos da; es brüllte nicht mehr, es schlug nicht mehr mit den Pranken, es fletschte nicht mehr fauchend die Zähne, wie es wohl früher getan hatte. Bewegungslos starrte es aus seinem Käfig hervor mit einem unsagbar schwermütigen, todessüchtigen Blick. Jahrelang habe ich die Augen des stolzen Tieres nicht vergessen können. Und diese Augen hatte Lucrezia.

»Euer Leben ist in den letzten zehn Jahren reich und gesegnet gewesen«, sagte ich so beschwörend, als könne ich sie mit einigen Worten aus ihrer Melancholie aufrütteln. »In der Stadt ist ein einziges Wehklagen um Eure Krankheit. Ihr seid das Idol des Volkes.«

»Weil ich ihnen in der Kriegszeit von unsern Vorräten gab und ihnen Spitäler und Waisenhäuser bauen ließ. Jeder gute Regent würde ein Gleiches tun.«

»Ihr verkleinert Euren Verdienst. Alte Freunde, denen ich auf meinem Ritt zum Palast begegnete, sprachen von Euch wie von einer Heiligen.«

»Nein, nein, auch das ist ein großer Irrtum. Das Volk hat sich ein Bild von mir gemacht, wie es ihm lieb ist. Oh, Jacobus, ich weiß, was du antworten willst ... gewiß, ich habe ein tugendhaftes Leben geführt, Kinder geboren und aufgezogen, regiert, so gut ich es verstand, dem Volk beigestanden und unsern Künstlern Arbeit gegeben, das ist alles recht und gut, aber glaubst du ...«, sie richtete sich auf und umklammerte mit den durchsichtigen Händen die Armlehnen und sah mich mit ihrem Gefangenenblick an, »ich hätte mich so sehr verändert, daß der schmale Weg der Tugend, auf dem man demütig zu Fuß dahinschleicht, mir das geringste Vergnügen bereitete? O nein! Viel tausendmal lieber wäre ich hoch zu Roß durch die Gefilde der Freude und der Liebe, der Pracht und des Genusses dahingejagt!«

»Wer hinderte Euch daran, Carissima?«

»Der Herzog. Nach Strozzis Ermordung hat man mich bewacht wie eine Frau des Großtürken! Jago, Jago!« sie schlug die Hände an die Wangen, »die zähe Gewalt der Kleinheit hat mich in Fesseln gelegt; ich war in Gefangenschaft zehn Jahre lang, nicht anders, als säße ich wie meine Schwäger im Turm, aber mein Sinn hat sich nicht gefügt, keinen Tag, keine Stunde! Gegen jede Vernunft habe ich nie aufgehört zu hoffen, daß etwas mich befreien würde, irgend etwas. Nun ist es der Tod ... ich folge ihm gern, oh, so gern.«

Sie sank in die Kissen zurück.

Ich hätte der Verehrten von der Gattentreue, den Mutterpflichten, von vielen schönen Tugenden reden können, und sie beschwören, leben zu wollen, um die Ihren nicht zu verlassen, aber ich dachte an das große Wort: Wen die Götter lieben, den lassen sie jung sterben.

Lucrezia Borgia war geschaffen worden, um als herrliche und entsetzliche, fruchtbare und zerstörende Frau durch ihre Zeit zu gehen, angebetet und verflucht, Glück spendend, wenn auch der Tod ihr auf den Fersen folgte. Und diese Frau hatte man in den engen Käfig der landläufigen Moral gesperrt, wo doch rings um sie her die schönen wilden Tiere unserer Epoche frei dahinjagen. Nein, der Tod kam als ein Geliebter zu ihr, der sie mit eigenmächtigem Griff an sich riß.

Ich würde nicht denen das Wort reden, die sie von dem letzten großen Abenteuer zurückhalten wollten.

Als ich aus meinen Gedanken aufschaute, begegnete ich Lucrezias Blick, der forschend auf mir lag.

»Ich bin dir dankbar, Jago, daß du nicht in Worte der Ermahnungen, der Bitten und der Tröstungen ausgebrochen bist. Ich bin dir für vieles dankbar ... Auch möchte ich dich bitten, mir meine Ungerechtigkeit, die zehn Jahre alt ist, zu verzeihen ...«

»Carissima, Ihr seid wie Ihr seid, ich habe nichts zu verzeihen.«

»Du hast mir nie gezürnt in allen diesen Jahren?«

Ich schüttelte verneinend den Kopf »... aber ich möchte sie nicht noch einmal leben, diese Jahre.«

Lucrezia sah mich mit ihren erfahrenen Augen ernsthaft an. Sie mochte in meinen gealterten Zügen Spuren des Schmerzes finden, den ich in der Trennung von ihr gelitten.

»Glaubst du, du hättest mir nicht gefehlt, Jacobus? Warum schriebst du nie? Du kannst doch Briefe schreiben.«

»Ich hatte keine gespitzten Federn«, sagte ich leichthin.

»Wie damals, als du dir meinetwegen die ganze Hand zerschnittest. ... Warum hast du kein Pferd genommen und bist zu mir geritten?«

»Ich wartete, daß Ihr mir eines schicktet mit fürstlichem Geleit …«

»Zehn Jahre haben wir verstreichen lassen; wer von uns war törichter? Aber nun bist du hier.« Sie reichte mir ihre Rechte. Eine Weile saßen wir wortlos Hand in Hand. Das war unser Abschied.

den 14. Juni 1519

Madonna Lucrezia hat eine tote Tochter geboren. Die Qualen dauerten zwei Tage lang. Nun liegt sie ausgeblutet, wie ein Schatten in ihrem Säulenbett. Sie wird nicht leben; die Ärzte vertrauen zwar noch auf ihre Kunst und auf die allmächtige Natur, die Priester auf die Hilfe der Heiligen Jungfrau, deren Gnadenbild im Wochenzimmer in Herrlichkeit aufgebaut wurde. Der Herzog glaubt an die unzerstörbare Lebenskraft seiner Gattin, die er doch bis zum äußersten ausgeschöpft hat. Aber ich sehe in dem entrückten Blick schon den Triumph einer Befreiten.

den 22. Juni 1519

Lucrezias Lebenslicht erlöscht, aber immer noch einmal flackert es auf. Sie ist bei klarem Bewußtsein, ohne Todesfurcht.

Mir wurde die Ehre zuteil, dem Heiligen Vater in Rom, Leo X. einen Brief nach Lucrezias Diktat zu schreiben. Der Brief, der so viel Mut im Tode und hohe Gefaßtheit zeigt, soll auf die vorletzte Seite dieses, meines siebenten Heftes geschrieben werden. Das letzte Blatt mag frei bleiben für den Bericht über Leben oder Tod meiner Herrin.

> Heiligster Vater und mein zu verehrender Herr.
> Mit aller nur möglichen Ehrfurcht der Seele küsse ich die heiligen Füße Ew. Seligkeit und empfehle mich demutsvoll in Ihre heilige Gnade. Nachdem ich durch eine schwierige Schwangerschaft mehr als zwei Monate lang viel gelitten hatte, gebar ich, wie es Gott gefiel, am 14. dieses, in der Morgenfrühe eine Tochter und hoffte nach dieser Geburt auch von meinen Leiden befreit zu sein; doch das Gegenteil ist ein-

getreten, so daß ich der Natur den Tribut zahlen muß. Und so groß ist die Gunst, welche mir Unser gnädigster Schöpfer schenkt, daß ich das Ende meines Lebens erkenne und fühle, wie ich in wenigen Stunden ihm entnommen sein werde, nachdem ich zuvor alle die heiligen Sakramente der Kirche werde empfangen haben. Und an diesem Punkt angelangt, erinnere ich mich als Christin, obwohl eine Sünden, daran, Ew. Heiligkeit zu bitten, daß Sie in Ihrer Gnade geruhen, mir aus dem geistlichen Schatz eine Unterstützung zuzuwenden, indem Sie meiner Seele die heilige Benediktion erteilen: und so bitte ich Sie darum in Demut und empfehle Ew. heiligen Gnade meinen Herrn Gemahl und meine Kinder, welche alle Ew. Heiligkeit Diener sind. In Ferrara, in der vierzehnten Stunde.

Ew. Heiligkeit demütige Dienerin
Lucrezia von Este[22]

den 30. Juni 1519

Am 26. Juni haben wir Lucrezia Borgia, die Herzogin von Ferrara, in die Fürstengruft gesenkt. Im Trauerzug durfte ich gleich nach den zwei ältesten Prinzen dem Sarge und dem Herzog folgen. Da mein Rang aber nur ein Rang der Zuneigung und nicht des Blutes ist, ging niemand an meiner Seite.

Mir folgten die Verwandten, die höchsten Würdenträger und die Gesandten. Es war eine der letzten Bitten meiner hohen Schwester gewesen, mir diese Ehre eines Einzelnen zu geben, und der Herzog hat sie in Gnaden angenommen.

Das bedeutete eine eigenwillige Durchbrechung des Zeremoniells, aber mein ganzes Dasein an der Seite der Borgiatochter war entgegen allen Vorschriften der Welt; es hat einzig dem Gesetz des Schicksals gehorcht, das uns am gleichen Tag die Welt betreten ließ und uns sogleich zusammengab.

Allein und beraubt ging ich dahin. Vor mir und in meinem Rücken wurde geweint und gestöhnt, nur mir kamen keine Tränen. Mein Herz war ruhig, denn sie durfte glücklich sterben, fortgenommen, bevor ihre stolze Empörung in stumpfe Gleichmut versandete. Ihr letzter Hauch war ein Aufatmen der Befreiung.

Die Trauerglocken läuteten, die Klagegesänge ertönten, lauter wurde das Schluchzen der knienden Menge, ich aber sagte in meinem Herzen: ›Du warst Licht und Schatten, Tag und Nacht, du seltsame Frau, Lucrezia Borgia. Viel umkämpft und selten begriffen wird dein Andenken sein, aber ewig unvergessen die Kraft deines Wesens im Reigen einer großen Zeit.‹

den 1. Juli 1519

Morgen verlasse ich Ferrara für immer. Ich reise über die Berge zurück nach Augsburg zu Herrn Anton Fugger, meine Arbeit wieder aufzunehmen und den Rest meines Lebensweges, im Licht der Erinnerung, in Geduld zu gehen.

Mehr habe ich nicht zu sagen.

Lucrezia, Cesare und Alexander oder der Mythos der Renaissance

Bernd Roeck

I
Der Tod des Teufelspapstes

Nein, einen guten Tod hatte seine Heiligkeit nicht. Umgeben nur von ein paar Reitknechten und seinem Datar – einem Bürokraten, der die Aufgabe hatte, Tag und Jahr auf allerlei Schriftstücke zu schreiben –, lag Rodrigo Borgia, als Papst Alexander VI., fieberkrank im Vatikanspalast. Vergeblich hat man ihn der rauhen Standardbehandlung jener Zeit unterzogen, ihn zur Ader gelassen. Ein unbedeutender Bischof spendet dem Pontifex die Letzte Ölung. Am Abend, von der Stadt her klingen die Vesperglocken über die noch erhitzten Dächer des hochsommerlichen Rom – es ist Freitag, der 18. August 1503 –, tut Alexander VI. den letzten Atemzug.

Johannes Burchardus, päpstlicher Zeremonienmeister und Autor einer *Chronique scandaleuse,* die das Pontifikat Alexanders zum Hauptthema hat, veranlasste die Aufbahrung des Verblichenen. Nach Burchardus' Bericht war die Leiche noch nicht erkaltet, als die Dienerschaft in die Gemächer drang, Bargeld und Preziosen zusammenraffte, eine im Rom des ausgehenden Mittelalters übliche Sitte. Nicht einmal die Beisetzungsfeierlichkeiten im Petersdom verliefen in würdigen, dem Stellvertreter Christi angemessenen Formen. Da fehlt das Buch für das Tumbagebet, die Söldner und die Palastwache geraten über ein paar Fackeln in Streit. Es setzt Handgreiflichkeiten, so dass die Kleriker ihr Responsorium unterbrechen und in die Sakristei fliehen müssen. Eilig wird der Tote hinter den Hochaltar verfrachtet, das Chorgitter wird versperrt, so dass der Pöbel die sterbliche Hülle Alexanders nicht schänden kann.

In der Sommerhitze verändert sich die Leiche nicht zu ihrem Vorteil. Burchardus schreibt, Alexander sei ganz schwarz geworden und fleckig, »die Nase geschwollen, der Mund ganz breit, die Zunge wie doppelt, so dass sie über die Lippen hervorquoll, der Mund offen, kurz so entsetzlich, wie noch nie jemand etwas Ähnliches sah oder zu kennen erklärte«. Die Lastträger, die den Kasten samt seinem grausigen Inhalt in die Kapelle der Santa Maria delle Febbri bringen, machen ihre derben Späße über den Toten. Da der aufgedunsene Leib nicht in einen rasch zusammengezimmerten Sarg passt, muss er regelrecht hineingestopft werden. »Sie legten ihm die Mitra an die Seite, bedeckten ihn mit einem alten Teppich und halfen mit den Fäusten nach, damit er in den Sarg ginge, alles ohne Fackeln oder sonstige Beleuchtung, ohne einen Priester oder eine Person, die sich um seinen Leib kümmert.«

Mit diesen Worten endet der Bericht des Zeremonienmeisters. Andere haben die Geschichte vom Sterben und Tod des Papstes Alexander um weitere Details angereichert. So hatte man in Erfahrung gebracht, dass Teufel durch das Sterbezimmer geflattert seien. Der Markgraf von Mantua wusste, dass Alexanders lebloser Körper in Gärung geraten sei, sein Mund habe geschäumt »wie ein Kessel über Feuer«. Das sprach dafür, dass der Erdenwandel des Papstes mit Gift verkürzt worden war. Die Totenwache dann, wurde gemunkelt, hätten sieben schwarze Affen – zweifellos dämonische Wesen – im Sterbezimmer gehalten, und an den Wänden der Petersbasilika hätte sich das Heulen höllischer Hunde gebrochen. Das alles knüpfte an alte Gerüchte an, nach denen der Borgia-Papst schon seine Erhebung auf den

Stuhl Petri Abmachungen mit Satan verdanke. Der Franziskanerpater Luca Bettini bot auf dem V. Laterankonzil nicht weniger als sechs Zeugen auf, die den Dialog des späteren Papstes mit dem Teufel mitgehört hatten.

II
Ein unheiliger Vater

Das Sterben Alexanders und das Schicksal seines verwesenden Leibes galten dem späten Mittelalter als Gottesurteile. Die Epoche neigte dazu, den guten – oder eben den schlechten – Tod als Zeichen zu nehmen, wie höheren Orts das Leben dessen bewertet wurde, der da seine Seele in die Hand des Schöpfers zurückzugeben im Begriff war. Daraus erklärt sich der Ernst, mit dem die Menschen jener Zeit um ein gutes Ende bemüht waren. Es gab eine eigene Literaturgattung, die in der *ars moriendi,* der Kunst des Sterbens, unterwies. So gesehen, musste der Mann, dessen entstellter Leichnam nun in einer Seitenkapelle der alten Petersbasilika und später in Santa Maria in Monserrato an der Piazza del Popolo dem Jüngsten Tag entgegenmoderte, auch zu Lebzeiten ein wahres Scheusal gewesen sein.

In der Tat gibt es wohl keinen Papst in der zweitausendjährigen Geschichte der katholischen Kirche, der so übel beleumundet ist wie Alexander VI. Er gilt schon der Geschichtsschreibung des 19. Jahrhunderts als wahres Monster, als Symbolfigur für den moralischen Verfall der Kirche. An der Engelsburg und anderen Orten Roms wurde das Borgia-Wappen, das einen Stier nebst Stern und zwei Windgottheiten zeigt, meist getilgt, als könnte so die Erinnerung an das in opaken Farben schimmernde Phantasma des Papstes ausgelöscht werden. In ihm und in einigen seiner Kinder fand die »schwarze Legende« der Renaissance ihre vollkommensten Verkörperungen. Seiner Kinder?

Alexander war nämlich nicht nur geistlicher Vater der Christenheit, sondern auch sehr konkreter leiblicher Erzeuger von mindestens acht Kindern. Die Bemerkung eines neueren Historikers, der Lebensstil Rodrigos sei den »Zölibats-Anforderungen nicht eben konform gewesen«, untertreibt nur leicht. Der Samen des Kardinals und dann des Papstes – das letzte Kind wurde noch im Todesjahr 1503 geboren – hatte seinen Weg in die Schöße diverser römischer Mätressen gefunden, dazu in jenen der angesehenen Dame Vanozza da Cattanei, mit der er wie in Ehe lebte. Sie gebar ihm nicht weniger als vier Sprösslinge, die *fab four* des Borgia-Clans: Cesare, Juan, Jofré und Lucrezia, die Heldin der vorliegenden Roman-Biographie. Jene uns in Mary Lavater-Slomans Geschichte häufig begegnende Vanozza scheint sich ihrer Liaison mit dem potenten Pontifex keineswegs geschämt zu haben, rühmt sie doch ihr Grabstein in der römischen Kirche S. Agostino als Mutter der Papstkinder. Übrigens wohnte auch den Lenden seiner Vorgänger und Nachfolger beträchtliche Kraft inne: Sein Vorgänger Innonenz war keineswegs so unschuldig, wie sein Name suggeriert: Er zeugte mindestens sieben, nach bösen Zungen gar sechzehn Bastarde. Alexanders Nachfolger Paul erklomm den Papstthron zwar als halbtoter Schatten seiner selbst. Zu besseren Zeiten hatte auch dieser Nachfolger Christi eine vielköpfige Nachkommenschaft gezeugt.

Überhaupt waren Bastarde im Italien der Renaissance keineswegs mit scheelem Blick bedachte Randexistenzen. In der europäischen Hocharistokratie waren Kinder damals Kapital. Sie wurden nach Möglichkeit gut verheiratet. Das brachte Mitgiften ein und die Aussicht auf Erbschaften, auf Land, Titel, womöglich Herzogskronen. Rodrigo Borgia selbst entstammte einem spanischen Adelsgeschlecht; sein Onkel Alonso hatte als Diplomat im Dienst der Kurie Karriere gemacht. 1455 hatte er als Kalixt III. selbst den Papstthron bestiegen und sich gleich fürsorglich um die Versorgung seiner Sippe bemüht. Rodrigo, ein Neffe des Kalixt, erhielt schon im Jahr nach seiner Wahl den Kardinalspurpur. Seine Aktien sanken fast ins Bodenlose, als sein Onkel bereits 1458 das Zeitliche segnete. Während zwei weitere Nepoten sich absetzten, um sich den Nachstellungen der zahlreichen Borgia-Feinde – unter denen sich die Orsini und die Colonna besonders feindselig gebärdeten – zu entziehen, hielt Rodrigo in Rom die Stellung.

Ganz anders, als es die Legende will, war der Kardinal ein tatkräftiger Politiker, und noch dazu ein gutaussehender, an den Künsten interessierter Herr, ein Mann – vom Resultat haben wir erzählt –, vor dessen Charme die Frauen reihenweise dahinschmolzen. Gasparre von Verona beschreibt den Spanier als sinnlichen, unwiderstehlichen »Womanizer«: »Wo er nur herrliche Frauen erblickt, regt er sie in fast wunderbarer Weise zur Liebe auf« – so kann das nur ein Historiker der Frührenaissance ausdrücken! –, »und er zieht sie an sich, stärker als der Magnet das Eisen anzieht.« Einer dieser verheißungsvoll glitzernden Eisenspäne war die bezaubernde Giulia Farnese; die Zeitgenossen gaben ihr gar den Beinamen »la bella«, »die Schöne«.

Eifrig wob Rodrigo Borgia an einem tragfähigen Netzwerk, spann seine Fäden im Kardinalskollegium, belohnte Loyalitäten, mehrte mit Geschick sein Vermögen. 1492 waren die Machinationen von Erfolg gekrönt. Rodrigo wurde auf den Stuhl Petri erhoben und nannte sich fortan Alexander VI. »Alexander ist von hoher Gestalt«, schilderte ihn 1493 ein Zeitgenosse, »von mittlerer Farbe; seine Augen sind schwarz, sein Mund etwas voll. Seine Gesundheit ist blühend; er erträgt über jedes Vorstellen hinaus Mühen jeder Art. Er ist außerordentlich beredt; jedes unzivilisierte Wesen ist ihm fremd.« Als seine Bettgenossin Giulia Farnese von französischen Söldnern entführt wird (Lavater-Sloman erzählt die Kidnapping-Geschichte nach), zahlt er bereitwillig 3000 Dukaten Lösegeld und empfängt die Befreite aufgetakelt wie ein jugendlicher Geck, im schwarzen Wams mit Leisten von Goldbrokat, mit einem schönen Gürtel nach spanischer Mode und mit seinem Dolch und Degen. »Er trug spanische Stiefel und ein samtenes Barett, sehr elegant«, berichtet ein Diplomat.

Tatsächlich kamen mit dem neuen Papst die Künste an die Macht. Bernardino Pinturicchio, Antonio da Viterbo und andere Meister gestalteten die Appartements des Papstes im Vatikan zu einem Bildermuseum aus; der französische König Karl VIII. meinte, es sei die schönste Palastausstattung, die er je gesehen habe. Die Maler zauberten heilige Szenen und geheimnisvolle mythologische Darstellungen an Decken und Wände, Anspielungen an den päpstlichen Auftraggeber und seine Familie fehlten nicht. In einem Raum, der »Sala delle arti liberali«, werden die freien Künste durch ein monumentales Freskenprogramm gefeiert.

III
Lucrezia tanzt

Die Gemächer des Papstes bieten die Kulisse für eine der suggestivsten Szenerien der Borgia-Legende, den Tanz der Tochter Lucrezia, die Donna Vanozza Kardinal Rodrigo 1480 geboren hatte. In Mary Lavater-Slomans Biographie wird darauf nur angespielt; der Szene des großformatigen »Ölschinkens«, den Hermann Kaulbach 1882 fertigte, liegt der Bericht des zeitgenössischen »Reporters« El Prete über glanzvolle Feierlichkeiten wegen der bevorstehenden Vermählung Lucrezias mit Alfonso d'Este von Ferrara um die Jahreswende 1501/1502 zugrunde. Im »Saal der Päpste« waren Verse rezitiert und ein Ballett aufgeführt worden. »Zum Schluss wünschte der Papst, seine Tochter tanzen zu sehen«, schreibt der Chronist. Die Sache war wohl ziemlich harmlos, wie aus dem Fortgang seiner Erzählung hervorgeht. »Sie tanzte mit dem Hoffräulein aus Valencia, und hinter ihr folgten paarweise alle Tänzer und Tänzerinnen des Balletts.«

Der Maler macht aus El Pretes Bemerkungen ein reichlich frivoles Sittengemälde. Man sieht den Papst, umgeben von Würdenträgen; ein Diener hält einen exotischen, mit Straußenfedern bestückten Fächer. Am Tisch daneben sitzt mit finsterer Miene Lucrezias dämonischer Bruder Cesare. Mit einer seltsamen Mischung aus väterlichem Wohlgefallen und voyeuristischer Lüsternheit betrachtet Alexander die auf dem funkelnden, mit Blumen bestreuten Marmor tanzende Tochter. Als wäre sie eine der großen Tänzerinnen des Fin de siècle, Isadora Duncan etwa oder Loïe Fuller, schwebt sie, in »antikisch« bewegtem Kleid, das die bloßen Beine und mehr eher entbirgt als verhüllt, über den Marmorfußboden.

Den Bourgeois muss da ein wohliger Schauer durchzittert haben. Ja, so muss sie wohl gewesen sein, »die Renaissance«, dachte er bei sich: Berstend von schwüler Sinnlichkeit, blitzend von kaum verhüllter Erotik, eine Feier des Lebens und der Lust, ein großes, bacchantisches Fest, in dessen Taumel der graue Morgen unendlich fern schien. Lucrezia zeigt sich als Salome und zugleich als Lolita, ihr aufreizender Tanz erscheint bei Kaulbach als ungeheuerliches Angebot – so der Kunsthistoriker Herwarth Röttgen über Kaulbachs Elaborat – an den diabolisch schmunzelnden Vater.

Romanciers und Dramatiker machten die Tochter des Papstes zur Inkarnation von Sünde, Verführung und Intrige. Oskar Panizza scheint der Atem zu stocken, als er in seinem Theaterstück »Das Liebeskonzil« die todbringende Schöne schildert. Er stottert nur noch: »Schön! – Verführerisch! – Sinnlich! – Giftig! – Hirn und Adern verbrennend! – Ahnungslos! – Tolpatschig! – Grausam! – Berechnungslos! – Seelenschmutzig! – Naiv!« Der Teufel zeugt darin mit Salome eine stumme, berückend schöne Frau, die den unmissverständlichen Namen Syphilis trägt und offenkundig Kaulbachs »Lucrezia« als Muster hat. Auf Geheiß Gottes ergreift die Lustseuche den Papst, die Geistlichkeit, schließlich das »übrige Menschenpack«. Obwohl der blasphemische Text im »sicheren« Zürich publiziert worden war, hat man ihn in München umgehend konfisziert. So wurde das Borgia-Drama erst 1969 uraufgeführt, im revolutionären Paris …

Tatsächlich war Lucrezia alles andere als die verruchte, mörderische Hetäre, zu der Panizza die Papststochter stilisierte. Sie war unter Obhut der römischen Matrone Adriana Orsini aufgewachsen, hatte eine ordentliche Erziehung erhalten. Die Quellen verraten, dass die schöne junge Frau zeichnen und musizieren konnte, auch, dass sie mehrere Sprachen beherrschte und Stickereien in Gold und Seide zu fertigen verstand. Möglich, dass sie der Nürnberger Humanist Lorenz Behaim, den sich ihr Vater in seinem Palast hielt – er geistert auch durch Lavater-Slomans Roman-Biographie – unterrichtete.

Was Lucrezia in den Augen der Nachgeborenen zur Femme fatale machte, war wohl vor allem der Umstand, dass sie einen gewissen Verschleiß an Ehemännern hatte; unbeweisbar ist die ihr nachgesagte inzestuöse Liebe zu ihren Brüdern Cesare und Juan; Quelle ist vermutlich ein der römischen Staatsräson geopferter Exgatte. Der neapolitanische Poet Sannazaro nährt durch ein Epigramm den ungeheuerlichen Verdacht einer Beziehung mit dem eigenen Vater. Er verfasste einen fiktiven Grabspruch, der lautete: »In diesem Grab ruht Lucrezia durch ihren Namen, aber in Wahrheit eine Thais: Tochter, Gattin und Schwiegertochter Alexanders.«

Dass Lucrezia sich viermal verehelichte, hatte im Übrigen allein damit zu tun, daß auch sie als »dynastische Handelsware« diente – so der Historiker Volker Reinhardt –, in den Dienst der Netzwerk-Politik ihres Vaters gestellt wurde. Noch bevor Kardinal Rodrigo zum Papst gewählt wurde, hat er zuerst die damals Elfjährige gleich zwei spanischen Granden verlobt, eine Unachtsamkeit, die für Ärger sorgte: Einer davon, Gasparo, Sohn des Grafen von Aversa, versuchte seinen Anspruch gerichtlich durchzufechten. Inzwischen war nämlich die Tochter des Kardinals Rodrigo das Kind eines Papstes geworden, mithin die beste Partie, die in Rom damals zu haben war.

Zur Eheschließung kam es erst 1493. Der frischgebackene Pontifex wünschte nun nach Möglichkeit einen Fürsten oder Grafen für seine Tochter. Er erhielt ihn in Gestalt des gerade verwitweten Giovanni Sforza, eines Bastardsohns Costanzo Sforzas und Herrn von Pesaro, einem Lehen des Heiligen Stuhls. Das half, die Allianz mit dem mächtigen Mailand, das sich in der Hand desselben Clans befand, zu festigen. Lucrezia verbrachte ein Jahr in der kleinen Stadt an der Adria, im Sforza-Palazzo – einem eleganten Frührenaissance-Bau im Zentrum von Pesaro – oder in der außerhalb der Stadt auf dem Monte Accio gelegenen Villa imperiale.

Kurz danach vermählte Alexander seinen zehnjährigen Sohn Jofré – auch er ein Resultat der Beziehung zu Donna Vanozza – mit Sancia von Aragon, einer unehelichen Tochter König Alfonsos von Neapel. Das sollte die Freundschaft mit dem italienischen Süden festigen. Demselben Zweck diente dann das umständliche Unternehmen, die Ehe Lucrezias mit dem Signore von Pesaro für ungültig erklären zu lassen. Kaum war Sforza zum Hahnrei wider Willen gemacht, wurde sie Alfonso von Aragon, dem Fürsten von Bisceglie und einem Neffen des gleichnamigen Herrschers von Neapel, angetraut. Diesmal hielt das Paar sein Versprechen zusammenzubleiben, bis dass der Tod sie scheide. Nur, dass der Tod in menschlicher Gestalt daherkam und Cesare hieß.

IV
Auftritt Cesare

Als 1492 jenseits des Ozean eine neue Welt entdeckt wurde, hatte der Christengott in den Augen Roms zugleich neue Völker gewonnen; damals glaubte man noch, einige neue Inseln entdeckt zu haben. Dem Vertrag von Tordesillas, der die Welt in eine spanische und eine portugiesische Hälfte teilte, lag eine päpstliche Bulle zugrunde. Für einen Moment schien der Papst Schiedsrichter und Herr des Erdkreises zu sein. Zu jener Zeit stand Alexander auf der Höhe seines Ansehens.

Sein Glück war indes nur von kurzer Dauer. 1494 fiel der französische König Karl VIII. mit einem Heer in Italien ein. Die Invasion erschien manchen Zeitgenossen als Gottesstrafe für das verweltlichte Italien. In Florenz löste der Gottesstaat des Eiferers Savonarola die Herrschaft der Medici ab. Alexander und seine Günstlinge standen am Rand des Abgrunds. Im Kirchenstaat versuchten widerspenstige Vasallen wie die Orsini, die Gunst der Stunde zu nutzen und schlossen sich dem Franzosen an. Dass er bald in Richtung Neapel weiterzog, hatte wohl weniger mit dem diplomatischen Geschick des Papstes zu tun als mit der Schwierigkeit, allein auf die Hellebarden einer Söldnertruppe von ein paar tausend Mann gestützt, auf Dauer seine Macht zu etablieren. Die Malaria und die Lustseuche Syphilis – die damals zum ersten Mal auftrat und von den Zeitgenossen den Namen »Franzosenkrankheit« erhielt – dezimierten das französische Heer. Angesichts einer sich formierenden Allianz europäischer Großmächte zog Karl VIII. es vor, Italien zu verlassen. Aber das prekäre Gleichgewicht der italienischen Mächte Venedig, Mailand, Florenz, Rom und Neapel war für immer dahin. Die Halbinsel, noch immer ein Wirtschaftszentrum des Kontinents und leuchtender »Zaubergarten« (Jacob Burckhardt) des kulturellen Europa, wurde zum Schlachtfeld der europäischen Kronen, Objekt der Begierde Frankreichs und Spaniens.

So konnte sich der Pontifex wieder allerlei italienischen Affären widmen. Sein Sohn Juan, dem er das Herzogtum Gandia und die Hand einer Base Ferdinands des Katholischen verschafft hatte, sollte gegen die Orsini vorgehen. Doch war dieser als Capitano der päpstlichen Streitkräfte eine Fehlbesetzung. Die Belagerung der Burg von Bracciano nördlich von Rom, einem Nest des mit den Borgia verfeindeten Orsini-Clans, scheiterte; an den Mauer des düsteren Kastells hoch über dem Bracciano-See zeugen noch heute Beschädigungen vom vergeblichen Bemühen, die »Bärchen« (das heißt »orsini« auf deutsch) zu bezwingen. Bei Soriano Anfang Januar 1497 wurde Juans Streitmacht so hart aufs Haupt geschlagen, dass an eine Unterwerfung der Vasallen nicht mehr zu denken war. Kurz danach wurde der Bastard mit durchschnittener Kehle und acht weiteren Stichwunden im Leib tot aus dem Tiber gefischt. Die öffentliche Meinung schob – wahrscheinlich zu Unrecht – die Urheberschaft an der Ermordung Juans dem zwei Jahre älteren Bruder Cesare (1474–1507) in die Schuhe.

Nun also Auftritt Cesare Borgia! Lucrezias Bruder ist ein weiterer Teufel, der durch Renaissance-Romane und so auch durch Mary Lavater-Slomans Biographie geistert. Sein Name, den einst der neben Alexander dem Großen – der päpstliche Vater hatte ein Gespür für martialische Benennungen! – der bedeutendste Feldherr der Antike getragen hatte, scheint Programm. Von Alexander nach dessen Wahl umgehend zum Kardinal erhoben und mit einträglichen Pfründen ausgestattet, wurde er zum Helden Niccolò Machiavellis. »Il Principe«, »der Fürst«, das weltberühmte Hauptwerk des großen Florentiners, lässt Züge erkennen, die der Autor von Cesare Borgia abgeschaut hatte. Nach seinem Bistum Valencia nannten die Italiener den Papstsohn »Valentino«: Der Name klang nach »valente«, also tüchtig, tapfer.

Der Gesandte des Herzogs von Ferrara, Giannandrea Boccaccio, beschreibt den Kardinal, wie er sich zur Jagd aufmacht, in Seide gekleidet, mit der ganz kleinen Tonsur eines einfachen Klerikers. Boccaccio fielen die heitere Art und die Bescheidenheit Cesares auf – Eigenschaften, die so gar nicht zum Bild des intriganten und, wenn es Not tat, grausamen Machtmenschen, als der er den Skandalchronisten gilt, passt. »Alle diese Menschen waren Emporkömmlinge, die nach Ehren, Macht und Genuss gierten«, schreibt der Biograph Lucrezias, Ferdinand Gregorovius, sichtlich bemüht, Quellenbefund und Skandalgeschichten irgendwie zusammenzubringen. »Alle waren sie jung und schön, fast alle auch lasterhaft, anmutsvoll beredte Frevler und, wie die im alten Rom, von den liebenswürdigsten und feinsten Formen der Geselligkeit ... Sie waren privilegierte Verbrecher, gleich vielen Prinzen und Herren ihrer Zeit. Sie gebrauchten Gift und Dolch erbarmungslos; sie räumten fort, was ihrer Leidenschaft im Wege stand, und lachten, wenn die diabolische Tat gelang.«

Cesare war ein Abenteurer, der versuchte, den Blondschopf der vorübereilenden Schicksalsgöttin zu erhaschen. Den dahingemeuchelten Bruder Juan hatte er kaum lange beweint. 1498 hängte er den Kardinalshabit, der ihm ja nie so recht gepasst hatte, an den Nagel und vertauschte ihn mit dem Kriegerharnisch. Der König von Frankreich – inzwischen Ludwig XII., der Nachfolger Karls VIII. – erhob ihn zum Herzog von Valence und gab ihm seine Nichte Charlotte d'Albret zur Frau. Sie soll hässlich gewesen sein wie die Nacht, aber auf Schönheit kam es bei solchen Geschäften nicht an. Der charmante Borgia wusste sich in anderen Betten zu trösten oder auf, zurückhaltend gesagt, ausgelassenen Festen im Vatikan. Der indiskrete Zeremonienmeister Burchardus erzählt davon. Es ist die berühmteste Stelle seiner Chronik, das wichtigste Versatzstück des Borgia-Schauerromans. »Am Abend des letzten Oktobertags 1501 veranstaltete Cesare Borgia in seinem Gemach im Vatikan ein Gelage mit 50 ehrbaren Dirnen, Kurtisanen genannt, die nach dem Mahl mit den Dienern und den anderen Anwesenden, zuerst in ihren Kleidern, dann nackt tanzten. Nach dem Mahl wurden die Tischleuchter mit den brennenden Kerzen auf den Boden gestellt und rings herum Kastanien gestreut, die die nackten Dirnen auf Händen und Füßen zwischen den Leuchtern durchkriechend aufsammelten, wobei der Papst, Cesare und seine Schwester Lucrezia zuschauten. Schließlich wurden Preise ausgesetzt, seidene Überröcke, Schuhe, Barette u. a., für die, welche mit den Dirnen am öftesten den Akt vollziehen könnten.« Ob diese und andere Skandalgeschichten aus dem Vatikan wahr oder nur schlecht erfunden sind, steht sehr dahin. Burchardus war ja eine reichlich zwielichtige Figur. Es heißt, er sei schon einmal der Urkundenfälschung angeklagt worden. Mag sein, dass er sich mit seinen Indiskretionen bei Julius II., dem Nachfolger und Intimfeind von Alexander VI., II. empfehlen wollte. Dass sie der protestantischen Polemik gegen Rom Munition lieferten, steht auf einem anderen Blatt.

V
Machiavellis Irrtum

Zuerst in der französischen Armee, dann als Generalkapitän und Gonfaloniere des Heiligen Stuhls machte Cesare sich an die Unterwerfung Mittelitaliens mit seinen mehr oder weniger selbständigen Kleintyrannen, mit ihren Herren und Herrchen. Wie Dominosteine fielen Städte, deren Namen, die dem, der um ihre Schönheit weiß, auf der Zunge zergehen: Imola, Forlì, Pesaro, die Stadt von Lucrezias Exgatten, Rimini, Faenza, Camerino ... bald mussten auch die Städte des Chiana-Tales die Waffen strecken. Der Florentiner Chronist Luca Landucci notierte grimmig, die Florentiner hätten da schon selbst ihre Eingeweide im Eimer zu sehen geglaubt.

»Valentino«, der »alles verschlingende Drache«, war der Mann der Stunde. Zeitweilig hielt sich Leonardo da Vinci im Heerlager des Borgia auf; Machiavelli, der ihm – damals Sekretär der Republik Florenz – des Öfteren persönlich begegnete, nannte ihn einen »Günstling der Himmel und des Schicksals«. Allerdings: Leichen pflasterten Cesares Weg; viele von ihnen trugen damals große Namen. Astorre Manfredi, den Herrn von Faenza, ließ er in der Engelsburg erwürgen. Als einige seiner Unterführer sich gegen ihn verschworen, lockte er sie zu Senigallia in die Falle. Cesares Henker bekamen erneut zu tun. Kurz vor dem Weihnachtstag des Jahres 1502 wurde einem von ihnen, Ramiro de Lorqua, auf dem Marktplatz von Cesena der Kopf vor die Füße gelegt. Vitellozzo Vitelli und Oliverotto Euffreducci wurden Rücken an Rücken gefesselt und mit demselben Strick erwürgt, etwas später auch Francesco und Paolo Orsini. Ob beim Tod Kardinals Giovanni Orsini, eines alten Borgia-Widersachers, tatsächlich Gift im Spiel war, wie Alexanders Gegner später streuten, ist allerdings nicht sicher.

Wenn »Die Renaissance«, Jacob Burckhardts großartige Erfindung, gelegentlich als Drama gelesen werden kann, strebt es jetzt seinem Höhepunkt zu. Mit Entschlossenheit und Brutalität räumten die Borgia unter ihren Feinden auf; während die Schergen und Meuchelmörder ihr unappetitliches Handwerk verrichteten, blieb Cesare beim Volk durchaus beliebt. Der Spitzname »Valentino« klingt ja durchaus ein wenig zärtlich, heißt auch »kleiner Valentin« oder »Valentinchen«. Machiavelli beobachtete, dass die Florentiner den »Basilisken«, das höllische Ungeheuer, geliebt, nachgerade verherrlicht hatten. Er machte der Welt vor, dass es darauf ankommt, Grausamkeiten am Anfang einer Herrschaft rasch und gründlich zu begehen: Eine Einsicht, die noch manchem CEO unserer Tage von Nutzen sein kann. Im »Principe« und in anderen Texten hat Machiavelli seine Erfahrungen verarbeitet. Eine Einigung Italiens, die Machiavelli dem Renaissance-Caesar ernsthaft zutraute (man kann's in Machiavellis Hauptwerk nachlesen), war trotz beachtlicher militärischer Erfolge des Borgia nie eine reale Möglichkeit. Alles in allem entsprach das Bild eines ebenso harten wie genialen Machtmenschen, das Machiavelli von Cesare Borgia entwarf, kaum der Wirklichkeit.

Merkwürdig, dass Machiavelli, einer der klügsten Italiener, die je gelebt haben, sich in dem Papstbastard dermaßen täuschte. Heute erscheint jener »blutige Hahn« eher als Werkzeug der »riesigen Pläne« anderer Mächtiger. Seine Städte-Mahlzeiten waren nur möglich geworden, weil Frankreich mitspielte. Die nötigen Freiräume hatte das Bündnis Alexanders VI. mit Ludwig von Frankreich geöffnet. Dem König war ein Ehedispens gewährt worden, damit er die Witwe Karls VIII., Anna von Bretagne, heiraten und deren Herzogtum als Mitgift gewinnen konnte. Außerdem hatte der Papst sich dazu bereit gezeigt, französische Ansprüche auf Neapel und Mailand zu unterstützen. Als ihm Cesare zu mächtig wurde, nahm Ludwig XII. seinen Verbündeten an die Kandare. Die Einnahme von Florenz, das seinerseits mit den Franzosen verbündet war, hätte der König nie und nimmer zugelassen. Im August 1503 rückte eine französische Armee bis ins Patrimonium Petri vor. Ihr Ziel: Neapel.

VI
Ferraresischer Karneval

Und Lucrezia? Machen wir eine Rückblende auf das wenig erfreuliche Schicksal der angeblich männermordenden Papsttochter: Da erscheint sie wieder als Figur im großen Machtspiel von Vater und Bruder, weniger als mächtige Dame auf dem italienischen Schachbrett denn als Steinchen minderen Ranges, das sich, wenn die Strategie es nahelegte, leicht opfern ließ.

Übrigens war sie so schön, wie Mary Lavater-Sloman sie schildert, und war auch deshalb, vergleichbar einem edlen Pferd, als Tauschobjekt gut geeignet. Lucrezia hatte – der Himmel weiß, woher – blonde Haare. Dass eher ein Bleichmittel als die Genetik für den Goldglanz verantwortlich war, entspräche dem, was über die kosmetischen Techniken der Hochrenaissance überliefert ist. Eine Quelle lieferte den verdächtigen Hinweis, dass Lucrezia mit dem Waschen ihres Haupthaares einen ganzen Tag zu verbringen pflegte, was selbst für einen modebewussten Twen reichlich lange ist.

Die Hofpoeten und Chronisten konzentrierten sich auf Lucrezias »occhi bianchi«, ihre »hellen«, vermutlich blauen Augen. Cagnolo von Parma schreibt, sie sei von mittlerer Größe und von zierlicher Gestalt. Er schildert ihr Gesicht als länglich, ihre Nase als schön und profiliert, den Mund freilich als etwas zu groß –

man mag immerhin assoziieren, dass er Sinnlichkeit atmete und die schönsten Abenteuer versprach –, dafür tadellose Zähne, was im Cinquecento die große Ausnahme gewesen sein dürfte. Ihr Hals sei schlank und weiß gewesen, berichtet Cagnolo, dabei wohlproportioniert. Wie ihr Bruder habe sie stets Heiterkeit an den Tag gelegt. Kurz, Lucrezia entsprach wenigstens auf dem Papier perfekt dem Ideal der »donna bella«, das Angelo Firenzuola in seiner berühmten Schrift entwirft. Der alte Ferdinand Gregorovius fühlt sich an Shakespeares Imogen erinnert; wir Heutigen denken beim Lesen der Quellen an Kate Winslet oder Anne Louise Lambert, die Lucrezia tatsächlich einmal spielte; die Medaillen, die sie darstellen, zeigen ein junges Ding mit dicken Backen und kunstvoll geflochtener Haartracht.

Lucrezia hatte sich nicht lange der Ehe an der Seite ihres Neapolitaners erfreuen können; die Quellen bestätigen, was wir in Lavater-Slomans Biographie nachlesen dürfen: Lucrezia hat ihren Alfonso wirklich geliebt. Als sich die Beziehungen zwischen Rom und dem Königreich Neapel verschlechterten – sie standen der französischen Allianz im Wege –, war ihrem päpstlichen Vater die Verbindung lästig geworden. Eine zweite rechtsförmliche Auflösung der Ehe war unmöglich, es wäre ja die zweite binnen kurzer Zeit gewesen. So besannen sich Alexander und Cesare auf die bewährte Borgia-Methode und führten eine »Scheidung à la Renaissance« herbei: Der unglückliche Alfonso wurde erdrosselt, seine Witwe samt Söhnchen Rodrigo nach Nepi, ein melancholisches Nest nördlich von Rom, abgeschoben. Verlorene Touristen bestaunen dort die Mauern eines alten Farnese-Kastells, die elegante, von Sangallo entworfene Fassade des Rathauses und nehmen auf der Piazza einen Cappuccino, um dann die uralte Kirche Sant' Elia drunten im Tal des Rio Falisco zu besichtigen.

Während Cesare zu seinen gloriosen Raubzügen in die Romagna aufbrach, schrieb sie traurige Briefe aus der »Burg zu Nepi«, in denen von Totenämtern die Rede ist und von Trauerkleidung und von Tränen. Unterzeichnet hat Lucrezia sie als »La infelicissima«, als »unglückliche Fürstin von Salerno«. Bei allem mag sie sich zurück nach Rom, in den Palast ihres unheiligen Vaters, gesehnt haben. Da war jedenfalls mehr Zerstreuung geboten als im trostlosen Nepi, es mussten ja nicht gleich Sexorgien und Kastanienspiele sein.

Der spann bereits an einem neuen Eheprojekt. Der Auserwählte trug immerhin denselben Namen wie der gerade verblichene Gatte: Es war Alfonso d'Este, Sohn des Herzogs Ercole I. von Ferrara und Erbe seines Throns. Man wundert sich nicht, dass der sich lange zierte, bevor er das Angebot akzeptierte. Diskreter Druck aus Frankreich, eine fürstliche Mitgift und zahlreiche Benefizien für die Este-Sippe zerstreuten alle Bedenken. Natürlich hoffte Alexander, in Gestalt Lucrezias verheirate sich das Herzogtum mit den Borgia. Die Reise von Rom nach Ferrara war eine Mischung aus Triumphzug und Spießrutenlaufen: Mit welchen Gefühlen mag sie sich nun in Pesaro, der Stadt ihres ersten Ehemannes Sforza aufgehalten haben? Die Jubelrufe der Kinder, die man zu ihrer Begrüßung aufbot – »Duca! Duca! Lucrezia! Lucrezia!« –, dürften die Gedanken an die peinliche Affäre kaum verscheucht haben. Man sorgte schließlich dafür, dass Giovanni Sforza, der sich als Exilant in Mantua aufhielt, blieb, wo er war, und sich nicht etwa als ungebetener Gast unter die Hochzeitsgäste mengte – ließ sich doch, wie ein Gesandter des Papstes feinsinnig bemerkte, nicht ausschließen, dass ein »Rest von Übelwollen« in dem mehrfach gehörnten Mann rumorte.

In Cesena schritt Lucrezia an der Seite Don Ramiro d'Orcas, eines Statthalters des mörderischen Cesare, der ein knappes Jahr später auf Befehl des Borgia gevierteilt werden sollte. Die von Mary Lavater-Sloman geschilderte Begegnung mit ihrem künftigen Gatten fand am 31. Januar 1502 im Kastell Bentivoglio, gut zwanzig Meilen vor Ferrara statt. Der neue Alfonso hatte sich verkleidet, war ihr entgegengeritten und hatte seiner überraschten Braut einen galanten Besuch abgestattet: So gab der Bräutigam dem harten politischen Geschäft, um das es ging, einen romantischen Anstrich.

In Ferrara wurde die Braut mit Juwelen und Perlen, die sie besonders geliebt haben soll, überschüttet, die unvergleichlich prunkvollen Hochzeitsfeierlichkeiten während des Karnevals 1502 dauerten eine ganze Woche: Fackeltänze und Feuerwerke, Komödien, Bankette und Bälle wechselten sich ab. Unter den Hochzeitsgästen waren, wie die freilich nicht immer objektiven Höflinge urteilten, die schönsten Frauen der Epoche – neben der Herzogin von Urbino auch die Markgräfin von Mantua, Isabella d'Este, eine der bedeutendsten Kunstsammlerinnen aller Zeiten. Die Briefe Isabellas und ihrer Entourage notieren genau modische Accessoires und Aussehen der Braut, deren Schönheit sich darin nicht mehr ganz so strahlend spiegelte wie in den Lobreden ihrer eigenen Claque. Ihre Faszination scheint in der Tat nicht ausgereicht zu haben, Alfonso zu vollkommener Treue zu bringen. Immerhin konnte man in Rom befriedigt notieren, dass er seine Frau zur Nachtzeit besuchte, hörte aber auch, dass er am Tag anderswo seinen Freuden nachgehe. Nach allem, was über den Blaubart auf dem Stuhl Petri bekannt ist, verwundert es nicht, dass er tiefes Verständnis für die Seitensprünge seines Schwiegersohnes aufbrachte. »Solange er jung ist, tut er daran sehr recht«, soll er trocken kommentiert haben.

VII
Römischer Aschermittwoch

Cesare Borgias Glück hieß Alexander. Solange sein Vater auf dem Stuhl Petri saß, stieg Cesares Stern; nachdem der Pontifex ins Grab gesunken war – von den infernalischen Umständen jenes Todes haben wir eingangs berichtet –, brach seine Machtstellung rasch zusammen. Als sich die Seele des Vaters in Richtung Inferno aufmachte, war Cesare selbst an der Malaria darniedergelegen und hatte nicht reagieren können. So nutzten seine Feinde die Gunst der Stunde. Giovanni Sforza konnte schon Anfang September 1503 im Triumph nach Pesaro zurückkehren. Einige Kollaborateure Cesares endeten am Strick, an den Fenstern der Sforza-Residenz oder, diskreter, ermordet im Kerker.

Zu Alexanders Nachfolger wurde zunächst ein Piccolomini gewählt, Pius III., der allerdings nach nur 26 Tagen starb, vermutlich eines natürlichen Todes. Auf ihn folgte Giuliano della Rovere, der sich Julius II. nannte und gleich die Zügel im Kirchenstaat in die Hand nahm. Julius war aus womöglich noch härterem Holz geschnitzt als Alexander. Er setzte Cesares »Flurbereinigung« fort; der Borgia suchte sein Heil in der Flucht. 1504 geriet er in spanische Gefangenschaft, aus der er aber schon zwei Jahre später entfliehen konnte. Er trat in die Dienste seines Schwagers, des Königs von Navarra. Am 12. März 1507, während eines unbedeutenden Kriegszuges in Navarra, wurde er, nach tapferem Kampf, tödlich verwundet. Man hat ihn in der Kathedrale von Pamplona bestattet. Er war nur 31 Jahre alt geworden.

Sein Bruder Jofré, der Fürst von Squillace, überlebte ihn um ein Jahrzehnt. Die Geschichte der Familie fand in der Linie der Herzöge von Gandia, die auf den ermordeten Juan Borgia zurückging, eine wenig spektakuläre Fortsetzung. Der letzte »Duca« dieses Zweiges starb 1740.

Ohne Cesare und Alexander verliert die Borgia-Saga an Schwung. Lucrezia lebte nach dem Tod ihres Vaters das Leben einer Dame der europäischen Hocharistokratie, umgeben von Schmeichlern und Dichtern, unter denen Pietro Bembo der bedeutendste war. Er schrieb ihr amouröse Gedichte, widmete ihr auch seine »Asolani«, angenehme Gespräche über die Liebe – was Gerüchten Nahrung bot, die Beziehungen zwischen dem Venezianer und Lucrezia gingen über eine literarische Freundschaft hinaus. Der große Ariost, Günstling von Lucrezias Gatten Alfonso, verglich sie in seinem »Orlando furioso« mit einer jungen, im Sonnenglanz wachsenden Pflanze, mit Gold, Lorbeer, mit Rosen und Juwelen. Seit dem Tod Ercoles herrschte ihr Mann über Ferrara, sie war nun eine richtige Herzogin.

Ihrer wichtigsten Aufgabe, nämlich die Erbfolge zu sichern, kam sie zur allgemeinen Zufriedenheit nach. Sie gebar fünf Kinder, eines davon wurde als Ercole II. Nachfolger Alfonsos. Am 24. Juni 1519 starb sie im Kindbett, eine Woche zuvor war sie von einem toten Kind entbunden worden.

VIII
Der Mythos lebt

Mit Cesares tragischem Ende und Lucrezias Tod beginnt der Mythos der Borgia, ein Drama von Liebe, Sex und Tod: Das Fortleben des Mythos belegt die Zahl von 2,5 Millionen Treffern, die eine Internet-Suche nach den Borgia erbringt. Schon im 16. Jahrhundert taucht Alexander VI. in der Historie von Dr. Faust als Partner des Teufels auf, Cesare wird Gegenstand der Geschichtsschreibung. Es war aber im Wesentlichen das 19. Jahrhundert, das sich aus den Quellen mal Helden zusammenbaute, mal monströse Ungeheuer schuf. Die Engländerin Emma Robinson folgte in ihrem Schauerroman »Cäsar Borgia. A historical Romance«, der zuerst 1846 erschien, Machiavellis Einschätzung, der Papstbastard habe sein Leben der Einigung Italiens geweiht. Ähnliches fabuliert Graf Arthur Joseph Gobineau in seinem Werk »La Renaissance« von 1877. Jacob Burckhardt, nicht Alexander sei der Marionettenspieler gewesen, der die Fäden zog, an denen Cesares Glieder hingen – vielmehr sieht er ihn als Beherrscher des Vaters, den er unter seine »satanische Gewalt« gebracht habe. Er munkelt von Plänen Cesares, selbst den Papstthron zu gewinnen und den Kirchstaat zu säkularisieren. Damit liefert er Nietzsche das Stichwort: »Cesare Borgia als Papst«, schreibt der Philosoph. »Versteht man mich? Wohlan, das wäre ein Sieg gewesen, nach dem ich heute verlange. Damit war das Christentum abgeschafft.« Cesare, der schwarzhaarige Papstsohn, halb Spanier, halb Italiener mutiert bei ihm zur »blonden Bestie«, zum Übermenschen. Er steht für alles, was die eigene kranke und dekadente Zeit verloren hat.

Seine Schwester war indessen durch Victor Hugo zur Hauptfigur eines Dramas, »Lucrèce Borgia«, geworden. Gaetano Donizetti und sein Librettist Felice Romani machten sie zur Opernheldin; die Uraufführung fand 1833 in der Mailänder Scala statt. Donizetti ist übrigens ausgerechnet an Syphilis gestorben, jener Krankheit, als deren Allegorie Lucrezia in Panizzas »Liebeskonzil« erscheint. Conrad Ferdinand Meyer widmete »Angela Borgia«, als deren Widerpart Lucrezia erscheint, eine seiner letzten

Novellen. Sie blieb Fragment, da Meyer zu dieser Zeit unter der fortschreitenden psychischen Krankheit litt. Jener Angela Borgia, zuvor Verlobte Francescos Maria della Rovere, begegnet man auch bei Lavater-Sloman; sie lebte am ferraresischen Hof. Es ist kaum zweifelhaft, dass die Autorin des vorliegenden Romans Meyers 1898 veröffentlichten Text kannte.

Einen erheblichen Anteil am Mythos Lucrezias haben die Maler. Zeitgenössische Porträts sind selten, Versuche, laszive Frauenporträts mit der schönen Papsttochter zu identifizieren nicht. Medaillenbildnisse legen die These nahe, sie verberge sich in einem Porträt Katharinas von Alexandrien, das Pinturicchio auf seine Borgia-Appartements des Vatikan anbrachte. Die Geschichte, in den Appartements sei die Darstellung einer nackten Madonna mit den Zügen Lucrezias zu sehen und dazu der sie anbetende Papst, ist frei erfunden: Sie wurde Ende des 19. Jahrhunderts Touristen zur Begründung erzählt, dass das Appartamento geschlossen sei. Im selben 19. Säkulum gab der englische Präraffaelit Dante Gabriel Rossetti Lucrezia als betörende rothaarige Engländerin. Ein unbekannter Maler überliefert mit einem Porträt der Zeit um 1510 die Physiognomie Cesares: Er schaut mit schwarzem Bart und Barett tatsächlich so aus, wie man sich einen eiskalten Machtmenschen vorstellt. Was die Porträts Alexanders VI. betrifft – besonders nahe dürfte seinem wirklichen Aussehen Pinturicchios Darstellung im Vatikan kommen –, hat der moderne Betrachter freilich Mühe, sich den soignierten, etwas beleibten Herrn mit seiner Tonsur als den feurigen Latin Lover zu erkennen, als den ihn die Quellen rühmen.

Die erste quellenkritische Auseinandersetzung mit Lucrezia und ihrer Familie lieferte 1874 der Journalist und Historiker Ferdinand Gregorovius (1872–1891). Der Ostpreuße Gregorovius – er verbrachte seine ersten Studien- und Berufsjahre in Königsberg – war einer der großen Italienreisenden des 19. Jahrhunderts; seine monumentale »Geschichte der Stadt Rom im Mittelalter« machte ihn berühmt und brachte ihm die Ehrenbürgerwürde der Ewigen Stadt ein. Seine »Lucrezia Borgia – Nach Quellen und Briefen ihrer Zeit« (Stuttgart 1874) hat er nach eigenem Bekunden »zur Erholung« von der Fron der Stadtgeschichte geschrieben. Seine wichtigsten Quellengrundlagen sind neben den Aufzeichnungen des ominösen Burchardus, Schriften und Briefen Machiavellis und anderen Dokumenten die Protokolle Camillo Beneimbenes, des Notars Papst Alexanders. Tatsächlich zitiert Gregorovius seitenlang aus diesen Dokumenten. Obwohl Gregorovius betonte, ohne vorgefasste Absicht an sein Material herangegangen zu sein, ist unverkennbar, dass da ein Protestant schreibt. Daß der Kenner Alexanders VI. und Biograph Lucrezia Borgias für das auf dem Vatikanischen Konzil von 1870 verkündete Unfehlbarkeitsdogma nur Spott übrig hatte, ist nachvollziehbar. »Die Borgia«, heißt es im Vorwort zu »Lucrezia Borgia«, »sind eine Satire auf eine ganze große Form oder Vorstellung kirchlicher Welt, die sie zerstören oder verneinen.«

Was Lucrezia betreffe, gebe es von ihr nur eine Legende: »Nach ihr ist sie eine Mänade, die in der einen Hand die Giftphiole, in der anderen den Dolch trägt. Und zugleich hat dieses furienhafte Wesen die sanften und schönen Züge einer Grazie.« Er unternimmt es dann mit Erfolg, aus dem Gespenst einen Menschen zu machen. Die neuere Forschung hat auch Gregorovius' Sicht in mancher Hinsicht korrigiert. In Grundzügen blieb sein Bild aber bestehen, weniger, was Cesare Borgia und Alexander VI. betrifft als hinsichtlich der unglücklichen Papsttochter – schon bei ihm erscheint sie als politisches Faustpfand aus Fleisch und Blut, nicht als Sexmonster und Giftmischerin. Heute wissen wir durch neue Quellenfunde, dass sie ganz im Gegenteil eine geschickte Wirtschafterin und Grundstückspekulantin war.

IX
Lavater-Slomans Figur des Milchbruders

Mary Lavater-Sloman hat sich bei der Abfassung ihres Romans weitgehend auf Gregorovius gestützt. Lucrezias »Schatten«, der borstenhaarige Schützling Anton Fuggers, ist freilich eine literarische Erfindung. Möglich, dass ihr der Ulmer Kaufmann Hans Ulrich Krafft, der tatsächlich einige Zeit in Italien war, zum Vorbild diente. Mit Othellos Jago – so der Spitzname, den Jakob im

Roman gelegentlich beigelegt erhält – hat er nichts gemein: Er ist umgekehrt der klassische Mohr oder der ewige Don Ottavio, ein getreuer, etwas einfältiger, aber aufrechter Gefährte. Sein Gesprächspartner in der Rahmenhandlung müsste übrigens Jakob Fugger der Reiche (1459–1525) sein und nicht Anton Fugger (1493–1560), unter dem der Konzern seine Weltstellung errang. Anton war 1519 alles andere als ein alter Mann, sondern gerade 26 Jahre alt; er wäre damit um einiges jünger gewesen als der fiktive Jakob. Aber solche »Verfremdungen« sind nicht wichtig; dank ihrer akribischen Recherche und ihrem grossem Einfühlungsvermögen, gelingt Mary Lavater-Sloman ein lebendiges Bild dieser Zeit. Ihre Erfindung von Lucrezias Milchbruder macht den Leser zum Voyeur, zum Augenzeugen großer Geschichte.

»Further reading«

— Orestes Ferrara, Alexander VI, Zürich 1957.

— Michael Mallett, The Borgias. The Rise and Fall of a Renaissance Dynasty, London 1970.

— Uwe Neumahr, Cesare Borgia. Der Fürst und die italienische Renaissance, München 2007.

— Die Renaissancefamilie Borgia. Geschichte und Legende, hrsg. von Elisabeth Schraut, mit Beiträgen von P. Miguel Batllori, Ute Eschbach, Marion Hermann. Röttgen, Ulrich Klein, Sabined Poeschel, Herwarth Röttgen und Rudolf Veit, Sigmaringen 1992.

— Volker Reinhardt, Borgia, in: ders. (Hrsg.), Die großen Familien Italiens, Stuttgart 1992, 89–101.

— Ders., Alexander VI. (1431–1503). Der unheimliche Papst, München 2005.

— Susanne Schüller Piroli, Die Borgia-Dynastie. Legende und Geschichte, München 1982.

— Diane Yvonne Ghirardo, Lucrezia Borgia as Entrepreneur, Renaissance Quarterly 61 (2008), 53–91.

Anmerkungen

1 Volkslied vom Ende des 15. Jahrhunderts, in der Übersetzung von Hans Frederick.

2 ebd.

3 Nach Gregorovius befindet sich dieses Breve im Staatsarchiv zu Florenz.

4 Den Bericht dieser Szene geben die Chronisten Almerici und Marzetti von Pesaro. Der Vertraute, der sich verbergen mußte, wird als ›Jacomino, der Kämmerer des Herrn Johann‹ bezeichnet. (Gregorovius: Lucrezia Borgia.)

5 Die Ermordung Perottos durch Cäsar Borgia zu Füßen Alexanders VI. wird in verschiedenen Quellen zu dieser Zeit erzählt. Burcardus, der Zeremonienmeister im Vatikan, gibt den Vorfall in verhüllten Worten in seinem ›Tagebuch‹ wieder.

6 Aus Ludwig Pastor, Geschichte der Päpste.

7 Breve im Stadtarchiv zu Spoleto (gekürzt).

8 Beide Akten finden sich im lateinischen Originaltext, ungekürzt, unter Nrn. 27 und 28 bei Gregorovius: Lucrezia Borgia; ferner in Gregorovius, Geschichte der Stadt Rom, Band 7. Ausführlich besprochen bei Pastor, Geschichte der Päpste, Band III.

9 Gregorovius nimmt an, daß der ›Infant von Rom‹ das uneheliche Kind Lucrezias sei. Von G. Bongiovanni wird der uneheliche Sohn Lucrezias dem Perotto zugeschrieben. Der Gesamtfrage werden unzählige, sich widersprechende Erklärungen gewidmet.

10 Laut Gregorovius kamen die beiden Aktenstücke aus der Kanzlei Lucrezias in das Archiv Este zu Ferrara, wo sie sich im Jahre 1874 noch befanden.

9 Als Beilage Nr. 34 bei Gregorovius, Lucrezia Borgia.

11 Bericht des ›El Prete‹, ins Deutsche übersetzt bei Gregorovius, Lucrezia Borgia.

12 Wiedergegeben bei Gregorovius, Lucrezia Borgia.

13 Ferrante d'Este an seinen Vater, den Herzog Ercole, Imola, den 27. Januar 1502.

15 Dieser Brief befindet sich im Original im Archiv Gonzaga zu Mantua.

16 Aus dem ›Italienischen Parnaß‹ in der Übersetzung von Hans Frederick.

17 Neun Briefe voll liebender Vertrautheit, von Lucrezia an Bembo gerichtet, sowie eine Locke ihres Hauptes, bewahrt die Ambrosiana in Mailand auf.

18 Archiv Gonzaga in Mantua.

19 Auszug aus einem Brief des Herzogs Ercole im Staatsarchiv zu Mantua.

20 Von Gregorovius in ›Lucrezia Borgia‹ angeführt.

21 Diesen Brief bringt G. Bongiovanni in seinem Werk ›Isabella d'Este‹.

22 Italienischer Originaltext und Übersetzung in Gregorovius, Lucrezia Borgia.

Die nächsten Verwandten der Lucrezia Borgia

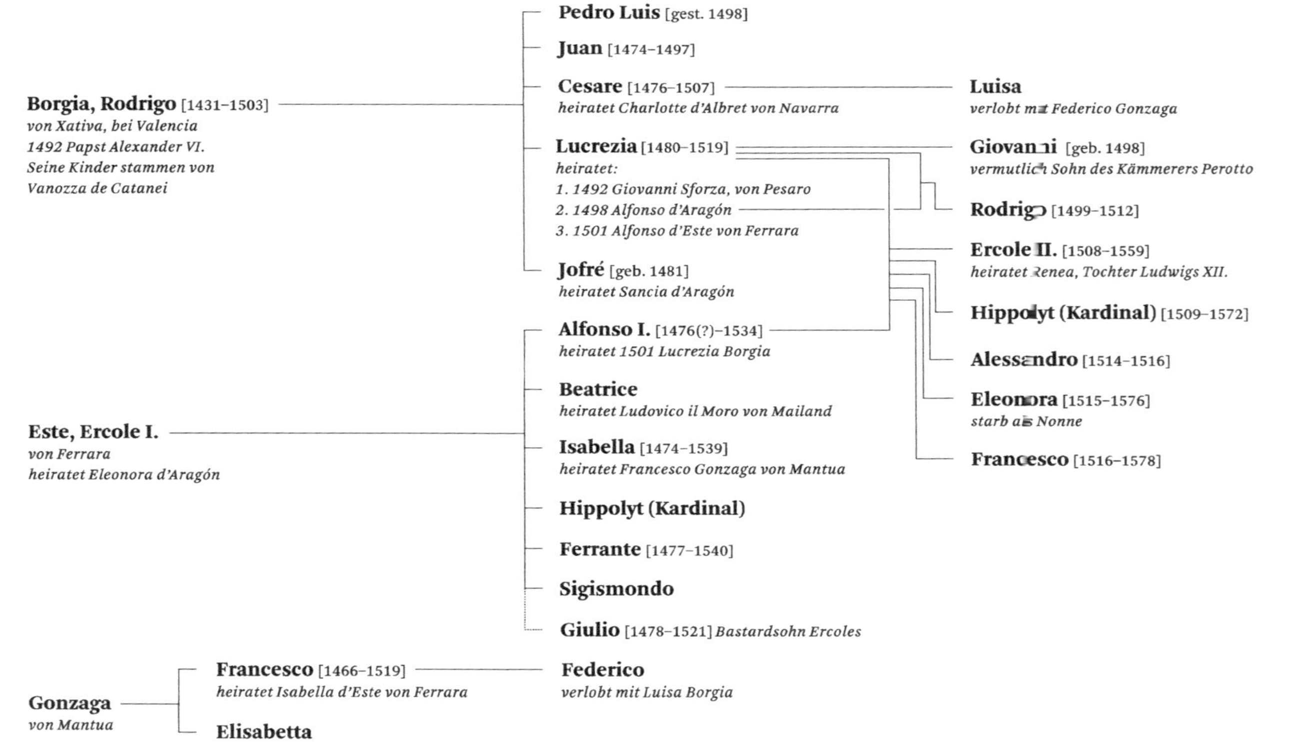

Papst Alexander VI.

Cesare Borgia

Die wichtigsten Persönlichkeiten

Albret Charlotte d', Tochter des Königs von Navarra, Gemahlin Cäsar Borgias.

Alexander VI., (siehe unter Borgia Rodrigo).

Amboise Georges d', Kardinal. Unter Ludwig XII. Erster Minister, erstrebte nach Alexanders VI. Tod die Papstwürde.

Aragón Alfonso II., König von Neapel und Sizilien.

Aragón Alfonso, Herzog von Quadrata und Bsiceglia, Bastardsohn Alfonsos II., Gatte Lucrezia Borgias, von Cäsar Borgia ermordet.

Aragón Carlotta, Tochter des Königs Federico, wird Cäsar Borgia als Braut verweigert.

Aragón Federico, von 1497 an König von Neapel.

Aragón Rodrigo, Sohn des Herzogs Alfonso von Bisceglia und der Lucrezia Borgia.

Aragón Sancia, Gemahlin Jofré Borgias und Schwägerin Lucrezias.

Ariost Ludovico, Dichter. Im Dienst des Kardinal Hippolyt d'Este von Ferrara. Lyrische Gedichte, Lustspiele, Satiren, Epen (Orlando furioso).

Aversa Gasparo, Graf, Herr von Procida, Lucrezia Borgias zweiter Verlobter (1492).

Behaim Lorenz, von Nürnberg, Humanist, Vorstand im Palast des Kardinals Rodrigo Borgia und später im Vatikan unter Alexander IV.

Bembo Pietro, Humanist, Dichter, später Kardinal, ›Gli Asolani‹ (Gespräche über die Liebe) 1505 Lucrezia Borgia gewidmet.

Borgia Angela, die Geliebte Giulio d'Estes von Ferrara.

Borgia Cesare, Kardinal, später Herzog von Valence und von Frankreich, Herzog der Romagna, Gemahl der Charlotte d'Albret.

Borgia Giovanni, ›der Infant von Rom‹. Umstrittene Herkunft, vielleicht unehelicher Sohn Lucrezias und Perottos; in einer doppelten Akte vom 1. September 1501 einerseits als Sohn Cesares, andrerseits als Sohn Alexanders VI. bezeichnet.

Borgia Hieronyma, eine Nichte Alexanders VI., heiratet 1498 Fabio Orsini.

Borgia Jofré, Gemahl der Sancia d'Aragón, jüngster Bruder Lucrezias.

Borgia Juan, Herzog von Gandia und Benevent, Lucrezias älterer Bruder, ermordet, vermutlich von seinem Bruder Cäsar.

Borgia Lucrezia, Tochter Alexander VI., Fürstin von Pesaro als Gemahlin des Giovanni Sforza; Herzogin von Bisceglia als Gemahlin des Alfonso d'Aragón; Herzogin von Ferrara, als Gemahlin von Alfonso d'Este.

Borgia Luisa, Tochter Cäsar Borgias und der Charlotte d'Albret, verlobt im frühesten Kindesalter mit Federico Gonzaga, dem Sohn Francesco und Isabellas.

Borgia Pedro Luis, spanischer Herzog, Lucrezias ältester Bruder.

Borgia Rodrigo (Rodrigo Lanzol y Borja), Kardinal 1456, 1492–1503 Papst Alexander VI. Vater des Pedro Luis, Juan, Cäsar, der Lucrezia und des Jofré Borgia.

Burcardus Johannes, Zeremonienmeister unter vielen Päpsten. Verfasser mehrerer Memoirenbände.

Castiglione Baldassare, Graf. Staatsmann und Schriftsteller, lebte viele Jahre am Hof zu Urbino, sein ›Cortegiano‹ gibt das Ideal eines Hofmannes; er pflegt und verbessert die italienische Prosa.

Catanei Vanozza de, (siehe unter Vanozza).

Centelles Don Cherubin Juan de, Herr von Val d'Ayora, Bruder des Grafen d'Oliva, Lucrezia Borgias erster Verlobter vom Jahre 1491.

Dschem, türkischer Prinz, Bruder des Sultans Bajazet, Geisel unter der Obhut Alexander IV., auf dem Zug nach Neapel 1495 ermordet, dem Gerücht nach von Cäsar Borgia.

Este Alfonso I., Herzog von Ferrara, Gemahl der Lucrezia Borgia, Sohn Ercoles I.

Este Beatrice, heiratet Ludovico Sforza, il Moro, Herzog von Mailand. Tochter Ercoles I.

Este Ercole I., Herzog von Ferrara, verheiratet mit Eleonora d'Aragón. Schwiegervater von Lucrezia Borgia.

Este Ercole II., Herzog von Ferrara, ältester Sohn des Herzogs Alfonso I. und der Lucrezia Borgia, heiratet Renea, die Tochter Ludwig XII.

Este Ferrante, beteiligt sich 1506 an einem Attentat gegen seinen Bruder Alfonso I., stirbt als Gefangener im Turm des Castellos von Ferrara. Sohn Ercoles I.

Este Giulio, Bastardsohn Ercoles I. Geliebter der Angela Borgia, wird 1505 von seinem Bruder, dem Kardinal Hippolyt, geblendet. Beteiligt sich am Attentat auf seinen Bruder, Alfonso I. 1506. Zum Toder verurteilt und begnadigt zu lebenslänglicher Gefangenschaft; erhält die Freiheit erst durch seinen Großneffen Alfonso II. im Jahre 1559.

Este Hippolyt, Kardinal, Sohn Ercoles I., naher Freund Leonardo da Vincis und des Ludovico Ariost. Läßt seinen Bruder Giulio blenden, entdeckt das Attentat auf seinen Bruder Alfonso I.

Este Isabella, Tochter Ercoles I., heiratet Francesco Gonzaga, den Markgrafen von Mantua. Bedeutendste Mäzenin ihrer Zeit, Modekönigin, Beschützerin vieler fürstlicher politischer Flüchtlinge, ›la prima donna del mondo‹, Schwägerin der Lucrezia Borgia.

Este Sigismondo, jüngster Sohn Ercole I.

Farnese Julia, vermählt mit Ursinus Orsini, dem Sohn der Madonna Adriana Ursina. Geliebte Alexanders VI.

Farnese Laura, Tochter Alexander VI. und der Julia Farnese. Offiziell die Tochter des Ursinus Orsini.

Ferdinand ›der Katholische‹. Als König von Aragonien, Ferdinand II. Als König der vereinigten spanischen Monarchie, Ferdinand V. Als König von Neapel, Ferdinand III., heiratet 1469 Isabella von Kastilien.

Fugger Anton, großer Finanzmann, Kaufmann und Mäzen. Persönlicher Freund des Kaisers Maximilian, Karls V. und des Papstes Leos X. 1508 geadelt, Stifter der ›Fuggerei‹, einer Wohnkolonie für Arme, 1519. Streng katholisch, aber Förderer und Freund der Humanisten, ließ die Hofräume des Fuggerhauses mit Fresken zieren.

Gonzaga Francesco, Markgraf von Mantua, Condottiere verschiedener Mächte. Sieger in der Schlacht bei Fornuovo, 1495 als Anführer der Verbündeten gegen Frankreich. Gatte der Isabella d'Este von Ferrara, Schwager und Verehrer der Lucrezia Borgia, Herzogin von Ferrara. Seine Schwester ist Elisabetta Gonzaga, die Gattin des Guidobaldo Montefeltre, Herzogs von Urbino.

Gonzaga Elisabetta, Gattin des Guidobaldo Montefeltre, des Herzogs von Urbino; Schwester des Francesco Gonzaga von Mantua, Schwägerin der Isabella d'Este-Gonzaga. Elisabettas Musenhof in Urbino war weltberühmt.

Gonzaga Federigo, Sohn Francescos und Isabellas, wurde im Kindesalter mit der neugeborenen Tochter Cäsar Borgias, Luisa, verlobt.

Isabella von Kastilien, heiratet 1469 Ferdinand II. von Aragonien. Seit 1479 Königin der vereinigten spanischen Monarchie.

Karl VIII., Sohn Ludwigs XI., erwarb die Bretagne durch Heirat, kämpfte für die Rechte der Anjous auf Neapel; Gegenspieler Alexanders VI. und Maximilians I. 1495 von Francesco Gonzaga bei Fornuovo geschlagen.

Ludwig XII. von Valois-Orléans, ›Vater des Volkes‹. Erhebt Erbansprüche auf Mailand. Gegenspieler von Ludovico il Moro. Innig befreundet mit Cäsar Borgia; erobert Mailand 1499, muß Oberitalien 1514 zurückgeben. (1513 Schlacht bei Novara).

Macchiavelli Nicoló, lebt in Florenz, zeitweilig im Gefolge Cäsar Borgias, des Herzogs von Valence und der Romagna, verfasst 1514 sein Hauptwerk: ›Il Principe‹, dem Lorenzo de Medici gewidmet, stellt Cäsar Borgia als Muster des Alleinherrschers dar.

Mantegna, 1431–1506, Maler und Kupferstecher. 1460 zum Markgrafen Gonzaga nach Mantua. Fresken der Camera degli Sposi, 1474 vollendet. ›Der Parnaß‹, ›Sieg der Tugend‹, ›Madonna della Vittoria‹.

Maximilian I., römischer König, 1486; deutscher Kaiser, 1493. Heiratet in erster Ehe Maria von Burgund, Tochter Karls des Kühnen, in zweiter Ehe Bianca Sforza von Mailand.

Montefeltre Guidobaldo, Herzog von Urbino, Sohn des Herzogs Federigo, der ›das Licht Italiens‹ genannt wurde. Guidobaldo wurde aus seinem Lande von Cäsar Borgia vertrieben.

Montefeltre Elisabetta Gonzaga von Mantua, Schwester des Francesco Gonzaga, Gattin Guidobaldos. Herrin des berühmten Musenhofes.

Orsini Adriana, aus dem Hause Mila, genannt ›Madonna Adriana‹, Verwandte des Papstes VI. Witwe des Ludovico Orsini. In ihrem Palast wird Lucrezia Borgia erzogen.

Orsini Fabio, heiratet 1498 Hieronyma Borgia, eine Base und Hofdame der Lucrezia Borgia.

Orsini Laura, Tochter der Julia Farnese und des Ursinus, in Wahrheit eine Tochter Alexanders VI., heiratet 1505 Niccolo della Rovere.

Orsini Ursinus, Sohn der Adriana Ursina, heiratet 1489 Julia Farnese.

Perotto Don Pedro Calderon, ein Kämmerer Alexanders VI., stand beim Papst in hoher Gunst, wurde von Cäsar Borgia ermordet.

Pinturicchio, Maler. Wandmalereien in der Sixtinischen Kapelle, Fresken in Santa Maria del Popolo, im Belvedere des Vatikans und 1496 bis 1498 in den Appartementi Borgia im Vatikan.

Sforza Ascanio, Kardinal, den politischen Zeiten entsprechend, Freund oder Feind Alexanders VI., Bruder des Herzogs Lodovico il Moro.

Sforza Bianca, Gemahlin Kaiser Maximilians I. 1493. Tochter des Herzogs Galeazzo Sforza von Mailand.

Sforza Bianca d'Este von Ferrara, Gemahlin von Lodovico il Moro, des Herzogs von Mailand, Schwester der Isabella d'Este, Markgräfin von Mantua und des Alfonso d'Este, Gemahls der Lucrezia Borgia.

Sforza Giovanni, Fürst von Pesaro, heiratet 1493 Lucrezia Borgia. 1497 von Cäsar Borgia mit Tode bedroht, rettet sich durch Flucht nach Pesaro.

Sforza Caterina, Herrin von Forlí, verteidigt persönlich ihre Burg gegen Cäsar Borgia, musste sich ergeben und wurde in Cäsar Borgias Triumphzug mitgeführt.

Sforza Lodovico il Moro, Herzog von Mailand, Gemahl der Bianca d'Este von Ferrara; kämpft mit wechselndem Glück gegen Frankreich, endet als Gefangener Ludwigs XII. von Frankreich, zugleich mit seinem Bruder Ascanio Sforza.

Savonarola Girolamo, Dominikaner, Prior von San Marco in Florenz. Sittlichkeitsreformer, Vertreibung der Medici, Angriffe auf Alexander VI., als Ketzer verbrannt.

Strozzi Ercole, wahrscheinlich auf Veranlassung des Herzogs Alfonso von Ferrara ermordet. Richter zu Ferrara, Dichter und Verehrer, Lucrezia Borgias als Herzogin von Ferrara.

Vanozza de Catanei, Mutter der Kinder Alexanders VI., somit Cäser und Lucrezia Borgias, und deren Geschwister.

Susanne Giger

Hans Vontobel
Bankier Patron Zeitzeuge

Der Wirtschaftsjournalistin Susanne Giger gelingt es in ihren Gesprächen, den bedeutenden Bankier von einer ganz persönlichen Seite zu zeigen: ein wertvoller Einblick in den Erfahrungsschatz eines Mannes, der nahezu ein ganzes Jahrhundert überblickt. Es ist eine unterhaltsame Lektüre über Historisches, Fachliches, Weisheiten, Menschen, Geld und Zahlen.

An sieben ausgewählten Schauplätzen blickt der inzwischen 92-jährige Patron der renommierten Schweizer Bank Vontobel auf sein Leben zurück und erzählt von prägenden Erfahrungen aus seinem Berufs- und Privatleben. Seine Erinnerungen sind zugleich ein Stück Zeit- und Zürich-Geschichte, und sie veranschaulichen den Wandel des letzten Jahrhunderts – in der Finanzwelt, der Politik und der Gesellschaft.

Leseprobe unter: www.roemerhof-verlag.ch

Mit einem kommentierenden Essay von Dr. Niklaus Peter

Walter Nigg
Franz Overbeck
Versuch einer Würdigung

Franz Camille Overbeck (1837–1905), religiöser Skeptiker und treuester Freund Nietzsches, gehört zu den widersprüchlichsten Gelehrten des 19. Jahrhunderts. Obwohl Professor für evangelische Theologie an der Universität Basel, distanzierte er sich schon früh von der akademischen Theologie und der kirchlichen Auslegung des Christentums. Auf Veranlassung Nietzsches formulierte er 1873 die Schrift »Über die Christlichkeit unserer heutigen Theologie«. Darin übt er pointiert Kritik am theologischen Historismus und an der Apologetik.

Das Buch des Overbeck-Kenners Walter Nigg basiert auf dem umfangreichen handschriftlichen Nachlass des Basler Theologen. Walter Nigg nimmt eine umfassende Darstellung von Overbecks Werk und eine bestechende Analyse seiner an Widersprüchen reichen Persönlichkeit vor.

Leseprobe unter: www.roemerhof-verlag.ch